HEYNE
BÜCHER

Das Buch

Überraschend trifft die erfolgreiche Modefotografin Maggie Holloway nach über zwanzig Jahren auf einer Cocktailparty ihre Stiefmutter Finnula wieder – den einzigen Menschen, der ihr in ihrer Kindheit Liebe und Zuneigung gegeben hatte. Als Maggie auf Finnulas Drängen nach Newport, Rhode Island, fährt, um sie zu besuchen, findet sie das Haus ausgestorben vor. Finnula liegt tot auf dem Boden – erschlagen. Zu ihrem großen Erstaunen erfährt Maggie, daß diese noch im letzten Moment ihr Testament geändert und ihr Haus nicht, wie vorgesehen, dem Altenheim, sondern ihr vermacht hat. Als kurze Zeit später immer mehr Frauen aus dem Stift – alle wohlhabend und ohne Verwandte – auf rätselhafte Weise ums Leben kommen, wird Maggie mißtrauisch und beschließt, Nachforschungen anzustellen. Dabei stößt sie auf Professor Bateman und sein makabres Museum für Bestattungsgegenstände und gerät selbst in eine tödliche Falle.

Die Autorin

Mary Higgins Clark wurde 1928 geboren. Mit ihren Spannungsromanen hat sie weltweit Millionen von Leserinnen und Lesern gewonnen, und mit jedem neuen Roman erobert sie die Bestsellerlisten. Beinamen wie »Königin der Spannung« und »Meisterin des sanften Schreckens« zeugen von ihrer großen Popularität. Im Wilhelm Heyne Verlag sind zahlreiche ihrer Romane erschienen. Die Autorin lebt in Saddle River, New Jersey.

MARY HIGGINS CLARK

MONDLICHT STEHT DIR GUT

Roman

Aus dem Amerikanischen
von Regina Hilbertz

WILHELM HEYNE VERLAG
MÜNCHEN

HEYNE ALLGEMEINE REIHE
Nr. 01/12286

Titel der Originalausgabe
MOONLIGHT BECOMES YOU
erschien bei Simon & Schuster, New York

Umwelthinweis:
Dieses Buch wurde auf
chlor- und säurefreiem Papier gedruckt

Taschenbuchausgabe 06/2001

Printed in Germany 2001
http://www.heyne.de
Umschlaggestaltung: Hauptmann und Kampa
Werbeagentur, CH-Zug
Umschlagillustration: Stone/Amy Nennsinge, München
Druck und Bindung: Elsnerdruck, Berlin

ISBN: 3-453-18758-X

Für Lisl Cade
und Eugene H. Winick
– meine Pressereferentin und meinen Literaturagenten –
beide meine sehr geschätzten Freunde

Dienstag, 8. Oktober

Maggie versuchte die Augen aufzuschlagen, aber die Anstrengung war zu groß. Der Kopf tat ihr so weh. Wo war sie überhaupt? Was war geschehen? Sie hob die rechte Hand hoch, stieß jedoch schon Zentimeter über ihrem Körper gegen ein Hindernis, konnte nicht weiter vordringen.

Instinktiv drückte sie dagegen, aber es wich nicht von der Stelle. Was war das? Es fühlte sich weich wie Seide an, und es war kalt.

Sie ließ ihre Finger zur Seite und nach unten gleiten; die Oberfläche veränderte sich. Jetzt fühlte sie sich wie Rüschen an. Eine Steppdecke? War sie in irgendeiner Art von Bett?

Sie schob die andere Hand zur Seite und zuckte verstört zurück, als sie auch mit dieser Handfläche sofort auf die gleichen kühlen Rüschen stieß. Es gab sie also auf beiden Seiten dieser engen Einfassung.

Was zupfte da an ihrem Ring, wenn sie die linke Hand bewegte? Sie tastete mit dem Daumen ihren Ringfinger ab, spürte, wie er eine Schnur oder Kordel zu greifen bekam. Doch wieso?

Dann fiel es ihr mit einemmal wieder ein.

Ihre Augen öffneten sich und starrten voller Entsetzen in totale Dunkelheit.

Panisch jagten ihr die Gedanken durch den Kopf, während sie die Bruchstücke dessen zusammenzusetzen versuchte, was eigentlich passiert war. Sie hatte ihn gerade noch rechtzeitig gehört, um sich ruckartig genau in dem Moment umzudrehen, als ihr irgend etwas auf den Kopf krachte.

Sie wußte noch, wie er sich über sie gebeugt und dabei geflüstert hatte: »Maggie, denk an die Glockenläuter.« Danach konnte sie sich an nichts mehr erinnern.

Noch immer völlig durcheinander und zutiefst erschreckt, bemühte sie sich, zu begreifen. Dann war plötzlich die Erinnerung wieder da. Die Glockenläuter! Die Menschen im Viktorianischen Zeitalter hatten sich so davor gefürchtet, lebendig begraben zu werden, daß es sich damals einbürgerte, ihnen vor der Beisetzung eine Schnur an den Fingern zu befestigen. Eine Schnur, die durch ein Loch im Sarg hindurch bis zur Oberfläche der Grabstätte reichte. Eine Schnur, an die eine Glocke gebunden war.

Sieben Tage lang hielt dann am Grab ein Wachposten die Stellung und horchte, ob die Glocke zu läuten begann, zum Zeichen, daß die bestattete Person eben doch nicht tot war...

Aber Maggie wußte, daß kein Wachposten nach ihr lauschte. Sie war wahrhaftig allein. Sie versuchte zu schreien, aber es kam kein Ton hervor. Fieberhaft zog sie an der Schnur, horchte angestrengt in der Hoffnung, einen schwachen Klingelton oben über ihr zu hören. Aber es herrschte völlige Stille. Dunkelheit und Stille.

Sie mußte Ruhe bewahren. Sie mußte ihre Gedanken ordnen. Wie war sie hierher gekommen? Sie durfte sich nicht von Panik übermannen lassen. Aber wie nur?... Wie?...

Dann fiel es ihr wieder ein. Das Bestattungsmuseum. Sie war allein dorthin zurückgekehrt. Dann hatte sie die Suche aufgenommen, die Suche, mit der Nuala begonnen hatte. Dann war er aufgetaucht und...

O Gott! Sie war lebendig begraben! *Sie trommelte mit den Fäusten gegen den Sargdeckel, aber selbst hier im Inneren dämpfte der dicke Satinstoff das Geräusch ab. Schließlich schrie sie. Schrie, bis sie heiser wurde, schrie, bis sie nicht mehr schreien konnte. Und noch immer war sie allein.*

Die Glocke. Sie zerrte an der Schnur... wieder... und wieder. Ganz sicher gab sie Töne von sich. Sie selbst konnte es zwar nicht läuten hören, aber irgend jemand würde es doch hören. Mußte es einfach hören!

Über ihr schimmerte ein Hügel frisch aufgeschütteter Erde im Licht des Vollmonds. Die einzige Bewegung rührte von der Bronzeglocke her, die an einem aus dem Erdhügel ragenden Rohr befestigt war: Die Glocke schwang im unsteten Rhythmus eines Todestanzes hin und her. Rundum blieb alles still. Der Klöppel war entfernt worden.

Freitag, 20. September

I

Ich hasse Cocktailempfänge, dachte Maggie resigniert und fragte sich, weshalb sie sich immer wie ein Mensch von einem anderen Stern vorkam, wenn sie bei so einer Party war. Eigentlich bin ich zu hart, dachte sie. In Wahrheit hasse ich Cocktailempfänge, wo der einzige Mensch, den ich kenne, der ist, mit dem ich dort hingehe und der mich im Stich läßt, sobald wir zur Tür reinkommen.

Sie schaute sich in dem großen Raum um und seufzte. Als Liam Moore Payne sie zu diesem Familientreffen des Moore-Clans eingeladen hatte, hätte sie sich eigentlich denken müssen, daß er eher daran interessiert sein würde, Zeit mit seinen Dutzenden von Verwandten zu verbringen, als sich groß um *sie* zu kümmern. Mit Liam ging sie manchmal aus, wenn er von Boston zu Besuch kam, und normalerweise war er sehr aufmerksam, doch an diesem Abend setzte er offenbar grenzenloses Vertrauen in ihre Fähigkeit, allein zurechtzukommen. Nun ja, es waren eine Menge Leute da, überlegte sie; da konnte sie doch sicher einen Gesprächspartner finden.

Das, was Liam ihr über die Moores erzählt hatte, war ja der ausschlaggebende Faktor bei ihrer Entscheidung gewesen, ihn zu der Veranstaltung zu begleiten, hielt sie sich vor Augen, während sie einen Schluck Weißwein trank und sich einen Weg durch die Menschenmenge im Grill Room des an der Zweiundfünfzigsten Straße Ost gelegenen Four Seasons Restaurant in Manhattan bahnte. Der Gründervater der Familie – oder doch der Begründer des ursprünglichen Familienvermögens – war der inzwischen verstorbene Squire Desmond Moore gewesen, einst ein fester Bestandteil der besten Kreise von Newport. Der Anlaß zu diesem festlichen Familientreffen war die Feier des hundertfünfzehnten Geburtstages des bedeutenden Mannes. Der Einfachheit halber hatte man sich dazu entschlossen, die Veranstaltung lieber in New York anstatt in Newport abzuhalten.

Liam hatte über viele Familienmitglieder amüsante Details zum besten gegeben, als er ihr klarmachte, mehr als einhundert aus direkter Linie und von Seitenzweigen abstammende Nachkommen würden nebst einigen geschätzten ehemals angeheirateten Verwandten anwesend sein. Er hatte Maggie mit Anekdoten über den damals fünfzehnjährigen Einwanderer aus Dingle ergötzt, der sich nicht etwa als einer der Geknechteten verstand, die es nach Freiheit, sondern als einer der an den Bettelstab Gebrachten, die es nach Reichtum dürstete. Der Legende nach hatte Squire, als sein Schiff die Freiheitsstatue passierte, den anderen Zwischendeckpassagieren verkündet: »In Null Komma nichts werd ich so reich sein, daß ich das alte Mädchen kaufen kann, natürlich nur, falls die Regierung je beschließt, sie zu verkaufen.« Liam hatte die Erklärung seines Ahnherrn mit einem wunderbar breiten, typisch irischen Akzent vorgetragen.

Die Moores traten wirklich in allen Größen und Formen auf, dachte Maggie, während sie sich in dem Raum umsah. Sie beobachtete zwei Gäste in den Achtzigern, wie sie sich angeregt unterhielten, und kniff die Augen bei der Vorstellung zusammen, sie würde die beiden durch das Objektiv ihrer Kamera betrachten, von der sie nun wünschte, sie hätte sie mitgebracht. Das schneeweiße Haar des Mannes, das kokettierende Lächeln der Frau, das Vergnügen, mit dem die beiden ganz offensichtlich ihr Beisammensein genossen – es hätte ein wundervolles Foto ergeben.

»Das Four Seasons wird nie mehr dasselbe sein, wenn die Moores erst einmal fertig damit sind«, sagte Liam, als er plötzlich neben ihr auftauchte. »Amüsierst du dich gut?« fragte er, stellte ihr dann jedoch, ohne eine Antwort abzuwarten, noch einen weiteren seiner Verwandten vor, Earl Bateman, der sie nun, wie Maggie belustigt feststellte, mit unverhülltem Interesse musterte.

Ihrer Schätzung nach war der Neuankömmling genau wie Liam Ende Dreißig. Er war einen halben Kopf kleiner als sein Vetter, war also knapp einen Meter achtzig groß. Sie fand, daß sich in seinem schmalen, nachdenklichen Gesicht eine gewisse Neigung zum Gelehrten widerspiegelte, obwohl seine blaßblauen Augen etwas Beunruhigendes an sich hatten. Mit seinen sandfarbenen Haaren und dem fahlen Teint war er nicht auf so markante Weise attraktiv wie Liam. Liams Augen waren eher grün als blau, seine dunklen Haare von attraktiven grauen Strähnen durchzogen.

Sie wartete ab, während er sie weiterhin ausführlich betrachtete. Nach einer langen Weile schließlich fragte sie mit hochgezogenen Augenbrauen: »Werde ich der Überprüfung standhalten?«

Er sah verlegen aus. »Entschuldigen Sie bitte. Ich kann mir nicht gut Namen merken, und ich habe nur versucht, Sie irgendwie einzuordnen. Sie *gehören* doch zum Clan, oder nicht?«

»Nein. Ich habe zwar irische Wurzeln, die drei oder vier Generationen zurückliegen, aber mit dem Clan hier bin ich nicht verwandt. Es sieht im übrigen nicht so aus, als bräuchten Sie noch mehr Verwandte.«

»Damit könnten Sie gar nicht richtiger liegen. Wirklich schade allerdings, daß die meisten von ihnen nicht annähernd so attraktiv sind wie Sie. Ihre wunderschönen blauen Augen, Ihre elfenbeinfarbene Haut und Ihr zierlicher Knochenbau weisen darauf hin, daß Sie keltischen Ursprungs sind. Den beinahe schwarzen Haaren nach zu urteilen, gehören Sie dem ›schwarz-irischen‹ Teil der Familie an, deren Mitglieder ihre genetische Ausstattung zum Teil dem kurzen, aber bedeutungsvollen Besuch von Überlebenden des Untergangs der spanischen Armada verdanken.«

»*Liam! Earl!* Oh, du lieber Himmel, jetzt bin ich wohl doch froh, daß ich hergekommen bin.«

Ohne Maggie weiter zu beachten, wandten sich beide Männer ab, um begeistert einen Mann mit frischer Gesichtsfarbe zu begrüßen, der sich ihnen von hinten näherte.

Maggie zuckte mit den Achseln. Das war's dann also, dachte sie und zog sich in Gedanken in eine Ecke zurück. Dann fiel ihr ein Artikel ein, den sie vor kurzem gelesen hatte und der Menschen, die sich bei geselligen Anlässen isoliert fühlten, dazu ermutigte, Ausschau nach jemand anders zu halten, der sogar noch verlorener wirkte, und eine Unterhaltung in Gang zu bringen.

Innerlich schmunzelnd beschloß sie, die Taktik zu erproben und sich dann, sollte sie am Ende noch immer auf Selbstgespräche angewiesen sein, still davonzumachen und heimzugehen. In diesem Augenblick erschien ihr die Aussicht auf ihr behagliches Apartment an der Sechsundfünfzigsten Straße in der Nähe des East River sehr anziehend. Ihr war bewußt, daß sie diesen Abend lieber hätte zu Hause verbringen sollen. Sie war erst vor wenigen Tagen von einem Fototermin in Mailand zurückgekehrt und sehnte sich nach einem ruhigen Abend, an dem sie die Füße hochlegen konnte.

Sie blickte sich um. Es schien keinen einzigen Verwandten von Squire Moore zu geben, der nicht darum kämpfte, Gehör zu finden.

Countdown zum Abgang, entschied sie. Da hörte sie in der Nähe eine Stimme – eine melodische, vertraute Stimme, die ganz unvermutet angenehme Erinnerungen zum Vorschein brachte. Maggie wirbelte herum. Die Stimme stammte von einer Frau, die soeben die kurze Treppe zur Galerie des Restaurants hinaufging und stehengeblieben war, um einer Person unterhalb von ihr etwas zuzurufen. Maggie starrte, hielt verblüfft die Luft an. War sie verrückt? Konnte das wirklich und wahrhaftig Nuala sein? Es war nun schon so lange her, und doch klang sie genau wie die Frau, die einst ihre Stiefmutter gewesen war, von Maggies fünftem bis zu ihrem zehnten Lebensjahr. Nach der Scheidung hatte Maggies Vater ihr sogar verboten, Nualas Namen auch nur zu erwähnen.

Maggie bemerkte, daß Liam gerade vorbeiging, um eine weitere Verwandte zu begrüßen, und packte ihn am Arm. »Liam, diese Frau da auf der Treppe. Kennst du sie?«

Er kniff die Augen zusammen. »Oh, das ist Nuala. Sie war mit meinem Onkel verheiratet. Ich nehme an, sie ist meine Tante, aber sie war seine zweite Frau, deshalb hab' ich sie eigentlich nie als Tante angesehen. Sie ist ein bißchen eigenwillig, aber wirklich erfrischend. Wieso?«

Maggie ließ sich keine Zeit für eine Antwort, sondern begann sich durch die Trauben von Moores hindurchzuwinden. Als sie schließlich bei der Treppe ankam, war die Frau, auf die sie es abgesehen hatte, bereits oben auf der Galerie im Gespräch mit einer Gruppe von Leuten begriffen. Maggie ging die Stufen hinauf, blieb jedoch auf der vorletzten Stufe stehen, um die Frau zu betrachten.

Als Nuala damals so abrupt weggegangen war, hatte Maggie darum gebetet, sie möge schreiben. Doch sie meldete sich nie, und Maggie hatte ihr Schweigen als besonders schmerzlich empfunden. Im Lauf der fünf Jahre, in der die Ehe bestanden hatte, war sie Maggie sehr ans Herz gewachsen. Ihre eigene Mutter war bei einem Autounfall ums Leben gekommen, als Maggie noch ein Säugling war. Erst nach dem Tod ihres Vaters dann erfuhr sie von einer Freundin der Familie, daß ihr Vater alle Briefe vernichtet und die Geschenke zurückgesandt hatte, die Nuala ihr geschickt hatte.

Maggie starrte jetzt auf die winzige Gestalt mit den lebhaften blauen Augen und dem weichen, honigblonden Haar. Sie konnte das feine Geflecht der Falten sehen, die ihren schönen Teint nicht im mindesten beeinträchtigten. Und während sie ins Schauen versunken war, strömten ihr die Erinnerungen ins Herz. Kindheitserinnerungen, vielleicht ihre glücklichsten.

Nuala, die bei Auseinandersetzungen stets *ihre* Partei ergriff und gegen Maggies Vater Position bezog: »Owen, um Himmels willen, sie ist doch noch ein Kind. Hör auf, sie ständig zurechtzuweisen.« Nuala, die immerzu sagte: »Owen, alle Kinder in ihrem Alter tragen Jeans und T-Shirts ... Owen, was spielt es für eine Rolle, wenn sie drei Filme verbraucht hat? Sie macht schrecklich gern Fotos, und sie ist gut darin ... Owen, sie spielt nicht einfach nur im Dreck. Kannst du denn nicht sehen, daß sie etwas aus dem Ton zu machen versucht? Mein Gott noch mal, erkenn doch wenigstens das künstlerische Talent deiner Tochter an, wenn du schon meine Bilder nicht leiden kannst.«

Nuala – immer so hübsch, immer so lustig, immer so geduldig bei Maggies Fragen. Nuala war es gewesen, von der Maggie Kunst lieben und verstehen gelernt hatte.

Typischerweise trug Nuala heute abend ein blaßblaues Kostüm aus Satin mit dazu passenden hochhackigen Pumps. Maggies Erinnerungen an Nuala waren schon immer pastellfarben getönt.

Nuala war Ende Vierzig gewesen, als sie Dad heiratete, dachte Maggie, während sie ihr derzeitiges Alter auszurechnen versuchte. Sie hielt fünf Jahre lang mit ihm durch. Sie ging vor zweiundzwanzig Jahren fort.

Es war ein Schock, zu erkennen, daß Nuala inzwischen Mitte Siebzig sein mußte. Zweifellos sah sie nicht danach aus.

Ihre Augen trafen sich. Nuala runzelte die Stirn, sah dann verblüfft aus.

Nuala hatte ihr erzählt, daß sie in Wirklichkeit Finnuala hieß, nach dem legendären Kelten Finn MacCool, der einst einen Riesen zu Fall brachte. Maggie wußte noch, welches Vergnügen ihr als kleines Mädchen der Versuch gemacht hatte, *Finn-u-ala* auszusprechen.

»Finn-u-ala?« sagte sie jetzt mit zögernder Stimme.

Ein Ausdruck absoluter Verblüffung machte sich auf dem Gesicht der älteren Frau breit. Dann stieß sie einen Freudenschrei aus, der das Stimmengewirr der Gespräche um sie herum zum Schweigen brachte, und Maggie fand sich nach so langer Zeit wieder von liebevollen Armen umschlungen. Von Nuala ging der zarte Duft aus, der all diese Jahre hindurch in Maggies Gedächtnis haften geblieben war. Im Alter von achtzehn Jahren hatte sie entdeckt, daß dieses Parfum *Joy* hieß. *Freude* – wie passend für heute abend, dachte Maggie.

»Laß mich dich anschauen«, rief Nuala aus, während sie von ihr abließ und zurücktrat, dabei aber noch immer Maggies Arme mit beiden Händen festhielt, als befürchte sie, Maggie könne weglaufen.

Ihre Augen wanderten forschend über Maggies Gesicht. »Ich hab' nie geglaubt, dich jemals wiederzusehen! O Maggie! Wie geht's diesem schrecklichen Mann, deinem Vater?«

»Er ist vor drei Jahren gestorben.«

»Oh, das tut mir leid, mein Schatz. Aber ganz bestimmt war er bis zum Schluß vollkommen unmöglich.«

»Einfach war er nicht gerade«, gab Maggie zu.

»Schatz, ich war mit ihm *verheiratet*. Weißt du noch? Ich weiß doch, wie er war! Immer im Brustton der Moral, mürrisch, mißmutig, launisch und nörglerisch. Was soll's, es hat keinen Sinn, weiter darüber zu reden. Der arme Mann ist tot, möge er in Frieden ruhen. Aber er war so altmodisch und steif, ehrlich, der hätte für ein farbiges Glasfenster aus dem Mittelalter Modell stehen können ...«

Da sie plötzlich merkte, daß verschiedene Leute ungeniert zuhörten, schob Nuala den Arm um Maggies Taille und verkündete: »Das ist mein Kind! Ich hab' sie natürlich nicht zur Welt gebracht, aber das ist völlig unwichtig.«

Maggie merkte, daß auch Nuala gegen Tränen ankämpfte.

Ebenso begierig darauf, miteinander zu reden wie dem Ansturm des dicht gefüllten Restaurants zu entkommen, huschten sie gemeinsam zum Ausgang. Maggie konnte Liam nicht finden, um sich zu verabschieden, war sich aber ziemlich sicher, daß er sie nicht vermissen würde.

Arm in Arm wanderten Maggie und Nuala durch den dämmernden Septemberabend die Park Avenue hinauf, wandten sich an der Sechsundfünfzigsten Straße nach Westen und kehrten im Il Tinello ein. Bei Chianti und delikaten Streifen gebratener Zucchini begannen sie einander zu erzählen, was sie inzwischen erlebt hatten.

Für Maggie war es einfach. »Internat; ich wurde gleich nachdem du weg warst, reingesteckt. Dann ins Carnegie-Mellon, und schließlich hab' ich einen Magister in angewandter Kunst an der New York University gemacht. Ich verdiene jetzt gut als Fotografin.«

»Das ist wunderbar. Ich hab' mir schon immer gedacht, es würde entweder das sein oder Bildhauerei.«

Maggie lächelte. »Du hast ein gutes Gedächtnis. Ich mache liebend gern Skulpturen, aber bloß als Hobby. Fotografin zu sein ist wesentlich praktischer, und um ganz ehrlich zu sein, bin ich, glaub ich, ziemlich gut. Ich hab' ein paar hervorragende Kunden. Jetzt aber, wie steht's mit dir, Nuala?«

»Nein. Erzähl erst mal von dir zu Ende«, unterbrach sie die ältere Frau. »Du wohnst in New York. Du hast eine Arbeit, die dir gefällt. Du hast es durchgezogen, etwas zu entwickeln, was eine angeborene Gabe ist. Du bist genauso hübsch geworden, wie ich's mir immer gedacht habe. Du bist an deinem letzten Geburtstag zweiunddreißig geworden. Wie steht's mit der Liebe oder einem Menschen, der dir wichtig ist, oder wie immer ihr jungen Leute so was heutzutage nennt?«

Maggie spürte den wohlvertrauten schmerzlichen Stich, als sie sachlich berichtete: »Ich war drei Jahre lang verheiratet. Er hieß Paul, und er machte seine Ausbildung bei der Air Force Academy. Er war damals gerade für das NASA-Programm ausgesucht worden, als er bei einem Trainingsflug ums Leben kam. Das war vor fünf Jahren. Es ist ein Schock, über den ich vermutlich nie hinwegkommen werde. Es fällt mir jedenfalls immer noch schwer, über ihn zu reden.«

»Oh, Maggie.«

Eine Welt des Verstehens sprach aus Nualas Stimme. Maggie dachte daran, daß ihre Stiefmutter eine Witwe gewesen war, als sie ihren Vater heiratete.

Mit einem Kopfschütteln murmelte Nuala: »Warum nur müssen solche Sachen passieren?« Dann wurde ihr Tonfall fröhlicher. »Sollen wir bestellen?«

Beim Essen gingen sie zweiundzwanzig Jahre gemeinsam durch. Nach der Scheidung von Maggies Vater war Nuala nach New York gezogen, sah sich dann eines Tages Newport an und traf dort Timothy Moore – einen Mann, mit dem sie tatsächlich schon als Teenager ausgegangen war – und heiratete ihn. »Mein dritter und letzter Ehemann«, erklärte sie, »und wirklich ganz wunderbar. Tim ist letztes Jahr gestorben, und ich vermisse ihn einfach schrecklich! Er war keiner von den reichen Moores, aber ich habe ein süßes Haus in einem wunderschönen Viertel von Newport und ein angemessenes Einkommen, und natürlich spiele ich noch mit der Malerei herum. Also geht's mir gut.«

Aber Maggie sah ein kurzes Aufflackern der Verunsicherung über Nualas Gesicht huschen und erkannte in diesem Moment, daß Nuala ohne den energischen, fröhlichen Ausdruck genauso alt aussah, wie sie war.

»*Wirklich* gut, Nuala?« fragte sie leise. »Du scheinst ... dir Sorgen zu machen.«

»O doch, mir geht's bestens. Es ist bloß ... Also, weißt du, letzten Monat bin ich fünfundsiebzig geworden. Vor Jahren hat mal jemand zu mir gesagt, wenn du über sechzig bist, fängst du an, deinen Freunden Lebewohl zu sagen, oder sie sagen dir Lebewohl, aber wenn du dann in die Siebziger kommst, dann passiert es die ganze Zeit. Du kannst mir glauben, es stimmt. Ich hab' in letzter Zeit eine Reihe guter Freunde verloren, und jeder neue Verlust tut noch etwas mehr weh als der davor. Es wird allmählich ein bißchen einsam in Newport, aber dort gibt es eine wunderschöne Wohnanlage – ich *hasse* das Wort Altersheim –, und ich habe ins Auge gefaßt, mich bald dort niederzulassen. Eine Wohnung von der Art, wie ich sie dort haben möchte, ist gerade frei geworden.«

Dann, als der Kellner ihnen Espresso einschenkte, sagte sie eindringlich: »Maggie, komm mich doch besuchen, *bitte*. Es ist bloß eine Drei-Stunden-Fahrt von New York aus.«

»Liebend gern«, antwortete Maggie.

»Meinst du das ernst?«

»Ganz bestimmt. Jetzt, wo ich dich wiedergefunden habe, werd ich dich nicht wieder entwischen lassen. Außerdem hatte ich schon immer dran gedacht, gelegentlich mal nach Newport zu fahren. Wie ich höre, ist es ein Paradies für Fotografen. Wenn ich's mir genau überlege –«

Sie wollte Nuala gerade erzählen, daß sie ihren Kalender von der nächsten Woche ab freigeräumt hatte, um Zeit für einen dringend notwendigen Urlaub zu haben, als sie jemanden sagen hörte: »Dachte ich mir doch, daß ich euch hier finde.«

Verblüfft blickte Maggie auf. Neben ihnen ragten Liam und sein Vetter Earl Bateman hoch. »Du bist mir davongelaufen«, sagte Liam vorwurfsvoll.

Earl beugte sich herab, um Nuala einen Kuß zu geben. »Du hast dir ganz schön was eingehandelt, weil du ihm sein Mädchen entführt hast. Woher kennt ihr beide euch überhaupt?«

»Das ist eine lange Geschichte.« Nuala lächelte. »Earl wohnt auch in Newport«, erklärte sie Maggie. »Er lehrt Anthropologie am Hutchinson College in Providence.«

Ich hatte recht mit dem Aussehen eines Gelehrten, dachte Maggie.

Liam zog einen Stuhl von einem Nachbartisch heran und nahm Platz. »Ihr müßt uns erlauben, einen Digestif mit euch zu trinken.« Er lächelte Earl an. »Und macht euch keine Sorgen wegen Earl. Er ist seltsam, aber er ist harmlos. Sein Zweig der Familie ist schon seit über hundert Jahren im Bestattungswesen tätig. *Sie* begraben Leute. *Er* gräbt sie aus! Er ist ein Grabplünderer. Er verdient sogar Geld damit, darüber zu reden.«

Maggie hob die Augenbrauen, während die anderen lachten.

»Ich halte Vorlesungen über Bestattungsbräuche einst und jetzt«, erklärte Earl Bateman mit dem Anflug eines Lächelns. »Manche finden das vielleicht makaber, aber ich liebe es.«

Freitag, 27. September

2

Er schritt zügig den Cliff Walk entlang, die Haare zerzaust von der steifen Brise, die im Lauf des Spätnachmittags aufgekommen war. Die Sonne war zur Mittagszeit wunderbar warm gewesen, doch jetzt waren ihre schräg einfallenden Strahlen wirkungslos gegen den kühlen Wind. Er hatte den

Eindruck, daß die Luftveränderung den Wandel in seiner eigenen Stimmung reflektierte.

Bis jetzt hatte er seinen Plan erfolgreich durchziehen können, doch nun, da Nualas Einladung zum Abendessen in nur zwei Stunden bevorstand, überkam ihn mit einemmal eine Vorahnung. Nuala hatte Verdacht geschöpft und würde sich ihrer Stieftochter anvertrauen. Alles konnte aus den Fugen geraten.

Die Touristen hatten Newport noch nicht verlassen. Es gab sie sogar im Überfluß, Tagesreisende der Nachsaison, die darauf erpicht waren, die alten Herrenhäuser, die von der Preservation Society in Schuß gehalten wurden, abzuklappern und die Überbleibsel eines vergangenen Zeitalters anzugaffen, bevor die meisten davon bis zum nächsten Frühjahr geschlossen wurden.

Tief in Gedanken versunken blieb er stehen, als er zum *Breakers* kam, zu diesem unschlagbar protzigen Juwel, diesem amerikanischen Palast, diesem atemberaubenden Beispiel dafür, was Geld und Einbildungskraft und unermüdlicher Ehrgeiz zu erzielen vermochten. Für Cornelius Vanderbilt II und seine Frau Alice Anfang der neunziger Jahre des letzten Jahrhunderts erbaut, erfreute das Herrenhaus Vanderbilt selbst nur für kurze Zeit. Nachdem ihn ein Schlaganfall im Jahr 1895 gelähmt hatte, starb er 1899.

Während er noch für eine kleine Weile vor dem *Breakers* verweilte, lächelte er. Vanderbilts Geschichte war es gewesen, die ihn auf diese Idee gebracht hatte.

Jetzt aber mußte er rasch handeln. Er nahm wieder sein altes Tempo auf und kam nun an der Salve Regina University vorbei, ehemals als Ochre Court bekannt, einer Hundert-Zimmer-Extravaganz, die sich mit ihren wunderschön erhaltenen Kalksteinfassaden und dem gepflegten Mansardendach prächtig gegen den Horizont abzeichnete. Fünf Minuten später war er dann bei Latham Manor angelangt, dem großartigen Gebäude, das ein geschmackvolles Gegenstück zum *Breakers* darstellte. Ursprünglich der stolze Besitz der exzentrischen Familie Latham, war es zu Lebzeiten des letzten Latham immer mehr verfallen. Nachdem es vor dem völligen

Zerfall bewahrt und weitgehend zu seiner vormaligen grandiosen Schönheit wiederhergestellt worden war, diente es nun als Wohnsitz für wohlhabende Privatiers, die hier ihren Lebensabend in einer opulenten Umgebung verbrachten.

Er blieb stehen und weidete seine Augen an der majestätischen Marmorfassade des Latham Manor. Er griff in die tiefe Tasche seiner Windjacke und zog ein Mobiltelefon hervor. Er wählte rasch, lächelte ein wenig, als die Stimme erklang, die er zu hören gehofft hatte. Eine Sache weniger, um die er sich später kümmern mußte.

Er sagte drei Wörter: »Nicht heute abend.«

»Wann dann?« fragte eine ruhige, unverbindliche Stimme nach einer kurzen Pause.

»Weiß ich noch nicht. Ich muß was anderes erledigen.« Seine Stimme war scharf. Er ließ keine Fragen zu seinen Entscheidungen zu.

»Selbstverständlich. Entschuldigung.«

Während er ohne weiteren Kommentar die Leitung unterbrach, drehte er sich um und machte sich rasch auf den Weg.

Es war Zeit, sich für Nualas Einladung fertigzumachen.

3

Nuala Moore summte vor sich hin, während sie auf dem Schneidebrett ihrer sympathisch unaufgeräumten Küche mit schnellen, sicheren Bewegungen Tomaten in Scheiben schnitt. Die Spätnachmittagssonne war im Begriff unterzugehen, und eine steife Brise brachte das Fenster über dem Spülbecken zum Klappern. Sie konnte bereits spüren, daß ein Anflug von Kälte durch die schlecht isolierte hintere Wand eindrang.

Trotzdem wußte sie, daß ihre Küche mit ihrer rot-weißen, im Kolonialstil gemusterten Tapete, dem abgetretenen roten Linoleum-Fußboden und den Regalen und Einbauschränken aus Kiefernholz warm und einladend war. Als sie mit dem Schneiden der Tomaten fertig war, griff sie nach den Zwiebeln. Ein Tomatensalat mit Zwiebeln, einer Vinaigrette und großzügig mit Oregano bestreut war eine perfekte Ergänzung zu einer gebratenen Lammkeule. Sie hoffte inständig, daß Maggie noch immer so gerne Lammfleisch aß. Als sie klein gewesen war, hatte es zu ihren Lieblingsgerichten gehört. Vielleicht hätte ich sie ja danach fragen sollen, dachte Nuala, aber ich will sie überraschen. Zumindest wußte sie, daß Maggie keine Vegetarierin war – an ihrem gemeinsamen Abend in Manhattan hatte sie Kalbfleisch bestellt.

Die Kartoffeln tanzten bereits in dem großen Topf. Wenn sie gar gekocht waren, würde sie sie abgießen, aber erst im allerletzten Moment zu Brei stampfen. Ein Backblech mit Brötchen stand bereit und mußte nur in den Ofen geschoben werden. Die grünen Bohnen und die Karotten waren geputzt und geschält, damit sie, kurz bevor Nuala ihre Gäste zu Tisch bat, gedämpft werden konnten.

Sie warf einen Blick ins Eßzimmer und überprüfte noch einmal alles. Der Tisch war gedeckt. Das hatte sie schon am Morgen als erstes getan. Maggie würde ihr gegenüber in dem anderen Gastgeberstuhl sitzen. Eine symbolische Geste, das war ihr klar. Gemeinsame Gastgeberinnen für diesen Abend, wie Mutter und Tochter.

Sie lehnte sich eine Weile an den Türrahmen und dachte nach. Es würde wundervoll sein, einen Menschen zu haben, dem sie endlich diese schreckliche Sorge anvertrauen konnte. Ein oder zwei Tage wollte sie zunächst abwarten, und dann würde sie sagen: »Maggie, ich muß mit dir über etwas Wichtiges reden. Du hast recht, ich mache mir Sorgen wegen einer Sache. Vielleicht bin ich ja verrückt oder bloß eine alte, mißtrauische Närrin, aber ...«

Es wäre wohltuend, ihre Verdachtsgründe Maggie gegenüber offenzulegen. Selbst als sie noch klein war, hatte sie schon einen klaren, analytischen Verstand gehabt. »Finn-uala«, begann sie dann, wenn sie mich in etwas einweihen wollte, ihre Art, mich wissen zu lassen, daß es um eine sehr ernsthafte Besprechung ging, erinnerte sich Nuala.

Ich hätte bis morgen abend warten sollen, um dieses Essen zu veranstalten, dachte sie. Ich hätte Maggie die Chance geben sollen, wenigstens erst mal Luft zu holen. Nun ja, wieder mal typisch für mich – ich handle immer zuerst und denke hinterher nach.

Aber nachdem sie schon soviel über sie erzählt hatte, war es ihr ein Bedürfnis gewesen, ihren Freunden Maggie nun auch vorzuführen. Und außerdem war sie zu dem Zeitpunkt, als sie ihre Freunde einlud, davon ausgegangen, daß Maggie einen Tag früher kommen würde.

Maggie hatte jedoch am Tag zuvor angerufen, um ihr zu sagen, bei einem ihrer Aufträge gebe es ein Problem und es werde daher einen Tag länger als erwartet dauern, ihn abzuschließen. »Der Art-director ist ein nervöses Hemd und macht sich völlig verrückt mit den Aufnahmen«, hatte sie erklärt, »also kann ich erst morgen gegen Mittag losfahren. Aber ich müßte trotzdem so um vier oder halb fünf dasein.«

Um vier hatte Maggie angerufen. »Nuala, ich hab' dich schon vorher ein paarmal versucht zu erreichen, aber bei dir war besetzt. Ich packe jetzt grade mein Zeug zusammen und bin auf dem Weg zum Auto.«

»Macht nichts, solange du nur wegkommst.«

»Ich hoffe bloß, daß ich vor deinen Gästen ankomme, damit ich noch Zeit habe, mich umzuziehen.«

»Ach, das ist nicht so wichtig. Fahr nur vorsichtig, und ich schütte sie mit Cocktails zu, bis du da bist.«

»Einverstanden. Ich mach mich auf die Socken.«

Als sie jetzt an das Gespräch zurückdachte, lächelte Nuala. Es wäre furchtbar gewesen, wenn Maggie noch um einen weiteren Tag aufgehalten worden wäre. Mittlerweile müßte sie wohl in der Gegend von Bridgeport sein, überlegte sie. Vermutlich gerät sie in etwas Berufsverkehr, aber zumindest ist sie schon mal unterwegs. Lieber Gott, Maggie ist unterwegs zu mir.

Da es für den Augenblick nichts weiter für sie zu tun gab, beschloß Nuala sich hinzusetzen und die frühen Abendnachrichten anzuschauen. Das ließ ihr noch genügend Zeit für ein angenehm warmes, entspannendes Bad, bevor die Leute dann allmählich eintrafen.

Sie war gerade im Begriff, die Küche zu verlassen, als es an der Hintertür klopfte. Bevor sie zum Fenster hinausschauen konnte, um nachzusehen, wer es war, bewegte sich der Türgriff. Sie war zunächst verblüfft, doch als die Tür aufging und ihr Besucher eintrat, lächelte sie warm.

»Hallo du«, sagte sie. »Schön, dich zu sehen, aber du bist doch erst in ein paar Stunden fällig, also kannst du nicht lange bleiben.«

»Ich hab' nicht vor, lange zu bleiben«, sagte ihr Besucher ruhig.

4

Nachdem seine Mutter nach Florida gezogen war und das Haus verkauft hatte, das einst das Hochzeitsgeschenk des alten Squire für Liams Großmutter gewesen war, hatte sich Liam Moore Payne eine Eigentumswohnung an der Willow Street erstanden. Er benützte sie regelmäßig im Sommer, kam aber auch noch häufig, nachdem sein Segelboot am Ende der Saison stillgelegt worden war, am Wochenende von Boston her, um der hektischen Welt internationaler Finanzen zu entfliehen.

Die Wohnung, ein geräumiges Vier-Zimmer-Apartment mit hohen Zimmerdecken und einer Terrasse mit Blick auf die Narragansett Bay, war mit den schönsten Gegenständen aus dem alten Familiensitz ausstaffiert. Als sie damals umzog, hatte seine Mutter erklärt: »Diese Sachen taugen nicht für Florida, und ich hab' mir sowieso nie was aus dem ganzen Zeug gemacht. Nimm du's nur. Du bist wie dein Vater. Du liebst diesen schweren alten Kram.«

Als Liam aus der Dusche trat und nach einem Badehandtuch griff, dachte er an seinen Vater. War er ihm tatsächlich so ähnlich? Sein Vater war nach seiner Heimkehr von einem Tag des Handelns auf einem ständiger Veränderung unterworfenen Markt immer direkt zu der Bar im Arbeitszimmer gegangen und hatte sich einen sehr trockenen, sehr kalten Martini zubereitet. Er pflegte ihn langsam zu genießen und dann, sichtlich entspannt, nach oben zu gehen, um ein Bad zu nehmen und sich für den Abend umzuziehen.

Liam trocknete sich kräftig ab und lächelte ein wenig bei dem Gedanken, daß er und sein Vater sich sehr ähnlich waren, obwohl sie sich im Detail voneinander unterschieden. Die schon fast zelebrierten ausgiebigen Bäder seines Vaters hätten Liam verrückt gemacht; er bevorzugte eine kräftigende Dusche. Er hatte seinen Martini auch lieber, *nachdem* er geduscht hatte, nicht vorher.

Zehn Minuten später stand Liam an der Bar in seinem Arbeitszimmer und schenkte sorgfältig Finlandia-Wodka in einen gekühlten, mit Eisstücken gefüllten Silberpokal ein und rührte um. Nachdem er den Drink dann in ein feines Stengelglas abgegossen hatte, träufelte er einen oder zwei Tropfen Olivensaft auf die Oberfläche, zögerte kurz und nahm mit einem anerkennenden Seufzer den ersten Schluck. »Amen«, sagte er laut.

Es war zehn vor acht. Er wurde in zehn Minuten bei Nuala erwartet, und obwohl die Fahrt dorthin mindestens neun Minuten dauern würde, war es ihm nicht weiter wichtig, auf die Minute pünktlich zu sein. Jeder, der Nuala kannte, wußte, daß ihre Cocktailstunde gut und gerne bis neun und manchmal auch noch länger dauerte.

Liam beschloß, sich ein wenig Zeit zum Abschalten zu gönnen. Er ließ sich auf das schöne, mit dunkelbraunem marokkanischem Leder bezogene Sofa fallen und legte seine Füße sorgsam auf einen alten Couchtisch, der in seiner Form einem Stapel uralter Hauptbücher glich.

Er schloß die Augen. Es war eine lange, anstrengende Woche gewesen, aber das Wochenende versprach interessant zu werden.

Maggies Gesicht tauchte vor seinem inneren Auge auf. Es war ein bemerkenswerter Zufall, daß sie tatsächlich zu Newport eine Verbindung hatte, eine ausgesprochen enge Verbindung, wie es sich erwies. Er war erstaunt gewesen, als er von ihrer Beziehung zu Nuala erfahren hatte.

Er dachte daran, wie aufgeregt er gewesen war, als er merkte, daß Maggie die Party im Four Seasons verlassen hatte, ohne ihm Bescheid zu sagen. Da er wütend auf sich selbst war, weil er sie so gründlich vernachlässigt hatte, setzte er dann alles daran, sie zu finden und die Sache wieder in Ordnung zu bringen. Als seine Nachforschungen ergaben, daß Maggie gesehen worden war, wie sie vor dem Essen mit Nuala wegging, war ihm die Eingebung gekommen, die beiden könnten im Il Tinello sein. Für eine junge Frau hatte Maggie ziemlich feste Gewohnheiten.

Maggie. Er malte sie sich für einen Moment aus, ihr schönes Gesicht, die Intelligenz und die Energie, die sie ausstrahlte.

Liam trank seinen Martini aus und rappelte sich mit einem Seufzer aus seiner bequemen Lage hoch. Zeit, sich auf den Weg zu machen, dachte er. Er überprüfte sein Aussehen in dem Spiegel am Eingang und fand, daß die rot-blaue Hermès-Krawatte, die ihm seine Mutter zum Geburtstag geschickt hatte, nicht schlecht zu seinem marineblauen Blazer paßte, obwohl eine traditionell gestreifte wohl noch besser gewesen wäre. Mit einem Achselzucken entschied er sich, der Sache keine Bedeutung beizumessen; es war wirklich Zeit, zu gehen.

Er nahm seinen Schlüsselbund an sich, und nachdem er die Tür abgeschlossen hatte, brach er auf zu Nualas Abendessen.

5

Earl Bateman lag mit einem Glas Wein in der Hand auf dem Sofa ausgestreckt da, das Buch, das er soeben ausgelesen hatte, auf dem Tisch neben ihm. Er wußte, daß es Zeit war, sich für Nualas Abendessen umzuziehen, aber er genoß ein Gefühl von Muße und nutzte den Moment aus, um sich die

Ereignisse der vergangenen Woche noch einmal vor Augen zu führen.

Bevor er von Providence hergekommen war, hatte er noch die Arbeiten seiner Studenten im Einführungskurs Anthropologie 101 fertig korrigiert und mit Freude festgestellt, daß fast alle Studenten ausgezeichnete Noten erzielt hatten. Es würde ein interessantes – und vielleicht ein herausforderndes – Semester mit ihnen werden, dachte er sich.

Und nun konnte er sich auf Wochenenden in Newport freuen, die erfreulicherweise von diesen für die Sommersaison so typischen, die Restaurants belagernden und Verkehrstaus verursachenden Menschenmassen frei waren.

Earl wohnte in einem Gästeflügel des Familiensitzes Squire Hall, dem Haus, das Squire Moore für seine jüngste Tochter anläßlich ihrer Hochzeit mit Gordon Bateman gebaut hatte, dem ›Grabplünderer‹, wie Squire ihn genannt hatte, weil die Batemans schon seit vier Generationen als Direktoren von Bestattungsunternehmen fungierten.

Von allen Wohnsitzen, die er seinen sieben Kindern geschenkt hatte, war es bei weitem der kleinste, was den Umstand widerspiegelte, daß er gegen die Hochzeit gewesen war. Das war nicht persönlich gemeint, doch Squire hatte einen Horror vor dem Sterben und verbat sich sogar die bloße Erwähnung des Wortes ›Tod‹ in seiner Gegenwart. Den Mann in den Schoß der Familie aufzunehmen, der zweifellos die mit seinem eigenen Ableben verbundenen rituellen Handlungen dereinst beaufsichtigen würde, bedeutete, von nun an beständig an das verbotene Wort gemahnt zu werden.

Als Reaktion darauf hatte Gordon Bateman seine Frau überredet, ihr gemeinsames Heim Squire Hall zu nennen, als spöttischen Tribut an seinen Schwiegervater und als subtilen Hinweis, daß keines seiner übrigen Kinder auf die Idee gekommen war, ihn auf diese Weise zu ehren.

Earl war schon immer der Ansicht gewesen, daß sein Vorname ebenfalls eine gegen Squire gerichtete Spitze darstellte, da der alte Mann stets den Eindruck zu erwecken suchte, er sei nach Generationen von Moores getauft worden, die einst in der Grafschaft Dingle den Ehrentitel Squire trugen. Ein Squire von Dingle zupfte sich in Huldigung eines Earl an der Stirnlocke.

Nachdem Earl seinen Vater endlich davon überzeugt hatte, daß er nicht beabsichtigte, der nächste Bestattungsunternehmer Bateman zu werden, verkauften seine Eltern das Unternehmen an einen Privatkonzern, der daraufhin unter Beibehaltung des Familiennamens einen Geschäftsführer mit der Leitung beauftragte.

Seine Eltern verbrachten nun neun Monate des Jahres in South Carolina in der Nähe seiner verheirateten Schwestern und hatten Earl gedrängt, er möge doch während dieser Zeit das ganze Haus mit Beschlag belegen, doch er hatte dankend abgelehnt. Der Flügel war seinen Bedürfnissen angepaßt, mit seinen Büchern und Artefakten in abgeschlossenen Glasvitrinen, sicher verwahrt gegen womöglich sorgloses Abstauben. Zudem hatte er einen grandiosen Ausblick auf den Atlantik; Earl fand das Meer unendlich beruhigend.

Ruhe. Das war vielleicht das Wort, das er am höchsten schätzte.

Bei dem geräuschvollen New Yorker Zusammentreffen der Nachfahren Squire Moores hatte er sich soviel wie möglich im Hintergrund aufgehalten, wo er sie einfach alle beobachten konnte. Er versuchte nicht allzu kritisch zu sein, aber ihren »Na, kannst du das übertrumpfen?«-Geschichten schloß er sich nicht an. Seine Verwandten neigten offenbar alle dazu, damit anzugeben, wie weit sie es gebracht hatten, und wie Liam liebten sie es, einander mit weithergeholten Geschichten über ihren exzentrischen – und gelegentlich skrupellosen – Ahnherrn zu unterhalten.

Earl wußte auch, wie gern sich einige von ihnen über die Herkunft seines Vaters als Bestattungsunternehmer in vierter Generation lustig machten. Bei dem Familienfest hatte er zufällig mitbekommen, wie ihn zwei Leute dort heruntermachten und billige Witze über Leichenbestatter und ihre Branche rissen.

Soll sie doch alle der Teufel holen, dachte er jetzt, während er seine Beine auf den Boden schwang und sich aufsetzte. Es war zehn vor acht, Zeit, sich allmählich zu sputen. Er freute sich nicht darauf, heute abend zu Nualas Essen zu gehen, doch andererseits würde Maggie Holloway dasein. Sie war außerordentlich attraktiv …

Ja, ihre Anwesenheit würde dafür sorgen, daß es kein langweiliger Abend wurde.

6

Dr. William Lane, Direktor der Latham Manor Residence, blickte zum drittenmal innerhalb von fünf Minuten auf seine Uhr. Er und seine Frau sollten um acht Uhr in Nuala Moores Haus eintreffen; es war jetzt zehn vor acht. Dr. Lane war ein fülliger Mann in den Fünfzigern mit angehender Glatze, und er ging besänftigend und freundlich mit seinen Patienten um – auf eine nachsichtige Weise, die sich nicht auf seine neununddreißigjährige Ehefrau erstreckte.

»Odile«, rief er, »mein Gott noch mal, nun mach schon!«

»Bin gleich soweit.« Ihre musikalische Stimme flutete die Treppe ihres Hauses hinunter, eines Gebäudes, das einst als Remise des Latham Manor gedient hatte. Einen Augenblick später kam Odile ins Wohnzimmer gerauscht, wobei sie sich noch einen Ohrring festmachte.

»Ich hab' Mrs. Patterson etwas vorgelesen«, erklärte sie. »Du weißt doch, wie das ist, William. Sie hat sich hier noch nicht eingelebt, und es regt sie wirklich auf, daß ihr Sohn einfach ihr Haus verkauft hat.«

»Sie gewöhnt sich schon noch ein«, sagte Lane abweisend. »Alle andern scheinen es doch auch geschafft zu haben, sich hier am Ende ziemlich wohl zu fühlen.«

»Ich weiß, aber manchmal dauert's eben eine Weile. Ich finde jedenfalls ein paar Streicheleinheiten wichtig, solange sich ein neuer Gast einlebt.« Odile ging zum Spiegel über dem offenen Kamin aus gemeißeltem Marmor hinüber. »Wie seh ich aus?« Sie lächelte ihr Spiegelbild mit den großen Augen und den blonden Haaren an.

»Du siehst reizend aus. Tust du doch immer«, sagte Lane knapp. »Was weißt du über diese Stieftochter von Nuala?«

»Nuala hat mir alles über sie erzählt, als sie letzten Montag bei Greta Shipley zu Besuch war. Sie heißt Maggie, und Nuala war vor langer Zeit mit ihrem Vater verheiratet. Sie hat vor, zwei Wochen zu bleiben. Nuala freut sich anscheinend riesig darüber. Findest du das nicht köstlich, daß die beiden sich wieder begegnet sind?«

Ohne zu antworten, machte Dr. Lane die Haustür auf und stellte sich dann daneben. *Du* bist aber toll gelaunt, dachte Odile, als sie an ihm vorbei und die Stufen zum Wagen hinunter ging. Sie blieb eine Weile stehen und betrachtete das Latham Manor, dessen Marmorfassade im Mondlicht schimmerte.

Zögernd schlug sie vor: »Ich wollte dir eigentlich noch sagen, daß mir Mrs. Hammond, als ich nach ihr geschaut habe, etwas kurzatmig und ziemlich blaß vorkam. Ich frage mich, ob du nicht nach ihr sehen solltest, bevor wir gehen.«

»Wir sind schon jetzt spät dran«, erwiderte Dr. Lane ungeduldig und öffnete die Wagentür. »Falls ich gebraucht werde, kann ich in zehn Minuten zurück sein, aber ich kann dir *versichern*, daß es Mrs. Hammond heute abend gutgehen wird.«

7

Malcolm Norton freute sich nicht auf den Abend. Er war ein Mann mit silberweißen Haaren und einer militärisch aufrechten Haltung und gab eine imposante Erscheinung ab. Es war jedoch eine Erscheinung, hinter der sich ein beunruhigtes Gemüt verbarg.

Nualas Anruf vor drei Tagen, als sie ihn einlud, heute zum Abendessen zu kommen und ihre Stieftochter kennenzulernen, war ein Schock gewesen – nicht die Einladung zum Essen selbst, sondern die unerwartete Mitteilung, daß Nuala eine Stieftochter hatte.

Norton, der allein eine Anwaltskanzlei betrieb, hatte in den letzten paar Jahren miterleben müssen, wie die Zahl seiner Mandanten drastisch abnahm, zum Teil auf natürlichem Wege – er war nahezu zum Experten für die Verwaltung von Nachlässen geworden –, aber auch, da war er sich sicher, infolge des Neuzugangs mehrerer junger, zupackender Anwälte in der Region.

Nuala Moore war eine der wenigen, die aus seiner Klientel übriggeblieben waren, und er war eigentlich der Meinung, ihre Angelegenheiten in- und auswendig zu kennen. Kein einziges Mal hatte sie diese Stieftochter erwähnt.

Seit geraumer Zeit schon versuchte Malcolm Norton Nuala dazu zu bringen, ihr Haus zu verkaufen und ins Latham Manor zu ziehen. Bis vor kurzem hatte sie den Eindruck erweckt, als halte sie das für eine gute Idee. Sie räumte ein, daß sie sich seit dem Tod ihres Mannes Tim einsam in dem Haus fühlte, und außerdem fange es an, immer mehr an Reparaturen zu kosten. »Ich weiß, es braucht ein neues Dach, das Heizungssystem ist völlig veraltet, und irgend jemand, der es kaufen würde, will dann bestimmt noch eine Klimaanlage einbauen«, hatte sie zu ihm gesagt. »Glauben Sie, ich könnte zweihunderttausend dafür kriegen?«

Er hatte bedächtig reagiert und erklärt: »Nuala, der Immobilienmarkt hier kommt im September nach dem Labor Day praktisch zum Erliegen. Vielleicht könnten wir nächsten Sommer soviel dafür bekommen. Aber ich möchte, daß alles für Sie geregelt ist. Wenn Sie dazu bereit sind, jetzt ins Latham zu ziehen, dann nehme ich Ihnen das Haus zu diesem Preis ab und renoviere das, was nötig ist. Früher oder später bekomme ich mein Geld schon wieder zurück, und Sie haben keine Kosten mehr damit. Mit dem Versicherungsgeld von

Tim und dem Erlös des Hauses könnten Sie sich den besten Komfort im Latham leisten, vielleicht sogar einen Raum in einer Wohnung dort in ein Atelier umwandeln.«

»Das fände ich schön. Ich werde mich dort anmelden«, hatte Nuala damals erklärt; dann hatte sie ihn auf die Wange geküßt. »Sie sind immer ein guter Freund gewesen, Malcolm.«

»Dann setze ich also den Vertrag auf. Sie treffen eine gute Entscheidung.«

Was Malcolm Nuala nicht hatte wissen lassen, war eine Information, die ihm ein Freund aus Washington gegeben hatte. Eine Eingabe zur Änderung der Umweltschutzgesetze werde mit Sicherheit durchkommen, was bedeutete, daß einige bis dato durch den Erlaß zur Erhaltung von Feuchtbiotopen geschützte Grundstücke von Baueinschränkungen befreit werden würden. Die gesamte rechte Seite von Nualas Grundstück war von dieser Nutzungsänderung betroffen. Den Teich trockenlegen, ein paar Bäume fällen, und der Blick aufs Meer wäre einfach sensationell, überlegte sich Malcolm. Betuchte Leute waren scharf auf diesen Ausblick. Sie würden eine Menge für das Grundstück bezahlen, dann vermutlich sogar das alte Haus abreißen und ein dreimal so großes mit Aussicht auf den Ozean errichten. Nach seiner Schätzung würde allein schon der Grund und Boden eine Million Dollar wert sein. Wenn alles wie geplant klappte, würde er in den nächsten ein, zwei Jahren einen Profit von achthunderttausend Dollar machen.

Dann war er endlich in der Lage, sein Leben neu in den Griff zu bekommen. Mit dem Gewinn, den er aus dem Verkauf des Grundstücks einstreichen konnte, würde er genügend Geld haben, um mit seiner Frau Janice eine Scheidungsvereinbarung zu treffen, seine Kanzlei aufzugeben und mit Barbara nach Florida zu ziehen.

Wie sich doch sein Leben verändert hatte, seit Barbara als Anwaltsgehilfin für ihn zu arbeiten begonnen hatte! Sie war sieben Jahre jünger als er und eine ausgesprochen hübsche Witwe von sechsundfünfzig. Ihre Kinder waren erwachsen und in alle vier Winde verstreut, und sie hatte die Stelle in seiner Kanzlei angenommen, um eine Beschäftigung zu haben. Es hatte jedoch nicht lang gedauert, bis die Anziehungskraft, die sie beide aufeinander ausübten, deutlich fühlbar wurde. Barbara besaß all die Wärme, die ihm Janice nie geboten hatte.

Aber sie gehörte nicht zu den Frauen, die sich auf eine Affäre im Büro einließen – soviel hatte sie klargestellt. Wenn er sie haben wolle, dann müsse er schon als freier Mann zu ihr kommen. Und das einzige, was dazu nötig war, war Geld, sagte er sich. Dann …

»Also, bist du soweit?«

Malcolm blickte auf. Seine ihm seit fünfunddreißig Jahren angetraute Frau stand mit verschränkten Armen vor ihm.

»Wenn *du's* bist«, sagte er.

Er war erst spät nach Hause gekommen und direkt in sein Schlafzimmer verschwunden. Es war das erste Mal seit dem Vormittag, daß er Janice zu Gesicht bekam. »Wie war dein Tag heute?« fragte er höflich.

»Wie sind meine Tage denn sonst immer?« sagte sie scharf. »Als Buchhalterin in einem Altersheim? Aber wenigstens bringt einer von uns ein regelmäßiges Gehalt nach Hause.«

8

Um 19 Uhr 50 erhob sich Neil Stephens, Generaldirektor der Carson & Parker Investment Corporation, und streckte sich. Bis auf die Reinigungsmannschaft, die er irgendwo im Korridor staubsaugen hören konnte, war er hier im World Trade Center Nummer 2 der letzte, der noch im Büro war.

Als leitender Geschäftsführer des Unternehmens hatte er ein geräumiges Eckbüro, das ihm eine mitreißende Aussicht auf Manhattan bot, einen Blick, den er bedauerlicherweise selten genießen konnte. Heute war dazu besonders wenig Zeit gewesen.

Das Börsengeschäft war in den letzten paar Tagen extrem sprunghaft, und einige der Wertpapiere, die bei C & P als ›höchst empfehlenswert‹ geführt wurden, hatten enttäuschende Resultate erzielt. Die Anlagen waren alle solide, zumeist sogar erstklassig, und ein vorübergehender Wertverlust war nicht eigentlich problematisch. Sehr wohl ein Problem aber war, daß dann zu viele der kleineren Anleger auf einen Verkauf drängten, weshalb Stephens und seinen Mitarbeitern die Aufgabe zufiel, diese Kunden zur Geduld zu bewegen.

Nun, genug für heute, dachte Neil. Es wird Zeit, daß ich hier wegkomme. Er schaute sich nach seinem Jackett um und entdeckte es auf einem der Sessel im ›Gesprächsbereich‹, einem Arrangement bequemer Möbel, die dem Zimmer laut der Aussage des zuständigen Innenarchitekten eine ›kundenfreundliche Atmosphäre‹ verliehen.

Er verzog das Gesicht, als er bemerkte, wie zerknautscht sein Jackett aussah, schüttelte es aus und schob seine Arme hinein. Neil war ein kräftiger Mann, der es mit seinen siebenunddreißig Jahren dank eines Programms diziplinierter körperlicher Bewegung, einschließlich Squash an zwei Abenden pro Woche, schaffte, seine Muskulatur vor der langsamen Verfettung zu bewahren. Die Resultate seiner Anstrengungen waren deutlich sichtbar, und er war ein auffallend anziehender Mann mit durchdringenden braunen Augen, die Intelligenz verrieten, und einem ungezwungenen Lächeln, das Vertrauen hervorrief. Und dieses Vertrauen war in der Tat wohlbegründet, denn wie seine Kollegen und Freunde wußten, entging Neil Stephens nur äußerst selten etwas.

Er strich über die Ärmel seines Jacketts und dachte daran, daß Trish, seine Assistentin, es zwar morgens aufgehängt, später aber betont ignoriert hatte, als er es nach der Lunchpause wieder einmal zur Seite geworfen hatte.

»Die anderen werden sauer auf mich, wenn ich Sie zuviel bediene«, hatte sie erklärt. »Außerdem räum ich genug hinter meinem Mann her. Wieviel kann eine Frau ertragen?«

Neil lächelte bei der Erinnerung daran, doch dann schwand das Lächeln, als ihm einfiel, daß er vergessen hatte, Maggie anzurufen und nach ihrer Telefonnummer in Newport zu fragen. Erst am Morgen hatte er beschlossen, nächstes Wochenende zum Geburtstag seiner Mutter nach Portsmouth zu fahren; das bedeutete, daß er dann nur Minuten von Newport entfernt sein würde. Maggie hatte ihm gesagt, sie werde dort zwei Wochen bei ihrer Stiefmutter verbringen. Er hatte angenommen, daß sie sich dort treffen konnten.

Er und Maggie waren seit Anfang des Frühjahrs des öfteren zusammen ausgegangen, nachdem sie sich in einem Bagel-Laden an der Second Avenue begegnet waren, um die Ecke von ihren Wohnungen an der Sechsundfünfzigsten Straße Ost. Sie hatten angefangen miteinander zu plaudern, wann immer sie sich dort über den Weg liefen; dann begegneten sie sich eines Abends ganz zufällig im Kino. Sie setzten sich nebeneinander und spazierten anschließend zu Neary's Pub hinüber zum Abendessen.

Zu Anfang gefiel es Neil, daß Maggie die Verabredungen offenbar genausowenig ernst nahm wie er selbst. Es gab kein Anzeichen dafür, daß sie in ihm mehr sah als einen guten Bekannten, mit dem sie gern ins Kino ging. Sie schien genauso intensiv beruflich engagiert zu sein wie er selbst.

Nach sechs Monaten gelegentlicher Verabredungen jedoch begann Neil sich zu ärgern, daß Maggie auch weiterhin uninteressiert an ihm schien. Ohne überhaupt zu merken, wie ihm geschah, war es ihm immer wichtiger geworden, sie zu sehen und soviel wie möglich über sie in Erfahrung zu bringen. Er wußte, daß sie fünf Jahre zuvor ihren Mann verloren hatte, eine Tatsache, die sie so nüchtern erwähnte, daß ihr Tonfall nahelegte, sie habe das emotional ganz verarbeitet. Allmählich aber begann er sich zu fragen, ob sie vielleicht einen festen Freund hatte. Begann er sich zu fragen und sich deswegen Sorgen zu machen.

Nach einer Weile des Grübelns beschloß Neil zu probieren, ob Maggie vielleicht ihre Newporter Nummer auf ihrem

Anrufbeantworter hinterlassen hatte. Wieder an seinem Schreibtisch angelangt, lauschte er ihrer Ansage auf dem Band: »Hallo, hier ist Maggie Holloway. Danke für den Anruf. Ich bin bis dreizehnten Oktober verreist.« Der Apparat stellte sich mit einem Klick ab. Offenbar war sie nicht daran interessiert, irgendwelche Nachrichten zu erhalten.

Na, großartig, dachte er mürrisch, als er den Hörer auflegte und zum Fenster hinüberschritt. Vor ihm dehnte sich das Lichtermeer von Manhattan aus. Er betrachtete die Brücken über den East River und erinnerte sich an Maggies Reaktion darauf, als er ihr gesagt hatte, sein Büro sei im einundvierzigsten Stock des World Trade Center: Sie hatte ihm davon erzählt, wie sie zum erstenmal für einen Cocktail im Window on the World oben auf der Spitze des Gebäudes gewesen war. »Die Abenddämmerung setzte gerade ein. Die Lichter auf den Brücken gingen an, und dann fingen all die Lichter an den Gebäuden und auf den Straßen an zu leuchten. Es war, als schaute man einer adligen Dame zu Viktorianischer Zeit zu, wie sie ihren Schmuck anlegt – Halskette, Armbänder, Ringe, sogar ein Diadem.«

Das anschauliche Bild war Neil im Gedächtnis haften geblieben.

Er hatte auch noch ein anderes Bild von Maggie im Sinn, das ihn jedoch beunruhigte. Drei Wochen zuvor, an einem Samstag, war er spontan ins Cinema I gegangen, um sich den dreißig Jahre alten französischen Klassiker *Ein Mann und eine Frau* anzusehen. Das Kino war nicht besonders voll, und irgendwann mitten während des Films hatte er entdeckt, daß ein paar Reihen vor ihm, vier Sitze weiter weg, Maggie alleine dasaß. Er hatte sich gerade zu ihr setzen wollen, als er merkte, daß sie weinte. Stille Tränen liefen ihr über die Wangen, und sie hielt sich die Hand vor den Mund, um ein Schluchzen zu unterdrücken, während sie der Geschichte einer jungen Witwe folgte, die den Tod ihres Mannes nicht zu akzeptieren vermochte.

Er war während des Abspanns hinausgeeilt, weil er ihr die Verlegenheit ersparen wollte, in einem Moment solcher Verletzlichkeit ertappt zu werden.

Später am selben Abend dann hatte er noch mit Freunden in Neary's beim Essen gesessen, als sie hereinkam. Sie hatte bei seinem Tisch angehalten, um Hallo zu sagen, bevor sie sich zu einer Gruppe an einem großen Ecktisch setzte. Weder ihr Gesichtsausdruck noch ihr Verhalten hatten irgendwie darauf hingewiesen, daß sie erst kurz zuvor einen Film gesehen und sich mit einer völlig verzweifelten Witwe identifiziert hatte.

Verdammt! dachte Neil, sie ist mindestens zwei Wochen weg, und ich habe keine Möglichkeit, sie zu erreichen. Ich hab' nicht mal die leiseste Ahnung, wie ihre Stiefmutter heißt.

9

Bis auf diesen Korinthenkacker von einem Art-director war es eine gute Woche gewesen, dachte Maggie, als sie von der Route 138 in Newport abbog. Beide Fotosessions dieser Woche waren außerordentlich gut gelungen, besonders die für *Vogue*.

Doch nach der peniblen Aufmerksamkeit, mit der sie darauf achten mußte, wie die Kamera jede Falte der astronomisch teuren Gewänder einfing, die Maggie vor dem Objektiv hatte, war es ein deutlich spürbares Vergnügen, in Jeans und eine karierte Hemdbluse zu schlüpfen. So war auch alles, was sie für diesen Urlaub eingepackt hatte, ziemlich leger, mit Ausnahme einer blauen, gemusterten Seidenbluse und eines dazu passenden langen Rocks.

Wir werden soviel Spaß zusammen haben, dachte sie. Zwei Wochen ohne Unterbrechungen in Newport. Nuala und ich haben nun wirklich die Chance, wieder ganz miteinander vertraut zu werden! Sie lächelte bei dieser Aussicht.

Es war eine Überraschung gewesen, als Liam anrief und ihr mitteilte, auch er werde abends bei Nuala sein, obwohl ihr eigentlich hätte klar sein müssen, daß er relativ viel Zeit in Newport verbrachte. »Es ist von Boston aus bequem mit dem

Auto zu erreichen«, hatte er erklärt. »Ich fahre ziemlich regelmäßig an den Wochenenden hin, besonders außerhalb der Hauptsaison.«

»Das wußte ich nicht«, hatte sie gesagt.

»Es gibt eine Menge Dinge, die du nicht weißt über mich, Maggie. Wenn du nicht so oft verreist wärst...«

»Und wenn du nicht in Boston wohnen und deine New Yorker Wohnung so wenig benutzen würdest...«

Maggie lächelte erneut. Liam *ist* lustig, dachte sie, auch wenn er sich oft selbst zu ernst nimmt. Während sie an einer roten Ampel anhielt, warf sie einen Blick nach unten und überprüfte nochmals ihre Richtungsangaben. Nuala wohnte gleich um die Ecke des legendären Ocean Drive an der Garrison Avenue. »Ich hab' vom zweiten Stock aus sogar einen Blick aufs Meer«, hatte sie erklärt. »Warte nur, bis du's siehst, und mein Atelier.«

Sie hatte dreimal in dieser Woche angerufen, um sich zu vergewissern, daß es bei ihrer Verabredung blieb. »Du *kommst* doch, Maggie? Du enttäuschst mich auch nicht?«

»Aber natürlich nicht«, hatte sie Nuala beruhigt. Und doch hatte Maggie sich gefragt, ob es nur ihre Einbildung war oder ob da tatsächlich etwas aus Nualas Stimme herauszuhören war, ein Unbehagen, das sie vielleicht schon an dem Abend bemerkt hatte, als sie in Manhattan miteinander zu Abend aßen. Zu jenem Zeitpunkt hatte sie es darauf zurückgeführt, daß Nualas Mann erst im Jahr zuvor gestorben war und sie auch allmählich ihre Freunde zu verlieren begann – einer der wenig erfreulichen Aspekte, wenn man lange genug lebte, um alt zu werden. Da muß natürlich ein Gefühl der eigenen Hinfälligkeit aufkommen, folgerte sie.

Sie hatte den gleichen Ausdruck in den Gesichtern von Bewohnern eines Pflegeheims gesehen, die sie im vergangenen Jahr für die Zeitschrift *Life* fotografiert hatte. Eine Frau hatte wehmütig festgestellt: »Manchmal stört es mich ganz gewaltig, daß keiner mehr übrig ist, der sich noch an mich erinnert, wie ich jung war.«

Maggie durchlief ein Frösteln, und nun erst merkte sie, daß die Temperatur im Wagen drastisch gefallen war. Während sie die Klimaanlage abstellte, öffnete sie ein wenig das Fenster und sog den würzigen Geruch des Meeres ein, der die Luft durchdrang. Wenn man im mittleren Westen aufgewachsen ist, dachte sie, kann man von der See nie genug kriegen.

Ein Blick auf die Uhr zeigte ihr, daß es zehn vor acht war. Sie würde kaum genug Zeit haben, sich frisch zu machen und umzuziehen, ehe die übrigen Gäste eintrafen. Wenigstens hatte sie Nuala noch telefonisch Bescheid gegeben, daß sie erst verspätet hatte aufbrechen können. Sie hatte ihr gesagt, daß sie so ziemlich genau jetzt eintreffen würde.

Sie bog in die Garrison Avenue ein und hatte das Meer vor Augen. Sie fuhr langsamer und hielt schließlich vor einem bezaubernden, mit verwitterten Schindeln verschalten Haus an, das von einer Veranda umgeben wurde. Das mußte Nualas Zuhause sein, dachte sie, aber es kam ihr so dunkel vor. Außen brannte überhaupt kein Licht, und sie konnte nur eine schwache Beleuchtung im Innern durch die Vorderfenster ausmachen.

Sie bog in die Einfahrt ein, stieg aus, und ohne erst lange ihr Gepäck aus dem Kofferraum zu holen, rannte sie die Stufen hinauf. Voller Vorfreude drückte sie auf die Klingel. Im Hausinnern hörte sie es leise melodisch läuten.

Während sie wartete, sog sie die Luft ein. Die Fenster zur Straße hin waren offen, und sie vermeinte einen beißenden, verbrannten Geruch aus dem Haus her wahrzunehmen. Sie drückte erneut auf die Klingel, und wiederum hallte das melodische Bimmeln durchs Haus.

Noch immer rührte sich nichts, waren keine Schritte zu hören. Irgend etwas stimmt da nicht, dachte sie beunruhigt. Wo war Nuala? Maggie ging zum nächstliegenden Fenster hin und duckte sich, bemühte sich angestrengt, an dem Rüschenbesatz der teilweise zugezogenen Vorhänge vorbei in die Dunkelheit drinnen zu spähen.

Dann wurde ihr Mund plötzlich trocken. Das Wenige, was sie in dem dämmrigen Raum ausmachen konnte, wies auf ein wildes Durcheinander hin. Der Inhalt einer Schublade lag über den mit Kettenstich bestickten Teppich verstreut da, und die Schublade selbst lehnte wie achtlos hingeworfen gegen den Polsterschemel. Der offene Kamin lag gegenüber von den Fenstern und war von Wandschränken eingerahmt. Sie standen alle offen.

Soweit es überhaupt eine Beleuchtung gab, stammte sie von den beiden Wandleuchten über dem Kaminsims. Als sich Maggies Augen an das trübe Licht gewöhnt hatten, konnte sie einen einzelnen hochhackigen Schuh erkennen, der seitlich umgekippt vor dem Kamin lag.

Doch was war das? Sie kniff die Augen zusammen und beugte sich weiter vor, begriff dann, daß sie einen zierlichen bestrumpften Fuß sah, der hinter einem schmalen Sofa unweit der Stelle, wo der Schuh hingefallen war, herausragte. Sie stürzte zu der Haustür zurück und zerrte an dem Griff, aber die Tür war verschlossen.

Blindlings rannte sie zum Wagen, packte das Mobiltelefon und wählte die Notrufnummer 911. Dann hielt sie inne, weil ihr wieder einfiel: Ihr Handy lief ja über eine New Yorker Vorwahlnummer. Das hier war Rhode Island; Nualas Nummer begann mit der Vorwahl 401. Mit zitternden Fingern drückte sie auf die Ziffern 401-911.

Als sich jemand meldete, brachte sie mit Mühe heraus: »Ich bin in der Garrison Avenue Nummer eins in Newport. Ich kann nicht rein. Ich kann sehen, daß jemand auf dem Boden liegt. Ich glaube, es ist Nuala.«

Ich plappere, hielt sie sich vor. Hör auf damit. Doch als die ruhigen, gelassenen Fragen des Beamten an der Zentrale einsetzten, schrie Maggies Bewußtsein mit unumstößlicher Gewißheit drei Worte heraus: *Nuala ist tot.*

10

Der Newporter Polizeichef Chet Brower machte Platz, als der Polizeifotograf Bilder vom Tatort aufnahm. Abgesehen von der schmerzlichen Tatsache, daß jemand in seinem Zuständigkeitsbereich einem grausamen Mord zum Opfer gefallen war – Nuala Moore hatte mehrere Schläge auf den Kopf bekommen –, hatte die gesamte Situation etwas an sich, was ihm gegen den Strich ging.

Schon seit mehreren Monaten war in diesem Gebiet kein Einbruch mehr gemeldet worden. Die Saison dafür begann, wenn viele Häuser für den Winter unbewohnt zurückblieben und damit zu beliebten Zielobjekten für Plünderer wurden, die es auf Fernsehgeräte und ähnliches abgesehen hatten. Erstaunlich, wie viele Leute noch immer keine Alarmanlage besaßen, dachte Brower. Ebenfalls erstaunlich, wie viele Leute nicht darauf achteten, ihre Türen abzuschließen.

Der Polizeichef war in dem ersten Streifenwagen gewesen, der den Notruf übernommen hatte. Als sie bei dem Haus eingetroffen waren und die junge Frau, die sich als Mrs. Moores Stieftochter auswies, auf das Vorderfenster deutete, hatte er hineingeschaut und genau das vorgefunden, was sie beschrieben hatte. Bevor sie sich darangaben, die vordere Eingangstür aufzubrechen, war er mit Detective Jim Haggerty ums Haus herum nach hinten gegangen. Er hatte den Türknopf ganz vorsichtig berührt, um mögliche Fingerabdrücke nicht zu verwischen, festgestellt, daß die Tür nicht abgesperrt war, und sie waren hineingegangen.

Eine Gasflamme flackerte noch unter einem Topf, der jetzt schwarz verkohlt war. Der beißende Geruch angebrannter Kartoffeln verdrängte den anderen, angenehmeren Duft. Lammbraten, hatte Browers Bewußtsein registriert. Automatisch hatte er den Herd ausgestellt, bevor er durch das Eßzimmer ins Wohnzimmer ging.

Er hatte gar nicht bemerkt, daß ihnen die Stieftochter gefolgt war, bis sie zu dem leblosen Körper kamen und er sie aufstöhnen hörte. »O Nuala, Finn-u-ala«, hatte sie gesagt, während sie auf die Knie sank. Sie streckte die Hand nach der Leiche aus, doch er packte die Frau am Handgelenk.

»Nicht anfassen!«

In diesem Augenblick hatte es vorne an der Haustür geklingelt, und er erinnerte sich, gesehen zu haben, daß der Tisch im Eßzimmer für Besuch gedeckt war. Sich nähernde Sirenen kündigten an, daß weitere Streifenwagen eintrafen, und in den folgenden paar Minuten war es den Beamten gelungen, die Stieftochter und weitere ankommende Gäste in ein Nachbarhaus zu führen. Sie wurden alle aufgefordert, den Tatort nicht zu verlassen, bevor der Polizeichef Gelegenheit hatte, mit ihnen zu sprechen.

»Chief.«

Brower blickte auf. Eddie Sousa, ein Polizist, der noch ganz neu im Dienst war, stand neben ihm.

»Ein paar von den Leuten, die darauf warten, mit Ihnen zu reden, werden allmählich unruhig.«

Brower, der seit jeher die Angewohnheit hatte, die Stirn zu runzeln, wenn er gründlich nachdachte oder verdrossen war, legte seine Stirn in Falten. Diesmal war es Verdrossenheit. »Sagen Sie ihnen, ich komme in zehn Minuten rüber«, erwiderte er gereizt.

Bevor er ging, machte er nochmals eine Runde durch das Haus. Es sah verheerend aus. Sogar das Atelier im zweiten Stock war durchwühlt worden. Kunstmaterialien lagen über den Boden verstreut da, als hätte sie jemand hastig in Augenschein genommen und dann wieder weggeworfen; Schubladen und Materialschränke waren leergeräumt worden. Nicht gerade viele Eindringlinge, die soeben einen Mord begangen haben, hätten sich Zeit für eine so gründliche Suche genommen, überlegte er. Außerdem ließ sich doch von dem Gesamteindruck des Hauses deutlich darauf schließen, daß schon lange kein Geld mehr dafür ausgegeben worden war. Was also gab es hier zu stehlen? fragte er sich.

Die drei Schlafzimmer im ersten Stock waren derselben Durchsuchung unterzogen worden. Eines der Zimmer allerdings war bis auf die offene Schranktür und die herausgezerrten Kommodenschubladen ordentlich. Das Bett war aufgeschlagen, und man konnte klar erkennen, daß es frisch bezogen war. Brower nahm an, daß dieser Raum für die Stieftochter hergerichtet worden war.

Der Inhalt des größten Schlafzimmers war überall wild verstreut. Ein rosafarbener Schmuckkasten aus Leder von der gleichen Art, wie er ihn einmal seiner Frau zu Weihnachten geschenkt hatte, stand offen. Was deutlich als Modeschmuck erkennbar war, lag auf der niedrigen Ahornkommode verstreut.

Brower machte sich eine Notiz, später Nuala Moores Freunde nach irgendwelchem wertvollen Schmuck zu fragen, den sie besessen haben mochte.

Er betrachtete das durchwühlte Schlafzimmer der Verstorbenen eine ganze Weile. Wer immer dies getan hatte, war kein hinterhältiger Dieb der üblichen Sorte und auch kein drogensüchtiger Einbrecher, schloß er. Er hatte bewußt nach etwas *gesucht*. Oder *sie* hatte nach etwas gesucht, verbesserte er sich. Nuala Moore hatte offensichtlich erkannt, daß ihr Leben in Gefahr war. So wie es aussah, hatte sie versucht wegzulaufen, als sie von hinten niedergeschlagen wurde. Jeder hätte das tun können – ob Mann oder Frau. Es setzte keine besondere Körperkraft voraus.

Und da war noch etwas anderes, was Brower auffiel. Mrs. Moore war augenscheinlich dabeigewesen, das Abendessen vorzubereiten, was nahelegte, daß sie sich in der Küche aufhielt, als der Eindringling auftauchte. Sie hatte dem Täter zu entrinnen versucht, indem sie durch das Eßzimmer lief, was bedeutete, daß der Eindringling die Küchentür blockiert haben mußte. Er oder sie kam vermutlich dort herein, und da es kein Anzeichen für ein gewaltsames Eindringen gab, mußte die Tür unversperrt gewesen sein. Es sei denn natürlich, daß Mrs. Moore die betreffende Person selbst hereingelassen hatte. Brower notierte sich, später nachzuprüfen, ob das Türschloß eines von der Sorte war, das offenblieb, wenn man es nicht eigens wieder verriegelte.

Jetzt aber war er soweit, mit den ursprünglich zum Essen geladenen Gästen zu reden. Er ließ Detective Haggerty zurück, damit er auf den amtlichen Leichenbeschauer wartete.

11

»Nein, danke«, sagte Maggie, die sich die Zeigefinger an die Schläfen drückte. Ihr war undeutlich bewußt, daß sie seit dem Mittag, also seit zehn Stunden, nichts gegessen hatte, aber bei dem Gedanken an Essen zog sich ihr die Kehle zu.

»Nicht mal eine Tasse Tee, Maggie?«

Sie schaute hoch. Das freundliche, hilfsbereite Gesicht von Irma Woods, Nualas unmittelbarer Nachbarin, schwebte über ihr. Es war einfacher, zustimmend zu nicken, als weiterhin das Angebot abzulehnen. Und zu ihrer Überraschung wärmte der Becher ihre kalten Finger, und der fast kochend heiße Tee war wohltuend, als sie ihn zu sich nahm.

Sie waren im Wohnzimmer der Woodsschen Villa, die viel größer als Nualas Haus war. Familienfotos standen auf Tischen und auf dem Kaminsims herum – Kinder und Enkel, vermutete sie. Die Woods' waren wohl im gleichen Alter wie Nuala.

Trotz der ganzen Anspannung und Verwirrung glaubte Maggie zu wissen, wer die anderen waren, die eigentlich Gäste zum Abendessen hätten sein sollen. Da war zum einen Dr. William Lane, der Direktor des Latham Manor, wohl einer Art Altersheim, wie es ihr schien. Dr. Lane war ein fülliger Mann mit angehender Glatze, der vermutlich in den Fünfzigern war, und hatte eine tröstliche Art an sich, als er sein Beileid aussprach. Er hatte versucht, ihr ein mildes Beruhigungsmittel zu geben, aber Maggie hatte abgelehnt. Ihrer Erfahrung nach vermochte selbst das mildeste Beruhigungsmittel sie tagelang schläfrig zu machen.

Maggie beobachtete, daß jedesmal, wenn Dr. Lanes bildhübsche Frau Odile etwas sagte, ihre Hände in Bewegung gerieten. »Nuala ist fast jeden Tag ins Heim gekommen, um ihre Freundin Greta Shipley zu besuchen«, hatte sie erklärt, und ihre Finger hatten dabei eine Art Lockbewegung vollführt, als wolle sie jemanden einladen, doch näher zu kommen. Dann schüttelte sie den Kopf und faltete die Hände wie zum Gebet. »Greta wird sich das schrecklich zu Herzen nehmen. Ganz *schrecklich*«, wiederholte sie mit Nachdruck.

Odile hatte schon mehrfach die gleiche Bemerkung von sich gegeben, und Maggie wünschte sich inständig, sie würde es nicht noch mal sagen. Diesmal jedoch machte Odile eine zusätzliche Feststellung: »Und alle in ihrem Malkurs werden sie so furchtbar vermissen. Die Gäste, die in dem Kurs waren, hatten so einen Spaß an der Sache. Guter Gott, bis jetzt hatte ich noch nicht mal dran gedacht.«

Das würde Nuala ähnlich sehen, dachte Maggie, andere Menschen an ihrem Talent teilhaben zu lassen. Eine lebhafte Erinnerung an Nuala stieg in ihr auf, wie sie ihr zum sechsten Geburtstag ihre eigene Palette geschenkt hatte. »Und ich bring dir bei, wie man wunderschöne Bilder malt«, hatte Nuala gesagt. Allerdings ist nichts draus geworden, weil ich nie was Gescheites zustande gebracht habe, dachte Maggie. Erst als sie mir dann Ton in die Hände gelegt hat, wurde Kunst greifbar für mich.

Malcolm Norton, der sich Maggie als Nualas Anwalt vorgestellt hatte, stand an dem offenen Kamin. Er war ein gutaussehender Mann, doch kam es ihr so vor, als setze er sich bewußt in Positur. Da war etwas Oberflächliches – beinahe Künstliches – an ihm, fand sie. Irgendwie machten seine Trauer und seine Feststellung: »Ich war auch ihr Freund und Vertrauter, nicht nur ihr Anwalt« den Eindruck, als sei er der Ansicht, *er* habe Mitgefühl verdient.

Weshalb aber sollte andererseits irgend jemand denken, daß ich es bin, der man Beileid aussprechen sollte? fragte sie sich. Sie wissen doch alle, daß ich Nuala gerade erst nach über zwanzig Jahren wiedergesehen habe.

Nortons Frau Janice verbrachte die meiste Zeit damit, sich ruhig mit dem Arzt zu unterhalten. Sie war eine sportliche Erscheinung und hätte attraktiv sein können, wären da nicht die nach unten gerichteten Linien an ihren Mundwinkeln gewesen, die ihr einen herben, sogar verbitterten Ausdruck verliehen.

Während sie noch darüber nachdachte, wunderte sich Maggie über die Art und Weise, wie ihr Bewußtsein mit dem Schock von Nualas Tod umging. Einerseits empfand sie einen so furchtbaren Schmerz; andererseits aber beobachtete sie diese Menschen hier wie durch das Objektiv einer Kamera.

Liam und sein Vetter Earl saßen nicht weit voneinander entfernt in zueinander passenden Sesseln am Kamin. Bei seiner Ankunft hatte Liam den Arm um sie gelegt und erklärt: »Maggie, wie grauenhaft für dich«, doch schien er dann zu verstehen, daß sie körperlichen und seelischen Abstand brauchte, um die Sache erst einmal selbst zu verarbeiten, und so setzte er sich nicht neben sie auf das schmale Sofa.

Ein schmales Sofa für zwei, dachte Maggie. Genau so ein Sofa war es gewesen, hinter dem sie Nualas Leiche gefunden hatten.

Earl Bateman beugte sich mit verschränkten Händen vor, als sei er tief in Gedanken versunken. Maggie war ihm lediglich an dem Abend des Mooreschen Familientreffens begegnet, aber sie wußte noch, daß er ein Anthropologe war, der Vorlesungen über Bestattungsbräuche hielt.

Hatte Nuala wohl gegenüber irgend jemandem zu erkennen gegeben, auf welche Weise sie bestattet werden wollte? fragte sich Maggie. Vielleicht wußte ja Malcolm Norton, der Rechtsanwalt, darüber Bescheid.

Das Ertönen der Türklingel ließ alle aufhorchen. Der Polizeichef, dem Maggie in Nualas Haus gefolgt war, betrat jetzt das Zimmer. »Entschuldigen Sie bitte, daß ich Sie festgehalten habe«, sagte er. »Mehrere meiner Männer nehmen jetzt Ihre einzelnen Aussagen auf, also werden wir Sie so schnell wie möglich hier raus haben. Als erstes aber habe ich noch ein paar Fragen, die ich Ihnen als Gruppe stellen möchte. Mr. und Mrs. Woods, ich möchte Sie bitten, ebenfalls noch hierzubleiben.«

Die Fragen des Polizeichefs waren allgemeiner Natur, wie zum Beispiel: »Hatte Mrs. Moore die Angewohnheit, ihre Tür unverschlossen zu lassen?«

Die Woods' berichteten, daß sie ihre Tür stets unverschlossen gelassen habe, daß sie sogar Witze darüber gemacht habe, sie würde ständig ihren Hausschlüssel für den Vordereingang verlegen, aber sie wüßte schließlich, daß sie sich immer hinten reinschleichen könnte.

Er fragte, ob sie in letzter Zeit beunruhigt gewirkt habe. Einmütig erzählten alle, Nuala sei glücklich und voller Elan gewesen und habe sich auf Maggies Besuch gefreut.

Maggie spürte, wie Tränen in ihr aufstiegen. Und dann wurde ihr bewußt: Aber sie war doch beunruhigt.

Erst, als Chief Brower erklärte: »So, wenn Sie jetzt nur noch ein paar Minuten Geduld für uns aufbringen, solange meine Leute jedem von Ihnen einige Fragen stellen, dann verspreche ich Ihnen, daß wir Sie bald nach Hause entlassen«, meldete sich Irma Woods schüchtern zu Wort.

»Da ist bloß noch eine Sache, die wir vielleicht erklären sollten. Gestern kam Nuala zu uns rüber. Sie hatte per Hand ein neues Testament geschrieben und wollte, daß wir ihre Unterschrift bezeugen. Sie hat uns auch gebeten, Mr. Martin, einen Notar, anzurufen, damit er es offiziell beglaubigt. Sie schien ein bißchen bekümmert zu sein, weil sie ja wußte, wie sie uns gesagt hat, daß Mr. Norton wahrscheinlich enttäuscht darüber ist, daß sie von dem Verkauf ihres Hauses an ihn wieder Abstand nimmt.«

Irma Woods schaute Maggie an. »In Nualas Testament steht, Sie möchten doch ihre Freundin Greta Shipley im Latham Manor so oft Sie irgend können besuchen oder anrufen. Bis auf ein paar Verfügungen für Wohltätigkeitszwecke hat sie ihr Haus und alles übrige, was sie besaß, Ihnen vermacht.«

Montag, 30. September

12

Es konnte kein Zweifel bestehen, daß die Theorie, ein Einbrecher habe Nuala ermordet, Maggie Holloway nicht zufriedenstellte. Er hatte das in der Leichenhalle gesehen. Jetzt bei der Totenmesse beobachtete er mit schmalen Augen, wie sie ungläubig den Kopf schüttelte, als der Priester über die blinde Gewalttätigkeit sprach, die heutzutage so viele unschuldige Opfer fordere.

Maggie war viel zu gewitzt, zu wachsam. Sie konnte leicht zu einer Bedrohung werden.

Doch als sie aus der Kirche St. Mary's hintereinander wieder heraustraten, tröstete er sich mit dem Gedanken, daß sie nun zweifellos nach New York zurückkehren und Nualas Haus zum Verkauf auf den Markt geben würde. Und wir wissen ja, wer sich noch vor ihrer Abreise mit einem Angebot vordrängeln wird, dachte er.

Er war froh darüber, daß Greta Shipley von einer Krankenschwester begleitet worden war, als sie zur Messe erschien, und sich dann praktisch umgehend wieder hatte zurückziehen müssen. Maggie würde ihr vermutlich noch einen Höflichkeitsbesuch im Seniorenheim abstatten, bevor sie abfuhr.

Er regte sich voller Unruhe. Wenigstens war die Messe fast vorüber. Die Solistin sang gerade »Hier bin ich, Herr«, und der Sarg wurde langsam den Gang entlang gerollt.

Er hatte wirklich keine Lust, jetzt zum Friedhof zu gehen, obwohl er wußte, daß er nicht darum herumkam. Später. Später würde er dorthin gehen ... und zwar allein. Genau wie bei den anderen würde sein besonderes Geschenk ein privates Vermächtnis an sie sein.

Er verließ die Kirche mit den etwa dreißig übrigen Besuchern, die Nuala zu ihrer letzten Ruhestätte begleiteten. Es war der Friedhof, auf dem viele der prominenteren langjährigen katholischen Einwohner Newports begraben lagen.

Nualas Grab war neben dem ihres letzten Ehemannes. Die Inschrift auf dem Marmor würde bald vollendet sein. Neben dem Namen und den Geburts- und Todesdaten von Timothy James Moore waren ihr Name und Geburtsdatum bereits eingemeißelt. Bald schon würde man das Datum des letzten Freitags hinzufügen. ›Ruhe in Frieden‹ stand bereits da.

Er zwang sich zu einem feierlichen Gesichtsausdruck, als die abschließenden Gebete verlesen wurden..., wohl ein bißchen zu hastig verlesen wurden, dachte er. Andererseits war unschwer zu erkennen, daß die dunklen Wolken oben drauf und dran waren, ihnen eine kräftige Dusche zu verpassen.

Als der Gottesdienst zu Ende war, lud Irma Woods alle Anwesenden zu einer Erfrischung in ihr Haus ein.

Er überlegte sich, daß es ungeschickt wäre, die Einladung abzulehnen, und darüber hinaus bot sie ihm eine gute Gelegenheit herauszufinden, wann genau Maggie Holloway abzufahren gedachte. Geh fort, Maggie, dachte er. Hier gerätst du bloß in Schwierigkeiten.

Eine Stunde später, als er inmitten der nun miteinander plaudernden Gäste mit ihren Getränken und Sandwiches in den Händen stand, war er wie vor den Kopf gestoßen, als er Irma Woods zu Maggie sagen hörte, die Reinigungsleute seien damit fertig, das Haus wieder in Ordnung zu bringen und alle Spuren zu beseitigen, die die Polizei bei der Abnahme der Fingerabdrücke hervorgerufen habe.

»Das Haus ist also bereit für Sie, Maggie«, informierte Mrs. Woods sie. »Aber sind Sie sicher, daß Ihnen dort nicht unheimlich wird? Sie wissen, Sie können gerne weiter hier bei uns bleiben.«

So unauffällig wie möglich ging er näher heran und bemühte sich, alles mitzubekommen. Sein Rücken war ihnen zugewandt, als Maggie sagte: »Nein, in Nualas Haus wird mir schon nicht unheimlich. Ich hatte vor, zwei Wochen zu bleiben, und genau das werde ich auch tun. Ich will die Zeit dazu nützen, alles auszusortieren und natürlich auch Greta

Shipley im Latham Manor zu besuchen, wie es sich Nuala gewünscht hat.«

Er erstarrte, als sie hinzufügte: »Mrs. Woods, Sie waren so entgegenkommend. Ich kann Ihnen gar nicht genug danken. Da ist nur noch eine Sache. Als Nuala am Freitag morgen mit diesem handschriftlichen Testament zu Ihnen rüberkam, haben Sie ihr da keine Fragen gestellt? Ich meine, waren Sie denn nicht überrascht, daß sie so darauf aus war, es gleich gegenzeichnen und notariell beglaubigen zu lassen, so interessiert daran, daß es auf der Stelle passiert?«

Es kam ihm so vor, als verstreiche eine ganze Ewigkeit, bis Mrs. Woods eine bedächtige Antwort formulierte: »Also ja, ich hab' mich schon gewundert. Zuerst dachte ich bloß, daß es eine Laune war. Nuala war sehr einsam, seit Tim gestorben ist, und sie war vollkommen aus dem Häuschen, daß sie Sie wiedergefunden hatte. Doch seit ihrem Tod mache ich mir so meine Gedanken, daß da wohl noch mehr dahintergesteckt hat. Es war fast so, als hätte Nuala gewußt, daß ihr etwas Schreckliches zustoßen könnte.«

Er bewegte sich langsam auf den offenen Kamin zu und gesellte sich zu einer Gruppe, die dort versammelt war. Er reagierte auf die Bemerkungen der Leute ringsum, doch gleichzeitig jagten ihm die Gedanken durch den Kopf. Maggie würde Greta Shipley besuchen. Wieviel wußte Greta? Inwieweit hatte sie Verdacht geschöpft? Es mußte etwas passieren. Das Risiko konnte er nicht eingehen.

Greta. Sie war eindeutig nicht in guter Verfassung. Alle hatten gesehen, wie man ihr half, die Kirche zu verlassen. Alle würden überzeugt davon sein, der Schock wegen des Todes ihrer Freundin habe zu ihrem tödlichen Herzinfarkt beigetragen. Unerwartet natürlich, aber im Grunde genommen keine Überraschung.

Tut mir leid, Greta, dachte er.

13

Als Greta Shipley mit achtundsechzig noch verhältnismäßig jung gewesen war, hatte sie eine Einladung zu einem Empfang in dem neu renovierten Latham House erhalten, das soeben in Latham Manor Residence umgetauft worden war. Das neue Heim für Leute im Ruhestand war eröffnet und bereit, Bewerbungen entgegenzunehmen.

Ihr gefiel alles, was sie dort sah. In dem großartigen Erdgeschoß des Gebäudes befand sich unter anderem der große Salon und der verschwenderisch mit Marmor und Kristall ausgestattete Speisesaal, wo die enorme Bankettafel, an die sie sich noch aus ihrer Jugend erinnern konnte, durch kleinere Tische ersetzt worden war. Die schöne Bibliothek mit ihren tiefen Ledersesseln und dem anheimelnden offenen Kamin war einladend, und der kleinere Salon, der als Fernsehraum dienen würde, verhieß gemeinsam verbrachte Abende geselliger Unterhaltung.

Greta war auch mit der Hausordnung einverstanden: Um fünf Uhr nachmittags begann im großen Salon die Cocktailstunde, gefolgt vom Dinner um sechs. Sie freute sich, daß von den Gästen erwartet wurde, sich für das Abendessen umzuziehen, so als speise man in einem Country Club. Greta war von einer strengen Großmutter aufgezogen worden, die mit einem einzigen Blick das unglückliche Individuum vernichten konnte, das unangemessen gewandet war. Wer immer unter den Hausbewohnern nicht geneigt war, sich entsprechend zu kleiden, würde seine Mahlzeit in seinen Räumen serviert bekommen.

Es gab auch eine besondere Abteilung für langfristige Pflege, falls diese erforderlich sein sollte.

Der Beitrag für die Aufnahme war natürlich saftig. Er begann bei zweihunderttausend Dollar für ein großes Privatzimmer mit Bad und kletterte bis auf fünfhunderttausend für eine Wohnung mit zwei Schlafzimmern, deren es vier im Hause gab. Und während der Bewohner volle und exklusive Nutzung des jeweiligen Apartments zu Lebzeiten erhielt, fiel das Besitzrecht zum Zeitpunkt des Todes wieder an das Seniorenheim zurück, das dann die Räume dem nächsten Bewerber zum Kauf anbot. Darüber hinaus mußten die Gäste eine Betriebsgebühr von zweitausend Dollar pro Monat zahlen, die natürlich teilweise durch Rentenzahlungen gedeckt war.

Die Gäste wurden gebeten, ihre Räume selbst mit Möbeln zu bestücken, allerdings nur mit dem Einverständnis der Heimleitung, was die Auswahl dieser Gegenstände betraf. Die Modellräume und -wohnungen waren äußerst behaglich und von untadeligem Geschmack.

Da sie damals erst seit kurzem verwitwet war und sich allein nicht sicher fühlte, hatte Greta ihr Haus in Ochre Point gern verkauft, war ins Latham Manor gezogen und fand seither, daß sie eine gute Entscheidung getroffen hatte. Als eine aus dem Kreis der ersten Bewohner hatte sie ein besonders schönes Ein-Zimmer-Apartment. Geräumig, mit einer separaten Wohnbereichsnische, bot es all ihren liebsten Einrichtungsgegenständen Platz. Und am allerbesten war, daß sie, sobald sie die Tür hinter sich schloß, dies mit dem sicheren Gefühl tun konnte, nachts nicht allein zu sein. Es war stets ein Wachmann in der Anlage, eine Schwester im Dienst und eine Klingel zur Hand, mit der sie im Notfall Hilfe herbeirufen konnte.

Greta hatte Freude an der Gesellschaft der meisten der übrigen Bewohner und vermied problemlos die anderen, die ihr auf die Nerven gingen. Sie hielt auch ihre langjährige Freundschaft mit Nuala Moore aufrecht; sie gingen häufig miteinander zum Mittagessen aus, und auf Gretas Aufforderung hin erklärte sich Nuala bereit, zweimal die Woche in dem Seniorenheim Kunstunterricht zu geben.

Nach Timothy Moores Tod hatte Greta einen Feldzug begonnen, um Nuala dazu zu bewegen, ebenfalls ins Heim zu ziehen. Als Nuala sich mit den Worten dagegen sträubte, sie komme ganz gut allein zurecht, und im übrigen könne sie nicht ohne ihr Atelier leben, bedrängte Greta sie, sich doch wenigstens auf die Warteliste setzen zu lassen, damit sie in der Lage wäre, ihre Meinung zu ändern, falls eines Tages eine der größeren Wohneinheiten zur Verfügung stand. Nuala hatte schließlich zugestimmt, wobei sie einräumte, ihr Anwalt habe sie zu genau demselben Schritt ermutigt.

Nun aber würde es nie mehr dazu kommen, dachte Greta traurig, während sie in ihrem bequemen Sessel saß, das Tablett mit dem praktisch unberührten Abendessen noch vor sich.

Es regte sie noch immer auf, daß sie bei Nualas Beerdigung früher am Tag diesen Schwächeanfall erlitten hatte. Noch heute morgen hatte sie sich völlig wohlauf gefühlt. Vielleicht wäre es ja nicht dazu gekommen, wenn sie sich genug Zeit für ein anständiges Frühstück genommen hätte, überlegte sie.

Sie durfte es sich einfach nicht erlauben, krank zu werden. Besonders jetzt wollte sie so aktiv wie möglich bleiben. Beschäftigt zu sein war die einzige Methode, sich durch Trauer durchzuarbeiten; das hatte ihr das Leben beigebracht. Sie wußte auch, daß es nicht einfach sein würde, denn sie würde Nualas fröhliche Gegenwart sehr vermissen.

Es war tröstlich zu wissen, daß Nualas Stieftochter Maggie Holloway sie bald besuchen würde. Gestern hatte Maggie sich ihr im Bestattungsinstitut vorgestellt und gesagt: »Mrs. Shipley, ich hoffe, Sie erlauben mir, Sie an einem der nächsten Tage aufzusuchen. Ich weiß, Sie waren Nualas engste Freundin. Ich würde mich freuen, wenn Sie auch meine Freundin werden.«

Jemand klopfte an die Tür.

Greta fand es angenehm, daß die Angestellten dazu angehalten wurden, das Zimmer eines der Gäste nur auf Anforderung hin zu betreten, es sei denn, sie hatten guten Grund, sich Sorgen zu machen. Schwester Markey jedoch schien schwer von Begriff: Bloß weil die Tür nicht abgeschlossen war, hatte sie nicht das Recht, einfach hier hereinzuplatzen. Manche Leute schienen die aufdringlichen Schwestern zu schätzen. Greta gehörte jedenfalls nicht dazu.

Wie befürchtet kam Schwester Markey hereinspaziert, das energische Gesicht von einem professionellen Lächeln aufgehellt, noch bevor Greta auf das Klopfen reagieren konnte. »Wie geht's uns denn heute abend, Mrs. Shipley?« fragte sie laut, während sie auf Greta zuging, sich auf dem Fußkissen abstützte und ihr dabei mit dem Gesicht unangenehm nahe kam.

»*Mir* geht's ganz gut, danke, Miss Markey. Ihnen hoffentlich auch.«

Greta fand das fürsorgliche ›Uns‹ oder ›Wir‹ ärgerlich. Sie hatte schon mehrfach darauf hingewiesen, aber diese Frau hatte eindeutig nicht die Absicht, irgend etwas zu ändern; wozu also die Mühe? fragte sich Greta. Plötzlich stellte sie fest, daß sich ihr Herzschlag allmählich beschleunigte.

»Wie ich höre, hatten wir einen Schwächeanfall in der Kirche ...«

Greta legte sich die Hand auf die Brust, als könne sie damit das wilde Herzpochen beschwichtigen.

»Mrs. Shipley, was ist denn los? Alles in Ordnung?«

Greta spürte, wie nach ihrem Handgelenk gegriffen wurde.

So plötzlich, wie es begonnen hatte, ließ das Herzrasen wieder nach. Sie schaffte es zu sagen: »Geben Sie mir nur einen Moment. Mir geht's gleich wieder gut. Ich hab' eben bloß nicht richtig Luft bekommen, das ist alles.«

»Ich möchte, daß Sie sich zurücklehnen und die Augen zumachen. Ich geh rasch Dr. Lane holen.« Schwester Markeys Gesicht war jetzt nur noch Zentimeter von ihrem eigenen entfernt. Instinktiv wandte sich Greta ab.

Zehn Minuten danach versuchte Greta, die nun, von Kissen abgestützt, in ihrem Bett ruhte, dem Arzt zu versichern, daß der kleine Anfall, den sie erlitten hatte, völlig ausgestanden sei. Später jedoch, als sie allmählich mit der Hilfe eines milden Schlafmittels einzudösen begann, konnte sie sich nicht der beängstigenden Erinnerung daran erwehren, wie nur zwei Wochen zuvor Constance Rhinelander, die erst so kurz hiergewesen war, unerwartet einem Herzanfall erlegen war.

Erst Constance, dachte sie, dann Nuala. Großmutters Haushälterin hat doch immer gesagt, daß Todesfälle dreifach auftreten. Bitte, laß mich nicht die dritte sein, dachte sie, als sie einschlummerte.

14

Nein, es war kein Alptraum gewesen; es war tatsächlich geschehen. Die volle Bedeutung der Ereignisse aus den letzten paar Tagen wurde Maggie nachdrücklich bewußt, als sie in Nualas Küche stand, hier in dem Haus, das nun – unglaublich, aber wahr – ihr gehörte.

Um drei Uhr hatte Liam geholfen, ihr Gepäck aus dem Gästezimmer der Woods' herüberzuschaffen. Er hatte die Sachen oben auf der Treppe stehenlassen. »Weißt du schon, welches Schlafzimmer du benützen willst?« hatte er gefragt.

»Nein.«

»Maggie, du siehst so aus, als ob du gleich zusammenklappst. Bist du dir sicher, daß du hierbleiben willst? Ich finde nicht, daß das so eine tolle Idee ist.«

»Ja«, hatte sie nach einem Moment des Nachdenkens erwidert, »ich will wirklich hierbleiben.«

Während sie nun einen Kessel Wasser aufstellte, sagte Maggie sich dankbar, daß eine der nettesten Eigenschaften von Liam war, nicht zu widersprechen.

Anstatt weiterhin Einwände vorzubringen, hatte er schlicht erklärt: »Dann laß ich dich jetzt allein. Aber ich hoffe wirklich, daß du dich eine Weile ausruhst. Fang nicht gleich an, auszupacken oder Nualas Sachen durchzugehen.«

»Heute abend bestimmt nicht.«

An der Tür hatte er einen Arm um sie gelegt und sie freundschaftlich an sich gedrückt. Dann war er verschwunden.

Maggie, die mit einemmal völlig erschöpft war und sich so träge bewegte, als sei es schon mühsam, einen Fuß vor den anderen zu setzen, hatte die Haustüren vorne und hinten abgeschlossen und war dann die Treppe hinaufgestiegen. Als sie einen Blick in die verschiedenen Schlafzimmer warf, stellte sie sofort fest, daß Nuala ihr das zweitgrößte zugedacht hatte. Es war schlicht eingerichtet – ein Doppelbett aus Ahornholz, ein Frisiertisch mit Spiegel, ein Nachttisch und ein Schaukelstuhl –, und es waren keine persönlichen Gegenstände zu sehen. Auf dem Frisiertisch lag lediglich eine altmodische Toilettengarnitur: Kamm, Bürste, Spiegel, Stiefelknöpfer und Nagelfeile.

Nachdem Maggie ihre Reisetaschen in dieses Zimmer geschleppt hatte, hatte sie Rock und Pullover ausgezogen, war in ihren Lieblingsmorgenrock geschlüpft und hatte sich unter die Bettdecke verkrochen.

Nach einem fast dreistündigen Erholungsschlaf und mit Hilfe einer Tasse Tee begann sie sich nun endlich wieder klar im Kopf zu fühlen. Sie meinte sogar zu spüren, daß sie den Schock von Nualas Tod überwunden hatte.

Mit der Traurigkeit allerdings, dachte sie, ist das eine andere Sache. Die wird nicht weggehen.

Sie merkte plötzlich, daß sie zum erstenmal seit vier Tagen Hunger hatte. Sie machte den Kühlschrank auf und sah, daß er frisch aufgefüllt worden war: Eier, Milch, Saft, ein kleines Brathähnchen, ein Laib Brot und ein Behälter mit selbstgemachter Hühnersuppe. Offenbar Mrs. Woods, dachte sie.

Sie beschloß, sich ein Geflügelsandwich zu machen, indem sie das Hühnchen aufschnitt und von der Haut befreite und nur eine Spur Mayonnaise dazu benützte.

Sie hatte es sich gerade am Tisch bequem gemacht, als sie von einem Pochen an der Hintertür aufgeschreckt wurde. Sie wirbelte herum und war schon aufgesprungen, als sich der Türgriff bewegte, stand angespannt und handlungsbereit da.

Sie seufzte vor Erleichterung auf, als in dem ovalen Fenster, das den größten Teil der oberen Türhälfte ausmachte, Earl Batemans Gesicht auftauchte.

Chief Brower ging ja von der These aus, daß Nuala in dieser Küche von einem Eindringling überrascht worden war, einem Eindringling, der durch die Hintertür gekommen war. Dieser Gedanke und das Bild, das er in ihrer Vorstellung heraufbeschwor, gingen ihr durch den Sinn, als sie rasch den Raum durchquerte.

Ein Teil von ihr war besorgt, ob sie das Richtige tat, wenn sie die Tür überhaupt aufmachte, doch da sie nun eher verärgert als um ihre Sicherheit besorgt war, schloß sie auf und ließ ihn herein.

Der typische Ausdruck des geistesabwesenden Professors, den sie mit Bateman verknüpfte, trat in diesem Augenblick deutlicher noch als zu irgendeinem Zeitpunkt während der vergangenen drei Tage in Erscheinug.

»Maggie, verzeihen Sie mir«, sagte er. »Ich fahre jetzt wieder nach Providence zurück, wo ich bis Freitag bleibe, und als ich ins Auto stieg, fiel mir ein, daß Sie womöglich diese Tür hier nicht abgesperrt haben. Ich weiß, daß Nuala die Angewohnheit hatte, sie unverschlossen zu lassen. Ich habe mit Liam gesprochen, und er erwähnte, daß er Sie vor einiger Zeit hier abgesetzt hat und davon ausging, daß Sie sich hinlegen. Ich hatte nicht die Absicht, Sie zu stören; ich dachte mir einfach, ich fahre eben vorbei und schaue nach und mach das Schloß selber zu, falls es nicht schon verriegelt ist. Tut mir wirklich leid, aber von vorne war dem Haus nicht anzusehen, daß Sie noch wach sind.«

»Sie hätten anrufen können.«

»Ich bin einer von diesen Sturköpfen, die kein Telefon im Auto haben. Entschuldigen Sie. Ich war noch nie gut in der Rolle des Pfadfinders. Und ich habe Sie beim Essen gestört.«

»Ist schon gut. Es war bloß ein Sandwich. Hätten Sie gern was?«

»Nein, danke. Ich fahre jetzt. Maggie, da ich weiß, was für Gefühle Nuala für Sie gehegt hat, kann ich mir, glaub ich, vorstellen, wie besonders Ihre Beziehung zu ihr war.«

»Ja, sie war was Besonderes.«

»Wenn ich Ihnen einen kleinen Rat geben darf, dann den, daß Sie die Worte des großen Soziologen Durkheim zum Thema Tod beachten. Er schrieb: ›Trauer wird ebenso wie Freude erhöht und erweitert, wenn sie von Gemüt zu Gemüt springt.‹«

»Was wollen Sie mir damit sagen?« fragte Maggie leise.

»Ich quäle Sie, und das ist das letzte, was ich tun will. Ich meine damit, ich habe den Eindruck, daß Sie es gewöhnt sind, Kummer mit sich alleine abzumachen. Es ist leichter, wenn Sie in einer Zeit wie dieser etwas offener sind. Also, was ich wohl zu sagen versuche, ist, daß ich gerne ein Freund für Sie wäre.«

Er öffnete die Tür. »Ich bin am Freitag nachmittag wieder zurück. Schließen Sie die Tür bitte ganz fest zu.«

Er war verschwunden. Maggie ließ das Schloß einschnappen und sank auf einen Stuhl nieder. Die Küche war plötzlich erschreckend still, und ihr wurde bewußt, daß sie zitterte. Wie konnte Earl Bateman nur auf den Gedanken kommen, sie würde ihm dankbar dafür sein, wenn er ohne Vorankündigung erschien und heimlich das Türschloß überprüfte?

Sie stand auf und lief mit schnellen, leisen Schritten durch das Eßzimmer in das dunkle Vorderzimmer und kniete sich an das Fenster, um unter dem Rand des Vorhangs nach draußen zu spähen.

Sie sah Bateman den Pfad zur Straße hinuntergehen.

Als er an seinem Wagen angelangt war, öffnete er die Tür, drehte sich dann um und stand lange Zeit da und starrte auf das Haus zurück. Obwohl Maggie überzeugt war, durch die Dunkelheit im Inneren des Hauses verborgen zu sein, hatte sie das Gefühl, daß Earl Bateman wußte oder zumindest spürte, daß sie ihn beobachtete.

Die Laterne am Ende der Einfahrt ließ neben ihm einen Lichtkreis aufleuchten, und nun trat Bateman vor ihren Augen in das Licht und winkte weit ausladend mit der Hand, eine Abschiedsgeste, die eindeutig ihr galt. Er kann mich nicht sehen, dachte sie, aber er weiß, daß ich hier bin.

Dienstag, 1. Oktober

15

Als um Punkt acht Uhr das Telefon klingelte, griff Robert Stephens mit der linken Hand danach, während die Rechte seine Kaffeetasse fest im Griff behielt.

Sein »Guten Morgen« war ein bißchen kurz angebunden, stellte seine seit dreiundvierzig Jahren mit ihm verheiratete Frau amüsiert fest. Dolores Stephens wußte, daß ihr Mann früh am Morgen keine Telefonanrufe schätzte.

»Was immer um acht gesagt werden kann, kann auch bis neun warten«, war sein Grundsatz.

Normalerweise stammten diese Anrufe von einem der älteren Klienten, deren steuerliche Angelegenheiten er betreute. Er und Dolores waren drei Jahre zuvor mit der Absicht, sich zur Ruhe zu setzen, nach Portsmouth gezogen, aber Robert beschloß dann, eine Hand im Geschäft zu behalten, wie er es ausdrückte, indem er ein paar ausgesuchte Klienten übernahm. Innerhalb von sechs Monaten hatte er mehr als genug beisammen.

Der Anflug von Mißmut schwand schnell aus seiner Stimme, als er sagte: »Neil, wie geht's dir denn?«

»Neil!« rief Dolores in einem Tonfall aus, in dem sofort Besorgnis mitschwang. »Ach, hoffentlich sagt er jetzt nicht, daß er dieses Wochenende nicht kommen kann«, murmelte sie.

Ihr Mann brachte sie mit einer Handbewegung zum Schweigen. »Das Wetter? Großartig. Könnte nicht besser sein. Ich hole das Boot vorläufig noch nicht aus dem Wasser. Du kannst schon am Donnerstag kommen? Wunderbar. Deine Mutter freut sich bestimmt riesig. Sie greift schon nach dem Hörer. Du weißt ja, wie ungeduldig sie ist. Prima. Ich reserviere im Club eine Abschlagszeit um zwei Uhr.«

Dolores kam an den Apparat und lauschte der amüsierten Stimme ihres einzigen Kindes. »Heute morgen kannst du's aber wirklich kaum abwarten«, erklärte er.

»Ich weiß. Es wird mir einfach so guttun, dich mal wieder zu sehen. Ich bin so froh, daß du kommen kannst. Und du bleibst doch bis Sonntag, oder, Neil?«

»Klar doch. Freu mich schon drauf. Okay, muß jetzt los. Sag Dad, sein ›Guten Morgen‹ hat eher nach ›Geh zum Teufel‹ geklungen. Er hat wohl noch nicht seine erste Tasse Kaffee ausgetrunken, stimmt's?«

»Du hast's erfaßt. Tschüs, mein Liebling.«

Die Eltern von Neil Stephens blickten einander an. Dolores seufzte. »Das einzige, was mir wirklich fehlt, seit wir von New York weg sind, ist, daß Neil nicht mehr jederzeit vorbeischauen kann«, sagte sie.

Ihr Mann erhob sich, ging zum Herd hinüber und füllte seine Tasse wieder auf. »Hat Neil gesagt, ich hätte grantig geklungen, als ich ans Telefon kam?«

»So was Ähnliches.«

Robert Stephens lächelte widerstrebend. »Na ja, ich weiß schon, daß ich früh am Morgen nicht gerade putzmunter bin, aber jetzt gerade hatte ich befürchtet, daß Laura Arlington am Apparat ist. Sie ist völlig mit den Nerven runter. Ruft ständig an.«

Dolores wartete ab.

»Sie hat eine beträchtliche Summe in Kapitalanlagen gesteckt, die sich als Flop herausgestellt haben, und jetzt hat sie das Gefühl, daß sie an der Nase rumgeführt wird.«

»Hat sie recht damit?«

»Ich glaube schon. Es war einer dieser angeblich heißen Tips. Der Anlageberater hat sie dazu überredet, in ein kleines High-Tech-Unternehmen zu investieren, das, wie es hieß, von Microsoft aufgekauft werden sollte. Sie hat in der Überzeugung, einen großen Profit einzuheimsen, hunderttausend Aktienanteile zu fünf Dollar das Stück gekauft.«

»Fünfhunderttausend Dollar! Was ist es jetzt wert?«

»Die Aktien sind gerade aus dem Börsenhandel rausgenommen worden. Nach dem Stand von gestern würde man noch achtzig Cent pro Stück kriegen, falls man verkaufen könnte. Laura kann es sich nicht leisten, so viel Geld zu verlieren. Ich wünschte bei Gott, sie hätte mit mir geredet, bevor sie sich darauf eingelassen hat.«

»Hat sie nicht vor, ins Latham Manor zu ziehen?«

»Ja, und das war das Geld, mit dem sie sich dort einkaufen wollte. Es war so ziemlich alles, was sie hatte. Ihre Kinder wollten, daß sie sich dort niederläßt, aber dieser Broker hat ihr eingeredet, mit der Kapitalanlage könne sie es sich nicht nur leisten, im Latham zu wohnen, sondern hätte auch noch Geld übrig, um es ihren Kindern zu vermachen.«

»War das illegal, was er getan hat?«

»Ich fürchte nicht, leider. Ethisch verwerflich vielleicht, aber vermutlich nicht illegal. Ich werd es auf jeden Fall mit Neil besprechen. Deshalb bin ich auch besonders froh, daß er kommt.«

Robert Stephens ging zu dem großen Fenster hinüber, von dem aus man die Narragansett Bay überblicken konnte. Wie sein Sohn war er ein breitschultriger, sportlich aussehender Mann. Jetzt, mit achtundsechzig Jahren, war sein einst sandfarbenes Haar weiß.

Das Wasser in der Bucht war ruhig, fast so still wie ein See. Der Rasen hinter dem Haus, der in einem Abhang bis zum Wasser hinunterreichte, begann allmählich sein samtenes Grün zu verlieren. Die Ahornbäume stellten schon Büschel orangefarbener, kupferbrauner und burgunderroter Blätter zur Schau.

»Wie wunderschön und friedlich«, sagte er mit einem Kopfschütteln. »Schwer zu glauben, daß nicht einmal zehn Kilometer von hier entfernt eine Frau in ihrem eigenen Haus ermordet worden ist.«

Er wandte sich um und schaute seine Frau an, die auf eine so natürliche Weise hübsch war, mit ihrem silbernen, zu einem Knoten auf dem Kopf geschlungenen Haar und den immer noch zarten und weichen Gesichtszügen. »Dolores«, sagte er plötzlich mit strenger Stimme, »wenn ich aus dem Haus bin, will ich, daß du die ganze Zeit die Alarmanlage an läßt.«

»Na schön«, stimmte sie ihm freundlich zu. Eigentlich hatte sie gehofft, daß ihr Mann nicht merkte, wie sehr dieser Mord sie verstört hatte oder daß sie nach der Lektüre des ausführlichen Berichts in der Zeitung die Vorder- und Hintertür ihres Hauses überprüft und beide wie üblich nicht abgeschlossen vorgefunden hatte.

16

Dr. William Lane war über Maggie Holloways Bitte um einen Gesprächstermin nicht sonderlich erbaut. Bereits von dem nichtssagenden, ununterbrochenen Geplapper seiner Frau am Mittagstisch gereizt, zudem im Verzug mit der Bearbeitung des ständig anwachsenden Stapels an Formularen, welche die Behörden ihm als dem Direktor des Latham Manor abverlangten, fand er den Gedanken an eine weitere verlorene halbe Stunde höchst ärgerlich. Er bedauerte jetzt, daß er zugestimmt hatte. Er konnte sich nicht vorstellen, worüber sie unbedingt mit ihm reden wollte.

Zumal da Nuala Moore nie die abschließenden Papiere unterschrieben hatte, die sie dazu verpflichtet hätten, in das Seniorenheim zu ziehen. Sie hatte all die Anmeldeformulare ausgefüllt, hatte die erforderliche ärztliche Untersuchung machen lassen, und als sie dann Bedenken zu bekommen schien, hatte er es auf sich genommen, den Teppichboden und die Möbel aus dem zweiten Schlafzimmer der verfügbaren Wohnung entfernen zu lassen, um ihr zu demonstrieren, wie leicht ihre Staffeleien und Malutensilien und Materialschränke dort unterkommen konnten. Doch dann hatte sie angerufen und einfach erklärt, sie habe sich dazu entschlossen, ihr Haus lieber zu behalten.

Er fragte sich, warum sie es sich so plötzlich anders überlegt hatte. Sie schien die perfekte Kandidatin gewesen zu sein. Ihren Meinungswandel konnte doch gewiß nicht der Wunschtraum ausgelöst haben, ihre Stieftochter werde bei ihr wohnen wollen, weshalb sie eine dauerhafte Unterkunft für sie brauchte?

Lachhaft! murmelte Lane vor sich hin. Wie groß war schon die Wahrscheinlichkeit, daß eine attraktive junge Frau mit einer erfolgreichen Karriere in Newport angerauscht kommen würde, um mit einer Frau, die sie seit Jahren nicht mehr gesehen hatte, auf Familie zu machen? Lane rechnete damit, daß Maggie Holloway jetzt, da sie das Haus geerbt hatte, sich sehr genau überlegen würde, wieviel Arbeit und Kosten eine Instandsetzung nach sich zöge, und sich dazu entscheiden würde, es zu verkaufen. In der Zwischenzeit aber kam sie nun her und vergeudete seine Zeit, Zeit, die er dafür benötigte, diese Suite wieder in Ordnung bringen zu lassen, damit sie zur Besichtigung geeignet war. Die Geschäftsführung der Prestige Residence Corporation hatte kein Hehl daraus gemacht, daß sie leerstehenden Wohnraum nicht dulden werde.

Und doch ließ ihn ein unangenehmer Gedanke nicht los: *Gab es noch irgendeinen anderen Grund, wieso Nuala sich aus der Abmachung zurückgezogen hatte?* Und falls ja, hatte sie ihn ihrer Stieftochter anvertraut? Was konnte das sein? Vielleicht war es letzten Endes doch von Vorteil, daß sie kam, um mit ihm zu reden.

Er blickte von seiner Arbeit hoch, als die Tür zu seinem Büro aufging. Odile spazierte wie üblich ohne anzuklopfen herein, eine Angewohnheit, die ihn schier wahnsinnig machte. Obendrein eine, die sie leider mit Schwester Zelda Markey gemeinsam hatte. Dagegen mußte er in der Tat einschreiten. Mrs. Shipley hatte sich über Schwester Markeys Angewohnheit beschwert, Türen zu öffnen, ohne abzuwarten, ob sie willkommen war.

Erwartungsgemäß ignorierte Odile seine verärgerte Miene und fing an zu reden. »William, ich finde nicht, daß Mrs. Shipley besonders gut beieinander ist. Wie du ja mitgekriegt hast, hatte sie gestern schon nach dem Gottesdienst eine kleine Unpäßlichkeit und dann gestern abend einen Schwindelanfall. Ich frage mich, ob sie nicht für ein paar Tage zur Überwachung in die Pflegeabteilung kommen sollte?«

»Ich habe die Absicht, Mrs. Shipley genau im Auge zu behalten«, erwiderte Dr. Lane schroff. »Vergiß bitte nicht, meine Liebe, daß ich derjenige mit einem medizinischen Abschluß in unsrer Familie bin. Du hast die Schwesternschule nie fertiggemacht.«

Er wußte, wie töricht es war, das zu sagen, und bedauerte es sofort, weil er wußte, was nun folgen würde.

»O William, du bist so unfair«, begehrte sie auf. »Krankenpflege ist eine Berufung, und ich hab' erkannt, daß es nicht das Richtige für mich ist. Vielleicht wär es auch für dich – und andre Leute – besser gewesen, wenn du dieselbe Wahl getroffen hättest.« Ihre Lippen zitterten. »Und ich finde, du solltest nicht vergessen, daß Prestige Residences dich überhaupt nur meinetwegen für diese Stelle in Erwägung gezogen hat.«

Wortlos starrten sich beide eine Weile lang an; dann wurde Odile wie üblich kleinlaut. »O William, das war nicht nett von mir. Ich weiß, wie sehr du dich um all unsre Gäste bemühst. Ich will dir doch bloß helfen, und ich habe wirklich Angst, daß ein weiterer Zwischenfall dich ruinieren könnte.«

Sie kam zu seinem Schreibtisch herüber und beugte sich über ihn. Sie griff nach seiner Hand, legte sie sich ans Gesicht und bewegte sie so, daß sie ihr über Wange und Kinn strich.

Lane seufzte. Sie war nicht besonders klug – ›eine dumme Gans‹ hätte seine Großmutter sie genannt –, aber sie war wirklich hübsch. Vor achtzehn Jahren hatte er sich glücklich geschätzt, eine attraktive – jüngere – Frau dazu gebracht zu haben, ihn zu heiraten. Außerdem machte sie sich wirklich etwas aus ihm, und er wußte, daß ihre häufigen, honigsüßen Besuche bei den Gästen die meisten von ihnen entzückten. Sie schien manchmal zuviel des Guten zu tun, doch war sie aufrichtig, und das war eine Menge wert. Ein paar der Bewohner wie zum Beispiel Greta Shipley fanden sie nichtssagend und irritierend, was in Lanes Augen nur für Mrs. Shipleys Intelligenz sprach, aber es gab gar keine Frage, daß Odile hier im Latham Manor ein Aktivposten für ihn war.

Lane wußte, was von ihm erwartet wurde. Praktisch ohne sich etwas von der Resignation, die er empfand, anmerken zu lassen, stand er auf, legte die Arme um seine Frau und murmelte: »Was würde ich nur ohne dich tun?«

Es war eine Erleichterung, als seine Sekretärin ihn über die Sprechanlage anklingelte. »Miss Holloway ist da«, meldete sie.

»Du gehst jetzt lieber, Odile«, flüsterte Lane, um ihrem unvermeidlichen Vorschlag zuvorzukommen, daß sie gerne bleiben und an dem Gespräch teilnehmen würde.

Ausnahmsweise hatte sie diesmal nichts einzuwenden, sondern entfernte sich durch die unmarkierte Nebentür seines Apartments, die zum Hauptkorridor führte.

17

Am Abend zuvor war Maggie noch um Mitternacht hellwach gewesen, ein Umstand, für den sie ihren dreistündigen Nachmittagsschlaf verantwortlich machte. Als sie schließlich die Hoffnung aufgegeben hatte, in absehbarer Zeit einschlafen zu können, war sie wieder nach unten gegangen und hatte dort in dem kleinen Arbeitszimmer eine ganze Reihe teilweise illustrierter Bücher über die ›Cottages‹ in Newport entdeckt.

Sie hatte sie hinauf ins Bett getragen, sich den Rücken mit Kissen abgestützt und noch beinahe zwei Stunden lang gelesen. Daher war sie nun, als ihr ein Hausmädchen in Uniform die Tür zum Latham Manor öffnete und anschließend Dr. Lane von ihrer Ankunft informierte, in der Lage, ihre Umgebung mit einem gewissen Maß an Vorkenntnissen zu würdigen.

Das Herrenhaus war im Jahr 1900 von Ernest Latham erbaut worden, und zwar als bewußte Zurückweisung dessen, was er als die ordinäre Prachtentfaltung des Vanderbiltschen Herrensitzes *The Breakers* ansah. Der Grundriß für die beiden Häuser war nahezu identisch, aber das der Lathams hatte wohngerechte Proportionen. Die Empfangshalle war zwar noch immer überwältigend groß, nahm jedoch tatsächlich nur ein Drittel des Raums ein, den das ›Große Foyer‹ des *Breakers* umspannte. Die Wände waren mit Seidenholz – anstatt mit Kalkstein aus Caën – verkleidet, und die mit einem scharlachroten Teppich belegte Treppe aus reich geschnitztem Mahagoni stand an der Stelle der Marmortreppe, mit der das *Breakers* prunkte.

Die Türen zur Linken waren geschlossen, doch Maggie wußte, daß dahinter der Speisesaal lag.

Zur Rechten sah das, was ursprünglich das Musikzimmer gewesen sein mußte, höchst einladend aus, mit bequemen Sesseln und dazu passenden Fußstützen, allesamt mit üppigen, in Moosgrün und Blumenmustern bezogenen Polstern versehen. Das prachtvolle Louis-quinze-Gesims war in Wirklichkeit sogar noch atemberaubender, als es auf den Bildern erschienen war, die sie gesehen hatte. Der dekorative Fries über dem offenen Kamin erstreckte sich bis zur Decke und war bis auf das glatte Mittelstück, wo man das Ölgemälde eines Malers aus der Rembrandt-Nachfolge angebracht hatte, von Figuren im klassisch-griechischen Stil, von winzigen Engeln, von Ananasfrüchten und Trauben angefüllt.

Das hier ist wirklich schön, dachte sie und verglich es in Gedanken mit den unbeschreiblich niederdrückenden Zuständen in einem Pflegeheim, das sie mit versteckter Kamera für die Zeitschrift *Newsmaker* aufgenommen hatte.

Ihr wurde plötzlich bewußt, daß die Hausangestellte sie angesprochen hatte. »Oh, entschuldigen Sie bitte«, sagte sie, »ich war ganz in den Anblick versunken.«

Das Hausmädchen war eine attraktive junge Frau mit dunklen Augen und olivfarbenem Teint. »Ist hübsch, nicht?« sagte sie. »Sogar hier zu arbeiten macht einem Freude. Ich bringe sie jetzt zu Dr. Lane.«

Sein Arbeitszimmer war das größte innerhalb einer Reihe an der Rückseite des Gebäudes gelegener Büroräume. Eine Mahagonitür trennte den Bereich vom übrigen Erdgeschoß ab. Während Maggie der Angestellten über den Teppichboden des Korridors folgte, warf sie einen Blick in eine offene Tür und entdeckte ein Gesicht, das sie kannte – Janice Norton, die Frau von Nualas Rechtsanwalt, saß dort hinter einem Schreibtisch.

Ich wußte gar nicht, daß sie hier arbeitet, dachte Maggie. Aber schließlich weiß ich ja über all diese Leute so gut wie gar nichts, oder?

Ihre Blicke begegneten einander, und unwillkürlich beschlich Maggie ein unbehagliches Gefühl. Ihr war der Ausdruck herber Enttäuschung auf Mr. Nortons Miene nicht entgangen, als Mrs. Woods bekanntgab, daß Nuala die Absicht revidiert hatte, ihr Haus zu verkaufen. Doch bei dem Leichenschmaus und der Beerdigung am Tag zuvor war er freundlich gewesen und hatte angedeutet, er würde gern über ihre Pläne hinsichtlich des Hauses ein paar Worte mit ihr reden.

Sie blieb gerade lange genug stehen, um Mrs. Norton zu begrüßen, bevor sie im Schlepptau des Hausmädchens weiter den Flur entlang zu dem Büro an der Ecke ging.

Das Mädchen klopfte an, wartete, öffnete nach einer entsprechenden Aufforderung die Tür für Maggie und trat zurück, um sie wieder zu schließen, sobald Maggie das Zimmer betreten hatte.

Dr. Lane erhob sich und kam ihr entgegen, um sie zu begrüßen. Sein Lächeln war zuvorkommend, doch kam es Maggie so vor, als habe sein Blick etwas Professionelles an sich. Seine ersten Worte bestätigten diesen Eindruck.

»Mrs. Holloway, oder Maggie, falls Ihnen das recht ist, ich bin froh, daß Sie inzwischen ein wenig besser ausgeruht aussehen. Gestern war ein ausgesprochen schwerer Tag für Sie, das weiß ich.«

»Ich bin sicher, daß er für alle schwer war, die Nuala ins Herz geschlossen hatten«, sagte Maggie leise. »Aber ich mache mir wirklich Sorgen um Mrs. Shipley. Wie geht es ihr heute morgen?«

»Sie hatte gestern abend wieder einen Schwächeanfall, aber ich habe gerade erst nach ihr geschaut, und sie scheint relativ fit zu sein. Sie freut sich schon auf Ihren Besuch.«

»Als ich heute früh mit ihr sprach, bat sie mich ausdrücklich darum, mit ihr zum Friedhof zu fahren. Halten Sie das für eine gute Idee?«

Lane wies auf den Ledersessel vor seinem Schreibtisch. »Bitte setzen Sie sich doch.« Er kehrte zu seinem eigenen Stuhl zurück. »Mir wär's lieber, sie würde noch ein paar Tage damit warten, aber wenn Mrs. Shipley sich dazu entschließt, etwas zu unternehmen ..., nun, dann kann sie nichts davon abbringen. Ich bin überzeugt, daß ihre beiden Unpäßlichkeiten gestern von ihrer tiefen emotionalen Reaktion auf Nualas Tod verursacht wurden. Die beiden Frauen standen sich wirklich sehr nahe. Sie hatten es sich angewöhnt, nach Nualas Kunstunterricht zu Mrs. Shipleys Zimmer hochzugehen, und dann haben sie miteinander geplaudert und ein oder zwei Glas Wein getrunken. Ich habe ihnen gesagt, daß sie mir wie zwei Schulmädchen vorgekommen sind. Aber offen gestanden hat es vermutlich beiden von ihnen gutgetan, und ich weiß, daß Mrs. Shipley diese Besuche jetzt vermissen wird.«

Er lächelte. »Nuala hat mal zu mir gesagt, wenn sie einen Schlag auf den Kopf kriegen und dann, nachdem sie wieder zu sich gekommen wäre, von jemand nach ihrem Alter gefragt würde, dann würde sie zweiundzwanzig sagen und es auch ernst meinen. In ihrem Innern, sagte sie, sei sie wirklich zweiundzwanzig.«

Als ihm dann klar wurde, was er gerade gesagt hatte, wirkte er ganz schockiert. »Entschuldigen Sie bitte. Wie achtlos von mir.«

Einen Schlag auf den Kopf, dachte Maggie. Doch da ihr der Mann leid tat, dem sein Ausrutscher offenbar entsetzlich peinlich war, sagte sie: »Bitte entschuldigen Sie sich nicht. Sie haben recht. Im Geiste war Nuala nie älter als zweiundzwanzig.« Sie zögerte, entschied sich dann aber, mit der Sprache herauszurücken. »Dr. Lane, da gibt es eine Sache, die ich Sie fragen muß. Hat Nuala Ihnen je anvertraut, daß sie etwas beunruhigt hat? Ich meine, hatte sie irgendwelche körperlichen Beschwerden, die sie vielleicht erwähnt hat?«

Er schüttelte den Kopf. »Nein, nichts Derartiges. Ich glaube, Nuala hatte beträchtliche Schwierigkeiten mit einem Schritt, der für sie bedeutete, daß sie ihre Unabhängigkeit aufgab. Wenn sie am Leben geblieben wäre, dann hätte sie sich über kurz oder lang dazu entschlossen, hierher zu kommen, davon bin ich überzeugt. Sie machte sich Sorgen wegen der relativ hohen Kosten für die große Wohneinheit mit dem extra Schlafzimmer, aber ihrer Ansicht nach brauchte sie eben ein Atelier, wo sie arbeiten und dann, wenn sie fertig war, die Tür zumachen konnte.« Er hielt inne. »Nuala hat mir gesagt, sie wüßte, daß sie von Natur aus ein bißchen unordentlich sei, aber in ihrem Atelier hätte schon immer ein organisiertes Chaos geherrscht.«

»Dann glauben Sie also, daß ihre Entscheidung, das Haus doch nicht zu verkaufen, und das hastig verfaßte Testament, das sie zurückgelassen hat, einfach nur eine Art Torschlußpanik war?«

»Ja, das glaube ich.« Er stand auf. »Ich bitte jetzt Angela, Sie zu Mrs. Shipley raufzubringen. Und wenn Sie zum Friedhof gehen, dann behalten Sie sie bitte sorgfältig im Auge. Falls sie Ihnen in irgendeiner Weise verstört vorkommt, dann kehren Sie bitte umgehend zurück. Schließlich haben die Angehörigen unsrer Gäste uns ihr Leben anvertraut, und wir nehmen diese Verantwortung sehr ernst.«

18

Malcolm Norton saß in seiner Kanzlei an der Thames Street und starrte in seinen Terminkalender. Dank der Stornierung seines Termins um zwei Uhr war der heutige Tag jetzt *vollkommen* leer. Es wäre ohnehin kein nennenswerter Fall gewesen – lediglich eine junge Hausfrau, die ihren Nachbarn wegen eines häßlichen Hundebisses verklagen wollte. Doch der Hund hatte schon einmal Anlaß zu einer Beschwerde gegeben – eine andere Nachbarin hatte eine Attacke mit einem Besen abgewehrt –, und so konnte man davon ausgehen, daß die Versicherungsgesellschaft sich um einen raschen Vergleich bemühen würde, besonders weil das Gartentor versehentlich offengelassen worden war und der Hund hatte frei herumlaufen können.

Das Problem war, der Fall war *zu* einfach. Die Frau hatte angerufen, um ihm mitzuteilen, die Versicherung habe die Angelegenheit zu ihrer Zufriedenheit geregelt. Was nichts anderes heißt, als daß ich um drei- bis viertausend Dollar ärmer bin, dachte Norton verdrossen.

Er kam noch immer nicht über die niederschmetternde Erkenntnis hinweg, daß Nuala Moore vierundzwanzig Stunden vor ihrem Tod den Verkauf ihres Hauses an ihn heimlich wieder rückgängig gemacht hatte. Jetzt saß er mit der Hypothek über zweihunderttausend Dollar, die er auf sein eigenes Haus aufgenommen hatte, in der Patsche.

Es war die reine Hölle gewesen, bis er Janice soweit hatte, daß sie die Hypothek als Gesamtschuldnerin mit unterzeichnete. Er hatte ihr schließlich von der bevorstehenden Änderung in dem Gesetz zum Schutz von Feuchtgebieten erzählt und von dem Gewinn, den er mit dem Wiederverkauf von Nualas Grundbesitz zu erzielen hoffte.

»Schau mal«, hatte er erklärt, als er versuchte, sie mit überzeugenden Argumenten umzustimmen, »du bist es doch satt, in dem Altersheim zu arbeiten. Das kriege ich weiß Gott jeden Tag zu hören. Es ist ein absolut rechtmäßiger Verkauf. Das Haus muß von Grund auf renoviert werden. Das Schlimmste, was uns passieren kann, ist, daß die neue Gesetzgebung zu den Feuchtgebieten nicht durchkommt – aber dazu wird es nicht kommen. In diesem Fall nehmen wir einfach ein Renovierungsdarlehen auf Nualas Haus auf, richten es her und verkaufen es dann für dreihundertfünfzigtausend.«

»Eine zweite Hypothek«, sagte sie sarkastisch. »Sieh mal einer an, du bist ja ganz der große Unternehmer. Also geb ich jetzt meinen Job auf. Und was stellst du dann mit deinem neuen Reichtum an, wenn die Änderung dieses Gesetzes durch ist?«

Das war natürlich eine Frage, auf die er keine Antwort parat hatte. Jedenfalls nicht, bevor die Verkäufe unter Dach und

Fach waren. Und das wiederum würde jetzt natürlich nicht stattfinden. Es sei denn, die Situation änderte sich. Ihm klangen noch immer die empörten Worte von Janice nach ihrer gemeinsamen Heimkehr am Freitag abend in den Ohren. »Jetzt haben wir also eine Zweihunderttausend-Dollar-Hypothek am Hals und dazu den Kostenaufwand, den wir hatten, um sie zu kriegen. Du machst dich jetzt sofort auf und marschierst zur Bank und zahlst alles zurück. Ich denke gar nicht daran, mein Haus zu verlieren.«

»Du verlierst es doch gar nicht«, hatte er geantwortet und um Aufschub gebettelt, damit er alles wieder in Ordnung bringen könne. »Ich habe Maggie Holloway schon gesagt, daß ich mit ihr reden möchte. Sie weiß, daß es dabei um das Haus geht. Glaubst du etwa, sie will in einem Haus bleiben, wo ihre Stiefmutter ermordet worden ist? Miss Holloway fährt bestimmt so schnell wie möglich wieder von Newport weg, und ich werde sie darauf hinweisen, daß ich die ganzen Jahre über eine große Hilfe für Tim und Nuala Moore war, ohne ihnen mein übliches Honorar abzuverlangen. Bis zur nächsten Woche ist sie bestimmt einverstanden, das Haus zu verkaufen.«

Sie *mußte* einfach mit dem Hausverkauf einverstanden sein, sagte er sich mißgelaunt. Es war sein einziger Ausweg aus diesem Dilemma.

Die Sprechanlage summte. Er nahm den Hörer auf. »Ja, Barbara«, sagte er förmlich. Er achtete generell darauf, daß sich kein Hauch von Intimität in ihre Gespäche einschlich, solange Barbara im Vorzimmer war. Er konnte schließlich nie sicher sein, daß nicht gerade jemand anders den Raum betreten hatte.

Jetzt aber konnte er aus ihrem Tonfall schließen, daß sie alleine war. »Malcolm, kann ich ein paar Minuten mit dir reden?« war alles, was sie sagte, doch er spürte sofort, daß etwas nicht stimmte.

Kurz darauf saß sie ihm gegenüber da, die Hände auf dem Schoß gefaltet und die wunderhübschen haselnußbraunen Augen abgewandt. »Malcolm, ich weiß nicht, wie ich dir das sagen soll, also fang ich lieber einfach an. Ich kann nicht mehr hierbleiben. Ich komme mir zur Zeit richtig mies vor.« Sie zögerte, bevor sie fortfuhr: »Auch wenn ich dich noch so sehr liebe, kann ich mich nicht damit abfinden, daß du mit einer anderen Frau verheiratet bist.«

»Du hast mich doch mit Janice zusammen erlebt. Du kennst unser Verhältnis zueinander.«

»Aber sie ist nun mal deine Frau. Es ist besser so, glaub's mir. Ich werde zwei Monate bei meiner Tochter in Vail verbringen. Und wenn ich dann wieder zurück bin, besorg ich mir eine neue Arbeit.«

»Barbara, du kannst dich doch nicht einfach so davonmachen«, sagte er flehentlich, plötzlich von Panik ergriffen.

Sie lächelte traurig. »Nicht jetzt auf der Stelle. Das würde ich nicht tun. Ich geb dir eine Woche Zeit, bis ich gehe.«

»Bis dahin haben Janice und ich uns getrennt, das *versprech* ich dir. *Bitte* bleib da! Ich *kann* dich nicht gehen lassen.«

Nicht nach allem, was ich unternommen habe, um dich zu halten! dachte er voller Verzweiflung.

19

Nachdem Maggie Greta Shipley abgeholt hatte, hielten sie noch bei einem Blumengeschäft an, um einen Strauß zu besorgen. Während sie zum Friedhof unterwegs waren, schwelgte Greta Maggie gegenüber in Erinnerungen an ihre Freundschaft mit Nuala.

»Ihre Eltern haben sich hier ein paar Jahre lang ein Ferienhaus gemietet, als wir beide ungefähr sechzehn waren. Sie war so ein hübsches Mädchen, und wir hatten viel Spaß miteinander. Wir beide waren während der Zeit damals unzertrennlich, und sie hatte viele Verehrer. Ja, Tim Moore hing damals ständig hier herum. Dann wurde ihr Vater nach London versetzt, und sie ist dorthin gezogen und hat dann auch dort studiert. Später habe ich dann erfahren, daß sie geheiratet hatte. Irgendwie haben wir uns schließlich aus den Augen verloren, was mir immer leid getan hat.«

Maggie lenkte den Wagen durch die ruhigen Straßen, die zum Friedhof St. Mary's in Newport führten. »Wie ist es denn dazu gekommen, daß Sie wieder zusammengefunden haben?«

»Das war vor genau einundzwanzig Jahren. Eines Tages hat mein Telefon geklingelt. Jemand wollte mit der ehemaligen Greta Carlyle sprechen. Ich wußte, daß ich die Stimme kannte, konnte sie aber nicht direkt einordnen. Ich erklärte also, *ich* sei Greta Carlyle Shipley, und Nuala stieß einen Freudenschrei aus: ›Ist ja toll, Gret. Du hast dir also Carter Shipley an Land gezogen!‹«

Maggie hatte den Eindruck, als höre sie Nualas Stimme aus dem Mund aller möglichen Leute. Sie hörte sie, als Mrs. Woods über das Testament sprach, als Dr. Lane davon erzählte, wie Nuala sich immer als Zweiundzwanzigjährige gefühlt habe, und jetzt ebenfalls, als Mrs. Shipley ein freudiges Wiedersehen schilderte, wie Maggie es selbst erst vor weniger als zwei Wochen erlebt hatte.

Trotz der Wärme im Auto erschauerte Maggie. Gedanken an Nuala mündeten stets in dieselbe Frage ein: War die Küchentür nicht abgesperrt, so daß der Eindringling hineingelangen konnte, oder hatte Nuala die Tür selbst aufgeschlossen, um jemanden hereinzulassen, den sie kannte – eine Person, der sie vertraute?

Zuflucht, dachte Maggie. Unser Heim sollte uns doch eine sichere Zuflucht bieten. Hatte Nuala wohl um ihr Leben gefleht? Wie lange spürte sie die Schläge, die ihr auf den Kopf prasselten? Chief Brower hatte gesagt, er gehe davon aus, daß wer immer Nuala ermordet hatte, nach etwas gesucht habe, was er dann jedoch, so wie es am Tatort aussah, vermutlich nicht fand.

»... und so haben wir sofort wieder dort weitergemacht, wo wir aufgehört hatten, waren von Anfang an wieder die allerbesten Freundinnen«, berichtete Greta weiter. »Nuala hat mir erzählt, daß sie schon jung ihren Mann verloren und dann wieder geheiratet hatte und daß die zweite Ehe ein katastrophaler Fehlgriff gewesen wäre, bis auf Sie. Sie hatte dermaßen die Nase voll vom Heiraten, daß sie behauptet hat, da würde eher die Hölle einfrieren, bevor sie es noch mal versuchen würde, doch inzwischen war Tim verwitwet, und die beiden fingen an miteinander auszugehen. Eines Morgens hat sie mich dann angerufen und erklärt: ›Gret, hast du nicht Lust, Schlittschuhlaufen zu gehen? Die Hölle ist gerade zugefroren.‹ Sie und Tim hatten sich verlobt. Ich glaube, ich habe sie nie so glücklich wie damals erlebt.«

Sie kamen zum Friedhofstor. Ein aus Kalkstein gemeißelter Engel mit ausgestreckten Armen begrüßte sie.

»Das Grab liegt links von hier und den Hügel hoch«, sagte Mrs. Shipley, »aber das wissen Sie natürlich. Sie waren ja gestern hier.«

Gestern, dachte Maggie. War es wirklich erst gestern gewesen?

Sie parkten oben auf dem Hügel, und dann hakte sich Maggie fest unter Greta Shipleys Arm ein, und so gingen sie den Pfad entlang, der zu Nualas Grab führte. Der Boden war bereits wieder geglättet und mit neuen Grassoden versehen worden. Das dichte grüne Gras verlieh der Grabstelle eine Atmosphäre wohltuender Zeitlosigkeit. Das einzige Geräusch war das Rauschen des Windes im herbstfarbenen Laub eines Ahornbaums in der Nähe.

Mrs. Shipley brachte ein Lächeln zustande, als sie Blumen auf das Grab legte. »Nuala hat diesen großen Baum geliebt. Sie sagte, wenn ihre Zeit käme, dann wolle sie eine Menge Schatten, damit ihr Teint nicht von zuviel Sonne ruiniert wird.«

Sie lachten leise, als sie sich wieder auf den Rückweg machten. Dann zögerte Greta. »Wäre es ein großer Umstand für Sie, wenn ich Sie bitten würde, nur für einen Moment bei den Gräbern von ein paar anderen Freunden von mir vorbeizuschauen? Ich hab' auch für sie ein paar Blumen aufgehoben. Zwei sind hier im St. Mary's. Die anderen sind im Trinity.

Diese Straße führt direkt dorthin. Die Friedhöfe liegen nebeneinander, und der Nordeingang dazwischen ist tagsüber immer offen.«

Es nahm nicht viel Zeit in Anspruch, die fünf anderen Gräber aufzusuchen. Der Grabstein auf dem letzten enthielt die Inschrift: ›Constance Van Sickle Rhinelander‹. Maggie fiel auf, daß das Todesdatum erst zwei Wochen zurücklag.

»War sie eine enge Freundin?« fragte Maggie.

»Nicht annähernd so vertraut wie Nuala, aber sie wohnte im Latham Manor, und ich habe sie im Lauf der Zeit sehr gut kennengelernt.« Sie verstummte kurz. »Es ist so plötzlich, alles ist so plötzlich passiert«, sagte sie und wandte sich dann mit einem Lächeln Maggie zu. »Ich sollte lieber sehen, daß ich heimkomme. Ich fürchte, ich bin ein bißchen müde. Es ist so hart, so viele Menschen zu verlieren, die einem etwas bedeuten.«

»Ich weiß.« Maggie legte den Arm um die ältere Frau und wurde sich bewußt, wie zerbrechlich sie doch schien.

Während der zwanzig Minuten Fahrt zum Latham Manor zurück döste Greta Shipley ein. Als sie dort eintrafen, schlug sie die Augen auf und sagte: »Früher hatte ich immer so viel Energie. Meine ganze Familie war so. Meine Großmutter war noch mit neunzig ausgesprochen rüstig. Allmählich hab' ich den Eindruck, daß ich zuviel bedient werde.«

Als Maggie sie hineinbegleitete, sagte Greta zögernd: »Maggie, ich hoffe, Sie kommen mich noch einmal besuchen, bevor Sie abfahren. Wann gehen Sie denn nach New York zurück?«

Maggie überraschte sich mit ihrer klaren Antwort selbst: »Ich hatte vor, zwei Wochen zu bleiben, und genau das werde ich auch tun. Ich rufe Sie vor dem Wochenende an, und dann verabreden wir uns.«

Erst als sie wieder in Nualas Haus war und Wasser aufsetzte, wurde ihr klar, daß sie etwas beunruhigte. Irgendein unbehagliches Gefühl war mit Greta Shipley und ihrem gemeinsamen Besuch der beiden Friedhöfe verbunden. Irgend etwas war nicht in Ordnung. Doch was *war* es?

20

Liam Moore Paynes Büro lag mit Blick auf den Boston Common hinaus. Seit er seine frühere Börsenmaklerfirma verlassen und sein eigenes Unternehmen gegründet hatte, war er unglaublich beschäftigt. Die angesehenen Kunden, die er in seine Firma mitgebracht hatte, forderten und erhielten seine uneingeschränkte persönliche Aufmerksamkeit, womit er ihr volles Vertrauen gewann.

Er hatte Maggie nicht zu früh anrufen wollen, doch als er sie dann tatsächlich um elf Uhr vormittags anwählte, war er enttäuscht, sie nicht zu erreichen. Danach ließ er seine Sekretärin jede Stunde einen erneuten Versuch machen, doch es war fast vier Uhr, als er endlich die erfreuliche Nachricht entgegennahm, Miss Holloway sei am Apparat.

»Maggie, endlich«, begann er, hielt dann jedoch inne. »Ist das ein Wasserkessel, den ich da pfeifen höre?«

»Ja, warte eben einen Moment, Liam. Ich wollte mir gerade eine Tasse Tee machen.«

Als sie wieder nach dem Hörer griff, sagte er: »Ich habe schon befürchtet, du hättest dich dazu entschlossen, heimzufahren. Würde mich nicht wundern, wenn du dich in diesem Haus nicht wohl fühlst.«

»Ich achte immer drauf abzuschließen«, sagte Maggie, um fast ohne Pause fortzufahren: »Liam, ich bin froh, daß du angerufen hast. Ich muß dich etwas fragen. Hast du gestern, nachdem du mein Gepäck hergebracht hast, mit Earl über mich gesprochen?«

Liam hob die Augenbrauen. »Nein, habe ich nicht. Wie kommst du denn auf die Idee?«

Sie erzählte ihm von Earls plötzlichem Erscheinen an der Küchentür.

»Du meinst, er wollte einfach das Schloß überprüfen, ohne dir überhaupt Bescheid zu geben? Das kann doch nicht dein Ernst sein.«

»Doch, genau das. Und ich gebe auch gern zu, daß er mir wirklich Angst eingejagt hat. Es hat mich ohnehin schon genug verunsichert, hier allein zu sein, und daß er dann auch noch einfach auf diese Weise auftaucht ... Obendrein fing er irgendwas zu zitieren an, von Trauer, die wie Freude von Gemüt zu Gemüt springt. Es war gespenstisch.«

»Das ist eines seiner Lieblingszitate. Ich glaube, ich hab' ihn noch nie einen Vortrag halten hören, bei dem er es nicht verwendet hätte. Ich finde es auch jedesmal unheimlich.« Liam verstummte, seufzte dann. »Maggie, Earl ist mein Vetter, und ich kann ihn gut leiden, aber er *ist* ein bißchen sonderbar, und es besteht kein Zweifel, daß er von dem Thema Tod besessen ist. Willst du, daß ich über diesen kleinen Besuch bei dir mit ihm rede?«

»Nein, lieber nicht. Aber ich lasse mir vom Schlosser feste Riegel an die Türen machen.«

»Ich bin egoistisch genug zu hoffen, daß das heißt, du bleibst noch eine Weile in Newport.«

»Mindestens die zwei Wochen lang, die ich von Anfang an eingeplant hatte.«

»Ich komme am Freitag runter. Gehst du dann mit mir zum Abendessen?«

»Das fände ich schön.«

»Maggie, laß den Schlosser heute noch kommen, ja?«

»Gleich morgen früh.«

»Na schön. Ich ruf dich morgen an.«

Liam legte den Hörer langsam wieder auf. Wieviel sollte er Maggie wohl von Earl erzählen, fragte er sich. Er wollte nicht zu weit gehen mit seiner Warnung, aber trotzdem ...

Eindeutig war das etwas, worüber er noch genauer nachdenken mußte.

21

Um Viertel vor fünf schloß Janice Morton den Schreibtisch in ihrem Büro im Latham Manor ab. Aus alter Gewohnheit zog sie am Griff jeder einzelnen Schublade und vergewisserte sich, daß wirklich alle abgeschlossen waren. Es war eine Sicherheitsvorkehrung, deren William Lane sich besser selbst befleißigt hätte, dachte sie sarkastisch.

Lanes Assistentin Eileen Burns arbeitete jeden Tag nur bis zwei Uhr, und danach fungierte Janice als Buchhalterin und Assistentin zugleich. Sie lächelte, als sie daran dachte, daß sich ihr freier Zutritt zu Lanes Büro im Lauf der Jahre als äußerst nützlich erwiesen hatte. Gerade jetzt aber, beim Kopieren der Daten, die sie von zwei weiteren Akten benötigte, hatte sie das Gefühl verspürt, sie sollte vorläufig lieber abwarten – wohl eine Art Vorwarnung.

Sie zuckte mit den Achseln. Nun, sie hatte es getan, und die Kopien steckten in ihrer Aktentasche, und die Originale dort, wo sie in Lanes Schreibtisch hingehörten. Es war albern, jetzt noch deswegen nervös zu werden.

Ihre Augen wurden vor geheimer Schadenfreude ganz schmal, als sie an den unverkennbaren Schock dachte, der sich auf dem Gesicht ihres Mannes abzeichnete, als Irma Woods ihnen von Nuala Moores in letzter Minute verfaßtem Testament erzählt hatte. Was für ein Vergnügen es ihr doch seither machte, ihm wegen der Rückzahlung der Hypothek auf ihr eigenes Haus heftige Vorhaltungen zu machen.

Sie wußte natürlich, daß er nichts dergleichen tun würde. Malcolm war dazu bestimmt, auf ewig durch ein Gefilde zerbrochener Träume zu wandern. Sie hatte viel zu lange dazu gebraucht, endlich dahinterzukommen, aber ihre Arbeit im Latham Manor hatte ihr die Augen geöffnet. Einige der Gäste dort hatten vielleicht keine großartige Herkunft, aber sie waren mit dem sprichwörtlichen goldenen Löffel im Mund geboren worden; sie hatten sich nie auch nur einen Tag lang Sorgen um Geld machen müssen. Andere hatten wie Malcolm einen Stammbaum, den sie bis über die Mayflower hinaus zurückverfolgen konnten, manche bis zu den gekrönten Häuptern Europas, stolz darauf, daß sie um neun Ecken herum die Ururneffen oder was auch immer des Prinzregenten irgendeines idiotischen Herzogtums waren.

Die blaublütigen Bewohner des Latham Manor jedoch unterschieden sich in einem höchst wichtigen Punkt von Malcolm. Sie hatten sich nicht auf den Lorbeeren ihrer adligen Herkunft ausgeruht. Sie hatten die Ärmel hochgekrempelt und ihr eigenes Vermögen verdient. Oder es geheiratet.

Aber Malcolm nicht, dachte sie. O nein, nicht der gutaussehende, liebenswürdige, elegante, ach so wohlerzogene Malcolm! Bei ihrer Hochzeit hatten all ihre Freundinnen sie beneidet – bis auf Anne Everett. An jenem Tag hatte sie in der Damentoilette des Jachtklubs mitbekommen, wie Anne von Malcolm geringschätzig als der ›Super-Ken-Puppe schlechthin‹ gesprochen hatte.

Es war eine Bemerkung, die sich ihr ins Gedächtnis eingegraben hatte, weil sie sogar damals schon, an dem Tag, der eigentlich der glücklichste ihres Lebens hätte sein sollen, herausgeputzt, wie sie war, einer Prinzessin gleich, in meterweise wallendem Satin – weil sie sogar damals schon begriffen hatte, daß es stimmte. Mit anderen Worten: *Sie hatte den Frosch geheiratet*. Und dann über dreißig Jahre mit dem Versuch verbracht, die Wahrheit unter den Teppich zu kehren. Was für eine Vergeudung!

Jahre der intimen Dinnerveranstaltungen für Mandanten und potentielle Mandanten, nur um dann mitanzusehen, wie sie mit ihren lukrativen Kundenkonten zu anderen Anwälten gingen und Malcolm ein paar symbolische Knochen zum Abnagen überließen. Mittlerweile waren selbst die meisten von *denen* verschwunden.

Und dann der unüberbietbare Affront. Obgleich sie all diese Jahre lang zu ihm gehalten hatte – wohl wissend, sie wäre besser ihrer eigenen Wege gegangen, anstatt hartnäckig an dem, was ihr noch an Würde geblieben war, festzuhalten –, hatte sie schließlich begriffen, daß er sich nach seiner Sekretärin verzehrte und vorhatte, *sie* in die Wüste zu schicken!

Wenn er doch bloß der Mann gewesen wäre, für den ich ihn hielt, als ich ihn geheiratet habe, dachte Janice, als sie den Stuhl zurückschob, aufstand und dabei ihre steifen Schultern lockerte. Oder noch besser, wenn er doch nur der Mann gewesen wäre, für den *er* sich hält! Dann hätte ich wirklich einen Prinzen bekommen.

Sie fuhr sich glättend auf beiden Seiten über den Rock, wobei sie ein gewisses Maß an Freude darüber empfand, wie sich ihre schlanke Taille und ihre schmalen Hüften anfühlten. In der Anfangszeit hatte Malcolm sie mit einem reinrassigen Pferd verglichen, schlank, mit langem Hals, ranken Beinen und wohlgeformten Knöcheln. Ein schönes reinrassiges Pferd, hatte er hinzugefügt.

Sie war wirklich schön gewesen, als sie noch jung war. Und nun sieh nur, was dir das gebracht hat, dachte sie trübselig.

Wenigstens war ihr Körper noch in hervorragendem Zustand. Und nicht auf Grund regelmäßiger Besuche von Schönheitsfarmen und angenehmer Tage auf dem Golfplatz mit ihren wohlbetuchten Freunden. Nein, sie hatte ihr Leben als Erwachsene damit verbracht, zu arbeiten, hart zu arbeiten – zunächst als Immobilienmaklerin, dann während der letzten fünf Jahre als Buchhalterin hier in diesem Haus.

Sie erinnerte sich daran, wie ihr als Immobilienmaklerin immer wieder das Wasser im Mund zusammengelaufen war, wenn Häuser für einen Pappenstiel verkauft wurden, weil Leute auf Bargeld angewiesen waren. Wie oft hatte sie damals gedacht: »Wenn ich doch nur das Geld hätte …«

Nun, jetzt hatte sie es. Jetzt konnte sie die Bedingungen stellen. Und Malcolm hatte keine blasse Ahnung.

Nie mehr diesen Ort betreten zu müssen! dachte sie frohlockend. Vergiß den edlen Teppich und die Brokat-Vorhänge sogar im Bürobereich. Das mochte ja hübsch sein, aber es war noch immer ein Altersheim – Gottes Wartezimmer –, und mit ihren vierundfünfzig raste sie mit einem Affenzahn auf das Alter zu, in dem sie selbst eine Kandidatin zur Aufnahme sein würde. Nun, bevor es soweit kam, würde sie schon lange hier raus sein.

Das Telefon läutete. Bevor sie den Hörer abnahm, blickte sich Janice im Zimmer um und vergewisserte sich, daß nicht womöglich jemand hinter ihrem Rücken auf Zehenspitzen hereingekommen war.

»Janice Norton«, sagte sie mit fester Stimme und hielt sich dabei die Sprechmuschel nah an den Mund.

Es war der Anruf, auf den sie gehofft hatte. Der Mann am anderen Ende hielt sich nicht mit Begrüßungsworten auf. »Also, ausnahmsweise liegt der liebe Malcolm diesmal richtig«, erklärte er. »Diese Gesetzesänderung zum Schutz von Feuchtgebieten wird auf jeden Fall verabschiedet. Das Grundstück wird ein Vermögen wert sein.«

Sie lachte. »Ist es dann nicht an der Zeit, Maggie Holloway ein Gegenangebot zu machen?«

22

Nach Liams Anruf saß Maggie am Küchentisch, trank Tee und knabberte an ein paar Keksen, die sie im Küchenschrank gefunden hatte.

Die Schachtel war noch fast voll und sah so aus, als wäre sie erst vor kurzem geöffnet worden. Maggie fragte sich, ob Nuala erst vor wenigen Abenden hier gesessen hatte, Tee getrunken und Kekse gegessen und sich ihre Speisefolge für die Einladung zum Abendessen zurechtgelegt hatte. Neben dem Telefon hatte sie eine Einkaufsliste gefunden: Lammkeule, grüne Bohnen, Möhren, Äpfel, Trauben, neue Kartoffeln, Fertigteig für Brötchen. Und dann stand da eine hingekritzelte typische Nuala-Notiz: »Irgendwas vergessen. Im Geschäft nachschauen.« Und Nuala hatte offenbar auch vergessen, die Liste mitzunehmen.

Ist schon komisch, dachte Maggie, aber auf eine seltsame und sicherlich unerwartete Weise bringt meine Anwesenheit in ihrem Haus mir Nuala wieder zurück. Es kommt mir beinahe so vor, als hätte ich all die Jahre lang hier mit ihr gewohnt.

Eine Weile vorher hatte sie in einem Fotoalbum geblättert, das sie im Wohnzimmer gefunden hatte, und dabei war ihr aufgefallen, daß die ersten Bilder von Nuala mit Timothy Moore ein Jahr, nachdem sich Nuala und Maggies Vater hatten scheiden lassen, auftauchten.

Sie fand auch noch ein kleineres Album voller Fotos von ihr selbst, die während der fünf Jahre entstanden waren, in denen Nuala ein Teil ihres Lebens gewesen war. Auf den hinteren Seiten waren all die Mitteilungen eingeklebt, die sie Nuala während dieser Jahre geschrieben hatte.

Das lose eingelegte Foto ganz am Ende zeigte Nuala, ihren Vater und sie selbst am Tag der Hochzeit der beiden. Sie hatte vor Freude darüber, daß sie nun eine Mutter hatte, über das ganze Gesicht gestrahlt. Nualas Gesichtsausdruck war nicht weniger glücklich gewesen. Das Lächeln auf den Lippen ihres Vaters dagegen war reserviert und skeptisch, genauso wie er selbst.

Er ließ sie einfach nicht in sein Herz hinein, dachte Maggie. Ich hab' ja immer gehört, daß er völlig vernarrt in meine Mutter war, aber sie war tot, und die wunderbare Nuala war da. Er war der große Verlierer, als sie schließlich ging, weil sie seine ständige Nörgelei nicht mehr ertragen konnte.

Und ich war ebenfalls die Verliererin, sagte sie sich, während sie die Tasse und die Untertasse in die Spülmaschine steckte. Die einfache Handlung ließ eine andere Erinnerung wieder hochkommen, die an die ärgerliche Stimme ihres Vaters: »Nuala, weshalb ist es eigentlich so unmöglich, das Geschirr direkt vom Tisch in die Spülmaschine zu tun, ohne es vorher im Spülbecken zu stapeln?«

Eine Zeitlang hatte Nuala fröhlich darüber gelacht, daß sie nun einmal von Natur aus unordentlich sei, doch später sagte sie dann so etwas wie: »Mein Gott, Owen, das ist das erstemal seit drei Tagen, daß ich das gemacht hab'.«

Und manchmal brach sie auch in Tränen aus, und ich lief dann hinter ihr her und umarmte sie, dachte Maggie traurig.

Es war halb fünf. Das Fenster über dem Spülbecken umrahmte die schöne Eiche, die seitlich vom Haus stand. Sie müßte eigentlich gestutzt werden, dachte Maggie. Bei einem starken Sturm könnten diese toten Äste abbrechen und auf dem Haus landen. Sie trocknete sich die Hände und wandte sich ab. Doch weshalb sollte sie sich den Kopf darüber zerbrechen? Sie blieb schließlich nicht hier. Sie würde alles aussortieren und brauchbare Kleidung und Möbel für Wohltätigkeitszwecke kennzeichnen. Wenn sie sich jetzt gleich an die Arbeit machte, konnte sie zum Zeitpunkt ihrer Abreise damit fertig sein. Natürlich würde sie einige Erinnerungsstücke behalten, aber die meisten Dinge würde sie einfach weggeben. Sie ging davon aus, daß sie das Haus ›im Ist-Zustand‹ verkaufen würde, sobald das Testament rechtswirksam war, doch es war ihr lieber, wenn es so leer wie möglich war. Sie wollte nicht, daß Fremde durch Nualas Heim gingen und sarkastische Bemerkungen von sich gaben.

Sie begann in Nualas Atelier.

Verschmiert von dem Staub der Materialschränke und Arbeitsflächen, die mit steifverklebten Pinseln, vertrockneten Ölfarbentuben, Mallappen und kleinen Staffeleien übersät und vollgestopft waren, hatte Maggie drei Stunden später eine beachtliche Anzahl mit Etiketten versehener Mülltüten in einer Ecke des Zimmers aufgereiht stehen.

Und obwohl sie erst einen Anfang gemacht hatte, bewirkte schon diese Aufräumaktion, daß der Raum wesentlich besser aussah. Loyal, wie sie Nuala gegenüber war, hielt sie sich vor Augen, daß Polizeichef Brower gesagt hatte, das Zimmer hier sei gründlich durchwühlt worden. Es war unverkennbar, daß die Leute von der Reinigungsfirma sich einfach darauf beschränkt hatten, so viele Gegenstände wie möglich wieder in die Schrankfächer zu stopfen, und was dann noch übrig war, hatte man auf den Arbeitsplatten liegenlassen. Das Resultat war, daß sich ein Gefühl von Chaos breitmachte, das Maggie beunruhigend fand.

Das Zimmer selbst jedoch war ziemlich beeindruckend. Die vom Boden bis zur Decke reichenden Fenster, anscheinend die einzige bauliche Veränderung, die an dem Haus vollzogen worden war, mußten wunderbares Nordlicht hereinlassen, dachte sich Maggie. Als Nuala sie dazu ermuntert hatte, doch ihre Bildhauermaterialien mitzubringen, hatte sie ihr versichert, sie werde den langen Refektoriumstisch bestimmt ideal zum Arbeiten finden. Und obgleich sie überzeugt war, sie würde das alles nicht brauchen, hatte sie Nuala zuliebe einen Kübel mit 50 Pfund feuchtem Ton, mehrere Gestelle, die Gerüste, auf denen die Figuren geformt wurden, und ihre Modellierwerkzeuge mitgebracht.

Maggie hielt einen Moment inne und dachte nach. Auf diesem Tisch konnte sie eine Porträtbüste von Nuala machen. Es gab eine Menge Fotos neueren Datums von ihr in Reichweite, die sie als Vorlage nehmen konnte. Als hätte ich die nötig, dachte Maggie. Es schien ihr so, als würde ihr Nualas Gesicht für immer im Gedächtnis eingeprägt bleiben. Außer ihren Besuchen bei Greta und dem Ausräumen des Hauses hatte sie keine konkreten Pläne. Da ich nun schon weiß, daß ich bis zum übernächsten Wochenende bleiben will, wäre es doch schön, ein Projekt zu haben, sagte sie sich, und welches Thema konnte besser sein als Nuala?

Der Besuch im Latham Manor und die Zeit, die sie mit Greta Shipley verbracht hatte, hatten sie davon überzeugt, daß Nualas Unbehagen von ihrer Sorge über die möglichen Auswirkungen herrührte, die die radikale Veränderung ihres Lebens durch den Verkauf ihres Hauses und den Umzug in den Altenwohnsitz haben mochte. Wie es scheint, hat sie sonst nichts seelisch belastet, überlegte Maggie. Zumindest nicht, soweit ich sehen kann.

Sie seufzte. Vermutlich gab es keine Möglichkeit, in dieser Hinsicht sicher zu sein. Doch wenn es tatsächlich ein normaler Einbrecher war, wäre es für ihn nicht riskant gewesen, Nuala umzubringen und sich dann noch die Zeit zu nehmen, das ganze Haus zu durchstöbern? Wer immer hier war, konnte riechen, daß gekocht wurde, und sehen, daß der Tisch für Gäste gedeckt war. Es lag doch nahe, daß der Mörder befürchten mußte, jemand könne auf der Bildfläche erscheinen, während er das Haus durchsuchte. Es sei denn, er wußte bereits, daß die Einladung auf acht Uhr angesetzt war und daß ich ebenfalls nicht viel früher eintreffen würde.

Das war eine günstige Gelegenheit, überlegte sie. Mit Sicherheit für jemanden, der von Nualas Plänen für den Abend wußte – vielleicht sogar daran beteiligt war.

»Nuala *wurde nicht* von einem x-beliebigen Dieb umgebracht«, sagte Maggie laut. Im Geist ging sie die Menschen durch, die zu dem Dinner erwartet worden waren. Was wußte sie über die einzelnen Personen? Eigentlich nichts.

Außer über Liam; er war der einzige, den sie wirklich kannte. Nur seinetwegen war sie Nuala wieder über den Weg gelaufen, und dafür würde sie ihm immer dankbar sein. Außerdem war sie froh, daß er seinen Vetter Earl genauso seltsam fand wie sie. Daß der hier einfach so auf der Bildfläche erschienen war, war ihr wirklich unheimlich.

Wenn sie das nächstemal mit Liam sprach, wollte sie ihn nach Malcolm und Janice Norton fragen. Selbst in dem kurzen Augenblick heute morgen, als sie Janice im Latham Manor begrüßt hatte, war ihr irgend etwas an dem Gesichtsausdruck der Frau sonderbar vorgekommen. Zorn? Wegen des rückgängig gemachten Hausverkaufs? fragte sich Maggie. Aber es gab doch sicher jede Menge vergleichbarer Häuser in Newport, die zu haben waren. Das konnte es nicht sein.

Maggie ging zu dem auf Böcken ruhenden Zeichentisch hinüber und setzte sich. Sie betrachtete ihre gefalteten Hände und merkte, daß sie es nicht erwarten konnten, wieder Ton in die Finger zu bekommen. Immer wenn sie versuchte, etwas gründlich zu überdenken, machte sie die Erfahrung, daß die

Arbeit mit Ton ihr half, die Lösung zu finden oder doch zumindest zu irgendeinem Schluß zu kommen.

Etwas hatte ihr heute zugesetzt, irgend etwas, was ihr Unterbewußtsein registriert hatte. Sie hatte es zwar zur Kenntnis genommen, jedoch ohne nachhaltigen Eindruck. Was konnte das gewesen sein? fragte sie sich. Augenblick für Augenblick ließ sie ihren Tag von dem Moment an Revue passieren, als sie aufgestanden war, über die flüchtige Besichtigung des Erdgeschosses im Latham Manor und ihre Unterredung mit Dr. Lane bis hin zu der Fahrt mit Greta Shipley zu den Friedhöfen.

Die Friedhöfe! Maggie richtete sich auf. Das war es! dachte sie. Das letzte Grab, das sie aufgesucht hatten, das von dieser Mrs. Rhinelander, die zwei Wochen zuvor gestorben war – da war ihr doch etwas aufgefallen.

Aber was? Sosehr sie sich auch bemühte, sie bekam es nicht zu fassen, was sie dort gestört hatte.

Morgen früh geh ich wieder zu den beiden Friedhöfen und schau mich um, beschloß sie. Ich nehme meine Kamera mit, und wenn ich nicht genau sehe, was es ist, dann mache ich Fotos. Was immer das ist, was mir keine Ruhe läßt, wird vielleicht zum Vorschein kommen, wenn ich die Aufnahmen entwickle.

Es war ein langer Tag gewesen. Sie beschloß, ein Bad zu nehmen, sich ein Rührei zu machen, zu Bett zu gehen und noch einige der Bücher über Newport zu lesen.

Auf dem Weg nach unten merkte sie, daß das Telefon in Nualas Schlafzimmer klingelte. Sie lief rasch zum Apparat, wurde aber von einem entschiedenen Klick am anderen Ende der Leitung belohnt.

Wer auch immer dran war, hat mich vermutlich nicht gehört, dachte sie, aber es spielt keine Rolle. Es gab niemanden, mit dem sie jetzt gerade reden wollte.

Die Schranktür im Schlafzimmer stand offen, und das Licht vom Flur her fiel auf das blaue Kostüm, das Nuala zu der Familienfeier im Four Seasons getragen hatte. Es hing schräg auf einem Bügel da, als habe jemand es achtlos weggehängt.

Das Kostüm war teuer. Das Gefühl, es könnte Schaden nehmen, wenn man es so hängen ließ, veranlaßte Maggie, zum Schrank hinüberzugehen und es ordentlich aufzuhängen.

Während sie dabei war, den Stoff zurechtzuziehen, meinte sie ein leises Aufprallen zu hören, so als sei etwas auf den Boden gefallen. Sie blickte auf das Durcheinander von Stiefeln und Schuhen auf dem Schrankboden hinunter und beschloß, falls wirklich etwas hinuntergefallen war, dann müsse es eben warten.

Sie schloß die Schranktür und verließ das Zimmer, um ihr Bad zu nehmen. Die Einsamkeit, die sie an vielen Abenden in ihrer New Yorker Wohnung genoß, hatte hier in diesem Haus mit den schwachen Schlössern und dunklen Ecken nichts Anziehendes an sich, in diesem Haus, wo jemand einen Mord begangen hatte – womöglich jemand, den Nuala zu ihren Freunden gezählt hatte.

23

Earl Bateman hatte nicht vorgehabt, am Dienstag abend nach Newport zu fahren. Doch während seiner Vorbereitungen für eine Vorlesung, die er am kommenden Freitag halten würde, wurde ihm bewußt, daß er zur Illustrierung einige der Dias benötigte, die er in dem Museum auf dem Grundstück des Bateman Funeral Home verwahrte. Der Wohnsitz seines Ururgroßvaters, das schmale viktorianische Haus und der Morgen Land, auf dem es stand, waren zehn Jahre zuvor von dem Hauptgebäude und dazu gehörenden Grund und Boden abgetrennt worden.

Technisch gesehen war das Museum privat und der Öffentlichkeit nicht zugänglich. Man konnte es nur nach schriftlicher Anfrage besuchen, und Earl führte die wenigen Besucher persönlich hindurch. Seine Reaktion auf den Spott, mit dem ihn seine Cousins überschütteten, sobald das Gespräch auf das ›Death Valley‹ kam – ›Tal des Todes‹ nannten sie sein kleines Museum –, war die scharfe und mit frostiger und bewußt humorloser Stimme vorgetragene Entgegnung, historisch gesehen mäßen die Menschen aller Kulturen und Bildungsschichten den Gebräuchen im Zusammenhang mit dem Tod größte Bedeutung bei.

Im Laufe der Jahre hatte er ein beachtliches Aufgebot an Gegenständen zusammengetragen, die alle etwas mit dem Tod zu tun hatten: Lichtbilder und Filme; Tonaufnahmen von Grabgesängen; griechische Epen; Gemälde und Grafik, wie zum Beispiel die Apotheose Lincolns, der im Himmel aufgenommen wird; maßstabsgetreue Modelle des Tadsch Mahal und der Pyramiden; Eingeborenenmausoleen aus messingbeschlagenem Hartholz; indische Scheiterhaufen; zeitgenössische Särge; authentische Nachbildungen von Trommeln; Tritonshörner, Schirme und Schwerter; Statuen von Rössern ohne Reiter mit umgekehrten Steigbügeln; außerdem Beispiele von Trauerkleidung quer durch die Zeitalter.

›Trauerkleidung‹ war das Thema des Vortrags, den er vor den Mitgliedern einer Lektüregruppe halten mußte, die gerade die Erörterung einer Reihe von Büchern über Todesrituale abgeschlossen hatte. Zu diesem Anlaß wollte er ihnen Lichtbilder der Gewänder im Museum zeigen.

Visuelles Material trägt immer dazu bei, eine Vorlesung anschaulich zu machen, sagte er sich, als er die Route 138 über die Newport Bridge fuhr. Bis zum vergangenen Jahr war das letzte Dia, das er bei einem Vortrag über Kleidung benutzte, ein Auszug aus *Amy Vanderbilt's Etiquette Guide* von 1952 gewesen, in dem die Autorin behauptete, Lackschuhe seien bei einer Beerdigung unter keinen Umständen angebracht. Ergänzend zu dem Text hatte er Abbildungen von Lackschuhen, von flachen schwarz weißen Kinderschuhen bis zu hochhackigen Damenpumps und verzierten Slippern für

Männer eingefügt, was dem Ganzen seiner Ansicht nach eine besondere Note verlieh.

Nun aber hatte er sich eine neue Wendung zum Abschluß der Vorlesung einfallen lassen. »Ich frage mich, was wohl zukünftige Generationen über uns sagen werden, wenn sie Abbildungen von Witwen in roten Miniröcken und von trauernden Anverwandten in Jeans und Lederjacken sehen. Werden sie vielleicht gesellschaftliches und kulturelles Brauchtum von tiefer Bedeutung in diese Kleidung hineininterpretieren, so wie wir es mit den Trauergewändern der Vergangenheit zu tun versuchen? Und falls ja, hätten Sie dann nicht gern die Gelegenheit, ihre Diskussionen zu belauschen?«

Das gefiel ihm. Es würde die verlegene Reaktion abmildern, die ihm stets zuteil wurde, wenn er erwähnte, daß die Beerawan Witwe oder Witwer in Lumpen kleideten, weil sie glaubten, daß die Seele der toten Person sofort nach dem Atemstillstand zu wandern begann und den Lebenden möglicherweise feindselig gesonnen war, sogar denen, die der oder die Verstorbene geliebt hatte. Die Lumpen symbolisierten offenbar Kummer und tiefe Trauer.

Im Museum beschäftigte ihn dieser Gedanke auch weiterhin, während er die Lichtbilder zusammensuchte, die er brauchte. Er nahm eine Spannung zwischen der toten Nuala und der lebendigen Maggie wahr, Feindseligkeit, die gegen Maggie gerichtet war. Man mußte sie warnen.

Er wußte Nualas Telefonnummer auswendig und wählte sie im trüben Licht seines Museumbüros. Er war gerade dabei, wieder einzuhängen, als er Maggie hörte, wie sie sich außer Atem meldete. Er legte trotzdem den Hörer auf.

Sie würde die Warnung vielleicht sonderbar finden, und er wollte nicht, daß sie auf die Idee kam, er sei verrückt.

»Ich bin *nicht* verrückt«, sagte er laut. Dann lachte er. »Ich bin nicht einmal sonderbar.«

24

Neil Stephens war normalerweise in der Lage, dem Gezeitenwechsel auf dem Börsenmarkt seine ungeteilte Aufmerksamkeit zu widmen. Seine Kunden aus dem privaten wie geschäftlichen Bereich verließen sich hundertprozentig auf die Genauigkeit seiner Prognosen und seinen scharfen Blick für die Beurteilung von Trends. In den fünf Tagen jedoch, seitdem er vergeblich versucht hatte, Maggie zu erreichen, ertappte er sich immer wieder dabei, daß er zerstreut war, wenn er eigentlich hätte konzentriert sein müssen, und deswegen unnötig grob zu seiner Assistentin Trish.

Als sie ihrer Verärgerung endlich Ausdruck verlieh, wies sie ihn dadurch zurecht, daß sie die Hand zu einer Geste hob, die eindeutig signalisierte: *Bis hierher und nicht weiter!*, und sagte: »Es gibt nur einen Grund für einen Burschen wie Sie, so brummig zu sein. Sie interessieren sich endlich für eine Frau, und die fällt nicht darauf rein. Nun, ich sollte wohl sagen: Willkommen in der Welt der Tatsachen, aber in Wirklichkeit tut's mir leid, und deshalb versuche ich, Geduld mit Ihrem überflüssigen Gemecker zu haben.«

Nach einem schwachen und resonanzlosen »Wer hat denn ohnehin hier das Sagen?« zog sich Neil in sein eigenes Büro zurück und durchforschte sein Gedächtnis erneut nach dem Namen von Maggies Stiefmutter.

Er war frustriert, weil er sich des Gefühls nicht erwehren konnte, daß irgendwas nicht in Ordnung war, und ließ deshalb die für ihn charakteristische Geduld im Gespräch mit zwei seiner langjährigen Klienten, Lawrence und Frances Van Hilleary, vermissen, die ihn an diesem Vormittag in seinem Büro aufsuchten.

In einem Chanel-Kostüm, das sie, wie Neil wußte, sehr gerne trug, saß Frances elegant aufgerichtet auf der Kante eines Leder-Klubsessels in dem ›kundenfreundlichen Gesprächsbereich‹ und berichtete ihm von einem heißen Börsentip, den sie auf einer Dinnerparty erhalten hatten. Ihre Augen funkelten, als sie in die Details ging.

»Der Konzern hat seinen Hauptsitz in Texas«, erklärte sie begeistert. »Doch schon seit China sich dem Westen geöffnet hat, haben sie erstklassige Ingenieure rübergeschickt.«

China! dachte Neil entsetzt, lehnte sich jedoch zurück und bemühte sich, den Eindruck zu erwecken, er höre mit höflicher Aufmerksamkeit zu, während zunächst Frances und dann Lawrence von der kommenden politischen Stabilität in China schwärmten, von Maßnahmen gegen die Umweltverschmutzung, von wahren Ölfontänen, die nur darauf warteten, angezapft zu werden, und natürlich von der Chance, ein Vermögen damit zu machen.

Neil überschlug die Zahlen im Kopf und stellte bestürzt fest, daß die beiden davon sprachen, ungefähr drei Viertel ihres verfügbaren Vermögens zu investieren.

»Hier ist der Prospekt«, schloß Lawrence Van Hilleary und schob ihn ihm zu.

Neil griff nach dem Hochglanzfaltblatt und fand seine Erwartungen bestätigt. Unten auf der Seite stand so klein gedruckt, daß man es fast nicht lesen konnte, die Einschränkung, nur Interessenten mit einem Vermögen von mindestens einer halben Million Dollar, Eigenheim ausgeschlossen, dürften sich an dem Projekt beteiligen.

Er räusperte sich. »Also gut, Frances und Lawrence, Sie bezahlen mich für meinen Rat. Sie sind zwei der großzügigsten Menschen, mit denen ich es je zu tun hatte. Sie haben bereits eine enorme Menge Geld an Ihre Kinder und Enkel verschenkt und für wohltätige Zwecke in der Familienstiftung, dem Immobilientrust, Treuhandkonten und dem karitativen Pensionsfonds festgelegt. Ich bin davon überzeugt, daß das, was Sie für sich selbst übriggelassen haben, nicht an diese Art von Wolkenkuckucksheim-Investition vergeudet werden sollte. Es ist eine viel zu riskante Sache, und ich würde zu behaupten wagen, daß mehr Öl von dem Wagen in

Ihrer Garage tropft, als Sie je aus einer dieser sogenannten Fontänen werden spritzen sehen. Eine solche Transaktion könnte ich nicht mal mit schlechtem Gewissen durchführen, und ich bitte Sie, Ihr Geld nicht auf diese Weise zu verschwenden.«

Es blieb eine Weile still, bis Frances das Schweigen brach, indem sie sich an ihren Mann wandte und sagte: »Schatz, erinner mich daran, daß ich den Wagen zur Inspektion bringe.«

Lawrence Van Hilleary schüttelte den Kopf, bevor er resigniert seufzte. »Danke, Neil. Alter schützt vor Torheit nicht, denke ich.«

Es klopfte leise, und Trish kam mit Kaffee auf einem Tablett herein. »Versucht er Ihnen immer noch diese Edsel-Aktien anzudrehen, Mr. Van Hilleary?«

»Nein, er hat sich mir gerade in den Weg geworfen, als ich drauf und dran war, sie zu kaufen, Trish. Der Kaffee da riecht gut.«

Nachdem sie einige Posten in ihrem Portefeuille erörtert hatten, kamen sie auf eine Entscheidung zu sprechen, die die Van Hillearys gerade erwogen.

»Wir sind beide achtundsiebzig«, sagte Lawrence mit einem liebevollen Blick zu seiner Frau hinüber. »Ich weiß, wir sehen noch ziemlich gut aus, aber es steht außer Frage, daß wir verschiedene Dinge nicht mehr tun können, die wir sogar noch vor ein paar Jahren regelmäßig getan haben... Keines der Kinder lebt hier in der Gegend. Das Haus in Greenwich in Schuß zu halten ist teuer, und obendrein hat sich unsre alte Haushälterin gerade zur Ruhe gesetzt. Wir ziehen ernsthaft in Erwägung, uns irgendwo in Neuengland nach einer Wohnanlage für den Ruhestand umzusehen. Wir würden auch weiterhin im Winter runter nach Florida gehen, aber es wäre vielleicht schön, all die Verpflichtungen loszuwerden, die Haus und Garten mit sich bringen.«

»Wo in Neuengland?« fragte Neil.

»Vielleicht auf dem Cape. Oder auch in Newport. Wir würden gern in der Nähe des Wassers bleiben.«

»Wenn das so ist, könnte ich vielleicht übers Wochenende ein wenig für Sie herumschnuppern.« Er setzte die beiden kurz darüber ins Bild, daß mehrere der Frauen, die sein Vater in steuerlicher Hinsicht beriet, in die Latham Manor Residence in Newport gezogen seien und sich dort sehr wohl fühlten.

Als sie sich zum Aufbruch erhoben, küßte Frances Van Hilleary Neil auf die Wange. »Kein Öl für die Lampen von China, das verspreche ich Ihnen. Und lassen Sie uns wissen, was Sie über dieses Haus in Newport herausfinden.«

»Selbstverständlich.« Morgen, dachte Neil, morgen bin ich in Newport und stoße vielleicht zufällig auf Maggie.

Vielleicht gewinnst du auch im Lotto! sagte eine spöttische Stimme in seinem Hinterkopf.

Dann fiel ihm plötzlich die Lösung ein. Eines Abends, als sie bei Neary's zum Essen waren, hatten sich Jimmy Neary und Maggie über ihren bevorstehenden Besuch in Newport unterhalten. Bei dieser Gelegenheit hatte sie den Namen ihrer Stiefmutter erwähnt, und Jimmy sagte etwas in der Richtung, daß es einer der großartigsten alten keltischen Namen sei. Jimmy würde sich ganz bestimmt daran erinnern.

Ein wesentlich froherer Neil machte sich wieder an seine Arbeit. Wenn er für heute fertig war, würde er bei Neary's zu Abend essen, dann nach Hause gehen und seine Sachen packen. Und morgen früh ginge es ab nach Norden.

Um acht Uhr am selben Abend aß Neil gerade genüßlich die Reste seiner gedünsteten Kammuscheln mit Kartoffelpüree auf, als sich Jimmy Neary zu ihm setzte. Während er sich insgeheim die Daumen drückte, fragte Neil Jimmy, ob er sich noch an den Namen von Maggies Stiefmutter erinnern könne.

»Ah-ha«, sagte Jimmy. »Einen Moment. Es ist ein bedeutender Name. Laß mal sehen.« Jimmys Engelsgesicht zog sich vor lauter Konzentration zusammen. »Nieve... Siobhan... Maeve... Cloissa... nein, keiner von denen. Es ist – es ist – Himmel, ich *hab's*! Finnuala! Das heißt ›die Helle‹ auf gälisch. Und Maggie hat gesagt, daß das alte Mädchen allgemein Nuala genannt wird.«

»Das ist wenigstens ein Anfang. Ich könnte dich küssen, Jimmy«, erklärte Neil inbrünstig.

Ein Ausdruck der Bestürzung durchzuckte Jimmys Miene. »Wag das ja nicht!« sagte er.

25

Maggie hatte nicht damit gerechnet, gut zu schlafen, doch nachdem sie sich in die weiche Daunensteppdecke gewickelt und den Kopf in die mit Gänsedaunen gefüllten Kissen vergraben hatte, wachte sie erst auf, als um halb zehn im großen Schlafzimmer das Telefon zu klingeln begann.

In dem Gefühl, zum erstenmal seit mehreren Tagen einen klaren Kopf zu haben und erfrischt zu sein, rannte sie hinüber, um den Hörer abzunehmen, wobei sie sogar die leuchtenden Sonnenstrahlen bemerkte, die um den Rand der Jalousien herum ins Zimmer strömten.

Greta Shipley war am Apparat. Beinahe zerknirscht brachte sie ihr Anliegen vor: »Maggie, ich wollte Ihnen wegen gestern danken. Es hat mir so viel bedeutet. Und bitte sagen Sie nicht ja, außer Sie möchten es wirklich tun, aber Sie haben doch erwähnt, daß Sie die Kunstmaterialien abholen wollen, die Nuala hiergelassen hat, und, also ... Wissen Sie, wir haben hier die Möglichkeit, abwechselnd einen Gast zum Abendessen einzuladen. Ich dachte mir, falls Sie nicht schon was vorhaben, würden Sie es sich vielleicht überlegen, mir heute abend Gesellschaft zu leisten.«

»Ich habe überhaupt nichts vor, und das würde mir große Freude machen«, sagte Maggie aufrichtig. Dann schoß ihr plötzlich ein Gedanke durch den Kopf, eine Art geistiges Bild. Der Friedhof. Mrs. Rhinelanders Grab. Oder nicht?

Etwas hatte dort gestern ihre Aufmerksamkeit auf sich gezogen. Doch was? Sie mußte wieder dorthin. Sie dachte, daß es bei Mrs. Rhinelanders Grab gewesen war, doch falls sie sich täuschte, mußte sie all die anderen Gräber wieder aufsuchen, die sie beide gemeinsam besucht hatten.

»Mrs. Shipley«, sagte sie, »solange ich schon hier bin, möchte ich ein paar Aufnahmen in der Gegend von Newport für ein Projekt machen, an dem ich zur Zeit arbeite. Es mag vielleicht makaber klingen, aber St. Mary's und Trinity haben eine derart friedliche, europäische Atmosphäre, daß sie für meine Zwecke genau richtig sind. Ich weiß, daß einige der Gräber, an denen wir gestern Blumen niedergelegt haben, eine wunderschöne Aussicht im Hintergrund haben. Ich würde gern wieder hingehen. Können Sie mir sagen, welche Gräber wir aufgesucht haben?«

Sie hoffte, daß der hastig zusammengeschusterte Vorwand nicht zu lahm klang. Aber ich arbeite ja wirklich an einem Projekt, dachte sie.

Greta Shipley schien jedoch Maggies Bitte gar nicht seltsam zu finden. »Oh, die sind wunderschön gelegen, nicht?« stimmte sie ihr zu. »Selbstverständlich kann ich Ihnen sagen, wo wir hingegangen sind. Haben Sie Papier und Bleistift zur Hand?«

»Hab' ich.« Nuala hatte einen kleinen Notizblock und einen Stift neben dem Telefon bereitgelegt.

Drei Minuten später hatte Maggie nicht nur die Namen, sondern auch exakte Richtungsangaben zu jeder Grabstätte notiert. Sie wußte, daß sie jetzt die einzelnen Gräber ausfindig machen konnte. – Wenn sie doch bloß gewußt hätte, was sie dort zu finden hoffte!

Nachdem sie den Hörer aufgelegt hatte, streckte sich Maggie und beschloß, sich rasch zu duschen, um richtig wach zu werden. Ein warmes Bad am Abend, um einzuschlafen, dachte sie, eine kalte Dusche, um aufzuwachen. Ich bin froh, daß ich nicht vor vierhundert Jahren auf die Welt gekommen bin. Sie dachte an den Satz, den sie in einem Buch über Königin Elisabeth I. gelesen hatte: »Die Königin nimmt einmal im Monat ein Bad, ob sie es braucht oder nicht.«

Der Duschkopf, der offenbar erst später über der schönen Badewanne mit den Klauenfüßen eingebaut worden war, produzierte einen Sprühregen, der nadelfein prickelte und durch und durch zufriedenstellend war. In einen Chenillemorgenrock gewickelt und mit einem Handtuchturban um das noch feuchte Haar ging Maggie nach unten und machte sich ein leichtes Frühstück, das sie anschließend mit in ihr Zimmer nahm, um es zu genießen, während sie sich anzog.

Reumütig erkannte sie, daß die legere Kleidung, die sie für den Urlaub mit Nuala eingepackt hatte, für die zwei Wochen ihres Aufenthalts hier nicht ausreichen würde. Heute nachmittag mußte sie eine Boutique oder was immer finden und sich ein oder zwei zusätzliche Röcke und ein paar Blusen oder Pullis besorgen. Sie wußte, daß im Latham Manor Kleidung eher formeller Natur bevorzugt wurde, und außerdem hatte sie zugestimmt, am Freitag abend mit Liam essen zu gehen, und das bedeutete vermutlich, daß sie sich auch dafür in Schale werfen mußte. Wenn sie mit Liam in New York essen gegangen war, hatte er unweigerlich ziemlich kostspielige Restaurants ausgesucht.

Sie zog die Jalousie hoch, öffnete das Fenster, das nach vorne ging, und ließ die warme, sanfte Brise auf sich einwirken, die bestätigte, daß Newport nach der kühlen Feuchtigkeit des Vortages jetzt in den Genuß absolut idealen Frühherbst-Wetters kam. Heute bestand kein Bedarf für eine dicke Jacke, schloß sie. Auf ein weißes T-Shirt, Jeans, eine blaue Strickjacke und Sportschuhe fiel schließlich ihre Wahl.

Als sie fertig angezogen war, stand Maggie noch eine Weile vor dem Spiegel, der über der Kommode hing, und betrachtete sich. Ihre Augen zeigten keine Spuren der Tränen mehr, die sie um Nuala geweint hatte. Sie waren wieder klar. Blau. Saphirblau. Das war die Bezeichnung, wie Paul ihre Augen an dem Abend genannt hatte, als sie sich kennenlernten. Es schien ein ganzes Leben lang her zu sein. Sie war damals bei

Kay Koehlers Hochzeit Brautjungfer, er war einer der Brautführer gewesen.

Das Probefestmahl fand damals im Chevy Chase Country Club in Maryland statt, in der Nähe von Washington. Er hatte neben ihr gesessen. Wir haben den ganzen Abend lang miteinander geredet, dachte Maggie bei der Erinnerung daran. Dann, nach der Hochzeitszeremonie, haben wir praktisch jeden Tanz miteinander getanzt. Als er den Arm um mich legte, hatte ich das Gefühl, als wäre ich plötzlich zu Hause angekommen.

Sie waren zu der Zeit beide erst dreiundzwanzig. Er besuchte die Air Force Academy, sie war gerade dabei, ihr Magisterstudium an der New York University zu beenden.

Alle sagten damals, was für ein hübsches Paar sie doch seien. Ein Musterfall von Gegensätzen, die sich anziehen. Paul war so hell, mit glattem blondem Haar und gletscherblauen Augen, von jenem nordischen Aussehen, das er von seiner finnischen Großmutter geerbt hatte, wie er sagte. Und ich die dunkelhaarige Keltin.

Fünf Jahre lang hatte sie nach seinem Tod ihre Haare so getragen, wie Paul es schön gefunden hatte. Vor einem Jahr hatte sie schließlich etwa acht Zentimeter abgeschnitten; jetzt reichte es ihr kaum noch bis zum Kragen, doch als Bonus betonte die kürzere Frisur den Schwung der Naturlocken. Zudem erforderte es wesentlich weniger Pflege, und für Maggie war das von entscheidender Bedeutung.

Paul hatte es auch an ihr geschätzt, daß sie lediglich Wimperntusche und einen fast natürlich wirkenden Lippenstift trug. Inzwischen besaß sie zumindest für festliche Gelegenheiten eine reicher sortierte Auswahl an Make-up-Artikeln.

Warum muß ich jetzt an all das denken? fragte sich Maggie, während sie Vorbereitungen traf, das Haus zu verlassen. Es war beinahe so, als erzählte sie dies alles Nuala, wurde ihr dann klar. Dies waren all die Dinge, die in den Jahren geschehen waren, seit sie einander zuletzt gesehen hatten, Dinge, über die sie mit ihr reden wollte. Nuala war schon jung zur Witwe geworden. Sie hätte sie verstanden.

Jetzt sprach sie ein abschließendes stilles Gebet, Nuala möge ihren Einfluß bei ihren Lieblingsheiligen geltend machen, damit Maggie begriff, *weshalb* sie sich genötigt sah, zu den Friedhöfen zu gehen, griff nach ihrem Frühstückstablett und trug es wieder nach unten in die Küche.

Drei Minuten später überprüfte sie nochmals den Inhalt ihrer Umhängetasche, verschloß die Haustür doppelt und holte ihre Nikon und die anderen Kamera-Utensilien aus dem Kofferraum des Wagens, bevor sie zu den Friedhöfen aufbrach.

26

Pünktlich um halb elf traf Mrs. Eleanor Robinson Chandler in der Latham Manor Residence ein, um sich, wie verabredet, mit Dr. William Lane zu treffen.

Lane empfing seinen vornehmen Gast mit dem Charme und der Höflichkeit, die ihn zum perfekten Direktor und diensthabenden Arzt des Latham Manor machten. Er kannte Mrs. Chandlers Familiengeschichte auswendig. Der Name war im gesamten Staat Rhode Island wohlbekannt. Mrs. Chandlers Großmutter war während der gesellschaftlichen Blütezeit Newports in den neunziger Jahren des letzten Jahrhunderts eine der *Grandes Dames* der Stadt gewesen. Sie selbst würde das Latham Manor bereichern und höchstwahrscheinlich weitere zukünftige Gäste aus dem Kreis ihrer Freunde anziehen.

Ihr finanzieller Hintergrund war, wenn auch beeindrukkend, so doch ein wenig enttäuschend. Es war offensichtlich, daß sie es geschafft hatte, einen großen Teil ihres Geldes an ihre ausgedehnte Familie weiterzugeben. Mit ihren sechsundsiebzig Jahren hatte sie eindeutig das Ihre dazu beigetragen, die Welt bevölkern zu helfen: vier Kinder, vierzehn Enkel, sieben Urenkel, und zweifellos würden noch weitere folgen.

Wenn man jedoch ihren Namen und ihre Lebensumstände bedachte, dann würde sie sich wohl dazu überreden lassen, das oberste Apartment zu nehmen, das für Nuala Moore vorgesehen war. Sie war offensichtlich an das Beste gewöhnt.

Mrs. Chandler trug ein beigefarbenes Strickkostüm und Pumps mit niedrigen Absätzen. Eine einfache Perlenkette, kleine Perlenohrringe, ein goldener Ehering und eine schmale Goldarmbanduhr waren ihr einziger Schmuck, doch jedes der Stücke war auserlesen. Ihre klassischen, von weißem Haar umrahmten Gesichtszüge vermittelten einen freundlich reservierten Ausdruck. Lane begriff durchaus, daß *er* es war, der einer Befragung unterzogen wurde.

»Sie müssen verstehen, daß dies hier nur ein Vorgespräch sein kann«, sagte Mrs. Chandler soeben. »Ich bin mir gar nicht sicher, ob ich bereit bin, in *irgendein* Heim für Ruheständler zu ziehen, wie attraktiv es auch sein mag. Ich *möchte* aber sagen, daß, soweit ich es bisher gesehen habe, die Restaurierung dieses alten Hauses von hervorragendem Geschmack ist.«

Die Billigung von Sir Hubert ist in der Tat ein Lob, dachte Lane sarkastisch. Er lächelte jedoch verständnisvoll. »Danke«, sagte er. Wäre Odile jetzt dabeigewesen, so hätte sie sich ekstatisch darüber ausgelassen, wieviel ein Lob von Mrs. Chandler ihnen bedeute, und, und, und …

»Meine älteste Tochter lebt in Santa Fe und möchte unbedingt, daß ich dort hinziehe«, fuhr Mrs. Chandler fort.

Aber Sie wollen nicht dorthin, habe ich recht? dachte Lane und fühlte sich auf einmal wesentlich besser. »Aber wenn man schon so lange hier in der Gegend gewohnt hat, ist es natürlich etwas schwierig, sein Leben so radikal zu verändern«, sagte er teilnahmsvoll. »So viele unserer Gäste besuchen ihre Verwandten für ein oder zwei Wochen, sind dann aber sehr froh, zu der Stille und den Annehmlichkeiten von Latham Manor zurückzukehren.«

»Ja, das glaube ich gern.« Mrs. Chandlers Tonfall war unverbindlich. »Wie ich höre, haben Sie mehrere Wohneinheiten zur Verfügung?«

»Tatsächlich ist soeben eine unsrer *begehrtesten* Wohnungen frei geworden.«

»Wer hat dort zuletzt gewohnt?«

»Mrs. Constance Van Sickle Rhinelander.«

»Ach ja, natürlich. Connie war ziemlich ernsthaft erkrankt, wie ich höre.«

»Ich fürchte, ja.« Lane erwähnte Nuala Moore nicht. Er würde das leergeräumte Zimmer, das als ihr Atelier vorgesehen war, damit plausibel machen, daß er erklärte, die Räume würden zur Zeit vollkommen neu hergerichtet.

Sie fuhren im Aufzug zum zweiten Stock hinauf. Mehrere Minuten lang stand Mrs. Chandler auf der Terrasse, die einen Ausblick auf das Meer bot. »Das hier *ist* bezaubernd«, räumte sie ein. »Diese Wohnung kostet aber doch fünfhunderttausend Dollar, glaube ich?«

»Das ist richtig.«

»Nun, ich habe nicht die Absicht, soviel auszugeben. Wo ich nun diese hier gesehen habe, würde ich gern Ihre anderen Wohnungen sehen, die zur Verfügung stehen.«

Sie versucht bestimmt gleich, mich herunterzuhandeln, dachte Dr. Lane, und er mußte sich dem Impuls widersetzen, ihr zu sagen, daß solch ein Vorhaben absolut zwecklos sei. Als Grundregel sämtlicher Prestige Residences galt, daß es keinen Rabatt gab. Andernfalls gab es nur Ärger, denn Sonderabkommen kamen immer denjenigen zu Ohren, die selbst keine erhalten hatten.

Mrs. Chandler verwarf an Ort und Stelle das kleinste, dann das mittlerer Größe und schließlich auch das geräumigste der Ein-Zimmer-Apartments. »Keins von denen kommt in Frage. Ich fürchte, wir vergeuden gegenseitig unsere Zeit.«

Sie waren im ersten Stock. Dr. Lane wandte sich um und entdeckte, daß Odile Arm in Arm mit Mrs. Pritchard, die sich von einer Operation an ihrem Bein erholte, auf sie beide zukam. Odile lächelte sie an, blieb jedoch zu Lanes Erleichterung nicht stehen. Sogar Odile war sich gelegentlich darüber im klaren, wann es besser war, sich nicht einzumischen, dachte er.

Schwester Markey saß an dem Empfangstresen im ersten Stock. Sie blickte mit einem strahlenden, professionellen

Lächeln zu ihnen beiden hoch. Lane konnte es kaum erwarten, ihr eine Standpauke zu halten. Am Morgen hatte Mrs. Shipley ihm erzählt, sie beabsichtige, einen Riegel an ihre Tür anbringen zu lassen, um ihre Privatsphäre zu gewährleisten. »Diese Person sieht eine geschlossene Tür als Herausforderung an«, hatte sie kurz angebunden festgestellt.

Sie kamen an Mrs. Shipleys Ein-Zimmer-Apartment vorbei. Ein Zimmermädchen hatte gerade fertig saubergemacht, und die große Tür stand offen. Mrs. Chandler warf einen Blick hinein und blieb stehen. »Oh, das ist ja reizend«, sagte sie aufrichtig, während sie die großzügige Sitzecke in der Nische mit dem offenen Kamin im Renaissancestil musterte.

»Treten Sie doch ein«, ermunterte Dr. Lane sie. »Ich weiß, daß es Mrs. Shipley nichts ausmacht. Sie ist beim Friseur.«

»Nur bis hierher. Ich komme mir wie ein Eindringling vor.« Mrs. Chandler nahm den Anblick des Schlafzimmerbereichs und den mitreißenden Blick aufs Meer von drei der Zimmerseiten aus in sich auf. »Ich finde, das hier übertrifft die größte Wohnung«, bedeutete sie ihm. »Wieviel kostet eine Wohnung wie die hier?«

»Dreihundertfünfzigtausend Dollar.«

»Also *das* würde ich zahlen. Ist noch so eine wie die hier zu haben? Zu demselben Preis natürlich?«

»Zur Zeit nicht«, erwiderte er, fügte dann aber hinzu: »Doch warum füllen Sie nicht ein Antragsformular aus?« Er lächelte sie an. »Wir würden Sie eines Tages ausgesprochen gern als Gast begrüßen.«

27

Douglas Hansen lächelte über den Tisch hinweg Cora Gebhart gewinnend an, eine spritzige Dame in den Siebzigern, die sich ganz offensichtlich die Muscheln auf gedünsteten Endivien munden ließ, die sie zum Lunch bestellt hatte.

Sie war eine Frau, die gern redete, dachte er, nicht so wie einige der anderen, die er mit Aufmerksamkeit überschütten mußte, bevor er ihnen irgendwelche Informationen entlocken konnte. Mrs. Gebhart wandte sich ihm offen zu wie eine Sonnenblume der Sonne, und er wußte, bis die Zeit für den Espresso gekommen war, hatte er eine gute Chance, ihr Vertrauen zu gewinnen.

»Jedermanns Lieblingsneffe«, hatte ihn eine dieser Frauen genannt, und genau auf diese Weise wollte er auch angesehen werden: als der von Herzen hilfsbereite Dreißigjährige, der ihnen allen die kleinen Zeichen des Entgegenkommens gewährte, die sie so viele Jahre schon entbehrt hatten.

Intime, von angenehmem Plaudern erfüllte Lunchs in einem Restaurant, das entweder ein Treffpunkt für Gourmets wie dieses hier war, Bouchard's, oder ein Lokal wie das Chart House, wo man bei vorzüglichem Hummer einen herrlichen Ausblick genießen konnte. Auf die Lunchtreffen ließ er dann für die Frauen, die sich süßen Nachtisch bestellt hatten, eine Schachtel Pralinen folgen oder Blumen für diejenigen, die Geschichten von längst verflossenen Verehrern offenbart hatten, und sogar einen Spaziergang den Ocean Drive entlang Arm in Arm mit einer frischgebackenen Witwe, die ihm wehmütig anvertraut hatte, wie sie mit ihrem verstorbenen Mann jeden Tag lange Wanderungen unternommen hatte. Er wußte einfach, wie man's machte.

Hansen war sich der Tatsache bewußt, daß all diese Frauen intelligent waren und einige von ihnen sogar gerissen. Die Geldanlagen, die er ihnen nahelegte, waren von der Art, bei der selbst ein zurückhaltender Spekulant zugeben mußte, daß sie vielversprechend waren. In der Tat hatte einer seiner Tips sogar Früchte getragen, was in gewisser Hinsicht katastrophal für ihn gewesen war, sich am Ende jedoch als Vorteil herausgestellt hatte. Jetzt konnte er einer potentiellen Kundin zur Krönung seines Fischzugs vorschlagen, Mrs. Alberta Downing in Providence anzurufen, die Hansens Kompetenz bestätigen könne.

»Mrs. Downing hat einhunderttausend Dollar investiert und innerhalb einer Woche einen Profit von dreihunderttausend Dollar eingestrichen«, konnte er möglichen Klienten erklären. Das war nicht gelogen. Daß die Aktien in letzter Minute zu einem künstlich aufgeblähten Kurs notiert wurden und Mrs. Downing ihn angewiesen hatte zu verkaufen, gegen seinen ausdrücklichen Rat, war ihm damals wie eine Katastrophe vorgekommen. Sie hatten das Kapital auftreiben müssen, um ihr ihren Gewinn auszuzahlen, aber nun hatten sie wenigstens eine authentische Empfehlung erster Güte.

Cora Gebhart nahm mit einer zierlichen Bewegung ihren letzten Bissen zu sich. »Köstlich«, verkündete sie, während sie an ihrem Chardonnay nippte. Hansen hatte eine ganze Flasche bestellen wollen, aber sie hatte ihn unnachgiebig informiert, ein Glas zum Lunch sei das höchste der Gefühle für sie.

Douglas legte sein Messer auf den Teller und plazierte die Gabel nach europäischer Manier mit den Zinken nach unten sorgfältig daneben.

Cora Gebhart seufzte. »Genauso hat mein Mann immer das Besteck auf dem Teller abgelegt. Haben Sie auch Ihre Ausbildung in Europa erhalten?«

»Ich habe mein drittes Studienjahr an der Sorbonne verbracht«, erwiderte Hansen mit einstudierter Lässigkeit.

»Wie entzückend!« rief Mrs. Gebhart aus und ging ohne Unterbrechung zu makellosem Französisch über, dem Douglas verzweifelt zu folgen versuchte.

Nach ein paar Minuten hob er lächelnd die Hand. »Ich kann Französisch fließend lesen und schreiben, aber es ist jetzt elf Jahre her, daß ich dort war, und ich fürchte, mein Französisch ist ein wenig eingerostet. *En anglais, s'il vous plaît.*«

Sie lachten gemeinsam, aber Hansen witterte jetzt Gefahr. Hatte Mrs. Gebhart ihn etwa auf die Probe gestellt? fragte er sich. Sie hatte eine Bemerkung über sein hübsches Tweedjackett und seine vornehme Erscheinung mit den Worten verbunden, das sei ungewöhnlich zu einer Zeit, in der viele junge Männer, ihr Enkel eingeschlossen, so aussähen, als wären sie gerade von einer Campingtour zurückgekehrt. Sagte sie ihm damit auf subtile Weise, daß sie ihn durchschaut hatte? Daß sie spüren konnte, daß er in Wirklichkeit weder die Williams noch die angesehene Wharton School of Business abgeschlossen hatte, wie er behauptete?

Er wußte, daß seine schlanke, aristokratische Erscheinung eindrucksvoll war. Sie hatte ihm sowohl bei Merrill Lynch wie bei den Salomon Brothers einen Einstiegsjob verschafft, aber bei beiden Firmen hatte er sich nicht mal ein halbes Jahr halten können.

Mrs. Gebharts folgende Worte beruhigten ihn jedoch. »Ich glaube, ich bin immer zu konservativ gewesen«, klagte sie. »Ich habe zuviel von meinem Geld in Treuhandkonten festgelegt, damit sich meine Enkel noch mehr ausgebleichte Jeans kaufen können. Deswegen habe ich jetzt nicht mehr viel für mich selbst übrig. Ich habe daran gedacht, in eines dieser Wohnheime für Ruheständler zu ziehen – neulich habe ich sogar aus diesem Grund einen Rundgang durch das Latham Manor gemacht –, aber ich müßte in eins der kleineren Apartments ziehen, und ich bin einfach an mehr Platz gewöhnt.« Sie sah Hansen direkt ins Gesicht. »Ich habe vor, dreihunderttausend Dollar in den Aktien anzulegen, die Sie mir empfohlen haben.«

Er bemühte sich, seine Gefühle nicht auf seinem Gesicht erkennen zu lassen, doch es kostete ihn Überwindung. Die Summe, die sie erwähnt hatte, war bedeutend höher als das, worauf er gehofft hatte.

»Mein Steuerberater ist natürlich dagegen, aber ich habe allmählich den Eindruck, daß er ein wenig altmodisch und konservativ ist. Kennen Sie ihn? Er heißt Robert Stephens. Er lebt in Portsmouth.«

Der Name war Hansen durchaus ein Begriff. Robert Stephens kümmerte sich um die Steuern von Mrs. Arlington, und sie hatte eine beträchtliche Summe mit der Anlage in ein High-Tech-Unternehmen verloren, das er ihr empfohlen hatte.

»Aber ich bezahle ihn dafür, meine Steuererklärung zu machen, nicht damit er über mein Leben bestimmt«, fuhr Mrs. Gebhart fort, »also werde ich ohne weitere Diskussionen mit ihm meine festverzinslichen Wertpapiere einlösen und Sie beauftragen, auch für mich einen Coup zu landen. Jetzt, wo die Entscheidung gefällt ist, werde ich vielleicht *doch* dieses zweite Glas Wein trinken.«

Während die Nachmittagssonne das Restaurant in goldenem Glanz erwärmte, prosteten sie einander zu.

28

Maggie verbrachte nahezu zwei Stunden auf den beiden Friedhöfen St. Mary's und Trinity. In manchen Bereichen, die sie fotografieren wollte, fanden gerade Beerdigungen statt, weshalb sie im jeweiligen Fall abwartete, bis die Trauernden wieder gegangen waren, bevor sie ihre Kamera hervorholte.

Der schöne warme Tag schien ihrem unheimlichen Anliegen zu widersprechen, aber sie blieb beharrlich und suchte all die Gräber wieder auf, bei denen sie mit Greta Shipley gewesen war, und machte Aufnahmen aus allen möglichen Blickwinkeln.

Ihre ursprüngliche Eingebung war gewesen, daß sie etwas Sonderbares auf Mrs. Rhinelanders Grab bemerkt hatte, dem letzten, vor dem sie gemeinsam gestanden hatten. Aus diesem Grund kehrte sie nun die Reihenfolge um, die sie am Tag zuvor mit Mrs. Shipley eingeschlagen hatte, und begann mit der Rhinelander-Grabstätte und hörte mit Nualas Grab auf.

Bei dieser letzten Station tauchte ein kleines Mädchen von etwa acht oder neun Jahren auf, blieb in der Nähe stehen und beobachtete sie fasziniert.

Als Maggie mit einem Film fertig war, wandte sie sich an das Mädchen. »Hallo, ich heiße Maggie«, sagte sie. »Und wie heißt du?«

»Marianne. Wozu wollen Sie hier die Bilder knipsen?«

»Also, ich bin Fotografin, und ich hab' ein paar besondere Themen, und das hier ist eins davon, an dem ich gerade arbeite.«

»Wollen Sie auch das Grab von meinem Großvater knipsen? Es ist gleich hier drüben.« Sie deutete nach links, wo Maggie mehrere Frauen bei einem hohen Grabstein stehen sehen konnte.

»Nein, lieber nicht, glaub ich. Ich bin nämlich eigentlich für heute fertig. Aber danke schön. Tut mir leid, das mit deinem Großvater.«

»Heute ist es drei Jahre her. Er hat wieder geheiratet, als er zweiundachtzig war. Mom sagt, daß die Frau ihn verschlissen hat.«

Maggie versuchte, ein Lächeln zu unterdrücken. »Das kommt wohl manchmal vor.«

»Mein Dad hat gesagt, daß er nach fünfzig Jahren mit Grandma wenigstens noch zwei Jahre etwas Spaß gehabt hat. Die Lady, mit der er verheiratet war, hat jetzt einen neuen Freund. Dad meint, daß *der* wahrscheinlich auch nur noch ein paar Jahre vor sich hat.«

Maggie lachte. »Ich finde, daß dein Dad bestimmt lustig sein muß.«

»Ist er auch. Okay, ich muß gehn. Mom winkt mir grade. Tschüs dann.«

Es war ein Gespräch, wie es Nuala gefallen hätte, überlegte Maggie. Wonach suche ich eigentlich? fragte sie sich, als sie auf das Grab hinunterstarrte. Die Blumen, die Greta Shipley hingelegt hatte, fingen an zu welken, doch ansonsten sah diese Grabstätte ganz genauso wie die anderen aus. Trotzdem verschoß Maggie noch einen weiteren Film, zur Sicherheit.

Der Nachmittag verstrich rasch. Indem sie die Straßenkarte neben sich auf dem Beifahrersitz zu Rate zog, fuhr Maggie in das Zentrum von Newport hinein. Da sie es als professionelle

Fotografin stets vorzog, ihre Filme selbst zu entwickeln, gab sie ihre Filme nur mit äußerstem Widerstreben in einer Drogerie ab. Doch realistisch gesehen gab es keine andere Möglichkeit. Sie hatte nichts von ihren Dunkelkammersachen mitgebracht; es wäre für eine so kurze Reise einfach zu kompliziert gewesen. Nachdem sie sich fest hatte versprechen lassen, daß ihre Aufnahmen am nächsten Tag fertig sein würden, nahm sie im Brick Alley Pub einen Hamburger und eine Coca-Cola zu sich, fand dann in der Thames Street eine Boutique, wo sie fündig wurde und zwei Rollkragenpullover – einen weißen, einen schwarzen –, zwei lange Röcke und eine cremefarbene taillierte Jacke mit dazu passenden langen Hosen erstehen konnte. In Kombination mit den Sachen, die sie dabei hatte, würden diese Ergänzungen ihrer Garderobe für alles ausreichen, was sich in den nächsten zehn Tagen in Newport noch ergeben mochte. Und außerdem gefielen sie ihr wirklich.

Newport ist was Besonderes, dachte sie, als sie den Ocean Drive entlang zu Nualas Haus zurückfuhr.

Zu *meinem* Haus, korrigierte sie sich, noch immer verblüfft über diese Erkenntnis. Malcolm Norton hatte eine Abmachung mit Nuala getroffen, ihr das Haus abzukaufen, soviel wußte Maggie. Er hat gesagt, daß er mit mir sprechen will, überlegte sie. Natürlich wird es dabei um das Haus gehen. *Will* ich es denn verkaufen? fragte sie sich. Gestern abend hätte ich gesagt: »Wahrscheinlich.« Jetzt aber, in diesem Augenblick, mit diesem glorreichen Ozean und dieser liebenswerten, malerischen Stadt auf dieser ganz besonderen Insel, bin ich mir nicht so sicher.

Nein. Wenn ich mich jetzt auf der Stelle entscheiden müßte, dachte sie, dann würde ich's *nicht* verkaufen.

29

Um halb fünf wurde Schwester Zelda Markey abgelöst und meldete sich laut Anweisung im Büro von Dr. William Lane. Sie wußte, daß ihr eine Gardinenpredigt bevorstand, und sie wußte auch, weshalb: Greta Shipley hatte sich über sie beschwert. Nun, Schwester Markey war auf Dr. Lane vorbereitet.

Wie er schon aussieht, dachte sie geringschätzig, als er sie über seinen Schreibtisch hinweg mit gerunzelten Augenbrauen musterte. Ich möchte wetten, daß er nicht einmal Masern von Windpocken unterscheiden kann. Oder Herzrhythmusstörungen von einem Infarkt durch Verschluß der Herzkranzgefäße.

Er machte zwar ein finsteres Gesicht, aber die verräterischen Schweißperlen auf seiner Stirn sagten Schwester Markey genau, wie unwohl er sich wegen dieser Angelegenheit in seiner Haut fühlte. Sie beschloß, es ihm leichter zu machen, da sie wußte, daß ein guter Angriff immer die beste Verteidigung war.

»Herr Doktor«, hob sie an, »ich weiß genau, was Sie mir sagen wollen: Mrs. Shipley hat sich darüber beschwert, daß ich ihr Zimmer betrete, ohne vorher anzuklopfen. Tatsache ist, daß Mrs. Shipley zur Zeit eine ganze Menge schläft, sehr viel mehr als noch vor wenigen Wochen, und ich bin daher ein wenig beunruhigt. Vermutlich ist es nur die emotionale Reaktion auf den Tod ihrer Freundinnen, aber ich versichere Ihnen, daß ich diese Tür nur *dann* ohne Aufforderung aufmache, wenn auf wiederholtes Klopfen keinerlei Resonanz erfolgt.«

Sie bemerkte, wie eine gewisse Verunsicherung in Lanes Augen aufflackerte, bevor er das Wort ergriff. »Dann würde ich vorschlagen, Miss Markey, daß Sie gegebenenfalls, wenn Mrs. Shipley nach einer angemessenen Zeitspanne nicht reagiert, die Tür einen Spalt öffnen und zu ihr hineinrufen. Mittlerweile regt sie sich nämlich ziemlich darüber auf, und ich möchte der Angelegenheit die Spitze nehmen, bevor ein echtes Problem daraus wird.«

»Aber Dr. Lane, wenn ich nicht vorgestern abend in ihrem Zimmer gewesen wäre, als sie diesen Anfall hatte, wäre vielleicht etwas Schreckliches passiert.«

»Der Anfall ging rasch wieder vorüber, und er stellte sich als bedeutungslos heraus. Ich weiß Ihre Besorgnis wirklich zu schätzen, aber ich kann diese Beschwerden nicht hinnehmen. Haben wir uns verstanden, Miss Markey?«

»Selbstverständlich, Herr Doktor.«

»Hat Mrs. Shipley die Absicht, heute abend zum Abendessen zu erscheinen?«

»O ja, sie wird nicht nur dasein, sondern erwartet auch einen Gast, Miss Holloway, die Stieftochter von Mrs. Moore. Mrs. Lane wurde darüber informiert. Sie hat gesagt, daß Miss Holloway die Kunstsachen von Mrs. Moore einsammeln will, wenn sie kommt.«

Sobald sie den Raum verlassen hatte, griff Lane nach dem Telefon, um seine Frau zu Hause anzurufen. Als sie sich meldete, fuhr er sie an: »Wieso hast du mir nicht gesagt, daß Maggie Holloway heute abend zum Essen hierherkommt?«

»Was spielt das denn schon für eine Rolle?« fragte Odile verdutzt.

»Das spielt eine Rolle –« Lane machte den Mund zu und holte tief Luft. Gewisse Dinge blieben lieber unausgesprochen. »Ich will über jeden Gast informiert sein, der zum Abendessen kommt«, erklärte er. »Beispielsweise möchte ich dasein, um die Gäste zu begrüßen.«

»Das weiß ich doch, Liebling. Ich habe schon angeordnet, daß wir beide heute abend im Latham Manor essen. Mrs. Shipley hat ziemlich schroff abgelehnt, als ich ihr vorschlug, sich mit ihrem Gast zu uns an den Tisch zu setzen. Aber wenigstens kannst du dann mit Maggie Holloway vor dem Essen etwas plaudern.«

»Na gut.« Er verstummte, als habe er noch etwas sagen wollen, es sich dann aber anders überlegt. »Ich bin in zehn Minuten zu Hause.«

»Ja, das solltest du auch, wenn du dich noch frisch machen willst.« Odiles trällerndes Gelächter ließ Lane mit den Zähnen knirschen.

»Denn, Liebling«, fuhr sie fort, »wenn die Hausordnung schon darauf besteht, daß die Gäste sich zum Abendessen umziehn, dann sollten meiner Meinung nach der Direktor und seine Frau mit gutem Beispiel vorangehn. Findest du nicht?«

30

Earl Bateman hielt sich auf dem Campus des Hutchinson College eine winzige Wohnung. Er betrachtete das kleine College für Geisteswissenschaften, das in einem ruhigen Viertel von Providence lag, als idealen Ort, von dem aus er seine Recherchen für seine Vorlesungen durchführen konnte. Obwohl Hutchinson von den anderen akademischen Institutionen in dieser Gegend in den Schatten gestellt wurde, hatte es doch ein hervorragendes Niveau, und Earls Anthropologievorlesung galt als eine der Hauptattraktionen dort.

»Anthropologie: die Wissenschaft, die sich mit den Ursprüngen, der physischen und kulturellen Entwicklung, den Rassenmerkmalen und gesellschaftlichen Bräuchen sowie Glaubensinhalten der Menschheit auseinandersetzt.« Earl begann jedes neue Semester damit, daß er seine Studenten diesen Merksatz auswendig lernen ließ. Wie er gern wiederholte, war der Unterschied zwischen vielen seiner Kollegen und ihm der, daß er der Ansicht war, die wahre Kenntnis irgendeiner Volksgruppe oder Kultur beginne mit dem Studium ihrer Todesrituale.

Es war ein Thema, das ihn jederzeit in seinen Bann ziehen konnte. Oder seine Zuhörer, was daran abzulesen war, daß man ihn zunehmend um Vorträge ersuchte. Mehrere landesweite Vortragsagenturen hatten ihn angeschrieben und ihm beträchtliche Honorare dafür geboten, zum Lunch oder

Abendessen Reden bei Veranstaltungen zu halten, die bis zu anderthalb Jahren in der Zukunft lagen.

Er fand diese Korrespondenz höchst befriedigend. »Wie wir erfahren haben, Herr Professor, machen Sie sogar den Tod zu einem äußerst unterhaltsamen Thema« war ein typischer Satz in den Briefen, die er regelmäßig erhielt. Außerdem fand er ihre Reaktion einträglich. Seine Gage für derartige Verpflichtungen belief sich mittlerweile auf dreitausend Dollar plus Spesen, und es gab mehr Angebote, als er annehmen konnte.

Am Mittwoch war Earls letzte Vorlesung um vierzehn Uhr angesetzt, was ihm heute genug Zeit dafür ließ, seine Rede für einen Frauenklub auszufeilen und seine Post zu erledigen. Ein Brief, den er vor kurzem erhalten hatte, faszinierte ihn so sehr, daß er den Gedanken daran nicht mehr los wurde.

Ein privater Kabelsender hatte schriftlich bei ihm angefragt, ob er seiner Ansicht nach genug Material habe, eine Serie von halbstündigen Fernsehsendungen über die kulturellen Aspekte des Todes zu machen. Die Vergütung dafür sei möglicherweise nicht erheblich, aber sie hatten darauf hingewiesen, daß ähnliche Programme sich schon für eine Reihe anderer Gastmoderatoren als vorteilhaft erwiesen hätten.

Genügend Material? dachte Earl sarkastisch, als er seine Füße auf den Couchtisch legte. *Natürlich* habe ich genügend Material. Totenmasken zum Beispiel, überlegte er. Über diesen Gegenstand habe ich noch nie einen Vortrag gehalten. Die Ägypter und die Römer hatten welche. Die Florentiner begannen sie im späten vierzehnten Jahrhundert herzustellen. Nur wenige Menschen wissen, daß von George Washington eine Totenmaske existiert: seine ruhigen und noblen Gesichtszüge in ewiger Ruhe, ohne jeden Hinweis auf seine schlechtsitzenden Holzzähne, die sein Erscheinungsbild zu Lebzeiten beeinträchtigt hatten.

Der Trick dabei war, immer ein Element von allgemein menschlichem Interesse miteinzuflechten, damit die Menschen, um die es ging, nicht als Objekte makabrer Neugier, sondern als Menschen wie du und ich empfunden wurden.

Das Thema der an diesem Abend angesetzten Rede hatte Earl auf viele neue Ideen für weitere Vorträge gebracht. Heute abend würde er natürlich über Trauerkleidung quer durch die Jahrhunderte sprechen. Doch seine Forschungen hatten ihm klargemacht, daß Bücher über Anstandsregeln eine ergiebige Materialquelle darstellten.

Einige der Maximen von Amy Vanderbilt, die er einfügte, waren ihre ein halbes Jahrhundert zurückliegenden Ratschläge, zum Schutz der Hinterbliebenen möge man den Klöppel an der Hausklingel abdämpfen und den Gebrauch von Begriffen wie ›gestorben‹, ›Tod‹ und ›getötet‹ in Beileidschreiben vermeiden.

Der Klöppel! Die Menschen des Viktorianischen Zeitalters hatten einen Horror davor, lebendig begraben zu werden, und bestanden darauf, daß eine Glocke auf dem Grab aufgehängt wurde, mit einem Faden oder Draht, der durch ein Lüftungsrohr in den Sarg hineingeführt wurde, damit die Person im Inneren läuten konnte, für den Fall, daß er oder sie doch nicht wirklich tot war. Aber *dieses* Thema würde er, *konnte* er nicht noch einmal berühren.

Earl wußte, daß er genügend Material für eine beliebige Anzahl Programme hatte oder aber auftreiben konnte. Er stand kurz davor, berühmt zu werden, überlegte er. Er, Earl, die Witzfigur der Familie, würde es ihnen allen zeigen – diesen rohen Lümmeln von Verwandten, diesen mißratenen Nachkommen eines geistesgestörten, habgierigen Diebes, der sich seinen Weg zum Reichtum mit Betrug und Intrigen erschlichen hatte.

Er spürte, wie sein Herz heftig zu schlagen begann. Denk bloß nicht an die Kerle! ermahnte er sich. Konzentriere dich auf den Vortrag und auf die Entwicklung von Themen für das Kabelfernsehen. Es gab noch einen anderen Gegenstand, über den er nachgedacht hatte, einen Themenbereich, von dem er wußte, daß er auf ausgesprochen positive Resonanz stoßen würde.

Zuerst aber… würde er sich einen Drink machen. Nur *einen*, nahm er sich fest vor, während er einen sehr trockenen

Martini in seiner kombinierten Koch- und Eßnische zubereitete. Als er den ersten Schluck zu sich nahm, dachte er darüber nach, daß vor einem Todesfall häufig ein dem Todeskandidaten Nahestehender von einer Vorahnung heimgesucht wurde, einer Art unguten Gefühls oder Warnung vor dem, was bevorstand.

Als er sich wieder hinsetzte, nahm er seine Brille ab, rieb sich die Augen und ließ den Kopf auf die Lehne der Ausziehcouch sinken, die ihm als Bett diente.

Ein Nahestehender... »Wie *ich*«, sagte er laut. »Ich stehe Maggie Holloway eigentlich nicht besonders nahe, aber ich habe das Gefühl, daß sie *keinem* nahesteht. Vielleicht ist das der Grund, daß ich es bin, der die Vorwarnung erhalten hat. Ich weiß, daß Maggie sehr bald sterben wird, genauso wie ich mir letzte Woche sicher war, daß Nuala nur noch wenige Stunden zu leben hatte.«

Drei Stunden später begann er zu dem begeisterten Applaus des Publikums mit einem strahlenden und ein wenig unangemessenen Lächeln seinen Vortrag. »Wir wollen nicht darüber reden, aber wir werden alle einmal sterben. Gelegentlich erhält man noch eine Gnadenfrist. Wir haben alle schon von Menschen gehört, die klinisch tot waren und dann wieder ins Leben zurückgekehrt sind. Doch zu anderen Zeiten haben die Götter gesprochen, und die biblische Prophezeiung ›*Asche zu Asche, Staub zu Staub*‹ geht in Erfüllung.«

Er legte eine Pause ein, während die Zuhörer an seinen Lippen hingen. Maggies Gesicht beherrschte seine Vorstellung – diese Fülle dunklen Haares, das die feinen, vollkommenen Gesichtszüge umrahmte, die beherrscht wurden von diesen wunderschönen, schmerzerfüllten Augen...

Wenigstens, tröstete er sich, wird sie bald keinen Schmerz mehr verspüren.

31

Angela, die sanfte Hausangestellte, die sie am Tag zuvor eingelassen hatte, zeigte Maggie den Vorratsschrank, wo Nualas Kunstmaterialien aufbewahrt waren. Typisch Nuala, dachte sie voller Zuneigung. Die Sachen lagen ungeordnet in den Fächern aufgestapelt da, aber mit Angelas Hilfe dauerte es nicht lange, alles in Kisten zu verpacken und dann mit der zusätzlichen Unterstützung einer Küchenhilfskraft in Maggies Wagen zu verstauen.

»Mrs. Shipley erwartet Sie in ihrem Apartment«, informierte Angela sie. »Ich bringe Sie jetzt zu ihr.«

»Danke.«

Die junge Frau zögerte einen Moment, während sie sich in dem großen Hobbyraum umschaute. »Wenn Mrs. Moore hier ihren Unterricht hatte, dann haben sich alle so gut amüsiert. Es war ganz egal, daß die meisten von ihnen keine gerade Linie zeichnen konnten. Erst vor ein paar Wochen fing sie damit an, daß sie alle aufgefordert hat, sich an eine Parole aus dem Zweiten Weltkrieg zu erinnern, diese Art, wie sie überall auf Plakaten herumhingen. Sogar Mrs. Shipley hat dann mitgemacht, obwohl sie doch vorher an dem Tag so aufgebracht war.«

»Warum war sie aufgebracht?«

»Mrs. Rhinelander ist an dem Montag gestorben. Sie waren gut miteinander befreundet. Also jedenfalls habe ich mitgeholfen, die Sachen auszuteilen, und sie haben sich verschiedene Parolen einfallen lassen wie zum Beispiel ›*Keep 'em Flying*‹, was Mrs. Moore dann skizziert hat – eine Flagge, die hinter einem Flugzeug in der Luft flattert –, und sie haben's alle nachgezeichnet. Und dann hat irgend jemand vorgeschlagen: ›*Don't Talk, Chum. Chew Topps Gum.*‹«

»*Das* war auch eine Parole? Klingt wie Werbung für Kaugummi.«

»Ja. Alle haben gelacht, aber wie Mrs. Moore dann erklärt hat, war der Spruch, man sollte lieber Topps kauen als reden, in Wirklichkeit eine ernsthafte Ermahnung der Leute, die in der Rüstungsindustrie gearbeitet haben, ja nichts zu sagen, was ein Spion mithören könnte. Es war eine so lebhafte Kunststunde.« Angela lächelte in der Erinnerung daran. »Es war der letzte Unterricht, den Mrs. Moore gegeben hat. Sie fehlt uns allen. Nun ja, jetzt bringe ich Sie aber lieber nach oben zu Mrs. Shipley.«

Greta Shipleys warmes Lächeln bei Maggies Anblick konnte darüber hinwegtäuschen, daß eine graue Blässe unter ihren Augen und um den Mund herum lag. Maggie fiel auch auf, daß sie sich beim Aufstehen mit der Hand auf der Armlehne des Sessels abstützen mußte. Sie schien müde zu sein und deutlich schwächer als noch nur einen Tag zuvor.

»Maggie, wie *wunderhübsch* Sie aussehen! Und wie lieb von Ihnen, daß Sie trotz der kurzfristigen Aufforderung gekommen sind«, sagte Mrs. Shipley. »Aber wir haben eine sehr angenehme Gruppe am Tisch, und ich glaube wirklich, daß Sie sich gut unterhalten werden. Ich dachte mir, wir könnten hier erst einen Aperitif zu uns nehmen, bevor wir zu den anderen gehen.«

»Das wäre nett«, stimmte Maggie zu.

»Ich hoffe, Sie mögen Sherry. Das ist leider das einzige, was ich dahabe.«

»Ich mag Sherry gern.«

Ohne dazu aufgefordert worden zu sein, ging Angela zur Anrichte, schenkte die bernsteinfarbene Flüssigkeit aus einer Karaffe in alte Kristallgläser und servierte sie den beiden. Dann ging sie leise aus dem Zimmer.

»Dieses Mädchen ist eine *Perle*«, sagte Mrs. Shipley. »So viele kleine Aufmerksamkeiten, die den anderen nie in den Sinn kämen. Nicht, daß sie etwa nicht gut ausgebildet wären«, fügte sie rasch hinzu, »aber Angela ist wirklich außergewöhnlich. Haben Sie die Kunstsachen von Nuala schon eingesammelt?«

»Ja, das hab' ich getan«, sagte Maggie. »Angela hat mir dabei geholfen, und sie hat mir von einer der Unterrichtsstunden erzählt, die Nuala gegeben hat und bei der sie dabei war, und zwar die, bei der Sie alle die Plakate gezeichnet haben.«

Greta Shipley lächelte. »Nuala war absolut *hinterhältig*! Als wir beide nach dem Unterricht hierherkamen, hat sie meine Zeichnung genommen – die natürlich ziemlich schlecht war – und noch ein paar Striche von sich aus hinzugefügt. Sie müssen das Blatt sehen! Es liegt in der zweiten Schublade dort«, sagte sie und zeigte dabei auf den Tisch neben dem Sofa.

Maggie zog die betreffende Schublade auf und holte das schwere Blatt Skizzenpapier hervor. Als sie es betrachtete, fröstelte sie plötzlich. Mrs. Shipleys ursprüngliche Zeichnung glich vage einem Rüstungsarbeiter, der einen Schutzhelm trug und sich gerade mit einem Kollegen in einem Zug oder Bus unterhielt. Hinter den beiden hörte offenbar eine Gestalt mit einem langen Gesicht und in einem schwarzen Umhang und Hut heimlich zu.

Nuala hatte deutlich erkennbar ihr eigenes Gesicht und das Greta Shipleys über die Gesichter der Arbeiter gezeichnet. Das Bild einer Krankenschwester mit zusammengekniffenen Augen und einem übergroßen Ohr schwebte über dem Spion.

»Stellt das irgend jemand von hier dar?« fragte Maggie.

Mrs. Shipley lachte. »Oh ja. Diese grauenhafte Person, Schwester Markey. Obwohl, an dem Tag damals, da hielt ich es wirklich nur für einen Witz, daß sie ständig herumspioniert. Aber jetzt bin ich mir nicht mehr so sicher.«

»Wieso denn?« fragte Maggie sofort.

»Ich weiß nicht recht«, antwortete sie. »Vielleicht fange ich allmählich einfach an, ein bißchen wunderlich zu werden. Bei alten Damen ist das manchmal so, wissen Sie. Jetzt finde ich aber, sollten wir wirklich nach unten gehen.«

Maggie machte die Entdeckung, daß der große Salon ein wundervoll anziehender Raum war, üppig sowohl in der architektonischen Gestaltung wie in der Inneneinrichtung. Die Luft war von dem Klanggemisch wohlartikulierter Stimmen erfüllt, die von gutaussehenden älteren Herrschaften ausgingen, die über den Raum verteilt Platz genommen hatten. Nach Maggies Einschätzung reichte ihr Alter von Ende Sechzig bis Ende Achtzig, obwohl ihr Greta zuflüsterte, daß eine attraktive Frau im schwarzen Samtkostüm, mit kerzengerader Haltung und lebhaften Augen, soeben vierundneunzig geworden sei.

»Das ist Letitia Bainbridge«, flüsterte sie ihr zu. »Die Leute haben ihr gesagt, sie sei verrückt, vierhunderttausend Dollar für eine Wohnung zu zahlen, als sie vor sechs Jahren hierherkam, aber sie hat eingewandt, daß das Geld bei der Veranlagung ihrer Familie gut angelegt ist. Und die Zeit hat ihr natürlich recht gegeben. Sie wird an unserem Tisch sitzen, und Sie werden bestimmt Freude an ihr haben, das versichere ich Ihnen.«

»Sie werden merken, daß die Angestellten die Gäste bedienen, ohne zu fragen, was sie wünschen«, fuhr Mrs. Shipley dann fort. »Die meisten Gäste haben die Erlaubnis des Arztes, ein Glas Wein oder einen Cocktail zu trinken. Die übrigen erhalten Perrier oder ein anderes alkoholfreies Getränk.«

Eine Menge sorgfältiger Planung steckt hinter dieser Einrichtung, dachte Maggie. Ich kann verstehen, weshalb Nuala ernsthaft erwogen hat, hier zu wohnen. Sie erinnerte sich, wie Lane seiner Überzeugung Ausdruck verliehen hatte, Nuala hätte ihren Antrag wieder erneuert, wenn sie am Leben geblieben wäre.

Maggie bemerkte, daß Dr. Lane und seine Frau auf sie zukamen. Odile Lane trug ein aquamarinfarbenes Seidenoberteil zu einem dazu passenden langen Rock, ein Ensemble, das Maggie in der Boutique gesehen hatte, wo sie selbst eingekauft hatte. Bei den anderen Anlässen, als sie ihr begegnet war – am Abend von Nualas Tod und bei der Beerdigung –, hatte sie Mrs. Lane nicht genauer in Augenschein genommen. Jetzt sah sie, daß Odile tatsächlich eine Schönheit war.

Dann gestand sie sich ein, daß auch Dr. Lane trotz seiner beginnenden Glatze und einer gewissen Leibesfülle attraktiv aussah. Sein Auftreten war ebenso entgegenkommend wie höflich. Als er vor ihr stand, nahm er Maggies Hand und führte sie an seine Lippen, um ganz im europäischen Stil innezuhalten, kurz bevor es zu einer Berührung kam.

»Was für ein *großes* Vergnügen«, sagte er mit einer Stimme, die Aufrichtigkeit verströmte. »Und darf ich sagen, daß Sie schon nach einem einzigen Tag wesentlich besser erholt aussehen. Sie sind offensichtlich eine sehr starke junge Frau.«

»Ach, Liebling, mußt du denn immer den Arzt rauskehren?« warf Odile Lane ein. »Maggie, es ist uns ein Vergnügen. Was halten Sie von dem allen hier?« Sie beschrieb mit ihrer Hand eine Geste, die augenscheinlich den ganzen Raum umfaßte.

»Ich denke, im Vergleich zu einigen der Pflegeheime, die ich fotografiert habe, ist es himmlisch.«

»Warum sind Sie denn auf die Idee gekommen, Pflegeheime zu fotografieren?« fragte Dr. Lane.

»Es war eine Auftragsarbeit für eine Zeitschrift.«

»Falls Sie je hier ein ›Shooting‹ machen wollen – das ist doch der Fachausdruck, oder nicht? –, dann läßt sich das ganz gewiß arrangieren«, bot er ihr an.

»Das werde ich bestimmt im Auge behalten«, erwiderte Maggie.

»Als wir erfahren haben, daß Sie kommen, hatten wir so darauf gehofft, Sie an unseren Tisch bitten zu können«, sagte Odile Lane und seufzte dann. »Aber Mrs. Shipley wollte nichts davon wissen. Sie hat gesagt, sie wollte Sie bei *ihren* Freunden haben, an ihrem *üblichen* Tisch.« Sie drohte Greta Shipley scherzhaft mit dem Finger. »Das war nicht nett«, trällerte sie.

Maggie sah, wie sich Mrs. Shipleys Lippen zusammenzogen. »Maggie«, sagte sie abrupt, »ich möchte Sie einigen meiner anderen Freunde vorstellen.«

Wenige Minuten später kündeten sanfte Glockenklänge an, daß das Abendessen aufgetragen werde.

Greta Shipley griff nach Maggies Arm, als sie den Flur entlang zum Speisesaal schritten, und Maggie bemerkte notgedrungen ein deutliches Zittern in ihren Bewegungen.

»Mrs. Shipley, fühlen Sie sich auch wirklich nicht krank?« fragte Maggie.

»Nein, kein bißchen. Es liegt nur an meiner Freude darüber, daß Sie hier sind. Ich kann verstehen, warum Nuala so glücklich und aufgeregt war, als Sie wieder in ihr Leben zurückgekehrt sind.«

Es befanden sich zehn Tische in dem Speisesaal, jeder mit Gedecken für acht Personen. »Oh, heute haben wir ja das Limoges-Porzellan und die weiße Tischwäsche«, sagte Mrs. Shipley voller Befriedigung. »Einige der anderen Tischdekorationen sind ein bißchen zu aufwendig für meinen Geschmack.«

Noch ein wunderschöner Raum, dachte Maggie. Sie erinnerte sich, gelesen zu haben, daß die ursprüngliche Bankettafel für diesen Saal sechzig Personen Platz geboten hatte.

»Als das Haus renoviert und neu eingerichtet wurde, hat man die Vorhänge genau nach denen im offiziellen Speisesaal im Weißen Haus angefertigt«, erzählte ihr Mrs. Shipley, als sie Platz nahmen. »So, Maggie, und jetzt müssen Sie Ihre Tischnachbarn kennenlernen.«

Maggie saß zur Rechten von Greta Shipley. Die Frau neben ihr war Letitia Bainbridge, die das Gespräch mit den Worten eröffnete: »Sie sind so hübsch. Von Greta habe ich gehört, daß Sie nicht verheiratet sind. Gibt es einen Mann in Ihrem Leben?«

»Nein«, sagte Maggie mit einem Lächeln, während ihr der wohlvertraute Schmerz einen Stich versetzte.

»Hervorragend«, stellte Mrs. Bainbridge entschieden fest. »Ich habe einen Enkel, den ich Ihnen gerne vorstellen würde. Als er noch ein Teenager war, dachte ich immer, er sei nicht ganz bei Trost. Lange Haare und eine Gitarre, lauter solche Dinge. Du liebe Güte! Jetzt aber, mit fünfunddreißig, ist er alles, worauf man nur hoffen konnte. Er ist der Chef seiner eigenen Firma, die irgend etwas Wichtiges mit Computern zu tun hat.«

»Letitia, die Kupplerin«, sagte jemand anders am Tisch und lachte.

»Ich habe den Enkel kennengelernt. Vergessen Sie's«, flüsterte Greta Shipley ihr zu, bevor sie Maggie im normalen Tonfall den anderen vorstellte – drei Frauen und zwei Männern. »Mir ist es gelungen, die Buckleys und die Crenshaws für unsern Tisch zu ergattern«, erklärte sie. »Eines der Probleme in all diesen Heimen ist die Tatsache, daß sie die Tendenz haben, zu einer reinen Frauenangelegenheit zu werden, so daß man sich anstrengen muß, Gespräche mit Männern zustande zu bringen.«

Die Tischgesellschaft stellte sich als interessant und lebhaft heraus, und Maggie fragte sich immer wieder, warum Nuala ihre Meinung über die Möglichkeit, hier zu wohnen, so abrupt geändert hatte. Sie hätte es doch bestimmt nicht getan, weil sie dachte, ich könnte das Haus gebrauchen, überlegte sie. Sie wußte doch, daß Dad mir etwas Geld hinterlassen hat, und ich kann sehr gut selbst für mich sorgen. Also warum?

Letitia Bainbridge war besonders amüsant, als sie Geschichten aus ihrer Jugend in Newport erzählte. »Damals herrschte eine solche Anglomanie«, erklärte sie mit einem Seufzer. »Sämtliche Mütter waren wild darauf, ihre Töchter an englische Adelige zu verheiraten. Arme Consuelo Vanderbilt – ihre Mutter drohte sich das Leben zu nehmen, wenn sie nicht den Herzog von Marlborough heiraten würde. Also hat sie es schließlich getan und zwanzig Jahre lang durchgehalten. Dann ließ sie sich von ihm scheiden und heiratete einen französischen Intellektuellen, Jacques Balsan, und war endlich glücklich.

Und dann gab es diesen schrecklichen Squire Moore. Alle wußten, daß er aus dem Nichts kam, doch wenn man ihn so reden hörte, dann war er ein direkter Nachkomme von Brian Boru. Aber er *hatte* ein bißchen Charme und wenigstens einen angemaßten Titel, und so hat er natürlich eine gute Partie gemacht. Und meiner Meinung nach besteht kein nennenswerter Unterschied zwischen einem verarmten Aristokraten, der eine amerikanische Millionenerbin heiratet, und einer verarmten Mayflower-Nachfahrin, die einen Selfmade-

Millionär heiratet. Der Unterschied ist, daß Squire Geld *angebetet* hat und daß er alles getan hätte, um noch mehr anzuhäufen. Und bedauerlicherweise ist dieser Charakterzug auch bei einer Reihe seiner Nachkommen aufgetaucht.«

Beim Nachtisch scherzte Anna Pritchard, die sich gerade von einer Hüftoperation erholte: »Greta, als ich heute vormittag mit Mrs. Lane herumspaziert bin, wen, meinst du, hab' ich da gesehen? Eleanor Chandler! Sie war mit Dr. Lane zusammen. Natürlich weiß ich, daß sie mich nicht erkannt hat, also hab' ich nichts zu ihr gesagt. Aber sie hat deine Wohnung bewundert. Das Zimmermädchen hatte dort gerade saubergemacht, und die Tür stand offen.«

»Eleanor Chandler«, sagte Letitia Bainbridge nachdenklich. »Sie ist mit meiner Tochter in dieselbe Schule gegangen. Eine ziemlich dominante Person, wenn ich mich nicht irre. Denkt sie denn daran hierherzukommen?«

»Das weiß ich nicht«, erwiderte Mrs. Pritchard, »aber ich kann mir keinen anderen Grund vorstellen, aus dem sie sich hier umschauen würde. Greta, du solltest dir lieber neue Schlösser anschaffen. Falls Eleanor deine Wohnung haben will, würde sie vor nichts zurückschrecken, um dich rausschmeißen lassen.«

»Soll sie's doch probieren«, sagte Greta Shipley mit einem herzhaften Lachen.

Als Maggie wieder aufbrach, bestand Mrs. Shipley darauf, sie an die Tür zu bringen.

»Ich wünschte, Sie täten das nicht«, sagte Maggie mit Nachdruck. »Ich weiß, daß Sie ziemlich müde sind.«

»Lassen Sie mal. Ich bestelle mir morgen die Mahlzeiten aufs Zimmer und genehmige mir einen faulen Tag.«

»Dann rufe ich Sie morgen an und stelle hoffentlich fest, daß Sie genau das tun.«

Maggie küßte die ältere Frau auf die weiche, fast durchsichtige Wange. »Bis morgen also«, sagte sie.

Donnerstag, 3. Oktober

32

In den sechs Tagen, seit man Nuala Moore ermordet in ihrem eigenen Haus aufgefunden hatte, war Polizeichef Chet Browers ursprüngliche Ahnung zur Gewißheit geworden, zumindest in seinen Augen. Kein x-beliebiger Dieb hatte dieses Verbrechen begangen, dessen war er sich jetzt sicher. Es *mußte* jemand sein, der Mrs. Moore kannte, vermutlich eine Person, der sie vertraute. Doch wer? Und was war das Motiv? fragte er sich.

Es war Browers Angewohnheit, solche Fragen zusammen mit Detective Jim Haggerty laut zu durchdenken. Am Donnerstag morgen ließ er Haggerty zu sich ins Büro kommen, um die Situation zu erörtern.

»Mrs. Moore mag ja ihre Tür nicht abgeschlossen haben, und in diesem Fall hätte *irgend* jemand hereinspazieren können. Andererseits ist es sehr gut möglich, daß sie eine Person zur Tür hereingelassen hat, die sie kannte. So oder so, es gab kein Anzeichen für ein gewaltsames Eindringen.«

Jim Haggerty arbeitete schon seit fünfzehn Jahren mit Brower zusammen. Er wußte, daß er als Resonanzboden benutzt wurde, deshalb hielt er, obwohl er durchaus eine eigene Meinung hatte, damit vorläufig zurück. Er hatte nie vergessen, wie er eines Tages zufällig einen Nachbarn, der ihn gerade beschrieb, hatte sagen hören: »Jim sieht vielleicht eher wie ein Angestellter in einem Gemüseladen aus, und nicht wie ein Cop, aber er *denkt* wie ein Cop.«

Er wußte, daß die Bemerkung als eine Art Kompliment gemeint war. Er wußte auch, daß sie nicht völlig ungerechtfertigt war – seine sanfte Erscheinung mit der Brille entsprach nicht gerade der Vorstellung eines Hollywood-Regisseurs von einem Supercop. Aber dieser Widerspruch gereichte ihm mitunter zum Vorteil. Sein wohlwollendes Auftreten bewirkte im allgemeinen, daß sich die Leute in seiner Gegenwart wohler fühlten und sich daher entspannten und offener redeten.

»Gehen wir also von der Voraussetzung aus, daß es jemand *war*, den sie kannte«, nahm Brower mit nachdenklich gerunzelten Augenbrauen den Faden wieder auf. »Das erweitert die Liste der Verdächtigen auf praktisch alle Leute in Newport. Mrs. Moore war sehr beliebt und engagiert in der Gemeinde. Ihr letztes Projekt war, daß sie in diesem Latham Manor Kunstunterricht gab.«

Haggerty war sich bewußt, daß sein Chef mit dem Latham Manor und anderen ähnlichen Wohnanlagen nicht einverstanden war. Brower ging nämlich die Vorstellung gegen den Strich, daß ältere Leute derart viel Geld in eine Art Vabanquespiel steckten, bei dem es darum ging, lange genug zu leben, daß die Investition sich auszahlte. Haggerty war dagegen der Ansicht, daß Brower, dessen Schwiegermutter schon seit fast zwanzig Jahren bei ihm wohnte, schlicht auf jeden neidisch war, dessen Eltern es sich leisten konnten, die letzten Lebensjahre in einem luxuriösen Wohnheim anstatt im Gästezimmer eines ihrer Kinder zu verbringen.

»Aber ich glaube, wir können den größten Teil von Newport ausschließen, wenn wir in Betracht ziehen, daß wer auch immer Mrs. Moore getötet und dann das Haus auf den Kopf gestellt hat, kaum die Vorbereitungen übersehen konnte, die sie für eine Dinnerparty getroffen hatte«, überlegte Brower.

»Der Tisch war für –«, begann Haggerty, machte jedoch rasch wieder den Mund zu. Er hatte seinen Chef unterbrochen.

Browers Stirnfalten vertieften sich. »Darauf wollte ich noch zu sprechen kommen. Das heißt also, wer immer im Haus war, hatte keine Angst davor, daß jeden Moment jemand auf der Bildfläche erscheinen könnte. Was wiederum bedeutet, daß die Chancen gut stehen, daß der Mörder sich als einer der Dinnergäste herausstellt, mit denen wir am Freitag abend im Haus der Nachbarin geredet haben. Oder, was weniger wahrscheinlich ist, als jemand, der wußte, wann die Gäste erwartet wurden.«

Er schwieg eine Weile. »Es ist an der Zeit, sie alle einmal ernsthaft unter die Lupe zu nehmen. Vergessen wir, was wir bereits über sie wissen. Fangen wir ganz von vorne an.« Er lehnte sich zurück. »Was meinen Sie, Jim?

Haggerty ging behutsam vor. »Chef, ich hatte so einen Riecher, daß Sie vielleicht in dieser Richtung denken, und Sie wissen ja, wie gern ich mich unter die Leute mische, also habe ich mich in dieser Hinsicht schon ein bißchen umgeschaut. Und ich glaube, ich hab' ein paar Dinge entdeckt, die interessant sein dürften.«

Brower musterte ihn fragend. »Fahren Sie fort.«

»Also, Sie haben ja bestimmt auch den Gesichtsausdruck von diesem aufgeblasenen Schaumschläger Malcolm Norton gesehen, als Mrs. Woods uns über die Testamentsänderung und den stornierten Hausverkauf informiert hat.«

»Hab' ich gesehn. Was ich als Schock und Entsetzen bezeichnen würde, mit einer guten Portion Zorn versetzt.«

»Wie Sie wissen, hat es sich rundgesprochen, daß Nortons Kanzlei mittlerweile auf Hundebisse und die Art von Scheidungen runtergewirtschaftet ist, wo's darum geht, den Pickup und den Zweitwagen aufzuteilen. Also war ich dran interessiert rauszufinden, wo er das Geld auftreiben würde, das er braucht, um Mrs. Moores Haus zu kaufen. Ich hab' auch ein paar Gerüchte über ihn und seine Sekretärin ausgegraben, eine Frau namens Barbara Hoffman.«

»Interessant. Also wo *hat* er das Geld aufgetrieben?« fragte Brower.

»Indem er eine Hypothek auf sein eigenes Haus aufgenommen hat, das vermutlich den Hauptteil seines Vermögens darstellt. Vielleicht sein *ganzes* Vermögen. Hat sogar seine Frau dazu überredet, mit zu unterschreiben.«

»Weiß sie, daß er eine Freundin hat?«

»Soweit ich sehen kann, entgeht dieser Frau überhaupt nichts.«

»Wieso würde sie dann ihren einzigen gemeinsamen Vermögenswert aufs Spiel setzen?«

»Genau das würde *ich* zu gern wissen. Ich hab' mit ein paar Maklern von Hopkins Realtors geredet – und hab' mir ihre Ansicht zu der Transaktion angehört. Sie waren offen gesagt überrascht, daß Norton bereit war, zweihunderttausend dafür zu bezahlen. Ihrer Meinung nach muß das Haus völlig renoviert werden.«

»Hat Nortons Freundin Geld?«

»Nein. Alles, was ich rausfinden konnte, deutet darauf hin, daß Barbara Hoffman eine nette Frau ist, eine Witwe, die ihre Kinder allein großgezogen und mit einer Ausbildung versorgt hat und die nur ein bescheidenes Bankkonto besitzt.« Haggerty kam der nächsten Frage zuvor. »Die Kusine meiner Frau ist eine Kassiererin bei der Bank. Hoffman legt zweimal im Monat fünfzig Dollar in ihrem Sparguthaben an.«

»Die Frage ist also, weshalb wollte Norton dieses Haus haben? Gibt es Öl auf dem Grundstück?«

»Sollte es welches geben, dann kann er's nicht anrühren. Der Abschnitt des Grundstücks am Ufer ist als Feuchtgebiet ausgewiesen. Der Teil Land, auf dem man bauen darf, ist klein, was selbst einen Ausbau des Hauses weitgehend einschränkt, und wenn man nicht gerade im obersten Stockwerk ist, hat man keinen tollen Blick.«

»Ich glaube, ich rede mal besser mit Norton«, sagte Brower.

»Ich würde vorschlagen, auch mit seiner Frau ein paar Worte zu wechseln, Chef. Nach allem, was ich erfahren habe, ist sie viel zu schlau, um sich zur Belastung ihres eigenen Hauses überreden zu lassen, ohne einen ausgesprochen guten Grund, und es müßte einer sein, der gut für *sie* wäre.«

»Na schön, das ist jedenfalls ein Anfang.« Brower stand auf. »Übrigens, ich weiß nicht, ob Sie schon das Ergebnis der Nachforschungen gesehen haben, die wir über Maggie Holloway angestellt haben. Sieht so aus, als ob sie sauber ist. Ihr Vater hat ihr offenbar etwas Geld hinterlassen, und sie scheint als Fotografin sehr erfolgreich zu sein und ziemlich gut zu verdienen, also gibt es in ihrem Fall kein finanzielles Motiv, das ich erkennen könnte. Und es besteht kein Zweifel, daß sie die Wahrheit darüber sagt, zu welcher Zeit sie von New York weggefahren ist. Der Portier ihres Wohnhauses hat ihre Aussage bestätigt.«

»Ich würde gern ein bißchen mit ihr plaudern«, bot Haggerty an. »Die Telefonrechnung von Mrs. Moore zeigt, daß sie in der Woche vor dem Mord sechsmal mit Maggie Holloway geredet hat. Vielleicht ist ja bei dem, was Moore ihr über die Leute erzählt hat, die sie zu dem Abendessen eingeladen hat, irgendwas dabei, was uns auf eine Spur bringt.«

Er schwieg, und fügte dann hinzu: »Aber wissen Sie, Chef, wirklich verrückt macht mich, daß ich keinen Schimmer habe, wonach Nuala Moores Mörder eigentlich gesucht hat, als er das Haus durchwühlt hat. Ich verwette mein letztes Hemd darauf, daß das der Schlüssel zu diesem Verbrechen ist.«

33

Maggie wachte schon früh auf, wartete aber bis elf, bevor sie Greta Shipley anrief. Sie war sehr beunruhigt darüber, wie zerbrechlich Greta am Abend zuvor gewirkt hatte, und hoffte, daß sie die Nacht über gut geschlafen hatte. Niemand ging in ihrem Zimmer ans Telefon. Vielleicht fühlt sich Mrs. Shipley ja schon wesentlich besser und ist hinuntergegangen, sagte sie sich.

Fünfzehn Minuten später läutete das Telefon. Dr. Lane war am Apparat. »Maggie, ich hab' sehr schlechte Neuigkeiten«, sagte er. »Mrs. Shipley hatte darum gebeten, heute morgen nicht gestört zu werden, doch vor einer Stunde hielt es Schwester Markey für das beste, trotzdem nach ihr zu sehen. Irgendwann in der vergangenen Nacht ist sie friedlich im Schlaf gestorben.«

Noch lange nach dem Anruf saß Maggie wie betäubt vor Trauer da, gleichzeitig aber auch wütend über sich selbst, daß sie nicht entschiedener darauf bestanden hatte, daß Mrs. Shipley die Meinung eines Arztes einholte – eines Arztes von *außen* –, um genau zu sagen, was nicht in Ordnung war. Dr. Lane sagte, alle Anzeichen sprächen für ein Herzversagen. Fraglos hatte sie sich den ganzen Abend über nicht wohl gefühlt.

Zuerst Nuala, und nun Greta Shipley. Zwei Frauen, enge Freundinnen, und nun sind beide innerhalb einer Woche tot, dachte Maggie. Sie war so aufgeregt, so glücklich darüber gewesen, Nuala wieder in ihrem Leben zu haben. Und jetzt das ...

Maggie dachte an die Zeit, als Nuala ihr zum erstenmal ein Weckglas voll mit feuchtem Ton geschenkt hatte. Obwohl sie damals erst sechs war, hatte Nuala erkannt, daß Maggie, falls sie überhaupt künstlerisch begabt war, zumindest nicht als Malerin in Frage kam. »Du bist kein Rembrandt«, hatte Nuala lachend erklärt. »Aber wenn ich dich mit diesem verrückten Modellierzeug aus Plastik herumspielen seh, dann hab' ich so eine Ahnung ...«

Sie hatte ein Foto von Maggies Zwergpudel Porgie vor ihr aufgestellt. »Versuch ihn mal abzubilden«, hatte sie das Kind angewiesen. So hatte es angefangen. Schon seit dieser Zeit erfreute sich Maggie nun einer Liebesbeziehung zur Bildhauerei. Schon früh allerdings hatte sie begriffen, daß diese Betätigung, so künstlerisch befriedigend sie auch war, für sie nur ein Hobby sein konnte. Glücklicherweise interessierte sie sich auch für Fotografie – worin sie sich bald als wahrhaft begabt erwies –, und so hatte sie das zu ihrem Beruf gemacht. Aber ihre Leidenschaft für die Bildhauerei war nie geschwunden.

Ich weiß noch, wie wunderbar es sich angefühlt hat, meine Hände damals in den Ton zu stecken, dachte Maggie, als sie mit trockenen Augen die Stufen zum zweiten Stock hinaufstieg. Ich hab' mich zwar ungeschickt angestellt, aber ich habe sehr wohl mitgekriegt, daß daß da etwas Bestimmtes vor sich ging, daß beim Umgang mit dem Ton eine direkte Verbindung von meinem Hirn zu meinen Fingern bestand.

Jetzt, auf die Nachricht von Greta Shipleys Tod hin, die noch gar nicht richtig zu ihr durchgedrungen war, wußte Maggie, daß sie ihre Hände in feuchten Ton stecken mußte. Das wäre eine therapeutische Maßnahme und zugleich eine Gelegenheit zum Nachdenken, um rauszufinden, was sie als nächstes unternehmen sollte.

Sie begann an einer Büste von Nuala zu arbeiten, merkte aber bald, daß statt dessen nun Greta Shipleys Gesicht ihre Vorstellung beherrschte.

Sie hatte am Abend zuvor so blaß ausgesehen, erinnerte sich Maggie. Sie mußte sich auf dem Sessel abstützen, als sie aufstand, und griff dann nach meinem Arm, als wir aus dem großen Salon zum Essen hinübergingen; ich konnte spüren, wie schwach sie war. Heute hatte sie vorgehabt, im Bett zu bleiben. Sie wollte es nicht zugeben, aber sie fühlte sich krank. Und an dem Tag, als wir zu den Friedhöfen gefahren sind, sagte sie, sie hätte das Gefühl, als würde sie zuviel bedient, als hätte sie keine Energie.

Genauso war es damals mit Dad, fiel Maggie wieder ein. Seine Freunde berichteten ihr, er hätte sich mit Müdigkeit entschuldigt und ein gemeinsam mit ihnen geplantes Abendessen abgesagt und sei früh zu Bett gegangen. Er ist nie wieder aufgewacht. Herzversagen. Genau dasselbe, was laut Dr. Lane Greta zugestoßen ist.

Leer, dachte sie. Ich komme mir so leer vor. Es hatte keinen Sinn, jetzt zu versuchen zu arbeiten. Sie fühlte sich nicht inspiriert. Sogar der Ton ließ sie im Stich.

Mein Gott, dachte sie, schon wieder eine Beerdigung. Greta Shipley hatte nie Kinder gehabt, also waren vornehmlich Freunde zu diesem Anlaß zu erwarten.

Beerdigung. Das Wort rüttelte ihr Gedächtnis wach. Sie mußte an die Aufnahmen denken, die sie auf den Friedhöfen gemacht hatte. Bestimmt waren die inzwischen entwickelt. Sie sollte sie jetzt abholen und genau untersuchen. Doch wonach untersuchen? Sie schüttelte den Kopf. Sie wußte die Antwort noch nicht, aber sie war überzeugt davon, daß es eine gab.

Sie hatte die Filmrollen in einer Drogerie an der Thames Street abgegeben. Während sie nun den Wagen parkte, dachte sie daran, wie sie sich erst einen Tag zuvor, bloß eine Straße weiter, etwas zum Anziehen für das Abendessen mit Greta besorgt hatte. Wie sie vor weniger als einer Woche voller Vorfreude auf ihren Besuch bei Nuala nach Newport gefahren war. Nun waren beide Frauen tot. Gab es da einen Zusammenhang? fragte sie sich.

Das dicke Päckchen mit den Abzügen lag schon an der Fototheke hinten in der Drogerie für sie bereit.

Der Angestellte blickte kurz auf, als er die Rechnung in Augenschein nahm. »Sie *wollten* die doch alle vergrößert haben, Ms. Holloway?«

»Ja, ganz richtig.«

Sie widerstand dem Impuls, das Päckchen sofort zu öffnen. Sobald sie zu Hause war, würde sie direkt nach oben ins Atelier gehen und sich die Fotos sorgfältig ansehen.

Als sie jedoch am Haus ankam, fand sie einen BMW neueren Baujahrs vor, der gerade aus ihrer Einfahrt zurückstieß. Der Fahrer, ein etwa dreißigjähriger Mann, machte hastig für sie Platz. Danach parkte er den Wagen auf der Straße, stieg aus und kam bereits die Einfahrt hoch, als Maggie ihre Wagentür öffnete.

Was der wohl will? fragte sie sich. Er war gepflegt gekleidet, sah auf eine Yuppie-Weise gut aus, so daß sie kein Gefühl der Unsicherheit überkam. Trotzdem störte sie seine aggressive Anwesenheit.

»Miss Holloway«, sagte er, »ich hoffe, ich habe Sie nicht erschreckt. Ich bin Douglas Hansen. Ich hatte versucht Sie zu erreichen, aber Ihre Telefonnummer steht nicht im Telefonbuch. Da ich heute sowieso einen Termin in Newport hatte, dachte ich mir also, ich schau eben vorbei und hinterlasse Ihnen eine Nachricht. Sie steckt an der Tür.«

Er griff in seine Brusttasche und reichte ihr seine Visitenkarte: Douglas Hansen, Finanzberater. Die Adresse war in Providence.

»Einer meiner Kunden hat mir von Mrs. Moores Ableben erzählt. Ich habe sie nicht richtig gekannt, bin ihr aber bei verschiedenen Anlässen begegnet. Ich wollte Ihnen mein Mitgefühl aussprechen, Sie aber auch fragen, ob Sie sich mit der Absicht tragen, dieses Haus zu verkaufen.«

»Danke, Mr. Hansen, aber ich habe mich noch nicht entschieden«, sagte Maggie ruhig.

»Der Grund, weshalb ich mit Ihnen persönlich sprechen wollte, ist der, daß ich – bevor Sie einem Makler den Auftrag geben, falls Sie sich in der Tat zu dem Verkauf entschließen –, daß ich also eine Kundin an der Hand habe, die an dem Erwerb über mich interessiert wäre. Ihre Tochter will sich scheiden lassen und möchte etwas haben, wohin sie ziehen kann, bevor sie ihren Mann mit dem Entschluß konfrontiert. Ich weiß, daß man hier noch eine Menge Arbeit reinstecken muß, aber die Mutter kann sich das leisten. Ihr Name dürfte Ihnen bekannt sein.«

»Wahrscheinlich nicht. Ich kenne nicht viele Leute in Newport«, erwiderte Maggie.

»Dann sagen wir mal, daß viele Leute den Namen kennen würden. Deshalb hat man mich gebeten, als Vermittler zu fungieren. Diskretion ist sehr wichtig.«

»Woher wissen Sie denn überhaupt, daß mir das Haus gehört und ich es verkaufen kann?« fragte Maggie.

Hansen lächelte. »Miss Holloway, Newport ist eine kleine Stadt. Mrs. Moore hatte viele Freunde. Einige von ihnen sind meine Kunden.«

Er rechnet offenbar damit, daß ich ihn hereinbitte, so daß wir diese ganze Sache besprechen können, dachte Maggie, aber das werde ich nicht tun. Statt dessen erklärte sie, ohne sich weiter festzulegen: »Wie ich Ihnen bereits gesagt habe, habe ich noch keine Entscheidung gefällt. Aber danke für Ihr Interesse. Ich habe ja Ihre Karte.« Sie drehte sich um und begann auf das Haus zuzugehen.

»Lassen Sie mich noch hinzufügen, daß meine Kundin sich bereit erklärt hat, zweihundertfünfzigtausend Dollar zu zahlen. Ich glaube, dieser Betrag ist bedeutend höher als das Angebot, das Mrs. Moore akzeptieren wollte.«

»Sie scheinen ja eine Menge zu wissen, Mr. Hansen«, stellte Maggie fest. »Newport muß eine *sehr* kleine Stadt sein. Nochmals vielen Dank. Ich werde mich melden, falls ich mich zum Verkauf entschließe.« Wiederum wandte sie sich dem Haus zu.

»Nur noch eine Sache, Miss Holloway. Ich muß Sie bitten, niemandem gegenüber etwas von diesem Angebot zu erwähnen. Zu viele Leute würden erraten, um wen es sich bei meiner Kundin handelt, und es könnte zu einem echten Problem für ihre Tochter werden.«

»Keine Sorge. Ich habe nicht die Angewohnheit, meine geschäftlichen Angelegenheiten mit irgend jemandem zu besprechen. Leben Sie wohl, Mr. Hansen.« Diesmal ging sie entschlossen auf das Haus zu. Aber offenbar hatte er die Absicht, sie aufzuhalten. »Das ist ja ein ziemlich dicker Stapel Fotos«, erklärte er und zeigte dabei auf das Päckchen unter ihrem Arm, während sie sich erneut umdrehte. »Wie ich höre, sind Sie Fotografin. Diese Gegend hier muß das reinste Wunderland für Sie sein.«

Dieses Mal antwortete Maggie nicht, sondern wandte sich mit einem abschließenden Nicken entschieden um und überquerte die Veranda zur Haustür.

Die Notiz, die Hansen erwähnt hatte, war neben dem Türgriff hineingeklemmt worden. Maggie nahm sie an sich, ohne sie zu lesen, bevor sie den Schlüssel ins Schloß steckte. Als sie dann zum Wohnzimmerfenster hinausschaute, sah sie Douglas Hansen wegfahren. Mit einemmal kam sie sich schrecklich töricht vor.

Fange ich allmählich an, vor meinem eigenen Schatten zu erschrecken? fragte sie sich. Dieser Mann da muß mich ja für eine Idiotin gehalten haben, wie ich hier hineingehuscht bin. Und definitiv kann ich sein Angebot nicht ignorieren. Wenn ich mich tatsächlich dazu entschließe, zu verkaufen, dann sind das fünfzigtausend Dollar mehr, als Malcolm Norton

Nuala angeboten hatte. Kein Wunder, daß er so verstört aussah, als Mrs. Woods uns von dem Testament erzählt hat – er wußte, daß er im Begriff war, ein gutes Geschäft zu machen.

Maggie ging direkt nach oben ins Atelier und machte das Kuvert mit den Fotografien auf. Es war ihrem Gemütszustand nicht zuträglich, daß das erste Bild, auf das ihr Auge fiel, eines von Nualas Grab war, mit den nun dahinwelkenden Blumen darauf, die Greta Shipley am Fuß des Grabsteins hingelegt hatte.

34

Als Neil Stephens seinen Wagen in die Einfahrt lenkte, die zum Haus seiner Eltern führte, fiel sein Blick auf die Bäume, die das Grundstück säumten und deren Blätter jetzt in den goldenen und bernsteinfarbenen, den bräunlichen und dunkelroten Farben des Herbstes erglühten.

Als er den Wagen zum Stehen brachte, bewunderte er auch die frischen Herbstpflanzen um das Haus herum. Das neue Hobby seines Vaters war die Gartenarbeit, und zu jeder Jahreszeit ließ er eine neue Schlachtordnung von Blumen aufmarschieren.

Bevor Neil aus dem Auto steigen konnte, hatte seine Mutter schon die seitliche Haustür aufgerissen und kam herausgestürzt. Kaum stand er da, umarmte sie ihn, streckte dann die Hand aus, um ihm die Haare glattzustreichen, eine vertraute Geste, die er noch von seiner Kindheit her in Erinnerung hatte.

»Ach, Neil, es ist *so* schön, dich zu sehen!« rief sie aus.

Sein Vater tauchte hinter ihr auf, und sein Lächeln verriet seine Freude über das Wiedersehen mit seinem Sohn, obwohl seine Begrüßung nicht ganz so überschwenglich ausfiel. »Du bist spät dran, mein Freund. Wir schlagen in einer halben Stunde ab. Deine Mutter hat ein Sandwich hergerichtet.«

»Ich hab' meine Schläger vergessen«, sagte Neil, ließ sich aber sofort erweichen, als er den entsetzten Gesichtsausdruck seines Vaters sah. »Entschuldige, Dad, war bloß ein Witz.«

»Und gar nicht komisch. Ich mußte Harry Scott dazu überreden, seine Abschlagszeit mit unsrer zu tauschen. Wenn wir achtzehn Löcher spielen wollen, müssen wir unbedingt um zwei dort sein. Wir essen im Klub zu Abend.« Er packte Neil an der Schulter. »Ich bin froh, daß du hier bist, mein Sohn.«

Erst als sie auf den zweiten Neun waren, kam sein Vater auf das Thema zu sprechen, das er am Telefon erwähnt hatte. »Eines der alten Mädchen, für die ich die Steuern mache, steht kurz vor einem Nervenzusammenbruch«, erklärte er. »Ein junger Bursche aus Providence hat sie dazu überredet, in irgendwelche windigen Aktien zu investieren, und jetzt hat sie das Geld verloren, das eigentlich für ihre Altersversorgung gedacht war. Sie hatte gehofft, in diesen noblen Ruhesitz zu ziehen, von dem ich dir erzählt habe.«

Neil nahm Maß für seinen nächsten Schlag und nahm sich ein Holz aus der Tasche, die der Caddie hielt. Vorsichtig berührte er den Ball mit dem Schlägerkopf, holte aus, schwang durch und nickte befriedigt, als der Ball hochstieg, über den Teich segelte und auf dem Grün landete.

»Du bist besser als früher«, sagte sein Vater anerkennend. »Aber du wirst sehen, daß ich weiter hinten auf dem Grün liege, weil ich ein Eisen genommen habe.«

Sie unterhielten sich, während sie zum nächsten Abschlag gingen. »Dad, was du mir gerade über diese Frau erzählt hast, höre ich die ganze Zeit«, sagte Neil. »Gerade gestern erst kam ein Ehepaar, deren Anlagen ich schon seit zehn Jahren betreue, ganz begeistert an, und die beiden wollten fast ihr ganzes für den Ruhestand bestimmtes Einkommen in eins der verrücktesten, aberwitzigsten Projekte stecken, die mir je unter die Augen gekommen sind. Gott sei Dank hab' ich's geschafft, sie davon abzubringen. Wie's scheint, hat diese Frau niemanden zu Rate gezogen, oder?«

»Mich bestimmt nicht.«

»Und lief die Aktie über eine der Börsen, oder ging sie direkt über den Tresen?«

»Sie war notiert.«

»Und sie hatte einen kurzen, schnellen Boom und ist dann in den Keller gefallen. Und jetzt ist sie nicht mehr das Papier wert, auf dem sie geschrieben stand.«

»Ja, so ungefähr.«

»Du kennst doch das Sprichwort: ›Die Narren werden nicht alle.‹ Aus irgendeinem Grund trifft das besonders auf den Finanzmarkt zu; ansonsten ziemlich scharfsinnige Leute sterben plötzlich den Hirntod, wenn ihnen jemand einen heißen Tip gibt.«

»In diesem Fall, glaube ich, hat man irgendwie außergewöhnlichen Druck ausgeübt. Nun, ich hätte es jedenfalls gern, wenn du mit ihr reden würdest. Sie heißt Laura Arlington. Vielleicht kannst du dir ihr übriges Portefeuille zusammen mit ihr ansehen und überlegen, was sie unternehmen kann, um ihr verbliebenes Einkommen aufzubessern. Ich hab' ihr von dir erzählt, und sie hat gesagt, daß sie gerne mit dir reden würde.«

»Mach ich gern, Dad. Ich hoffe bloß, daß es nicht schon zu spät ist.«

Um halb sieben saßen sie, nachdem sie sich zum Essen umgezogen hatten, hinten auf der überdachten Veranda, tranken Cocktails und blickten auf die Narragansett Bay hinaus.

»Du siehst großartig aus, Mom«, sagte Neil liebevoll.

»Deine Mutter war schon immer eine hübsche Frau, und all die Liebe und Zärtlichkeit, die sie in den letzten dreiundvierzig Jahren von mir erhalten hat, hat ihre Schönheit nur noch erhöht«, sagte sein Vater. Als er ihre amüsierten Gesichter wahrnahm, fragte er: »Worüber lächelt ihr beiden denn?«

»Du weißt sehr wohl, daß ich dich genauso von oben bis unten bedient hab'«, erwiderte Dolores Stephens.

»Neil, gehst du eigentlich noch mit diesem Mädchen aus, das du im August mit hergebracht hast?« fragte sein Vater.

»Wer war das denn?« überlegte Neil kurz. »Ach so, Gina. Nein, um ehrlich zu sein, nicht.« Es schien der richtige Zeitpunkt zu sein, um sich nach Maggie zu erkundigen. »Da gibt es eine Frau, mit der ich mich öfter treffe und die gerade in Newport ein paar Wochen bei ihrer Stiefmutter zu Besuch ist. Sie heißt Maggie Holloway; dummerweise ist sie von New York weggefahren, bevor ich mir ihre Telefonnummer hier besorgt habe.«

»Wie heißt denn die Stiefmutter?« fragte seine Mutter.

»Ich weiß ihren Nachnamen nicht, aber ihr Vorname ist ungewöhnlich. Finnuala. Ich glaube, er ist keltisch.«

»Kommt mir bekannt vor«, sagt Dolores Stephens langsam, während sie sich zu erinnern versuchte. »Dir auch, Robert?«

»Ich glaube nicht. Nein, der Name ist mir neu«, sagte er.

»Ist doch wirklich komisch. Ich hab' das Gefühl, als hätte ich den Namen erst vor kurzem gehört«, sagte Dolores nachdenklich. »Ach, was soll's, vielleicht fällt's mir ja wieder ein.«

Das Telefon läutete. Dolores erhob sich, um an den Apparat zu gehen.

»Jetzt aber keine langen Gespräche«, rief Robert Stephens seiner Frau ins Gedächtnis. »Wir müssen in zehn Minuten los.«

Der Anruf galt jedoch ihm. »Laura Arlington ist dran«, erklärte Dolores Stephens, während sie ihrem Mann das drahtlose Telefon reichte. »Sie klingt furchtbar aufgeregt.«

Robert Stephens hörte eine Minute lang zu, bevor er mit tröstlicher Stimme das Wort ergriff: »Laura, Sie machen sich noch ganz krank wegen dieser Sache. Mein Sohn Neil ist zu Besuch. Ich hab' ihm von Ihnen erzählt, und morgen vormittag geht er alles mit Ihnen durch. Jetzt versprechen Sie mir, daß Sie sich wieder beruhigen.«

35

Earl Batemans letzte Vorlesung vor dem Wochenende hatte um ein Uhr mittags stattgefunden. Er war noch mehrere Stunden in seiner Wohnung auf dem Unigelände geblieben und hatte Seminararbeiten korrigiert. Gerade als er dann nach Newport aufbrechen wollte, klingelte das Telefon.

Es war sein Cousin Liam, der von Boston aus anrief. Er war überrascht, von Liam zu hören. Sie hatten noch nie viel gemeinsam gehabt. Worum geht es da bloß? fragte er sich.

Er reagierte auf Liams angestrengte Versuche, eine allgemeine Unterhaltung in Gang zu bringen, mit einsilbigen Antworten. Es lag ihm schon auf der Zunge, Liam von der Fernsehserie zu erzählen, aber er wußte, daß es doch nur zu einem weiteren Familienulk werden würde. Vielleicht sollte er Liam einladen, zu einem Drink rüberzukommen, und den letzten Dreitausend-Dollar-Scheck von der Vortragsagentur dort liegenlassen, wo er Liams Blick nicht entgehen konnte. Gute Idee, fand er.

Doch dann merkte er, wie er anfing wütend zu werden, als Liam nach und nach zu dem Anlaß seines Anrufs kam, wobei es im wesentlichen darum ging, Earl solle doch, falls er übers Wochenende nach Newport fuhr, Maggie Holloway nicht einfach unangemeldet überfallen. Sein Besuch neulich bei ihr hätte sie aufgeregt.

»Wieso?« platzte Earl heraus, der immer ärgerlicher wurde.

»Schau mal, Earl, du denkst immer, du könntest die Leute analysieren. Also, ich kenne Maggie jetzt seit einem Jahr. Sie ist ein fantastisches Mädchen – ehrlich gesagt, hoffe ich, daß ich ihr bald klarmachen kann, was sie tatsächlich für mich bedeutet. Aber ich kann dir versichern, sie gehört nicht zu den Leuten, die sich an der Schulter von irgendwem ausweinen. Sie ist *autark*. Sie ist nicht einer von deinen prähistorischen Kretins und verstümmelt sich selbst, bloß weil sie unglücklich ist.«

»Ich halte Vorträge über Volkskunde, nicht über prähistorische Kretins«, entgegnete Earl steif. »Und ich habe bei ihr vorbeigeschaut, weil ich mir ernsthaft Sorgen gemacht habe, daß sie vielleicht wie Nuala ihre Tür aus Unachtsamkeit nicht absperrt.«

Liams Stimme wurde nun beruhigend. »Earl, ich finde nicht die richtigen Worte. Was ich dir zu sagen versuche, ist, daß Maggie nicht so *weltfremd* ist, wie es die arme alte Nuala war. Es ist nicht nötig, ihr einen Rat zu erteilen, besonders, wenn er eher wie eine Drohung daherkommt. Hör mal, warum treffen wir uns nicht am Wochenende auf einen Drink.«

»In Ordnung.« Er würde Liam den Scheck unter die Nase reiben. »Komm doch morgen abend gegen sechs bei mir vorbei«, sagte Earl.

»Geht nicht. Da bin ich mit Maggie zum Essen verabredet. Wie wär's mit Samstag?«

»Ist mir recht, denke ich. Bis dann.«

Er hat also doch ein Auge auf Maggie Holloway geworfen, dachte Earl, während er den Hörer auflegte. Auf die Idee wäre man nie gekommen nach der Art und Weise, wie er sie bei der Party im Four Seasons einfach sich selbst überlassen hat. Aber das war ja typisch für Liam, der so gern in der Menge badete, überlegte er. Eines allerdings wußte er mit Sicherheit: Wenn *er* seit einem Jahr mit Maggie ausgegangen wäre, dann hätte er ihr wesentlich mehr Aufmerksamkeit geschenkt.

Wieder einmal überkam ihn ein seltsames Gefühl, eine Vorahnung, daß irgendein Unglück bevorstand, daß Maggie Holloway in Gefahr war, das gleiche Gefühl, wie er es vor einer Woche bezüglich Nualas gehabt hatte.

Das erste Mal hatte Earl solch eine Vorahnung gehabt, als er sechzehn war. Er war zu der Zeit damals im Krankenhaus und erholte sich von einer Blinddarmoperation. Sein bester Freund Ted kam auf dem Weg zu einem Segelnachmittag vorbei, um ihn zu besuchen.

Irgend etwas hatte in Earl den Wunsch geweckt, Ted zu bitten, lieber nicht mit dem Boot aufs Wasser zu gehen, aber das hätte sich blöd angehört. Er wußte noch, wie er den ganzen Nachmittag über das Gefühl gehabt hatte, als schwebe ein Schwert über ihren Häuptern.

Zwei Tage später fanden sie Teds dahintreibendes Boot. Es gab eine Reihe von Spekulationen darüber, was passiert sein mochte, aber es kam nie zu irgendwelchen gesicherten Erkenntnissen.

Earl sprach natürlich nie über den Vorfall, genausowenig wie über sein Versagen, seinem Freund eine Warnung zukommen zu lassen. Und jetzt erlaubte es sich Earl nie, an die anderen Gelegenheiten zu denken, bei denen sich die Vorahnung eingestellt hatte.

Fünf Minuten später brach er zu der Fahrt von knapp sechzig Kilometern nach Newport auf. Um halb fünf hielt er bei einem kleinen Laden in der Stadt, um sich Verschiedenes zum Essen zu besorgen, und dort erfuhr er von dem Tod Greta Shipleys.

»Bevor sie ins Latham Manor umgezogen ist, kam sie immer hier zu uns einkaufen«, sagte der Inhaber des Geschäfts, ein älterer Mann namens Ernest Winter, voller Bedauern. »Eine wirklich nette alte Dame.«

»Meine Mutter und mein Vater waren mit ihr befreundet«, sagte Earl. »War sie denn krank?«

»Soweit ich erfahren habe, hat sie sich in den letzten paar Wochen nicht wohl gefühlt. Zwei ihrer engsten Freundinnen sind vor kurzem gestorben, eine im Latham Manor, und dann wurde Mrs. Moore ermordet. Ich könnte mir vorstellen, daß ihr das wirklich zu schaffen gemacht hat. Das kann passieren, wissen Sie. Komisch, daß mir das gerade einfällt, aber ich weiß noch, wie mir Mrs. Shipley vor Jahren mal gesagt hat, es gäbe so einen Spruch, daß der Tod immer dreifach auftritt. Wie's aussieht, hatte sie recht. Ist aber irgendwie gruselig.«

Earl packte seine Einkäufe zusammen. Ein weiteres interessantes Thema für einen Vortrag, dachte er. *Ist es möglich, daß es eine psychologische Basis für diesen Spruch wie für so viele andere Sinnsprüche gibt? Ihre guten Freundinnen waren von ihr gegangen. Hat irgend etwas in Greta Shipleys Seele den beiden nachgerufen: »Wartet! Ich folge euch!«?*

Das ergab schon zwei neue Themen, die ihm allein heute für seine Vortragsserie eingefallen waren. Zuvor war er auf eine Zeitungsnotiz über einen neuen Supermarkt gestoßen, dessen Eröffnung in England direkt bevorstand und in dem die Hinterbliebenen sich all die notwendigen Ausrüstungsgegenstände für eine Bestattung – Sarg, Innenfutter, Bekleidung für den Verstorbenen, Blumen, Gästebuch, ja sogar die Grabstelle, soweit nötig – aussuchen und damit den Zwischenagenten, den Bestattungsunternehmer, ausschalten konnten.

Wie gut, daß die Familie damals aus der Branche ausgestiegen ist, entschied Earl, während er sich von Mr. Winter verabschiedete. Andererseits hatten die neuen Besitzer des Bateman Funeral Home die Beerdigung von Mrs. Rhinelander und Nualas Beerdigung ebenso durchgeführt, wie sie nun zweifelsohne auch Greta Shipleys Beerdigung durchführen würden. Das war nur angemessen, da sein Vater auch das Leichenbegängnis ihres Mannes arrangiert hatte.

Das Geschäft läuft blendend, dachte er reumütig.

36

Als sie im Gefolge von John, dem Empfangschef, den Speisesaal des Jachtklubs betraten, blieb Robert Stephens stehen und wandte sich an seine Frau. »Schau mal, Dolores, da ist Cora Gebhart. Können wir nicht an ihrem Tisch vorbeigehen und guten Tag sagen? Ich fürchte, bei meinem letzten Gespräch mit ihr war ich ein bißchen schroff. Sie hat ständig darüber geredet, daß sie ein paar festverzinsliche Wertpapiere für eine dieser verrückten Spekulationen zu Geld machen will, und das hat mich dermaßen aufgeregt, daß ich sie nicht mal gefragt habe, worum es überhaupt ging, sondern ihr einfach erklärt habe, sie soll's vergessen.«

Stets der Diplomat, dachte Neil, während er pflichtschuldig den Fußstapfen seiner Eltern folgte, als sie das Restaurant durchquerten, obwohl ihm auch auffiel, daß sein Vater dem Empfangschef kein Zeichen gegeben hatte und dieser daher munter auf einen Tisch am Fenster zusteuerte, völlig ahnungslos, daß er die Stephens-Familie aus dem Schlepptau verloren hatte.

»Cora, ich muß mich noch bei Ihnen entschuldigen«, begann Robert Stephens herzlich, »aber zunächst einmal muß ich Ihnen wohl meinen Sohn Neil vorstellen.«

»Hallo, Robert. Dolores, wie geht's euch denn?« Cora Gebhart blickte mit ihren lebhaften Augen freundlich und interessiert zu Neil auf. »Ihr Vater gibt die ganze Zeit mit Ihnen an. Sie leiten das New Yorker Büro von Carson & Parker, wie ich höre. Nun, ich freue mich, Sie kennenzulernen.«

»Ja, stimmt, und danke, ich freue mich auch, Ihre Bekanntschaft zu machen. Schön zu hören, daß mein Vater mit mir angibt. Fast mein ganzes Leben lang hat er an mir herumkritisiert.«

»Das kann ich verstehen. Er kritisiert auch ständig an mir herum. Aber Robert, Sie brauchen sich nicht bei mir zu entschuldigen. Ich habe Sie um Ihre Meinung gebeten, und Sie haben sie mir gesagt.«

»Nun, dann ist es ja gut. Ich höre es wahnsinnig ungern, daß wieder eine meiner Kundinnen ihr letztes Hemd verloren hat, weil sie ihr Geld in irgendwelche windigen Papiere gesteckt hat.«

»Um diese Kundin machen Sie sich mal keine Sorgen«, erwiderte Cora Gebhart.

»Robert, der arme John wartet schon an unserm Tisch mit den Speisekarten«, drängte Neils Mutter.

Während sie sich einen Weg durch den Saal bahnten, fragte sich Neil, ob seinem Vater der Tonfall entgangen war, in dem Mrs. Gebhart gesagt hatte, er solle sich keine Sorgen um sie machen. Da gehe ich jede Wette ein, daß sie seinem Rat nicht gefolgt ist, dachte Neil.

Sie waren mit dem Essen fertig und tranken noch gemütlich einen Kaffee, als die Scotts an ihren Tisch kamen, um sie zu begrüßen.

»Neil, du mußt dich noch bei Harry bedanken«, sagte Robert Stephens statt einer Vorstellung. »Er hat mit uns heute die Abschlagszeit getauscht.«

»War kein Problem«, erwiderte Harry Scott. »Lynn war heute tagsüber in Boston, deshalb wollten wir sowieso erst später zu Abend essen.«

Seine Frau, die von kurzer, kräftiger Statur war und ein freundliches Gesicht hatte, fragte: »Dolores, weißt du noch, wie du hier bei einem Mittagessen für den Denkmalschutzbund Greta Shipley kennengelernt hast? Das war, glaube ich, so vor drei oder vier Jahren. Sie hat an unserem Tisch gesessen.«

»Ja, ich fand sie ausgesprochen nett. Wieso?«

»Sie ist letzte Nacht gestorben, anscheinend im Schlaf.«

»Das tut mir so leid.«

»Was mich wirklich aufregt«, fuhr Lynn Scott betrübt fort, »ist die Tatsache, daß sie erst vor kurzem zwei gute Freundinnen verloren hatte und ich sie eigentlich anrufen wollte. Eine der Freundinnen war diese arme Frau, die letzten Freitag in ihrem Haus ermordet worden ist. Du hast bestimmt davon gelesen. Ihre Stieftochter aus New York hat die Leiche entdeckt.«

»Stieftochter aus New York?« rief Neil aus.

Erregt unterbrach ihn seine Mutter. »*Das* war's, wo ich den Namen gelesen habe. Es stand in der Zeitung. *Finnuala*. Neil, sie war die Frau, die ermordet worden ist!«

Als sie wieder zu Hause waren, zeigte Robert Stephens Neil die ordentlich gebündelten Zeitungen in der Garage, wo sie zum Recycling bereitlagen. »Es stand in der Zeitung vom Samstag, dem achtundzwanzigsten«, informierte ihn sein Vater. »Ich bin mir sicher, in dem Stapel muß sie sein.«

»Der Name ist mir deshalb nicht gleich wieder eingefallen, weil sie in dem Artikel Nuala Moore genannt wurde«, sagte seine Mutter. »Erst irgendwo am Ende des Artikels haben sie dann ihren kompletten Vornamen erwähnt.«

Mit wachsendem Entsetzen las Neil zwei Minuten später den Bericht über Nuala Moores Tod. Während des Lesens sah er dauernd Maggies glückliche Augen vor sich, wie sie ihm von der Wiederentdeckung ihrer Stiefmutter und von ihren Plänen für einen Besuch bei ihr erzählt hatte.

»Sie hat mir die fünf glücklichsten Jahre meiner Kindheit geschenkt«, hatte sie gesagt. *Maggie, Maggie*, dachte Neil. Wo war sie jetzt nur? War sie nach New York zurückgefahren? Er rief rasch in ihrer Wohnung an, doch ihre Telefonansage war unverändert – sie sei bis zum Dreizehnten außer Haus.

Die Adresse von Nuala Moores Haus stand zwar in dem Zeitungsartikel über den Mord, doch als er die Auskunft anrief, wurde ihm mitgeteilt, das Telefon habe eine Geheimnummer.

»Verdammt!« rief er aus, als er den Hörer auf die Gabel zurückknallte.

»Neil«, sagte seine Mutter beschwichtigend. »Es ist Viertel vor elf. Wenn diese junge Frau noch in Newport ist, ob nun in dem Haus dort oder sonstwo, ist es jedenfalls nicht die Zeit, um nach ihr zu suchen. Fahr doch morgen früh dorthin, und wenn du sie dort nicht antriffst, dann versuch es auf dem Polizeirevier. Es findet eine Morduntersuchung statt, und da sie die Tote entdeckt hat, weiß die Polizei bestimmt, wo sie zu erreichen ist.«

»Hör auf deine Mutter, mein Sohn«, sagte sein Vater. »Du hast einen langen Tag gehabt, und ich schlage vor, daß du für heute Schluß machst.«

»Ja, wahrscheinlich. Ich danke euch beiden.« Neil gab seiner Mutter einen Kuß, berührte seinen Vater am Arm und ging niedergeschlagen in den Korridor, der zu den Schlafzimmern führte.

Dolores Stephens wartete ab, bis ihr Sohn außer Hörweite war, und sagte dann leise zu ihrem Mann: »Ich hab' so ein Gefühl, daß Neil endlich eine junge Frau getroffen hat, die ihm wirklich was bedeutet.«

37

Selbst eine minutiöse Untersuchung jeder einzelnen Vergrößerung ließ Maggie nichts auf diesen Gräbern erkennen, was ihr Unterbewußtsein so nachhaltig hätte beunruhigen können.

Sie sahen alle gleich aus, zeigten dieselben Dinge: Grabsteine mit einem unterschiedlichen Maß an Bepflanzung um sie herum; Gras, das für diesen Frühherbst noch von einem samtenen Grün war, abgesehen von Nualas Grab, auf dem die Grassoden teilweise zusammengeflickt wirkten.

Soden. Aus irgendeinem Grund ließ dieser Begriff etwas in ihr anklingen. Mrs. Rhinelanders Grab mußte doch auch noch mit frischen Grassoden bestückt sein. Sie war nur zwei Wochen früher gestorben.

Erneut musterte Maggie alle Aufnahmen von Constance Rhinelanders Grab, und zwar mittels einer Lupe, mit der sie nun Zentimeter für Zentimeter erforschte. Das einzige, was ihr auffiel, war ein kleines Loch, das zwischen den Pflanzen um den Grabstein herum zu sehen war. Es sah so aus, als hätte jemand vielleicht einen Stein oder etwas Ähnliches von dort entfernt. Wer immer das getan hatte, hatte sich nicht die Mühe gemacht, die Erde wieder zu glattzustreichen.

Sie schaute sich nun wieder die besten Nahaufnahmen an, die sie von dem Grabstein auf Nualas Grab hatte. Die Grassoden dort waren glatt bis hin zu der Stelle, wo die Bepflanzung begann, doch auf einem der Bilder glaubte sie direkt hinter den Blumen, die Greta Shipley am Tag zuvor niedergelegt hatte, etwas zu sehen – einen Stein? War das, was auch immer es war, einfach deshalb dort, weil man nach der Beisetzung die Erde nur nachlässig gesiebt hatte, oder war das möglicherweise eine Art Friedhofsmarkierung? Da glänzte etwas merkwürdig …

Sie studierte die Aufnahmen der übrigen vier Gräber, konnte aber auf keinem davon etwas entdecken, was ihre Aufmerksamkeit hätte erregen können.

Schließlich legte sie die Abzüge auf einer Ecke des langen Arbeitstisches ab und griff nach einem Modelliergestell und dem Gefäß mit dem feuchten Ton.

Indem sie Bilder jüngeren Datums von Nuala als Vorlage benutzte, die sie an verschiedenen Stellen im Haus gefunden hatte, machte sich Maggie ans Werk. Für die folgenden Stunden wurden ihre Finger eins mit der Tonmasse und dem Spachtel, als sie sich anschickte, Nualas kleines, liebenswertes Gesicht zu formen, wobei sie die großen, runden Augen und die vollen Wimpern herausarbeitete. Sie deutete durch Falten um die Augen und an Mund und Hals wie auch durch die nach vorne gebeugten Schultern die Zeichen des Alter an.

Sie konnte erkennen, daß es ihr mit der Vollendung der Arbeit gelingen würde, die Charakterzüge einzufangen, die sie so an Nuala geliebt hatte – den unbezähmbaren und fröhlichen Geist hinter einem Gesicht, das bei einer anderen Frau vielleicht nur hübsch gewesen wäre.

Wie bei Odile Lane zum Beispiel, dachte sie und verzog dann das Gesicht bei der Erinnerung daran, wie die Frau vor kaum vierundzwanzig Stunden Greta Shipley mit dem Finger gedroht hatte. »Das war nicht nett«, hatte sie gesagt.

Während sie aufräumte, dachte Maggie über die Menschen nach, mit denen sie am Abend zuvor gegessen hatte. Wie bekümmert sie alle sein müssen, überlegte sie. Es war deutlich zu sehen, wieviel Freude sie an Greta Shipley hatten, und jetzt gibt es sie nicht mehr. So unerwartet.

Maggie blickte auf ihre Uhr, während sie nach unten ging. Neun Uhr: eigentlich noch nicht zu spät, um Mrs. Bainbridge anzurufen, fand sie.

Letitia Bainbridge meldete sich nach dem ersten Klingeln. »O Maggie, wir sind alle tieftraurig. Greta ging es schon seit ein paar Wochen nicht so gut, aber vorher war sie in bester Verfassung. Ich wußte, daß sie regelmäßig Mittel gegen Bluthochdruck und fürs Herz genommen hat, aber die hatte sie schon seit Jahren eingenommen und nie Probleme damit gehabt.«

»Ich habe sie in so kurzer Zeit so liebgewonnen«, sagte Maggie aufrichtig. »Ich kann mir vorstellen, wie Ihnen allen zumute ist. Sind Sie über den zeitlichen Ablauf informiert?«

»Ja. Bateman Funeral kümmert sich um alles. Ich vermute, daß wir alle noch bei denen landen. Das Requiem ist Samstag vormittag um elf in der Trinity Episcopal Church, und die Beerdigung ist auf dem Trinity Cemetery. Greta hat Anweisungen hinterlassen, daß nur von neun bis halb elf bei Bateman's eine Besichtigung stattfinden soll.«

»Ich werde dasein«, versprach Maggie. »Hatte sie irgendwelche Verwandten?«

»Ein paar Vettern und Kusinen. Die kommen wohl, nehm ich an. Ich weiß, daß sie ihnen ihre Wertpapiere und den Inhalt ihrer Wohnung vermacht hat, also werden sie ihr bestimmt so viel Respekt zollen.« Letitia Bainbridge schwieg eine Weile, bevor sie fortfuhr: »Maggie, wissen Sie, was mir einfach keine Ruhe läßt? Praktisch als letztes hab' ich noch gestern abend zu Greta gesagt, daß sie sich neue Schlösser anschaffen sollte, falls Eleanor Chandler wirklich ein Auge auf ihre Wohnung geworfen hat.«

»Aber die Bemerkung hat sie doch amüsiert«, wandte Maggie ein. »Bitte, Sie dürfen sich das nicht zu Herzen nehmen.«

»Ach nein, das ist es nicht, was mich aufregt. Es ist die Tatsache, daß jetzt, egal wer sonst noch auf der Warteliste steht, bestimmt Eleanor Chandler diese Wohnung kriegt.«

Ich verlege mich allmählich auf späte Abendessen, dachte Maggie, während sie Wasser in dem Kessel aufsetzte, ein paar Eier verrührte und Brotscheiben in den Toaster steckte – und nicht gerade besonders aufregende, ergänzte sie. Wenigstens kann ich mich darauf verlassen, daß mir Liam morgen abend ein gutes Essen ausgibt.

Es würde ihr guttun, ihn zu sehen, überlegte sie. Er war immer auf eine ausgefallene Weise amüsant. Sie fragte sich, ob er wohl schon mit Earl Bateman über seinen unerwarteten Besuch am Montag abend geredet hatte. Sie hoffte es.

Da sie nicht noch mehr Zeit in der Küche verbringen wollte, richtete sie ein Tablett her und trug es ins Wohnzimmer. Obwohl Nuala hier vor weniger als einer Woche den Tod gefunden hatte, war Maggie zu der Erkenntnis gelangt, das dieser Raum hier für Nuala Wohlbehagen und Geborgenheit bedeutet hatte.

Hinten und auf den Seiten war der offene Kamin schwarz vor Ruß. Der Blasebalg und die Zange auf dem Rost davor wiesen Anzeichen häufiger Benützung auf. Maggie malte sich aus, wie es sein mußte, hier an kalten Neuengland-Abenden ein helles Feuer lodern zu lassen.

Die Bücherregale waren vollgestopft mit Büchern, durchweg interessante Titel, viele davon wohlvertraut, andere, die sie gerne noch erkunden wollte. Sie hatte sich schon die Fotoalben angesehen – die Dutzende von Schnappschüssen von Nuala mit Tim Moore zeigten zwei Menschen, die unverkennbar Freude an ihrem Zusammensein hatten.

Größere, eingerahmte Bilder von Tim und Nuala – auf Bootsausflügen mit Freunden, bei Picknicks, offiziellen Abendessen, im Urlaub – waren über die Wände verstreut.

Der tiefe, alte Klubsessel mit dem Fußschemel dazu war vermutlich seiner gewesen, dachte sich Maggie. Sie wußte noch, daß Nuala, ob sie nun gerade in ein Buch versunken war, ein Gespräch führte oder den Fernseher laufen hatte, sich noch stets am liebsten zusammengerollt wie ein Kätzchen auf das Sofa kuschelte, zwischen Rückenlehne und Seitenpolster in eine Ecke gestützt.

Kein Wunder, daß sich die Aussicht auf einen Umzug ins Latham Manor als abschreckend erwies, dachte Maggie. Es wäre ziemlich verheerend für Nuala gewesen, dieses Haus aufzugeben, in dem sie ganz offensichtlich so viele Jahre lang glücklich gewesen war.

Trotzdem hatte sie eindeutig erwogen, dort hinzuziehen. An jenem ersten Abend, als sie nach ihrem Wiedersehen auf dem Mooreschen Familienfest zusammen essen gegangen waren, hatte Nuala erwähnt, daß soeben die Art von Wohnung, die sie haben wollte, frei geworden sei.

Welche Wohnung *war* das? fragte sich Maggie. Sie hatten das nie miteinander erörtert.

Maggie merkte auf einmal, daß ihre Hände zitterten. Vorsichtig stellte sie die Teetasse auf dem Unterteller ab. *Konnte womöglich das Apartment, das für Nuala verfügbar geworden war, dasselbe sein, das vorher Greta Shipleys Freundin Constance Rhinelander gehört hatte?*

38

Das einzige, was er sich wünschte, war ein wenig Ruhe, aber Dr. William Lane wußte, dieser Wunsch würde ihm nicht gewährt werden. Odile war aufgedreht wie ein Kreisel, der kurz davorstand, loszuwirbeln. Dr. Lane lag mit geschlossenen Augen im Bett und sehnte sich danach, daß sie wenigstens das verfluchte Licht ausmachen würde. Statt dessen aber saß sie an ihrer Frisierkommode und bürstete sich die Haare, während sich ein wahrer Wortschwall von ihren Lippen ergoß.

»In letzter Zeit ist alles so schwierig, findest du nicht? Alle hatten Greta Shipley richtig gern, und sie *war* eine von unsern Stammitgliedern. Weißt du, das sind jetzt zwei unsrer goldigsten Damen in ebenso vielen Wochen. Natürlich war Mrs. Rhinelander schon dreiundachtzig, aber sie war doch so gut beieinander gewesen – und dann, ganz plötzlich, konnte man sehen, wie sie immer zerbrechlicher wurde. So passiert es eben einfach in einem bestimmten Alter, oder? Versagen? Der Körper versagt einfach.«

Odile schien gar nicht zu bemerken, daß ihr Mann nicht reagierte. Es war egal; sie redete sowieso weiter. »Klar, Schwester Markey hat sich wegen dieses kleinen Schwächeanfalls, den Mrs. Shipley Montag abend hatte, Sorgen gemacht. Heute morgen hat sie mir erzählt, daß sie gestern wieder mit dir drüber geredet hat.«

»Ich hab' Mrs. Shipley direkt, nachdem sie diesen Anfall hatte, untersucht«, erklärte Dr. Lane resigniert. »Es gab keinen Anlaß zur Beunruhigung. Schwester Markey hat diese Unpäßlichkeit bloß deshalb erwähnt, weil sie die Tatsache zu rechtfertigen versuchte, daß sie einfach immer wieder in Mrs. Shipleys Wohnung reingeplatzt ist, ohne vorher anzuklopfen.«

»Aber natürlich, du bist schließlich der Arzt, Liebling.«

Dr. Lane riß die Augen auf, weil ihm plötzlich ein Licht aufging. »Odile, ich möchte nicht, daß du über meine Patienten mit Schwester Markey sprichst«, sagte er scharf.

Ohne auf seinen Tonfall zu achten, sprach Odile weiter: »Diese neue Gerichtsmedizinerin ist noch ziemlich jung, findest du nicht? Wie hieß sie noch mal, Lara Horgan? Ich wußte gar nicht, daß Dr. Johnson in Pension gegangen ist.«

»Er hat genau am Ersten aufgehört zu arbeiten. Das war der Dienstag.«

»Ich frage mich bloß, wieso sich irgendwer dazu entschließen sollte, Gerichtsmediziner zu werden, besonders eine so attraktive junge Frau? Immerhin scheint sie was von ihrem Job zu verstehen.«

»Ich bezweifle, ob sie dazu berufen worden wäre, wenn sie nichts von ihrem Fach verstehen würde«, entgegnete er barsch. »Sie ist bloß deshalb mit der Polizei vorbeigekommen, weil sie gerade in der Nähe war und sich mal unsere ganze Anlage ansehen wollte. Sie hat äußerst kompetente Fragen nach Mrs. Shipleys Krankengeschichte gestellt. So, und jetzt, wenn's dir recht ist, Odile, muß ich wirklich noch was Schlaf abkriegen.«

»O Liebling, tut mir so leid. Ich weiß, wie müde du bist, und wie anstrengend dieser Tag war.« Odile legte die Bürste nieder und zog ihren Morgenrock aus.

Ganz die Reklameschönheit, dachte William Lane, während er die Vorbereitungen seiner Frau für die Nachtruhe verfolgte. In achtzehn Jahren Ehe hatte er sie kein einziges

Mal ein Nachthemd tragen sehen, das nicht über und über mit Rüschen besetzt war. Früher einmal hatte sie ihn bezaubert. Jetzt allerdings nicht mehr – schon seit Jahren.

Sie kroch ins Bett, und endlich ging das Licht aus. Nun jedoch war William Lane nicht mehr schläfrig. Wie üblich hatte Odile es geschafft, etwas zu sagen, was an ihm nagen würde.

Diese junge Amtsärztin *war* von einem anderen Schlag als der gute, alte Dr. Johnson. Er hatte Totenscheine immer mit einem lässigen Schnörkel seines Füllfederhalters abgesegnet. *Nimm dich in acht*, schärfte sich Lane ein. In Zukunft mußt du dich unbedingt besser in acht nehmen.

Freitag, 4. Oktober

39

Als Maggie am Freitag morgen zum erstenmal aufwachte, schaute sie blinzelnd auf die Uhr und sah, daß es erst sechs war. Sie wußte, daß sie vermutlich genug Schlaf gehabt hatte, aber ihr war einfach noch nicht danach, aufzustehen, und so schloß sie wieder die Augen. Ungefähr eine halbe Stunde später versank sie in einen unruhigen Schlaf, in dem schemenhafte, bedrückende Träume kamen und gingen, bis sie vollkommen verschwanden, als Maggie um halb acht erneut erwachte.

Sie stand mit einem Gefühl der Benommenheit und sich abzeichnender Kopfschmerzen auf und beschloß, daß ihr vermutlich ein zügiger Spaziergang nach dem Frühstück den Ocean Drive entlang zu einem klaren Kopf verhelfen würde. Den brauche ich auch, dachte sie, zumal ich heute morgen wieder zu den Friedhöfen gehen muß.

Und morgen bist du dann zur Beerdigung von Mrs. Shipley auf dem Trinity-Friedhof, erinnerte sie eine innere Stimme. Zum erstenmal machte sich Maggie klar, daß Mrs.

Bainbridge gesagt hatte, Greta Shipley werde dort beerdigt. Nicht, daß dies wirklich eine Rolle spielte. Sie wäre heute ohnehin zu beiden Friedhöfen gegangen. Nachdem sie am Vorabend soviel Zeit damit verbracht hatte, diese Fotografien unter die Lupe zu nehmen, drängte es sie, festzustellen, was eigentlich das sonderbare Glänzen verursachte, das sie auf Nualas Grab entdeckt hatte.

Sie duschte sich, zog Jeans und einen Pullover an und trank schnell noch etwas Saft und Kaffee, bevor sie aus dem Haus ging. Maggie war sofort froh über ihren Entschluß, den Spaziergang zu machen. Der Frühherbsttag war prachtvoll. Die Sonne strahlte hell, während sie am Himmel emporstieg, obwohl eine kühle Brise vom Meer landeinwärts blies, so daß Maggie dankbar war, daß sie nach ihrer Jacke gegriffen hatte. Dann war da dieses herrliche Geräusch der ans Ufer schlagenden Wellen, und auch dieser einzigartige, wunderbare Geruch von Salz und Meerestieren, der die Luft erfüllte.

Ich könnte mich in diesen Ort verlieben, dachte sie. Nuala hat hier immer ihren Sommer verbracht, als sie noch ein Mädchen war. Wie muß sie das vermißt haben, als sie von hier wegzog.

Nach anderthalb Kilometern kehrte Maggie um und nahm denselben Weg zurück. Als sie aufblickte, bemerkte sie, daß nur ein Teil des zweiten Stocks von Nualas Haus – *meinem* Haus, dachte sie – von der Straße aus zu sehen war. Da sind zu viele Bäume drumherum, sagte sie sich. Die sollte man fällen oder wenigstens beschneiden. Und ich frage mich, warum der Teil des Grundstücks am Ende, wo man einen umwerfenden Blick aufs Meer geboten bekäme, nie bebaut worden ist. Gab es da vielleicht einschränkende Baubestimmungen?

Die Frage ließ sie nicht mehr los, während sie ihren Spaziergang beendete. Ich sollte mir diese Sache wirklich genauer ansehen, dachte sie. Nach dem, was Nuala mir erzählt hat, hat Tim Moore dieses Grundstück vor mindestens fünfzig Jahren erworben. Gab es seither denn gar keine Änderungen bei den Baugenehmigungen? überlegte sie.

Wieder im Haus, nahm sie sich gerade genug Zeit, rasch eine weitere Tasse Kaffee zu trinken, bevor sie pünktlich um neun losfuhr. Sie wollte die Besuche auf den Friedhöfen hinter sich bringen.

40

Um Viertel nach neun parkte Neil Stephens seinen Wagen vor dem Briefkasten, auf den der Name MOORE gemalt war. Er stieg aus, schritt den Fußpfad entlang und auf die Veranda unter dem Vordach und klingelte an der Haustür. Niemand machte die Tür auf. Mit dem Gefühl, ein Voyeur zu sein, ging er zum Fenster hinüber. Der Vorhang war nur halb zugezogen, und er hatte einen freien Blick auf das, was offensichtlich das Wohnzimmer war.

Ohne zu wissen, wonach er eigentlich suchte, es sei denn nach irgendeinem greifbaren Hinweis, daß Maggie Holloway doch da war, wanderte er um das Haus herum nach hinten und spähte durch das Fenster der Küchentür. Er konnte eine Kaffeekanne auf dem Herd sehen, und daneben waren eine Tasse, eine Untertasse und ein Saftglas umgekehrt abgestellt, was nahelegte, daß sie ausgespült und zum Trocknen hingestellt worden waren. Aber standen sie da schon seit Tagen oder erst seit ein paar Minuten?

Schließlich kam er zu dem Schluß, er habe nichts zu verlieren, wenn er bei einem Nachbarn klingelte und sich erkundigte, ob jemand Maggie gesehen habe. Bei den ersten beiden Häusern, wo er es versuchte, erhielt er keine Antwort. Beim dritten Haus erschien auf das Läuten hin ein attraktives Ehepaar, beide wohl Mitte Sechzig. Als er ihnen rasch erklärte, weshalb er hier war, merkte er, daß er diesmal Glück hatte.

Die Eheleute, die sich als Irma und John Woods vorstellten, berichteten ihm von Nualas Tod und Beerdigung und von Maggies Aufenthalt in dem Haus. »Wir hatten letzten

Samstag eigentlich vorgehabt, unsre Tochter zu besuchen, sind dann aber erst nach Nualas Beerdigung losgefahren«, erklärte Mrs. Woods. »Wir sind erst gestern am späten Abend wieder zurückgekommen. Ich weiß, daß Maggie da ist. Ich hab' zwar noch nicht mit ihr geredet, seit wir wieder da sind, aber heute früh hab' ich gesehen, wie sie zu einem Spaziergang losgezogen ist.«

»Und ich hab' sie vor etwa fünfzehn Minuten vorbeifahren sehen«, steuerte John Woods bei.

Sie baten ihn zu einer Tasse Kaffee ins Haus und erzählten ihm von dem Abend der Mordtat.

»Was für ein liebes Mädchen Maggie ist«, sagte Irma Woods mit einem Seufzer. »Ich konnte deutlich sehen, wie schrecklich sie sich den Verlust von Nuala zu Herzen genommen hat, aber sie ist nicht so eine, die Theater machen würde. Der Schmerz stand ihr deutlich in den Augen geschrieben.«

Maggie, dachte Neil. Ich wünschte, ich hätte für dich dasein können.

Die Woods hatten keine Ahnung, wohin Maggie an diesem Morgen gefahren war oder wie lange sie wegbleiben werde.

Ich hinterlasse ihr eine Nachricht, daß sie mich anrufen soll, beschloß Neil. Sonst gibt es nichts, was ich tun kann. Doch dann hatte er eine Eingebung. Als er fünf Minuten später wieder losfuhr, hatte er nicht nur eine Notiz für Maggie an die Tür gesteckt, sondern auch ihre Telefonnummer sicher in seiner Brusttasche verstaut.

41

Als ihr wieder die neugierigen Fragen einfielen, die das Kind ihr wegen der Aufnahmen von Nualas Grab gestellt hatte, hielt Maggie noch bei einem Blumengeschäft an und kaufte alle möglichen Herbstblumen, um sie auf die Grabstellen zu legen, die sie inspizieren wollte.

Sobald sie das Eingangtor des Friedhofs St. Mary's passiert hatte, schienen genau wie zuvor die willkommenheißende Statue des Engels und die makellos gepflegten Gräber ein Gefühl von Frieden und Unsterblichkeit auszustrahlen. Nach einer Linkskurve folgte sie den Serpentinen bergan, die zu Nualas Grab führten.

Als sie aus dem Wagen stieg, spürte sie, daß sie ein Arbeiter beobachtete, der gerade Unkraut von dem nahegelegenen Kiesweg entfernte. Ihr waren schon Berichte von Raubüberfällen auf Friedhöfen zu Ohren gekommen, aber der Gedanke schwand schnell wieder. Es gab noch weitere Friedhofsgärtner in der näheren Umgebung.

Doch da sich nun tatsächlich jemand in der Nähe aufhielt, war sie froh, daß sie auf die Idee gekommen war, noch die Blumen zu besorgen: Es war ihr lieber, wenn sie nicht den Eindruck erweckte, sie wolle das Grab untersuchen. Sie kauerte sich daneben hin, suchte sechs Blumen aus und legte sie eine nach der anderen an den Fuß des Grabsteins.

Die Blumen, die Greta Shipley am Dienstag dort niedergelegt hatte, waren entfernt worden, und Maggie warf rasch einen Blick auf den Schnappschuß, den sie in der Hand hielt, um genau zu sehen, wo sie das Glänzen eines metallisch aussehenden Gegenstands entdeckt hatte.

Es war ein Glück, daß sie das Foto mitgenommen hatte, denn das Ding, nach dem sie suchte, war tiefer in die feuchte Erde eingesunken und konnte leicht übersehen werden. Doch es *war* da.

Sie blickte flüchtig zur Seite und stellte fest, daß sie sich der ungeteilten Aufmerksamkeit des Arbeiters gewiß sein konnte. Sie kniete sich hin, senkte den Kopf, bekreuzigte sich und ließ dann ihre gefalteten Hände zu Boden gleiten. Während sie noch in der Gebetshaltung verharrte, berührten ihre Finger die Erde; sie grub rings um den Gegenstand und legte ihn bloß.

Sie wartete eine Weile ab. Als sie sich wieder umblickte, hatte der Arbeiter ihr den Rücken zugekehrt. Mit einer einzigen Bewegung riß sie das Ding an sich und verbarg es hastig im Inneren ihrer zusammengelegten Hände. In diesem Moment hörte sie ein gedämpftes Läuten.

Eine Glocke? dachte sie. Warum um Himmels willen sollte jemand auf Nualas Grab eine Glocke vergraben? Überzeugt, daß auch der Arbeiter den Ton gehört hatte, erhob sie sich und ging schnell zu ihrem Wagen zurück.

Sie legte die Glocke auf den restlichen Blumen ab. Da sie den neugierigen Augen des wachsamen Friedhofsgärtners keine Minute länger ausgesetzt sein wollte, fuhr sie langsam in Richtung des zweiten Grabes, das sie aufsuchen wollte. Sie parkte das Auto in der Wendeschleife, die in der Nähe lag, und blickte sich um. Niemand war zu sehen.

Sie öffnete das Wagenfenster, griff vorsichtig nach der Glocke und hielt sie hinaus. Nachdem sie die lose Erde, die daran haftete, abgewischt hatte, drehte sie die Glocke in der Hand und musterte sie, wobei sie gleichzeitig den Klöppel festhielt, damit er nicht zu läuten anfing.

Die Glocke war etwa acht Zentimeter hoch und erstaunlich schwer, nicht unähnlich einer altmodischen Schulglocke *en miniature*, wenn man von den dekorativen Blumengirlanden absah, die den Rand säumten. Der Klöppel war ebenfalls schwer, fiel Maggie auf. Wenn man ihn frei pendeln ließ, konnte er zweifelsohne einen beachtlichen Ton erzeugen.

Maggie schloß die Fensterscheibe wieder, hielt die Glocke knapp über den Wagenboden und schwang sie hin und her. Ein melancholisches, aber dennoch klares Klingen hallte durch das Auto.

Einen Stein für Danny Fisher, dachte sie. Das war der Titel eines der Bücher, die in der Bibliothek ihres Vaters gestanden hatten. Sie erinnerte sich daran, wie sie ihn als Kind gefragt hatte, was der Titel bedeutete, und er erklärt hatte, es sei eine Tradition des jüdischen Glaubens, daß jeder, der das Grab eines Freundes oder Verwandten besuchte, zum Zeichen dafür dort einen Stein hinlege.

Deutete diese Glocke möglicherweise auf etwas Ähnliches hin? fragte sich Maggie. Mit dem diffusen Gefühl, als tue sie etwas Unrechtes, wenn sie die Glocke mitnahm, schob sie sie unter den Wagensitz, so daß sie nicht mehr sichtbar war. Dann suchte sie erneut ein halbes Dutzend Blumen aus, und mit dem entsprechenden Foto in der Hand machte sie sich auf, das Grab einer weiteren Freundin Greta Shipleys aufzusuchen.

Als letztes machte sie bei Mrs. Rhinelanders Grabstätte halt; die Aufnahme dieses Grabes war es, die am deutlichsten eine Lücke in den Grassoden am Fuß des Grabmals aufzuweisen schien. Während Maggie die verbliebenen Blumen auf dem feuchten Gras arrangierte, suchten und fanden ihre Finger die unebene Stelle.

Maggie brauchte Zeit zum Nachdenken, und sie war noch nicht bereit, zum Haus zurückzukehren, wo sie möglicherweise dabei gestört wurde. Statt dessen fuhr sie ins Stadtzentrum hinein, fand dort eine Imbißstube und bestellte sich ein getoastetes Blaubeermuffin mit Kaffee.

Ich *war* hungrig, gestand sie sich ein, während das knusprige Gebäck und der starke Kaffee dazu beitrugen, das Unbehagen zu vertreiben, das sie auf den Friedhöfen verspürt hatte.

Eine weitere Erinnerung an Nuala kam ihr plötzlich in den Sinn. Als Maggie zehn Jahre zählte, war Porgie, ihr übermütiger Zwergpudel, auf Nuala gesprungen, die gerade auf dem Sofa lag und döste. Sie hatte entsetzt aufgeschrien, doch als Maggie hereingerannt kam, hatte Nuala nur gelacht und erklärt: »Entschuldige, Schätzchen. Ich weiß nicht, warum ich so schreckhaft bin. Irgendwer muß wohl über mein Grab laufen.«

Und da Maggie damals in einem Alter war, in dem sie alles wissen wollte, hatte Nuala ihr dann erklären müssen, dieser Ausdruck gehe auf ein altes irisches Sprichwort zurück und bedeute, daß jemand über die Stelle lief, wo man später einmal zur letzten Ruhe gebettet wird.

Es *mußte* für das, was sie heute gefunden hatte, eine einfache Erklärung geben, überlegte Maggie. Von den sechs Gräbern, die sie aufgesucht hatte, enthielten vier, darunter auch die von Nuala, Glocken am Fuß des Grabsteins, jede hinsichtlich Gewicht und Größe genauso wie die übrigen. Außerdem hatte es auch den Anschein, daß aus dem Erdboden bei Mrs. Rhinelanders Grab eine Glocke entfernt worden war. Das bedeutete also, daß man nur einer der Freundinnen von Greta Shipley nicht diesen sonderbaren Tribut gezollt hatte – falls es sich tatsächlich um so etwas handelte.

Als sie den Kaffee austrank und mit einem Kopfschütteln das Angebot der Serviererin ablehnte, ihr nachzuschenken, fiel Maggie blitzartig ein Name ein: Mrs. Bainbridge!

Wie Greta Shipley wohnte sie schon im Latham Manor, seit es eröffnet worden war. Auch sie mußte all diese Frauen gekannt haben, wurde Maggie klar.

Wieder in ihrem Wagen angelangt, rief Maggie mit ihrem Mobiltelefon Letitia Bainbridge an. Sie war in ihrer Wohnung.

»Kommen Sie doch gleich rüber«, sagte sie zu Maggie. »Ich würde Sie liebend gern sehen. Heute morgen ist mir ein bißchen trübselig zumute.«

»Bin schon unterwegs«, antwortete Maggie.

Nachdem sie das Handy wieder in seine Halterung eingehängt hatte, griff sie unter den Sitz nach der Glocke, die sie von Nualas Grab mitgenommen hatte. Dann steckte sie sie in ihre Umhängetasche.

Sie erschauerte unwillkürlich, während sie losfuhr. Das Metall hatte sich kalt und unangenehm feucht angefühlt.

42

Es war eine der längsten Wochen in Malcolm Nortons Leben gewesen. Der Schock, daß Nuala Moore den Verkauf ihres Hauses storniert hatte, hatte ihn, zusammen mit Barbaras Ankündigung, sie werde für längere Zeit zu ihrer Tochter nach Vail gehen, in einen Zustand der Benommenheit und Angst versetzt.

Er *mußte* einfach dieses Haus in seine Finger bekommen! Daß er Janice von der bevorstehenden Änderung der Verordnung zum Schutz von Feuchtgebieten erzählt hatte, war ein schrecklicher Fehler gewesen. Er hätte es darauf ankommen lassen und ihren Namen auf den Hypothekenpapieren fälschen sollen. *So* verzweifelt war er.

Und das war auch der Grund, weshalb Malcolm spürte, wie ihm der Schweiß ausbrach, als Barbara den Anruf von Polizeichef Brower an diesem Freitag morgen durchstellte. Er brauchte einen Moment, bis er sich soweit gefaßt hatte, daß er sicher sein konnte, gutgelaunt zu klingen.

»Guten Morgen, Chief. Wie geht's Ihnen?« sagte er und versuchte, ein Lächeln in seine Stimme zu legen.

Chet Brower war unverkennbar nicht zu müßigem Plaudern aufgelegt. »Mir geht's gut. Ich würde heute gern vorbeischauen und ein paar Minuten mit Ihnen reden.«

Worüber nur? dachte Malcolm in einem Anflug von Panik, erwiderte dann aber mit herzlicher Stimme: »Das wäre prima, aber ich warne Sie, ich habe mir bereits Karten für den Polizeiball besorgt.« Selbst in seinen eigenen Ohren klang sein Versuch, witzig zu sein, falsch.

»Wann haben Sie Zeit?« fragte Brower barsch.

Norton hatte nicht die Absicht, Brower wissen zu lassen, wieviel Zeit er tatsächlich hatte. »Ich hatte um elf einen Vetragsabschluß, der auf ein Uhr verschoben worden ist, also bin ich bis dahin frei.«

»Dann sehe ich Sie um elf.«

Nachdem er das abschließende Klicken in der Leitung gehört hatte, starrte Malcolm noch geraume Zeit nervös den Hörer an, den er in der Hand hielt. Schließlich legte er ihn zurück.

Es klopfte sanft an die Tür, und Barbara steckte ihren Kopf in das Büro herein. »Malcolm, ist irgendwas nicht in Ordnung?«

»Was soll schon nicht in Ordnung sein? Er will bloß mit mir reden. Ich kann mir nur vorstellen, daß es was mit dem zu tun hat, was am letzten Freitag passiert ist.«

»Ach, natürlich. Der Mord. Die übliche Vorgehensweise ist, daß die Polizei immer wieder enge Freunde befragt, ob sie sich nicht doch an irgend etwas erinnern können, was zu dem Zeitpunkt noch keine Bedeutung zu haben schien. Und natürlich seid ihr, du und Janice, schließlich zu dem Abendessen bei Mrs. Moore gegangen.«

Du und Janice. Malcolm runzelte die Stirn. Sollte ihn diese Anspielung etwa daran erinnern, daß er noch immer keine juristischen Schritte eingeleitet hatte, um sich offiziell von Janice zu trennen? Nein, im Gegensatz zu seiner Frau spielte Barbara nicht mit Worten, die lauter versteckte Hinweise enthielten. Ihr Schwiegersohn war ein stellvertretender Bezirksanwalt in New York; sie hatte ihn vermutlich von solchen Fällen reden hören, überlegte sich Malcolm. Und dann wimmelte es natürlich auch im Fernsehen und in Filmen von Einzelheiten aus der Polizeipraxis.

Sie begann die Tür wieder zu schließen. »Barbara«, sagte er flehentlich, »gib mir nur noch ein kleines bißchen Zeit. Verlaß mich jetzt nicht.«

Ihre Antwort bestand darin, daß sie mit einem energischen Geräusch die Tür zumachte.

Brower erschien um Punkt elf auf der Bildfläche. Er saß kerzengerade in dem Sessel gegenüber von Nortons Schreibtisch und kam direkt zur Sache.

»Mr. Norton, Sie sollten um acht Uhr am Abend des Mordes im Haus von Nuala Moore erscheinen?«

»Ja, meine Frau und ich sind um vielleicht zehn nach acht dort eingetroffen. Soweit ich informiert bin, waren Sie gerade am Tatort erschienen. Wie Sie ja wissen, wies man uns an, im Haus von Nualas Nachbarn, bei den Woods', zu warten.«

»Um welche Zeit haben Sie an diesem Abend Ihr Büro verlassen?« fragte Brower.

Norton zog die Augenbrauen hoch. Er dachte einen Moment nach. »Zur üblichen Zeit ..., nein, genaugenommen ein bißchen später. Ungefähr Viertel vor sechs. Ich hatte einen

Vertragsabschluß außer Haus und habe dann die Akten mit hierhergebracht und nachgeschaut, ob es irgendwelche Nachrichten gibt.«

»Sind Sie von hier aus direkt nach Hause gefahren?«

»Nicht ganz. Barbara ... Mrs. Hoffman, meine Sekretärin, war an dem Tag wegen einer Erkältung nicht im Büro. Am Tag davor hatte sie eine Akte mit nach Hause genommen, die ich mir übers Wochenende genauer ansehen mußte, also hab' ich bei ihr vorbeigeschaut, um die Unterlagen abzuholen.«

»Wie lange hat das gedauert?«

Norton dachte eine Weile nach. »Sie wohnt in Middletown. Es herrschte Urlaubsverkehr, also würde ich sagen, etwa zwanzig Minuten pro Fahrt.«

»Dann waren Sie also gegen halb sieben zu Hause.«

»Also wahrscheinlich war es wohl ein bißchen später. Eher gegen sieben, würde ich meinen.«

Tatsächlich war er um Viertel nach sieben nach Hause gekommen. Er konnte sich noch genau an die Uhrzeit erinnern. Im stillen verfluchte Malcolm sich jetzt. Janice hatte zu ihm gesagt, man hätte in seinem Gesicht wie in einem offenen Buch lesen können, als Irma Woods die Neuigkeit von Nualas Testament bekanntgegeben hatte. »Du hast ausgesehen, als ob du gleich jemand umbringen willst«, hatte sie erklärt und dabei abfällig das Gesicht verzogen. »Du kannst nicht mal planen, jemand zu betrügen, ohne daß irgendwas schiefgeht.«

Deshalb hatte er sich vorhin schnell noch ein paar Antworten auf Fragen zurechtgelegt, die ihm Brower voraussichtlich zu seiner Reaktion über den geplatzten Verkauf des Hauses stellen würde. Er war entschlossen, nicht noch einmal seine Gefühle preiszugeben. Und er war froh, daß er sich die Situation gründlich hatte durch den Kopf gehen lassen, denn der Beamte stellte tatsächlich eine Reihe von Fragen, um hinter Einzelheiten des beabsichtigten Hausverkaufs zu kommen.

»Muß schon ein bißchen enttäuschend gewesen sein«, sagte Brower nachdenklich, »aber andererseits hat jeder Immobilienmakler in der Stadt ein Haus wie das von Nuala

Moore an der Hand und würde es einem am liebsten hinterherwerfen.«

Was heißt, warum wollte ich dann dieses haben? dachte Norton.

»Manchmal wollen Leute ein Haus wirklich nur deshalb haben, weil es sie einfach gepackt hat. Es sagt: ›Kauf mich, ich gehöre dir!‹« fuhr der Polizeichef fort.

Norton wartete.

»Sie und Mrs. Norton müssen sich regelrecht in das Haus verliebt haben«, schloß Brower. »Wie es heißt, haben Sie eine Hypothek auf Ihr eigenes Haus aufgenommen, um dafür zu zahlen.«

Jetzt lehnte sich Brower mit halb geschlossenen Augen zurück und verschränkte die Hände ineinander.

»Jeder, der so scharf auf ein Haus ist, würde äußerst ungern hören, daß demnächst eine Art Verwandte ins Haus steht und dann vielleicht alles vermasselt. Bleibt nur eine Möglichkeit, das zu verhindern. Halt die Verwandte zurück, oder finde wenigstens einen Weg, sie davon abzuhalten, daß sie die Besitzerin des Hauses beeinflußt.«

Brower erhob sich. »War mir eine Freude, mit Ihnen zu reden, Mr. Norton«, sagte er. »Hätten Sie, bevor ich gehe, etwas dagegen, wenn ich noch ein paar Worte mit Ihrer Sekretärin, Mrs. Hoffman, wechsle?«

Barbara Hoffman mochte es nicht, sich zu verstellen. Zwar war sie am letzten Freitag unter dem Vorwand einer Erkältung zu Hause geblieben, was sie aber eigentlich gewollt hatte, war ein ruhiger Tag, damit sie über alles nachdenken konnte. Zur Beruhigung ihres Gewissens hatte sie aus dem Büro einen Stapel Akten mit nach Hause genommen, um sie durchzugehen; sie legte Wert darauf, daß sie in Ordnung waren, falls sie sich entschloß, Malcolm zu sagen, sie wolle ihn verlassen.

Seltsamerweise hatte er ihr dabei geholfen, ihre Entscheidung zu treffen. Er kam fast nie zu ihr nach Hause, doch an dem Freitag abend war er unerwartet vorbeigekommen, um sich nach ihrem Befinden zu erkundigen. Natürlich wußte er nicht, daß ihre Nachbarin Dora Holt gerade da war. Als Barbara ihm die Haustür aufmachte, hatte er sich gebückt, um sie zu küssen, war dann aber zurückgetreten, als sie ihn abweisend ansah.

»Ach, Mr. Norton«, hatte sie rasch erklärt, »ich habe diese Akte mit dem Moore-Vertrag hier, die Sie abholen wollten.«

Sie hatte ihn Dora Holt vorgestellt und hatte dann demonstrativ die Akten durchgesehen, eine für ihn herausgesucht und ihm überreicht. Ihr waren jedoch nicht das wissende Grinsen und die lebhafte Neugier in den Augen der anderen Frau entgangen. Und das war der Augenblick, in dem sie wußte, daß die Situation untragbar war.

Als sie nun aber Chief Brower gegenübersaß, kam sich Barbara Hoffman hinterhältig vor, und ihr war überhaupt nicht wohl in ihrer Haut, während sie ihm die lahme Geschichte darüber auftischte, weshalb ihr Chef zu ihr nach Hause gekommen war.

»Dann ist Mr. Norton also bloß ganz kurz geblieben?«

Sie entspannte sich etwas; wenigstens in diesem Punkt konnte sie völlig aufrichtig sein. »Ja, er nahm die Akte an sich und ist sofort wieder gegangen.«

»Was für eine Akte war das, Mrs. Hoffman?«

»Ich ... ich bin mir ... also ehrlich gesagt war's die Akte mit dem Moore-Kaufvertrag.«

»Nur noch eins. Wann genau ist Mr. Norton bei Ihrem Haus eingetroffen?«

»Kurz nach sechs, glaube ich«, antwortete sie aufrichtig.

Brower stand auf und nickte in Richtung der Sprechanlage auf ihrem Schreibtisch. »Würden Sie bitte Mr. Norton Bescheid geben, daß ich ihn kurz noch einmal sprechen muß?«

Als Chief Brower in das Büro des Anwalts zurückkehrte, hielt er sich nicht mit Floskeln auf. »Mr. Norton, wie ich höre, betraf die Akte, die Sie letzten Freitag abend bei Mrs. Hoffman abgeholt haben, den Kaufvertrag mit Mrs. Moore. Wann genau sollte der Vertrag notariell beglaubigt werden?«

»Am Montag vormittag um elf«, informierte ihn Norton. »Ich wollte sichergehen, daß alles in Ordnung war.«

»Sie waren der Käufer, aber Mrs. Moore hatte keinen eigenen Anwalt, der sie vertrat? Ist das nicht ziemlich ungewöhnlich?«

»Eigentlich nicht. Aber das war ohnehin ihre Idee. Nuala fand, daß es absolut unnötig war, noch einen anderen Anwalt hinzuzuziehen. Ich war bereit, einen fairen Preis zu bezahlen und ihr das Geld in Form eines beglaubigten Schecks zu überreichen. Sie hatte auch das Recht, noch bis Neujahr dort wohnen zu bleiben, falls sie es gewünscht hätte.«

Polizeichef Brower starrte Malcolm Norton eine Weile lang schweigend an. Schließlich erhob er sich, um aufzubrechen. »Nur noch eine Sache, Mr. Norton«, sagte er. »Die Fahrt von Mrs. Hoffman bis zu Ihnen nach Hause dürfte nicht länger als zwanzig Minuten in Anspruch genommen haben. Demnach hätten Sie spätestens kurz nach halb sieben zu Hause sein müssen. Und doch behaupten Sie, es war kurz vor sieben. Sind Sie noch woandershin gefahren?«

»Nein. Vielleicht habe ich mich in der Zeit getäuscht, wann ich zu Hause ankam.«

Wieso stellt er nur all diese Fragen? grübelte Norton. *Was für einen Verdacht hat er?*

43

Als Neil Stephens nach Portsmouth zurückkehrte, schloß seine Mutter sofort aus seinem Gesichtsausdruck, daß es ihm nicht gelungen war, die junge Frau aus New York aufzuspüren.

»Du hast vorhin bloß einen Toast gegessen«, erinnerte sie ihn. »Komm, ich mach dir eben Frühstück. Schließlich«, fügte sie hinzu, »hab' ich nicht mehr oft die Gelegenheit, dich zu bemuttern.«

Neil ließ sich auf einen Stuhl am Küchentisch fallen. »Ich hab' gedacht, Dad zu bemuttern ist ein Full-time-Job.«

»Stimmt. Aber ich mag's.«

»Wo *ist* Dad überhaupt?«

»In seinem Büro. Cora Gebhart, die Dame, zu der wir gestern abend an den Tisch gegangen sind, hat angerufen und gefragt, ob sie vorbeischauen und mit ihm reden kann.«

»Ah ja«, sagte Neil geistesabwesend, während er mit dem Besteck herumspielte, das seine Mutter vor ihn hingelegt hatte.

Dolores unterbrach ihre Vorbereitungen, drehte sich um und sah ihn an. »Wenn du anfängst so herumzuzappeln, dann heißt das, daß du dir Sorgen machst.«

»Tu ich auch. Wenn ich Maggie letzten Freitag angerufen hätte, wie ich es eigentlich vorhatte, dann hätte ich ihre Telefonnummer gehabt, hätte sie angerufen und hätte erfahren, was passiert ist. Und dann wäre ich hier gewesen, um ihr zu helfen.« Er schwieg. »Mom, du kannst dir gar nicht vorstellen, wie *versessen* sie darauf war, diese Zeit mit ihrer Stiefmutter zu verbringen. Du würdest nie auf die Idee kommen, wenn du sie siehst, aber Maggie hat schon ganz schön was abgekriegt.«

Zu Waffeln und knusprig gebratenem Speck erzählte er ihr alles, was er über Maggie wußte. Er erzählte ihr allerdings nicht, wie wütend er auf sich war, daß er nicht noch mehr wußte.

»Sie scheint ja wirklich liebenswert zu sein«, sagte Dolores Stephens. »Ich möchte sie unbedingt kennenlernen. Aber hör mal, du mußt aufhören, dich selbst verrückt zu machen. Sie hält sich in Newport auf, und du hast ihr eine Nachricht hinterlassen, und du hast die Telefonnummer. Mit *Sicherheit* erreichst du sie heute noch oder hörst von ihr. Also laß einfach mal locker.«

»Ich weiß. Ich hab' nur dieses lausige Gefühl, daß es Zeiten gab, wo sie mich gebraucht hat und ich nicht für sie da war.«

»Aus Angst, dich zu binden, stimmt's?«

Neil legte die Gabel hin. »Das ist nicht fair.«

»Findest du? Weißt du, Neil, eine Menge der smarten, erfolgreichen jungen Männer deiner Generation, die nicht schon geheiratet haben, bevor sie dreißig wurden, sind zu dem Schluß gekommen, sie könnten sich unbegrenzt austoben. Und manche von ihnen tun's dann auch – sie wollen sich *wirklich nicht* binden. Aber manche von ihnen scheinen auch nie zu kapieren, wann es Zeit ist, *erwachsen* zu werden. Ich frage mich einfach nur, ob deine Besorgtheit nicht aus der plötzlichen Einsicht resultiert, daß dir Maggie Holloway wirklich am Herzen liegt, was du dir aber vorher nicht eingestehen wolltest, weil du keine Lust hattest, dich zu binden.«

Neil starrte seine Mutter lange an. »Und ich hab' immer gedacht, daß Dad hart rangeht.«

Dolores Stephens verschränkte die Arme und lächelte. »Meine Großmutter hatte einen Spruch auf Lager: ›Der Mann ist der Kopf der Familie, die Frau ist der Hals.‹« Sie machte eine Pause. »›Und der Hals dreht den Kopf.‹«

Als sie Neils erstaunte Miene sah, lachte sie. »Keine Sorge. Mit diesem besonderen Exemplar überlieferter Weisheit bin ich nicht einverstanden. Ich sehe Mann und Frau als gleichberechtigt an, nicht als Gegner bei einem Spiel. Aber manchmal, wie zum Beispiel in unserm Fall, ist das, was zu sein *scheint*, nicht unbedingt das, was *ist*. Die brummige Art deines Vaters ist seine Art, Anteilnahme zu zeigen. Ich kenne das schon seit unsrer ersten Verabredung.«

»Wenn man vom Teufel spricht...«, sagte Neil, als er mit einem Blick zum Fenster hinaus seinen Vater entdeckte, der gerade von seinem Büro herüberkam.

Seine Mutter schaute hinaus. »Ach du liebe Zeit, er bringt Cora mit. Sie sieht ganz verstört aus.«

Nachdem sich sein Vater und Cora Gebhart zu ihnen an den Küchentisch gesellt hatten, begriff Neil in kürzester Zeit, weshalb sie so verstört war. Am Mittwoch hatte sie über den Finanzmakler, der sich so hartnäckig bemüht hatte, sie zu dem Kauf eines von ihm empfohlenen spekulativen

Aktienpakets zu bewegen, ihre festverzinslichen Wertpapiere verkauft und für die geplante Transaktion grünes Licht gegeben.

»Letzte Nacht konnte ich nicht schlafen«, sagte sie. »Ich meine, nach dem, was Robert im Klub darüber gesagt hat, daß er nicht will, daß noch eine von seinen Damen ihr letztes Hemd verliert..., hatte ich das entsetzliche Gefühl, daß er von mir geredet hat, und ich hab' plötzlich gespürt, daß ich einen schrecklichen Fehler gemacht habe.«

»Haben Sie diesen Broker angerufen und den Handel storniert?« fragte Neil.

»Ja. Das war vielleicht das einzig Intelligente, was ich getan habe. Oder *versucht* habe zu tun – er hat behauptet, es ist zu spät.« Ihre Stimme verlor sich, und ihre Lippen zitterten. »Und seither ist er nicht mehr in seinem Büro gewesen.«

»Was für eine Aktie *ist* das denn?« fragte Neil.

»Ich hab' die Unterlagen hier«, sagte sein Vater.

Neil las den Prospekt und die Datenzusammenstellung. Es war sogar noch schlimmer, als er erwartet hatte. Er rief in seinem Büro an und gab Trish die Anordnung, ihn zu einem der leitenden Wertpapierhändler durchzustellen. »Gestern haben Sie fünfzigtausend Aktien zum Stückpreis von neun gekauft«, sagte er zu Cora Gebhart. »Wir erfahren gleich, was heute damit los ist.«

In knappen Worten setzte er seinen Gesprächspartner über die Situation ins Bild. Dann wandte er sich wieder an Mrs. Gebhart. »Sie steht jetzt bei sieben. Ich gebe eine Verkaufsorder durch.«

Sie nickte zur Zustimmung.

Neil blieb an der Leitung. »Halten Sie mich auf dem laufenden«, ordnete er an. Nachdem er aufgelegt hatte, sagte er: »Vor ein paar Tagen gab es ein Gerücht, daß die Firma, von der Sie die Aktien gekauft haben, von Johnson & Johnson übernommen werden sollte. Aber leider bin ich davon überzeugt, daß es bloß das ist – ein Gerücht und zwar zu dem Zweck, den Wert der Aktien künstlich in die Höhe zu treiben. Es tut mir schrecklich leid, Mrs. Gebhart; aber wenigstens sollten wir es wohl schaffen, den *Großteil* Ihres Kapitals zu retten. Mein Partner ruft uns zurück, sobald der Verkauf abgeschlossen ist.«

»Was mich wütend macht«, sagte Robert Stephens grimmig, »ist die Tatsache, das dies derselbe Börsenmakler ist, der Laura Arlington dazu gebracht hat, in ein anrüchiges Unternehmen zu investieren, und der schuld daran ist, daß sie ihre Ersparnisse verloren hat.«

»Er schien so nett zu sein«, sagte Cora Gebhart. »Und er kannte sich so gut mit meinen Wertpapieren aus und hat mir erklärt, daß die Rendite nicht rechtfertigt, daß das ganze Geld in den Papieren festgelegt ist, auch wenn sie steuerfrei sind. Und daß einige davon sogar wegen der Inflation an Kaufkraft verlieren.«

Diese Feststellung weckte Neils Aufmerksamkeit. »Sie müssen ihm von Ihren Wertpapieren erzählt haben, wenn er sich so gut auskannte«, sagte er scharf.

»Das hab' ich eben nicht. Als er anrief, um mich zum Mittagessen einzuladen, hab' ich ihm erklärt, ich hätte kein Interesse, über Geldanlagen zu diskutieren, aber dann sprach er von der Art Kunden, die er hätte – wie Mrs. Downing. Er hat mir erzählt, sie hätte ähnliche Wertpapiere wie viele ältere Leute gehabt und daß er ihr ein Vermögen verschafft hätte. Dann fing er speziell über die festverzinslichen Papiere an zu reden, die ich besitze.«

»Wer ist diese Mrs. Downing?« fragte Neil.

»Ach, die kennen alle. Sie ist eine Säule der Gesellschaft von Providence. Ich hab' sie auch tatsächlich angerufen, und sie konnte sich gar nicht einkriegen, so überschwenglich hat sie Douglas Hansen gelobt.«

»Ich verstehe. Trotzdem würde ich ihn gern mal überprüfen lassen«, erklärte Neil. »Er kommt mir exakt wie die Sorte Kerl vor, die unsre Branche nicht gebrauchen kann.«

Das Telefon läutete.

Maggie, dachte Neil. Laß es Maggie sein.

Statt dessen war sein Partner in dem Finanzunternehmen am Apparat. Neil lauschte, wandte sich dann an Cora Gebhart. »Er hat Sie zum Preis von sieben rausgeboxt. Schätzen Sie sich glücklich. Soeben macht das Gerücht die Runde, daß Johnson & Johnson eine öffentliche Erklärung abgeben wird, die besagt, daß der Konzern absolut kein Interesse an einer Übernahme dieser Firma hat. Ob dieses Gerücht nun stimmt oder nicht, es genügt jedenfalls, die Aktien dieser Firma in den Keller fallen zu lassen.«

Nachdem Cora Gebhart gegangen war, blickte Robert Stephens seinen Sohn liebevoll an. »Gott sei Dank, daß du hier warst, Neil. Cora hat einen guten Kopf und ein großes Herz, aber sie ist zu vertrauensselig. Es wäre schrecklich gewesen, wenn sie wegen eines einzigen Fehlers ruiniert worden wäre. So, wie's jetzt steht, heißt das vielleicht, daß sie die Idee, ins Latham Manor zu ziehen, aufgeben muß. Sie hatte eine spezielle Wohnung dort im Auge, aber vielleicht ist sie wenigstens noch in der Lage, eine kleinere zu nehmen.«

»Latham Manor«, sagte Neil. »Ich bin froh, daß du das erwähnt hast. Dazu muß ich dich noch einiges fragen.«

»Was um alles in der Welt willst du denn übers Latham Manor wissen?« fragte seine Mutter.

Neil erzählte ihnen von den beiden Van Hillearys, seinen Kunden, die sich nach einem geeigneten Ort für ihren Lebensabend umsahen. »Ich hab' ihnen gesagt, daß ich mir diese Wohnanlage genauer für sie anschaue. Hatte ich schon fast vergessen. Ich hätte mir einen Termin zur Besichtigung geben lassen sollen.«

»Wir schlagen erst um eins ab«, sagte Robert Stephens, »und das Latham liegt nicht besonders weit vom Klub weg. Ruf doch einfach dort an und finde heraus, ob du jetzt einen Termin bekommst oder doch wenigstens Informationsmaterial für deine Kunden abholen kannst.«

»Was du heute kannst besorgen, das verschiebe nicht auf morgen«, sagte Neil mit einem Grinsen. »Es sei denn, ich kriege Maggie vorher zu fassen. Sie muß inzwischen zu Hause sein.«

Nach sechs Klingelzeichen legte er den Hörer auf. »Sie ist immer noch nicht da«, sagte er niedergeschlagen. »Na gut, wo ist das Telefonbuch? Ich ruf jetzt im Latham Manor an; haken wir erst mal das ab.«

Dr. William Lane hätte nicht zuvorkommender sein können. »Sie rufen zu einem äußerst günstigen Zeitpunkt an«, erklärte er. »Wir haben eine unserer besten Wohnungen zur Verfügung – eine Einheit mit zwei Schlafzimmern und einer Terrasse. Es ist eine von vier solchen Wohnungen, und die übrigen drei werden von charmanten Ehepaaren bewohnt. Kommen Sie doch gleich vorbei.«

44

Dr. Lara Horgan, die neue ärztliche Leichenbeschauerin für den Staat Rhode Island, war nicht dahintergekommen, weshalb ihr so unbehaglich zumute war. Doch es war schließlich auch eine betriebsame Woche für ihre Abteilung gewesen: Zu den außergewöhnlichen Todesfällen hatten zwei Selbstmorde, drei Todesfälle durch Ertrinken und ein Mord gehört.

Der Tod der Frau in der Latham Manor Residence schien dagegen allem Anschein nach eine reine Routinesache zu sein. Und doch ließ ihr irgend etwas an dem Fall keine Ruhe. Die Krankengeschichte der Verstorbenen, Greta Shipley, war vollkommen überschaubar. Ihr langjähriger Arzt war inzwischen im Ruhestand, aber sein Partner bestätigte, daß Mrs. Shipley seit zehn Jahren an Bluthochdruck gelitten und zumindest schon einen stillen Herzinfarkt gehabt hatte.

Dr. William Lane, der Direktor und praktizierende Arzt des Latham Manor, schien kompetent zu sein. Das Personal war erfahren, und die gesamte Einrichtung war erstklassig.

Die Tatsache, daß Mrs. Shipley bei der Totenmesse für ihre Freundin Nuala Moore, die ermordet worden war, einen Schwächeanfall und dann noch einen weiteren Anfall erlitten hatte, bestätigte nur die Anspannung, in der sie sich befunden haben mußte.

Dr. Horgan hatte eine Reihe von Vorfällen erlebt, bei denen ein älterer Ehepartner nur Stunden oder gar Minuten nach dem Tod des Ehemanns oder der Ehefrau verschieden war. Jemand, der über die Art und Weise entsetzt war, wie ein guter Freund den Tod gefunden hatte, konnte leicht dem gleichen tödlichen Streß zum Opfer fallen.

Als staatliche Gerichtsmedizinerin war Dr. Horgan auch mit den näheren Umständen von Nuala Moores Tod vertraut, und ihr war bewußt, wie niederschmetternd sie für jemanden sein mochten, der dem Opfer so nahestand, wie es bei Mrs. Shipley der Fall gewesen war. Wiederholte heftige Schläge auf den Hinterkopf von Mrs. Moore waren die Todesursache gewesen. Mit Blut und Haaren vermischte Sandkörner legten die Vermutung nahe, daß der Täter die Waffe, wohl einen Stein, irgendwo am Strand gefunden und dann damit das Haus betreten hatte. Dies ließ auch vermuten, daß der Täter gewußt hatte, daß die Bewohnerin des Hauses klein und zart war, ja daß er vielleicht sogar Mrs. Moore persönlich kannte. Das ist es also, sagte sie sich. Das hartnäckige Gefühl, daß Nuala Moores Tod irgendwie mit dem Todesfall im Latham Manor zusammenhängt, ist es, was mir ständig Warnsignale schickt. Sie beschloß, die Polizei von Newport anzurufen und zu fragen, ob man dort schon irgendwelche Anhaltspunkte entdeckt habe.

Die Zeitungen von Anfang der Woche lagen in einem Stapel auf ihrem Schreibtisch. Sie fand auf der Seite mit den Todesanzeigen einen kurzen Bericht, der Mrs. Shipleys Lebenslauf aufführte, ihre Aktivitäten in der Gemeinde, ihre Mitgliedschaft bei den *Daughters of the American Revolution*, die Stellung ihres verstorbenen Mannes als Aufsichtsratsvorsitzender eines erfolgreichen Unternehmens. Als Hinterbliebene wurden drei in New York City, in Washington, D.C., und in Denver ansässige Verwandte genannt.

Also niemand in der Nähe, der sie im Auge behalten konnte, dachte Dr. Horgan, als sie die Zeitung niederlegte und sich dem Berg Arbeit auf ihrem Schreibtisch zuwandte.

Dann nagte noch ein letzter Gedanke an ihr: Schwester Markey. Sie war es, die Mrs. Shipley im Latham Manor tot aufgefunden hatte. Diese Frau hatte irgend etwas an sich, was ihr nicht gefiel, eine hinterfotzige, besserwisserische Art. Vielleicht sollte Chief Brower noch mal mit ihr reden.

45

Im Zuge seiner Recherchen für seine Vortragsreihe hatte Earl Bateman Abdrucke von alten Grabsteinen genommen. Er hatte sie zum Thema eines seiner Vorträge gemacht.

»Heutzutage wird nur ein Minimum an Informationen auf Grabsteinen festgehalten«, erläuterte er gewöhnlich, »genaugenommen nur die Geburts- und Todesdaten. In früheren Jahrhunderten jedoch konnte man wunderbare Lebensgeschichten auf Grabmälern lesen. Manche sind recht pikant, während andere wahrhaft bemerkenswert sind – wie in dem Fall des Kapitäns, der mit seinen fünf Ehefrauen beerdigt wurde, von denen keine, wie ich hinzufügen möchte, länger als sieben Jahre nach Beginn der Ehe am Leben blieb.«

An dieser Stelle wurde er normalerweise mit einer kleinen Lachsalve belohnt.

»Andere Gedenksteine wiederum«, erklärte er dann, »sind ehrfurchterweckend wegen der Erhabenheit und historischen Bedeutung, die sie vermitteln.«

Dazu pflegte er die Kapelle in der Westminster Abbey als Beispiel zu nennen, in der Königin Elisabeth I. nur wenige Fuß von der Verwandten entfernt bestattet lag, deren Enthauptung sie befohlen hatte: Maria Stuart, Königin der Schotten.

»Noch ein interessanter Umstand«, fügte er dann hinzu: »In Ketchakan, Alaska, behielt man im neunzehnten Jahrhundert auf dem Tombstone Cemetery, dem dortigen Friedhof, eine besondere Abteilung den ›Befleckten Tauben‹ vor, wie man damals die jungen Frauen nannte, die in Bordellen lebten.«

Nun aber, an diesem Freitag vormittag, war Earl damit beschäftigt, ein Exposé der Vorträge vorzubereiten, die er dem Kabelsender vorschlagen wollte. Als er zu dem Gegenstand der Grabsteinabdrucke kam, fiel ihm ein, daß er vorgehabt hatte, nach weiteren interessanten Exemplaren zu suchen; und als ihm dann bewußt wurde, was für ein schöner Tag es war, perfekt geeignet für ein solches Unterfangen, beschloß er, die ältesten Bereiche der beiden Friedhöfe St. Mary's und Trinity aufzusuchen.

Er fuhr gerade die Straße, die zu den Friedhöfen führte, entlang, als er einen schwarzen Volvo-Kombi durch das offene Tor herauskommen und in die andere Richtung wegfahren sah. Maggie Holloway hatte ein Auto von genau dieser Marke und Farbe, dachte er. War sie vielleicht hier gewesen, um Nualas Grab zu besuchen?

Anstatt zu der alten Abteilung zu fahren, nahm er den Weg nach links die Serpentinen des Hügels hinauf. Pete Brown, ein Friedhofspfleger, den er im Verlauf seiner häufigen Streifzüge durch das Feld der alten Grabmäler kennengelernt hatte, war an einem Kiesweg in der Nachbarschaft von Nualas Grab mit Unkrautjäten beschäftigt.

Earl hielt den Wagen an und öffnete das Fenster. »Ganz schön ruhig hier, Pete«, sagte er. Es war ein alter Witz zwischen ihnen beiden.

»Allerdings, Herr Professor.«

»Ich dachte eben, ich hätte das Auto von Mrs. Moores Stieftochter gesehen. Ist sie das Grab besuchen gekommen?« Er war sicher, daß jeder über die Einzelheiten von Nualas Tod informiert war. Es gab nicht *so* viele Mordfälle in Newport.

»Nett aussehende Dame, ziemlich dünn, dunkles Haar, jung?«

»Das dürfte Maggie sein.«

»Tja. Und sie muß die Hälfte unsrer Gäste hier kennen«, sagte Pete und lachte dann. »Einer von unsern Leuten hat vorhin erzählt, er hätte gesehen, wie sie von einem Grab zum nächsten gegangen ist und Blumen hingelegt hat. Alle unsre Männer hier haben sie bemerkt. Die ist 'ne Wucht.«

Wenn das nicht interessant ist? dachte Earl. »Machen Sie's gut, Pete«, sagte er und winkte noch, während er langsam weiterfuhr. Da er wußte, daß Pete Browns allgegenwärtige Augen auf ihm ruhten, fuhr er in Richtung des ältesten Teils vom Trinity weiter und nahm dann seine Wanderung durch die aus dem siebzehnten Jahrhundert stammenden Grabsteine dort auf.

46

Letitia Bainbridges Ein-Zimmer-Apartment im Latham Manor war ein ausladendes Eckzimmer mit einem hinreißenden Blick aufs Meer. Stolz wies sie auf den übergroßen Garderoberaum und das Bad hin. »Zu den alten Stammitgliedern hier zu gehören hat so seine Vorteile«, sagte sie energisch. »Ich weiß noch, wie Greta und ich uns bei dem Eröffnungsempfang damals auf der Stelle dazu entschlossen haben, uns einzuschreiben. Trudy Nichols konnte sich partout nicht entschließen und hat mir dann nie verziehen, daß ich die Einheit hier ergattert habe. Sie hat dann schließlich noch hundertfünfzigtausend mehr für eine der größten Wohnungen gezahlt, und dabei blieb das arme Schätzchen nur noch zwei Jahre am Leben. Die Crenshaws haben die jetzt. Sie waren neulich abends an unserm Tisch.«

»Ich kann mich an sie erinnern. Sie sind wirklich nett.« *Nichols*, dachte Maggie. *Gertrude Nichols*. Sie lag in einem der Gräber, die eine Glocke haben.

Mrs. Bainbridge seufzte. »Es ist immer schlimm, wenn einer von uns dahingeht, aber besonders schlimm, wenn's jemand von unserem Tisch ist. Und ich *weiß* einfach, daß Eleanor Chandler Gretas Wohnung kriegt. Als mich meine Tochter Sarah gestern zu meinem Hausarzt gefahren hat, hat sie mir erzählt, es hätte sich schon herumgesprochen, daß Eleanor hierher zieht.«

»Geht's Ihnen denn nicht gut?« fragte Maggie.

»Oh, mir geht's prima. Aber in meinem Alter kann alles mögliche passieren. Ich hab' Sarah gesagt, daß Dr. Lane meinen Blutdruck wunderbar messen kann, aber Sarah wollte, daß mich Dr. Evans untersucht.«

Sie setzten sich einander gegenüber auf Sessel, die vor den Fenstern standen. Mrs. Bainbridge beugte sich vor und suchte unter den vielen gerahmten Fotos auf einem in der Nähe stehenden Tisch einen Schnappschuß heraus. Sie zeigte ihn Maggie. »Meine Truppe«, erklärte sie stolz. »Drei Söhne, drei Töchter, siebzehn Enkel, vier Urenkel und drei, die unterwegs sind.« Sie lächelte mit großer Befriedigung. »Und das Schöne daran ist, daß so viele von ihnen noch in Neuengland sind. Es vergeht nie eine Woche, ohne daß sich jemand aus der Familie blicken läßt.«

Maggie prägte sich diese Information ein; etwas, um später drüber nachzudenken, sagte sie sich. Dann entdeckte sie ein Bild, das in dem großen Salon hier im Latham Manor aufgenommen worden war. Mrs. Bainbridge war in der Mitte einer achtköpfigen Gruppe. Sie griff danach. »Ein besonderer Anlaß?« fragte sie.

»Mein neunzigster Geburtstag, vor vier Jahren.« Letitia Bainbridge beugte sich vor und kennzeichnete die Frauen zu beiden Seiten. »Das ist Constance Rhinelander hier links. Sie ist gerade erst vor zwei Wochen gestorben, und Greta kennen Sie ja. Sie ist dort rechts.«

»Mrs. Shipley hatte keine nahen Familienangehörigen, oder?« fragte Maggie.

»Nein. Constance auch nicht, aber wir waren wie eine Familie füreinander.«

Es war an der Zeit, nach den Glocken zu fragen, entschied Maggie. Sie blickte sich nach einer Inspiration um, die ihr helfen würde, das Thema zur Sprache zu bringen. Das Zimmer war offensichtlich mit Gegenständen aus dem persönlichen Besitz von Mrs. Bainbridge ausgestattet worden. Das mit reichen Schnitzereien versehene Himmelbett, der kostbare runde Chippendale-Tisch, die Bombay-Truhe, der farblich fein abgestimmte Perserteppich – alle erzählten die Geschichte mehrerer Generationen.

Dann fiel ihr Blick darauf: eine silberne Glocke auf dem Kaminsims. Sie stand auf und ging durch den Raum zu ihr hin. »Oh, ist die nicht wunderhübsch?« Sie nahm die Glocke in die Hand.

Letita Bainbridge lächelte. »Meine Mutter hat sie immer benutzt, um ihr Zimmermädchen herbeizurufen. Mutter war eine Langschläferin, und Hattie saß jeden Morgen geduldig auf ihrem Posten vor der Tür draußen, bis die Glocke sie zur Pflicht rief. Meine Enkelinnen finden das ›zum Kugeln‹, wie sie es ausdrücken, aber die Glocke bringt mir viele wohltuende Erinnerungen zurück. Viele von uns alten Mädchen sind in so einem Milieu aufgewachsen.«

Es war die Überleitung, die Maggie haben wollte. Sie nahm wieder Platz und griff in ihre Tasche. »Mrs. Bainbridge, ich hab' *diese* Glocke hier auf Nualas Grab gefunden. Ich hab' mich gefragt, wer sie wohl dort hingetan hat. Gibt es hier vielleicht einen Brauch, auf das Grab von Freunden eine Glocke zu legen?«

Letitia Bainbridge wirkte verblüfft. »Ich hab' noch nie von irgend so was gehört. Sie meinen, jemand hat dieses Ding absichtlich dort hinterlassen?«

»Wie's scheint, ja.«

»Aber das ist ja bizarr.« Sie wandte sich ab.

Bedrückt erkannte Maggie, daß die Glocke Mrs. Bainbridge aus irgendeinem Grund aufgeregt hatte. Sie beschloß, nichts davon zu erwähnen, daß sie auch auf anderen Gräbern Glocken entdeckt hatte. Zweifellos ging es hier nicht um einen Tribut, den alte Freunde einander bezeugten.

Sie ließ die Glocke wieder in ihre Umhängetasche fallen. »Ich könnte wetten, ich weiß jetzt, was passiert ist«, improvisierte sie. »Neulich war da ein kleines Mädchen auf dem Friedhof. Sie ist zu mir rübergekommen, um mit mir zu reden, während ich um Nualas Grabstein herum Blumen arrangiert hab'. Nachdem die Kleine wieder weg war, hab' ich dann die Glocke entdeckt.«

Zum Glück kam Letitia Bainbridge zu der Schlußfolgerung, die Maggie sich wünschte. »Ach ja, ich glaube, das muß es sein«, sagte sie. »Ich meine, es würde doch sicherlich kein Erwachsener auf die Idee kommen, eine Glocke auf ein Grab zu legen.« Dann runzelte sie die Stirn. »Was ist das noch, woran ich mich zu erinnern versuche? Ach herrje, irgendwas ist mir gerade eingefallen, und jetzt ist es weg. Das liegt am Alter, nehm ich an.«

Jemand klopfte an die Tür, und Mrs. Bainbridge erklärte: »Das ist bestimmt das Lunch-Tablett.« Mit erhobener Stimme rief sie: »Kommen Sie bitte rein.«

Es war Angela, die junge Hausangestellte, der Maggie schon bei ihren vorherigen Besuchen begegnet war. Sie begrüßte sie und erhob sich dann. »Ich muß mich jetzt wirklich auf den Weg machen«, sagte Maggie.

Mrs. Bainbridge stand auf. »Ich bin so froh, daß Sie vorbeigekommen sind, Maggie. Sehe ich Sie dann morgen?«

Maggie wußte, was sie meinte. »Ja, natürlich. Ich komme zur Aufbahrung und dann zu dem Requiem für Mrs. Shipley.«

Als sie die Treppe hinunterging, war sie erleichtert, festzustellen, daß die Eingangshalle leer war. Die müssen alle im Speisesaal sein, dachte sie, als sie die Tür am Haupteingang aufmachte. Sie griff in ihre Tasche nach dem Autoschlüssel und stieß aus Versehen an die Glocke. Ein gedämpftes Klingeln veranlaßte sie, den Klöppel zu packen, um ihn zum Schweigen zu bringen.

Frag nicht, wem die Stunde schlägt, dachte Maggie, während sie die Stufen des Latham Manor hinabschritt.

47

Dr. Lane, Neil Stephens und sein Vater beendeten am Eingang zum Speisesaal ihre Tour durch das Latham Manor. Neil ließ das Gemurmel der Gespräche auf sich wirken, die angeregten Mienen der gepflegt gekleideten älteren Herrschaften, das allgemeine Ambiente des schönen Raums. Kellner mit weißen Handschuhen servierten gerade, und das Aroma frischgebackenen Brotes duftete einladend.

Lane griff nach einer Speisekarte und reichte sie Neil. »Als Hauptgang steht heute Seezunge Dover mit weißem Spargel oder Geflügelsalat zur Auswahl«, erklärte er. »Zum Dessert gibt es wahlweise gefrorenen Joghurt oder Sorbet mit frischgebackenen Keksen.« Er lächelte. »Ich könnte noch hinzufügen, daß dies eine typische Speisenfolge ist. Unser Chefkoch macht nicht nur Cordon bleu, sondern ist auch ein Diätexperte.«

»Sehr beeindruckend«, sagte Neil mit einem anerkennenden Kopfnicken.

»Neil, wir schlagen in einer halben Stunde ab«, rief Robert Stephens seinem Sohn ins Gedächtnis. »Findest du nicht, du hast genug gesehen?«

»Wichtiger noch«, sagte Dr. Lane sanft, »haben Sie das Gefühl, daß Sie die freie Wohneinheit Ihren Kunden möglicherweise empfehlen? Ohne daß ich sie in irgendeiner Weise unter Druck setzen möchte, kann ich Ihnen versichern, daß die Wohnung nicht lange frei bleiben wird. Besonders Ehepaare interessieren sich für die großen Einheiten.«

»Am Montag, wenn ich wieder in New York bin, werde ich mit meinen Kunden reden«, erwiderte Neil. »Das Haus hier macht einen hervorragenden Eindruck. Ich schicke den beiden auf jeden Fall den Prospekt und empfehle ihnen, doch herzukommen und sich selbst alles genauer anzuschauen.«

»Wunderbar«, sagte Dr. Lane leutselig, während Robert Stephens demonstrativ seine Armbanduhr hochhielt, sich umdrehte und dem Eingang zustrebte. Neil und Dr. Lane folgten ihm. »Wir schätzen es, Ehepaare hier zu haben«, fuhr

Dr. Lane fort. »Viele unsrer Gäste sind Witwen, aber das heißt nicht, daß sie nicht Freude an der Gesellschaft von Männern hätten. Wir hatten sogar eine Reihe von romantischen Beziehungen, die sich zwischen alleinstehenden Gästen angebahnt haben.«

Robert Stephens verlangsamte seinen Schritt und lief zusammen mit den anderen beiden weiter. »Wenn du nicht bald eine Familie gründest, Neil, solltest du dich selbst hier anmelden. Das hier ist vielleicht noch deine beste Chance.«

Neil grinste. »Lassen Sie bloß nie meinen Vater hier einziehen«, sagte er zu dem Arzt.

»Mach dir mal keine Sorgen um mich. Dies alles hier ist für mich eine Nummer zu üppig«, erklärte Robert Stephens. »Aber da fällt mir wieder was ein. Dr. Lane, können Sie sich noch erinnern, daß sich eine Mrs. Cora Gebhart bei Ihnen beworben hat?«

Dr. Lane runzelte die Stirn. »Der Name kommt mir bekannt vor. Ach ja, sie ist in der Akte für ›Interessenten‹, wie wir's nennen. Sie ist vor etwa einem Jahr hier zu Besuch gewesen, hat die Unterlagen ausgefüllt, wollte aber nicht, daß die Bewerbung aktiviert wird. Es gehört bei uns zur üblichen Praxis, Leute wie sie ein- oder zweimal im Jahr anzurufen und uns zu erkundigen, ob sie einer Entscheidung nähergekommen sind. Als ich das letztemal mit Mrs. Gebhart gesprochen hab', hatte ich den Eindruck, daß sie ernsthaft in Betracht zog, zu uns zu kommen.«

»Das stimmt auch«, sagte der ältere Stephens knapp. »Also los, Neil, wir müssen uns beeilen.«

Neil versuchte Maggie noch einmal vom Autotelefon aus zu erreichen, aber wieder ohne Erfolg.

Obwohl es ein wunderschöner Tag war und er ausgezeichnet Golf spielte, fand Neil den Nachmittag unglaublich lang. Er wurde das unheimliche Gefühl nicht los, daß irgendwas nicht in Ordnung war.

48

Auf ihrem Heimweg beschloß Maggie noch, etwas zum Essen zu besorgen. Sie fuhr zu einem kleinen Markt, den sie in der Nähe des Kais bemerkt hatte. Dort suchte sie sich die Zutaten für einen grünen Salat und Pasta pomodoro zusammen. Ich hab' fürs erste genug Rührei und Hühnersuppe gehabt, dachte sie. Dann sah sie ein Schild, auf dem frisch zubereiteter, für Neuengland typischer Muschel-Gemüse-Eintopf angeboten wurde.

Der Verkäufer war ein Mann um die Sechzig mit einem von Wind und Wetter erprobten Gesicht. »Sind Sie neu hier?« fragte er freundlich, als sie ihren Wunsch äußerte.

Maggie lächelte. »Woran merken Sie das?«

»Ganz einfach. Wenn die Chefin ihren Clam Chowder macht, kauft jeder mindestens einen Liter.«

»Wenn das so ist, dann geben Sie mir lieber noch einen halben Liter.«

»Sie wissen, wo's langgeht. Das mag ich bei jungen Leuten«, erwiderte er.

Als sie wieder davonfuhr, schmunzelte Maggie. Ein weiterer Grund, das Haus in Newport zu behalten, dachte sie, war der, daß sie bei so vielen älteren Menschen im Umkreis noch ganz schön lange als junge Frau gelten würde.

Und außerdem kann ich nicht einfach Nualas Sachen aussortieren, das beste Gebot für das Haus akzeptieren und mich aus dem Staub machen, sagte sie sich. Selbst wenn tatsächlich ein Fremder Nuala umgebracht hatte, blieben zu viele Fragen offen.

Die Glocken zum Beispiel. Wem konnte es nur einfallen, sie auf diese Gräber zu legen? Vielleicht tat es ja jemand ganz für sich allein aus dem Freundeskreis der alten Garde und kam nicht im Traum darauf, daß es irgend jemand bemerken könnte, sagte sie sich. Woher soll ich denn wissen, dachte sie, ob nicht auf der Hälfte der Gräber von Newport solche Glocken sind. Andererseits fehlte eine davon. Hat es sich vielleicht der oder die Betreffende wieder anders überlegt?

Nachdem sie in der Einfahrt von Nualas Haus geparkt hatte, trug sie die Eßwaren nach hinten zu der Küchentür und schloß auf. Sie stellte die Sachen auf dem Tisch ab, machte kehrt und verschloß die Tür rasch wieder. Das ist ja auch noch fällig, dachte sie. Ich wollte doch den Schlosser herbestellen. Liam würde sie am Abend bestimmt danach fragen. Er war so betroffen darüber gewesen, daß Earl ohne Voranmeldung aufgetaucht war.

Während Maggie nach einem Telefonbuch suchte, ging ihr einer der Lieblingssprüche von Nuala durch den Sinn: *Besser spät als nie*. Maggie mußte daran denken, wie Nuala an einem Sonntagvormittag diesen Spruch von sich gegeben hatte, als sie zum Wagen herausgerannt kam, in dem Maggie und ihr Vater bereits warteten.

Maggie dachte nur mit Widerwillen an die Reaktion ihres Vaters, die so typisch für ihn war: »Und noch viel besser, nie spät dran zu sein, besonders wenn es der Rest der Versammlung schafft, pünktlich zu erscheinen.«

Sie fand das Telefonbuch in einer tiefen Küchenschublade und lächelte beim Anblick von all dem Krimskrams, der darunter lag: Kopien von Kochrezepten, halb abgebrannte Kerzen, rostige Scheren, Heftklammern, Wechselgeld.

Ich hätte keine Lust, hier im Haus irgendwas suchen zu müssen, dachte Maggie. Da ist so eine Menge Kram. Dann spürte sie, wie ihr die Kehle eng wurde. *Wer immer das Haus hier durchwühlt hat, war hinter etwas Bestimmtem her, und wie's aussieht, hat er's nicht gefunden*, flüsterte ihr eine innere Stimme zu.

Nachdem sie auf dem Anrufbeantworter des ersten Schlossers, den sie anrief, eine Nachricht hinterlassen hatte, räumte sie die restlichen Lebensmittel weg und machte sich eine Tasse von der Muschelsuppe warm: Schon beim ersten Löffel war sie froh, daß sie mehr als ursprünglich geplant gekauft hatte. Dann ging sie hoch ins Atelier. Ungeduldig tauchten ihre Finger in das Gefäß mit dem feuchten Ton. Sie wollte sich wieder die Büste vornehmen, die sie von Nuala angefangen hatte, aber sie wußte, daß sie nicht dazu in der Lage war. Greta Shipleys Gesicht verlangte danach, festgehalten zu werden – eigentlich nicht so sehr das Gesicht als vielmehr die Augen, diese wissenden, freimütigen und wachsamen Augen. Maggie war froh, daß sie mehrere Gestelle mitgebracht hatte.

Sie blieb eine Stunde lang am Arbeitstisch, bis der Ton wenigstens annäherungsweise die Frau zu verkörpern begann, die Maggie nur so kurz gekannt hatte. Endlich hatte sich ihre innere Unruhe gelegt, und sie konnte sich die Hände waschen und mit der Aufgabe beginnen, die ihr, wie sie wohl wußte, am schwersten fallen würde: Nualas Gemälde auszusortieren. Sie mußte entscheiden, welche sie behalten und welche sie einem Händler anbieten sollte, wobei sie sich darüber im klaren war, daß die meisten von ihnen vermutlich auf einem Abfallhaufen landen würden, und zwar aus ihren Rahmen herausgeschnitten – Rahmen, die manche Leute höher einschätzen würden als die Kunst, der sie einst zu Glanz verholfen hatten.

Um drei Uhr begann sie die Werke durchzugehen, die noch nicht gerahmt worden waren. In der Lagerkammer beim Atelier fand sie Dutzende von Nualas Skizzen, Aquarellen und Ölbildern, eine schwindelerregende Vielzahl, so daß Maggie bald einsah, daß sie nicht hoffen konnte, dies alles ohne professionelle Unterstützung zu bewerten.

Die Skizzen waren zum größten Teil nur mittelmäßig, und nur wenige der Ölgemälde waren interessant – einige der Aquarelle jedoch waren herausragend. Wie Nuala selbst, dachte Maggie, strahlten sie Wärme und Freude aus und steckten voll von tiefgreifenden Überraschungen. Ganz besonders gefiel ihr eine Winterszene, in der ein Baum mit seinen schneebeladenen, nach unten gebogenen Ästen einem dazu nicht eigentlich passenden Kreis blühender Pflanzen, darunter Löwenmäulchen und Rosen, Veilchen und Lilien sowie Orchideen und Chrysanthemen, Schutz bot.

Maggie war so sehr in ihre Arbeit vertieft, daß es schon nach halb sechs war, als sie gerade noch rechtzeitig nach unten eilte, um ans Telefon zu gehen, das sie geglaubt hatte läuten zu hören.

Liam war am Apparat. »Hör mal, das ist jetzt mein dritter Anlauf, um dich zu erwischen. Ich hab' schon befürchtet, du versetzt mich«, sagte er mit Erleichterung in der Stimme. »Ist dir eigentlich klar, daß meine einzige Alternative für heute abend mein Vetter Earl war?«

Maggie lachte. »Entschuldige. Ich hab' das Telefon nicht gehört. Ich war im Atelier. Ich nehme an, daß Nuala nichts von Nebenapparaten gehalten hat.«

»Ich schenk dir einen zu Weihnachten. Also hol ich dich dann in ungefähr einer Stunde ab?«

»Wunderbar.«

Das sollte mir gerade noch genug Zeit geben, ein warmes Bad nehmen zu können, dachte Maggie, als sie den Hörer auflegte. Es war unverkennbar, daß die Abendluft empfindlich abzukühlen begann. Das Haus kam ihr zugig vor, und auf eine merkwürdige und unangenehme Weise schien es Maggie, als könne sie noch immer die Kälte der feuchten Erde spüren, die sie auf den Gräbern berührt hatte.

Als das Wasser in die Wanne lief, glaubte sie erneut das Telefon zu hören, und stellte rasch die Wasserhähne ab. Es war jedoch kein Klingeln von Nualas Zimmer her zu vernehmen. Entweder hab' ich gar nichts gehört, oder ich hab' schon wieder einen Anruf verpaßt, folgerte sie.

Nach dem Bad angenehm entspannt, zog sie sich mit Bedacht den neuen weißen Abendpullover und den dreiviertellangen schwarzen Rock an, die sie beide ein paar Tage zuvor gekauft hatte, und hielt es dann für angebracht, ihrem Make-up etwas Sorgfalt zu widmen.

Es macht Spaß, sich für Liam herauszuputzen, dachte sie. Ich fühle mich einfach gut in seiner Gegenwart.

Um Viertel vor sieben wartete sie im Wohnzimmer, als es an der Haustür läutete. Liam stand mit einem Dutzend langstieliger Rosen in der Hand auf der Türschwelle, in der anderen Hand ein zusammengefaltetes Stück Papier. Die Wärme in seinen Augen und der leichte Kuß, der noch eine Weile auf ihren Lippen nachwirkte, sorgten dafür, daß Maggies Herz plötzlich einen Sprung machte.

»Du siehst umwerfend aus«, sagte er zu ihr. »Ich muß mir wohl für heute abend was anderes einfallen lassen. McDonald's kommt offenbar nicht in Frage.«

Maggie lachte. »Ach, wie schade! Und ich hab' mich schon so auf einen Big Mac gefreut.« Sie überflog schnell die Notiz, die er mit hereingebracht hatte. »Wo war das denn?«

»An Eurer Haustür, Madame.«

»Ach, ja natürlich. Ich bin vorhin durch die Küchentür reingekommen.« Sie faltete den Zettel wieder zusammen. Neil ist also in Portsmouth, dachte sie, und will sich mit mir treffen. Ist das nicht nett? Sie haßte es, sich einzugestehen, wie enttäuscht sie gewesen war, als er letzte Woche vor ihrer Abreise nicht angerufen hatte. Und dann dachte sie daran, wie sie es einfach als ein weiteres Anzeichen seiner Gleichgültigkeit ihr gegenüber verbucht hatte.

»Irgendwas Wichtiges?« fragte Liam beiläufig.

»Nein. Ein Freund, der übers Wochenende in der Gegend ist, will, daß ich ihn anrufe. Vielleicht melde ich mich morgen bei ihm.« Und vielleicht auch nicht, dachte sie. Ich frage mich, wie er mich gefunden hat.

Sie ging wieder nach oben, um ihre Handtasche zu holen, und als sie sie hochhob, spürte sie das Extragewicht der Glocke. Ob sie Liam die Glocke zeigen sollte? überlegte sie.

Nein, nicht heute abend, entschied sie. Ich will nicht über Tod und Gräber reden, jedenfalls nicht jetzt. Sie nahm die Glocke aus ihrer Tasche heraus. Obwohl sie schon seit Stunden dort dringesteckt hatte, fühlte sie sich kalt und unangenehm feucht an, so daß Maggie ein Frösteln durchlief.

Ich will nicht, daß ich als erstes ausgerechnet dieses Ding hier sehe, wenn ich später wieder heimkomme, dachte sie, während sie nun die Schranktür öffnete und die Glocke oben in das Fach stellte und so weit nach hinten schob, daß sie völlig außer Sichtweite war.

Liam hatte einen Tisch im Commodore's Room reserviert, dem ›Kapitänszimmer‹ der Black Pearl, eines schicken Restaurants mit einem herrlichen Blick auf die Narragansett Bay. »Mein Apartment liegt nicht weit von hier weg«, erklärte er, »aber mir fehlt das große Haus, in dem ich aufgewachsen bin. Irgendwann einmal überwinde ich mich wohl dazu und kaufe einen der alten Kästen und renoviere ihn.« Seine Stimme wurde ernst. »Bis dahin bin ich dann seßhaft geworden und hab' mit ein bißchen Glück eine wunderschöne Ehefrau, die eine preisgekrönte Fotografin ist.«

»Hör bloß auf, Liam«, protestierte Maggie. »Nuala hätte gesagt, du klingst halbwegs vertrottelt.«

»Bin ich aber nicht«, erwiderte er ruhig. »Maggie, bitte schau mich mal mit anderen Augen an, ja? Seit letzter Woche bist du mir keine einzige Minute aus dem Sinn gegangen. Das einzige, woran ich ständig denken konnte, war die Vorstellung, daß dir dasselbe hätte passieren können, wenn du auf diesen Fixer gestoßen wärst, der Nuala überfallen hat. Ich bin ein großer, starker Kerl, und ich will mich um dich *kümmern*. Ich weiß, daß so eine Einstellung altmodisch ist, aber ich kann nicht anders. So bin ich nun mal, und so empfinde ich eben.« Er verstummte kurz. »Und jetzt ist definitiv Schluß damit. Ist der Wein gut so?«

Maggie starrte ihn an und lächelte, erleichtert darüber, daß er keine weitere Antwort von ihr verlangt hatte. »Sehr gut, aber, Liam, ich muß dich was fragen. Glaubst du *wirklich*, daß irgendein Drogensüchtiger Nuala überfallen hat?«

Liam schien sich über ihre Frage zu wundern. »Wer denn sonst?« fragte er.

»Aber wer immer das getan hat, muß doch gesehen haben, daß Gäste erwartet wurden, und trotzdem hat er sich die Zeit genommen, das ganze Haus auf den Kopf zu stellen.«

»Maggie, wer immer das getan hat, war wahrscheinlich verzweifelt auf Entzug und hat alles nach Geld oder Schmuck durchsucht. In dem Zeitungsbericht hat gestanden, daß Nualas Ehering von ihrem Finger verschwunden war, also *muß* Diebstahl das Motiv gewesen sein.«

»Ja, der Ring ist wirklich gestohlen worden«, räumte Maggie ein.

»Ich weiß zufällig, daß sie nur sehr wenig Schmuck besaß«, erklärte Liam. »Sie hat Onkel Tim einfach nicht erlaubt, ihr einen Verlobungsring zu schenken. Sie fand, zwei davon in einem Leben seien genug, und außerdem waren beide gestohlen worden, als sie noch in New York lebte. Ich weiß noch, wie sie damals, nachdem das passiert war, meiner Mutter erzählt hat, sie wollte nie mehr was anderes außer Modeschmuck besitzen.«

»Da weißt du mehr als ich«, sagte Maggie.

»Also von Bargeld abgesehen, das vielleicht rumlag, hat ihr Mörder nicht gerade viel in die Finger bekommen, oder? Wenigstens gibt mir das eine gewisse Genugtuung«, sagte Liam mit bitterer Stimme. Er lächelte, um die finstere Stimmung zu durchbrechen, die sich ihrer beider bemächtigt hatte. »So, und jetzt erzähl mir was von deiner Woche. Ich hoffe doch, daß dir mein schönes Newport allmählich ans Herz wächst, ja? Oder besser noch, laß mich dir meine Lebensgeschichte weitererzählen.«

Er berichtete ihr, wie er als Kind im Internat immer die Wochen gezählt habe, bis es soweit war, für den Sommer nach Newport zu fahren, dann von seinem Entschluß, wie sein Vater Börsenmakler zu werden, davon, wie er bei Randolph und Marshall gekündigt und sein eigenes Unternehmen gegründet habe. »Es ist ganz schön schmeichelhaft, daß ein paar erstklassige Kunden mit mir gekommen sind«, sagte er. »Der Weg in die Selbständigkeit macht einem immer angst, aber der Vertrauensbeweis dieser Leute hat mich in dem Glauben bestärkt, daß ich die richtige Entscheidung getroffen hatte. Und so war es auch.«

Als schließlich die *crème brulée* gereicht wurde, fühlte sich Maggie vollkommen entspannt. »Heute abend hab' ich mehr über dich erfahren als all die anderen Male, wenn wir essen gegangen sind«, sagte sie.

»Vielleicht bin ich hier auf heimischem Boden ein bißchen anders als sonst«, erwiderte er. »Und vielleicht will ich einfach, daß du merkst, was für ein toller Typ ich bin.« Er zog eine Augenbraue hoch. »Ich versuch dir außerdem auch beizubringen, was für ein gutbetuchter Typ ich bin. Nur damit du weißt, daß ich jedenfalls *hierzulande* als ziemlich gute Partie gelte.«

»Hör auf der Stelle mit diesem Gerede auf«, entgegnete Maggie so resolut wie nur möglich, doch sie konnte ein leises Lächeln nicht unterdrücken.

»Na gut. Du bist dran. Jetzt erzähl *du* mir, wie deine Woche gelaufen ist.«

Maggie hatte keine Lust, ernsthaft ins Detail zu gehen. Sie wollte nicht die nahezu festliche Stimmung des Abends zerstören. Es war unmöglich, über die vergangene Woche zu sprechen und dabei Greta Shipley nicht zu erwähnen, doch sie strich nun heraus, wie sehr sie die Zeit genossen hatte, die sie mit ihr verbracht hatte, und dann erzählte sie ihm von ihrer aufkeimenden Freundschaft mit Letitia Bainbridge.

»Ich hab' Mrs. Shipley gekannt, und sie war eine ganz besondere Lady«, sagte Liam. »Und was Mrs. Bainbridge angeht, also, die ist ganz großartig«, sagte er überschwenglich. »Eine echte Legende hier in der Gegend. Hat sie dich schon darüber aufgeklärt, was hier alles zu Newports Glanzzeit los war?«

»Ein bißchen.«

»Sprich sie irgendwann mal auf die Geschichten ihrer Mutter über Mamie Fish an. Die hatte wirklich den Bogen raus, die alte Truppe in Schwung zu bringen. Da gibt es eine herrliche Geschichte über ein Galadiner, das sie veranstaltet hat, und einer ihrer Gäste hatte gebeten, Prinz del Drago von Korsika mitbringen zu dürfen. Natürlich gab Mamie begeistert ihre Erlaubnis, und so kannst du dir ihr Entsetzen vorstellen, als ›der Prinz‹ sich dann als ein in kompletter Abendgarderobe ausstaffierter Affe entpuppte.«

Sie lachten beide. »Mrs. Bainbridge ist wahrscheinlich eine der ganz wenigen, die noch leben und deren Eltern bei den berühmten Partys der neunziger Jahre des vorigen Jahrhunderts mitgemacht haben«, sagte Liam.

»Es ist schön, daß Mrs. Bainbridge so viele Familienmitglieder in der Nähe hat, die sich um sie kümmern«, stellte Maggie fest. »Gestern erst kam ihre Tochter vorbei, nachdem sie erfahren hatte, daß Mrs. Shipley gestorben ist, und nahm sie für eine Untersuchung zum Arzt mit, weil sie wußte, daß ihre Mutter sich bestimmt aufgeregt hat.«

»Diese Tochter dürfte wohl Sarah sein«, sagte Liam. Dann lächelte er. »Hat Mrs. Bainbridge dir zufällig was von dieser Heldentat erzählt, die sich mein idiotischer Cousin Earl geleistet hat und deretwegen Sarah total aus der Haut gefahren ist?«

»Nein.«

»Es ist unbezahlbar. Earl hält doch Vorträge über Bestattungsbräuche. Das weißt du sicher schon, oder? Ich wette, der Kerl hat nicht alle Tassen im Schrank. Wenn alle andern zum Golfspielen oder Segeln gehen, verbringt er seine Zeit damit, sich stundenlang auf Friedhöfen rumzutreiben und Abdrucke von Grabsteinen zu nehmen.«

»Auf Friedhöfen!« rief Maggie aus.

»Ja, aber das ist ja erst ein kleiner Teil der Geschichte. Worauf ich hinauswill, ist die Zeit, als er ausgerechnet im Latham Manor einer Gruppe von Leuten einen Vortrag über Bestattungsbräuche gehalten hat. Mrs. Bainbridge war nicht ganz wohlauf, aber Sarah war gerade zu Besuch da und ist zu dem Vortrag hin.«

»Earl«, fuhr Liam fort, »hat in seiner kleinen Rede auch die Geschichte über die Glockenläuter im Viktorianischen Zeitalter angeführt. Anscheinend hatten reiche Leute in dieser Zeit solche Angst davor, lebendig begraben zu werden, daß sie in dem Deckel ihres Sargs ein Loch für ein Lüftungsrohr anbringen ließen, das bis zur Erdoberfläche reichte. An einem Finger des Verstorbenen hat man dann eine Schnur befestigt, die man durch das Rohr geführt und an einer Glocke oben auf dem Grab befestigt hat. Dann wurde jemand dafür bezahlt, eine Woche lang Wache zu halten, falls die Person in dem Sarg tatsächlich wieder zu Bewußtsein kam und versuchte, die Glocke zum Läuten zu bringen.«

»Du lieber Gott«, rief Maggie keuchend.

»Nein, aber jetzt kommt der beste Teil, der Teil mit Earl. Ob du's glaubst oder nicht, er hat hier in der Nähe des Bestattungsunternehmens so eine Art Museum, das mit allen möglichen Trauersymbolen und entsprechendem Drum und Dran angefüllt ist, und er hatte die grandiose Idee, ein Dutzend Kopien einer viktorianischen Friedhofsglocke gießen zu lassen, um sie zur Veranschaulichung seines Vortrags zu verwenden. Ohne ihnen zu sagen, worum es sich dabei handelt, hat der Schwachkopf die Dinger an zwölf der Damen ausgeteilt, alle in den Sechzigern, Siebzigern und Achtzigern, und hat ihnen die Schnur, die an jeder Glocke befestigt ist, an den Ringfinger gebunden. Dann hat er erklärt, sie sollen jetzt die Glocke mit der anderen Hand festhalten, den Finger hin und her bewegen und so tun, als wären sie in einem Sarg und versuchten, sich bei dem Grabwächter bemerkbar zu machen.«

»Wie abscheulich!« sagte Maggie.

»Eines der alten Mädchen ist tatsächlich in Ohnmacht gefallen. Die Tochter von Mrs. Bainbridge hat Earls Glocken wieder eingesammelt und war so außer sich, daß sie ihn mitsamt seinen Glocken praktisch rausgeworfen hat.«

Liam hielt inne, bevor er mit nun ernsterer Stimme hinzufügte: »Das Beunruhigende daran ist, daß ich glaube, Earl hat selber Spaß dran, diese Geschichte zu erzählen.«

49

Neil hatte wiederholt versucht, Maggie telefonisch zu erreichen, zunächst vom Umkleideraum im Klub aus und dann, sobald er wieder zu Hause angelangt war. Entweder ist sie schon den ganzen Tag außer Haus, oder sie ist nur sporadisch da, oder sie geht nicht ans Telefon, dachte er. Doch selbst wenn sie die meiste Zeit weg war, hätte sie doch mit Sicherheit seine Nachricht gesehen.

Neil begleitete seine Eltern auf ein paar Cocktails zum Haus eines Nachbarn und versuchte dort Maggie erneut gegen sieben anzurufen. Er beschloß dann, seinen eigenen Wagen zum Restaurant mitzunehmen, damit er die Möglichkeit hatte, auf einen Drink bei ihr vorbeizuschauen, falls er sie später doch noch erreichen sollte.

Sechs Leute gehörten zu der Tischrunde im Canfield House. Und obwohl der Hummer à la Newburg vortrefflich schmeckte und Neils Tischnachbarin Vicky, die Tochter der Freunde seiner Eltern, eine sehr attraktive leitende Bankangestellte aus Boston war, war Neil äußerst unruhig.

In dem Bewußtsein, wie unhöflich es gewesen wäre, sich dem abschließenden Drink in der Bar zu entziehen, saß er während des belanglosen Geplauders wie auf glühenden Kohlen da, und als sich schließlich alle um halb elf erhoben, um aufzubrechen, schaffte es Neil, Vickys Aufforderung zu einem Tennismatch am Sonntag vormittag mit ihr und ihren Freunden einigermaßen galant abzulehnen. Endlich saß er dann mit einem Seufzer der Erleichterung in seinem Wagen.

Er sah auf die Uhr; es war Viertel vor elf. Falls Maggie zu Hause und bereits zu Bett gegangen war, wollte er sie nicht stören. Um seine Entscheidung, bei ihrem Haus vorbeizufahren, zu rechtfertigen, redete er sich ein, er wolle einfach nur nachsehen, ob ihr Wagen in der Einfahrt stand – nur um sicherzugehen, daß sie noch in Newport war.

Seine ursprüngliche Freude darüber, daß er ihren Wagen tatsächlich dort stehen sah, erhielt einen Dämpfer, als er bemerkte, daß ein weiterer Wagen vor ihrem Haus geparkt war, ein Jaguar mit einem Nummernschild aus Massachusetts. Neil fuhr im Schneckentempo am Grundstück vorbei und hatte das Glück, die Haustür offenstehen zu sehen. Er erhaschte den Anblick eines großgewachsenen Mannes, der neben Maggie stand, gab dann jedoch, da er sich wie ein Voyeur vorkam, Gas und fuhr am Ocean Drive um die Ecke, zurück in Richtung Portsmouth, während ihm Bedauern und Eifersucht böse auf den Magen schlugen.

Samstag, 5. Oktober

50

Zu dem Requiem für Greta Shipley in der Trinity Church waren viele Teilnehmer erschienen. Während sie dasaß und den vertrauten Gebeten lauschte, wurde Maggie bewußt, daß sämtliche Leute, die Nuala zu ihrem Abendessen eingeladen hatte, anwesend waren.

Dr. Lane und seine Frau Odile saßen mit einer Reihe der Bewohner des Latham Manor beisammen, einschließlich all derer, die am Mittwoch abend am Tisch von Mrs. Shipley gesessen hatten, allerdings mit Ausnahme von Mrs. Bainbridge.

Malcolm Norton und seine Frau Janice waren da. Er sah ganz geknickt aus, fand Maggie. Als er beim Betreten der Kirche an ihr vorbeikam, blieb er kurz stehen, um ihr zu sagen, er habe sie zu erreichen versucht und würde sich gern nach der Beerdigung mit ihr treffen.

Earl Bateman war noch, bevor die Messe einsetzte, zu ihr herübergekommen, um mit ihr zu reden. »Nach all dem hier, befürchte ich, werden sich Ihre Erinnerungen an Newport nur auf Begräbnisse und Friedhöfe beziehen«, sagte er, wobei seine Augen hinter einer rund gerahmten, leicht getönten Sonnenbrille denen einer Eule glichen.

Er hatte keine Antwort abgewartet, sondern war an ihr vorbei nach vorne gegangen, um einen freien Platz in der ersten Bankreihe einzunehmen.

Liam kam erst, als die Zeremonie schon halb vorbei war, und setzte sich neben sie. »Tut mir leid«, murmelte er ihr ins Ohr. »Der verdammte Wecker ist nicht losgegangen.« Er griff nach ihrer Hand, doch sie entzog sie ihm fast sofort wieder. Sie wußte, daß sie das Objekt vieler Seitenblicke war, und wollte nicht, daß über sie und Liam irgendwelche Gerüchte in Umlauf kamen. Immerhin gestand sie sich ein, daß ihr Gefühl von Isolierung nachließ, als seine kräftige Schulter sich an ihrer rieb.

Als sie in der Leichenhalle an dem Sarg vorbeigeschritten war, hatte Maggie eine Weile lang das friedliche, liebenswerte Antlitz der Frau betrachtet, die sie nur so kurz gekannt und doch so liebgewonnen hatte. Der Gedanke war ihr in den Sinn gekommen, daß Greta Shipley und Nuala und alle ihre guten Freunde jetzt vermutlich ein fröhliches Wiedersehen feierten.

Dieser Gedanke hatte die bohrende Frage hinsichtlich der viktorianischen Glocken nach sich gezogen.

Als sie nun an den drei Leuten vorbeikam, die man als Mrs. Shipleys Verwandte vorgestellt hatte, trugen ihre Gesichter den angemessen ernsten Ausdruck, aber sie fand darin nichts von dem ehrlichen, offenen Schmerz, den sie in den Augen und Mienen der engen Freunde Mrs. Shipleys aus dem Latham Manor entdeckte.

Ich muß unbedingt herausfinden, wann und wie jede einzelne dieser Frauen gestorben ist, deren Gräber ich besucht habe, und wie viele von ihnen nahe Verwandte hatten, dachte Maggie – Informationen, deren Zweckdienlichkeit sie während ihres Besuchs bei Mrs. Bainbridge erkannt hatte.

In den folgenden zwei Stunden hatte sie das Gefühl, als funktioniere sie nach einer Art Fernbedienung – sie beobachtete alles, registrierte es, *fühlte* aber nichts. »Ich bin eine Kamera« war ihre eigene Reaktion auf sich selbst, als sie nach der Beisetzung mit Liam an ihrer Seite von Greta Shipleys Grab wegging.

Sie spürte eine Hand auf ihrem Arm. Eine gutaussehende Frau mit silberweißen Haaren und einer bemerkenswert aufrechten Haltung hielt sie an. »Miss Holloway«, sagte sie, »ich bin Sarah Bainbridge Cushing. Ich möchte Ihnen dafür danken, daß Sie Mutter gestern besucht haben. Sie war so erfreut darüber.«

Sarah. Das war die Tochter, die mit Earl wegen seines Vortrags über viktorianische Glocken aneinandergeraten war, sagte sich Maggie. Sie wollte nach Möglichkeit unter vier Augen mit ihr sprechen.

Schon mit dem nächsten Atemzug bot ihr Sarah Cushing die Gelegenheit dazu: »Ich weiß nicht, wie lange Sie noch in Newport sind, aber morgen vormittag gehe ich mit Mutter zum Brunch aus, und ich würde mich wirklich freuen, wenn Sie mitkommen könnten.«

Maggie sagte bereitwillig zu.

»Sie wohnen doch hier in Nualas Haus, richtig? Ich hole Sie um elf Uhr ab, wenn es Ihnen recht ist.« Mit einem Nicken drehte sich Sarah Cushing um und wartete darauf, sich wieder der Gruppe anzuschließen, mit der sie zusammengewesen war.

»Laß uns irgendwo ruhig zu Mittag essen«, schlug Liam vor. »Ich kann mir gut vorstellen, daß du keine Lust nach noch mehr Treffen im Anschluß an Beerdigungen hast.«

»Nein, bestimmt nicht. Aber ich will jetzt wirklich zum Haus zurück. Ich muß einfach Nualas Kleider durchgehen und sie aussortieren.«

»Dann zum Dinner heute abend?«

Maggie schüttelte den Kopf. »Danke, aber ich bleibe jetzt lieber bei diesem Sortier-und-Wegpack-Job, bis ich nicht mehr kann.«

»Hör mal, ich muß dich aber sehen, bevor ich morgen abend wieder nach Boston fahre«, protestierte Liam.

Maggie wußte, er würde ein Nein nicht akzeptieren. »Na gut, ruf mich an«, sagte sie. »Dann machen wir irgendwas aus.«

Er verließ sie bei ihrem Wagen. Sie drehte gerade den Schlüssel im Zündschloß um, als sie ein Klopfen an die Scheibe aufschrecken ließ. Es war Malcolm Norton. »Wir müssen unbedingt miteinander reden«, drängte er.

Maggie beschloß, den Stier bei den Hörnern zu packen und weder seine noch ihre Zeit zu vergeuden. »Mr. Norton, falls es mit dem Kauf von Nualas Haus zu tun hat, kann ich Ihnen nur soviel sagen: Ich habe absolut *nicht* vor, es im Moment zu verkaufen, und ich habe leider, und zwar völlig ohne mein Zutun, ein erheblich höheres Angebot als das Ihre erhalten.«

Während sie »Tut mir leid« murmelte, schob sie den Schalthebel auf FAHREN. Es tat ihr fast weh, dem Mann in das entsetzte Gesicht zu sehen.

51

Neil Stephens und sein Vater begannen ihre Runde Golf um sieben Uhr und waren um zwölf Uhr mittags wieder im Klubhaus. Diesmal hörte Neil schon nach dem zweiten Klingelzeichen, wie jemand den Hörer abnahm. Als er Maggies Stimme erkannte, stieß er einen Seufzer der Erleichterung aus.

Sogar in seinen eigenen Ohren klang es zusammenhanglos, als er ihr schilderte, wie er sie nach ihrer Abfahrt am Freitag angerufen habe, wie er zu Jimmy Neary gegangen sei, um zu versuchen, Nualas Namen herauszufinden, damit er Kontakt mit ihr aufnehmen könne, wie er das von Nualas Tod erfahren und wie schrecklich leid ihm das getan habe … »Maggie, ich muß dich heute sehen«, schloß er.

Er spürte, daß sie zögerte, und hörte dann zu, als sie ihm sagte, sie müsse zu Hause bleiben und damit fertig werden, die persönlichen Habseligkeiten ihrer Stiefmutter auszuräumen.

»Und wenn du noch so viel zu tun hast, mußt du doch auf jeden Fall was zu Abend essen«, sagte er mit flehentlicher

Stimme. »Maggie, wenn ich dich nicht ausführen darf, dann erscheine ich einfach mit ›Essen auf Rädern‹ vor deiner Tür.« Dann dachte er an den Mann mit dem Jaguar. »Es sei denn, das hat schon jemand anders vor«, fügte er hinzu.

Ihre Reaktion ließ sein Gesicht erstrahlen. »Sieben Uhr? Fantastisch. Ich hab' ein tolles Lokal für Hummer entdeckt.«

»Wie's aussieht, hast du deine Maggie ja erwischt«, sagte Robert Stephens trocken, als Neil sich am Eingang des Klubhauses wieder zu ihm gesellte.

»Ja, richtig. Wir gehen heute abend zusammen essen.«

»Schön, dann freuen wir uns, wenn du sie mitbringst. Du weißt doch, daß wir heute abend im Klub das Geburtstagsessen deiner Mutter haben.«

»Ihr Geburtstag ist doch erst morgen!« begehrte Neil auf.

»Danke für die Auskunft! *Du* hast schließlich darum gebeten, daß wir die Feier schon heute abend machen. Du hast gesagt, daß du spätestens morgen nachmittag wieder nach Hause fahren willst.«

Neil stand mit der Hand auf dem Mund da, als sei er tief in Gedanken versunken. Dann schüttelte er wortlos den Kopf. Robert Stephens lächelte. »Eine Menge Leute sind der Ansicht, daß es Spaß macht, mit deiner Mutter und mir zusammenzusein.«

»Es *macht* auch Spaß, mit euch zusammenzusein«, protestierte Neil schwach. »Ich glaube sicher, daß Maggie eure Gesellschaft genießt.«

»Aber ja doch. Und jetzt laß uns heimfahren. Eine andere Kundin von mir, Laura Arlington, kommt nämlich um zwei vorbei. Ich möchte, daß du dir mal ansiehst, was von ihrem Portefeuille noch übrig ist, und überlegst, ob du irgendeine Methode empfehlen kannst, um ihre Einnahmen aufzubessern. Dank dieses windigen Börsenmaklers ist sie wirklich in einer bösen Lage.«

Ich will lieber nicht riskieren, Maggie telefonisch von der Änderung unserer Pläne in Kenntnis zu setzen, dachte

Neil. Wahrscheinlich würde sie dann einen Rückzieher machen. Ich erscheine einfach an ihrer Tür und bekenne mich schuldig.

Zwei Stunden später saß Neil mit Mrs. Arlington im Büro seines Vaters. Sie ist *wirklich* in einer bösen Lage, dachte er. Sie hatte ursprünglich sichere Wertpapiere mit einer guten Rendite besessen, hatte sie jedoch alle verkauft, um sich an irgendeiner hirnverbrannten Spekulation zu beteiligen. Zehn Tage war es nun her, daß sich Mrs. Arlington dazu hatte überreden lassen, einhunderttausend Anteile zu fünf Dollar das Stück von irgendeinem Saftladen zu kaufen. Am folgenden Morgen war die Aktie auf fünfeinviertel Dollar gestiegen, doch schon am Nachmittag desselben Tages hatte sie dramatisch zu fallen begonnen. Mittlerweile lag ihr Wert unter einem Dollar.

Also sind fünfhunderttausend Dollar Aktienkapital zu etwa achtzigtausend zusammengeschrumpft, vorausgesetzt, daß sich überhaupt ein Käufer findet, dachte Neil und blickte dabei über den Schreibtisch hinweg voller Mitleid auf die bleiche Frau, deren krampfhaft gefaltete Hände und zusammengesunkene Schultern verrieten, wie aufgeregt sie war. Sie ist erst so alt wie Mutter, sechsundsechzig, dachte er, doch in diesem Augenblick sieht sie zwanzig Jahre älter aus.

»Es ist ziemlich verheerend, oder?« fragte Mrs. Arlington.

»Ich fürchte, schon«, erwiderte Neil.

»Wissen Sie, das war Geld, das ich verwenden wollte, wenn eine der größeren Wohnungen im Latham Manor frei wird. Aber ich hatte schon immer ein ungutes Gefühl bei der Vorstellung, so viel Geld für mich selbst auszugeben. Ich habe drei Kinder, und als Douglas Hansen sich so ins Zeug gelegt hat und Mrs. Downing mir dann erzählte, wieviel Geld sie in weniger als einer Woche mit seiner Hilfe erzielt hatte, da hab' ich mir gedacht, wenn ich dieses Geld verdopple, dann kann ich was an die Kinder vererben und mir trotzdem ermöglichen, im Latham Manor zu wohnen.«

Sie bemühte sich, mit einem Blinzeln ihre Tränen zurückzudrängen. »Und dann habe ich nicht nur letzte Woche mein Geld verloren, sondern direkt am nächsten Tag einen Anruf bekommen, daß eins der großen Apartments zu haben ist, und zwar das, für das sich Nuala Moore eingetragen hatte.«

»Nuala Moore?« hakte Neil schnell nach.

»Ja, die Frau, die letzte Woche ermordet worden ist.« Mrs. Arlington tupfte mit einem Taschentuch die Tränen ab, die sie nicht länger zurückhalten konnte. »Jetzt hab' ich die Wohnung nicht, und die Kinder kriegen nicht nur nichts vererbt, sondern eines von ihnen muß mich vielleicht auch noch bei sich aufnehmen.«

Sie schüttelte den Kopf. »Ich weiß das jetzt schon seit über einer Woche, aber als ich heute früh die Bestätigung des Aktienkaufs schwarz auf weiß vor Augen hatte, da hat es mich einfach umgehauen.« Sie trocknete sich die Augen. »Ach, was soll's.«

Laura Arlington stand auf und versuchte zu lächeln. »Sie sind wirklich ein genauso netter junger Mann, wie es Ihr Vater uns allen ständig erzählt. Sie finden also, ich soll einfach das, was noch von meinen Papieren übrig ist, so lassen, wie's ist?«

»Unbedingt«, sagte Neil. »Tut mir wirklich leid, daß das passiert ist, Mrs. Arlington.«

»Nun ja, denken Sie mal an all die Leute auf der Welt, die keine halbe Million Dollar haben, die sie ›in den Wind pissen‹ könnten, wie's mein Enkel ausdrücken würde.« Ihre Augen wurden groß. »Ich kann nicht glauben, daß ich das gerade gesagt hab'! Verzeihen Sie mir.« Dann erschien der Anflug eines Lächelns auf ihren Lippen. »Aber wissen Sie was? Mir geht's schon viel besser, nachdem ich das gesagt hab'. Ihre Mutter und Ihr Vater wollten, daß ich noch zu einer Stippvisite bei ihnen reinschaue. Aber ich denke, ich mach mich jetzt lieber auf den Weg. Richten Sie den beiden unbedingt meinen Dank aus, bitte.«

Als sie gegangen war, kehrte Neil zum Haus zurück. Seine Eltern waren im Wintergarten. »Wo ist Laura?« fragte seine Mutter besorgt.

»Ich wußte schon, daß sie jetzt nicht vorbeischauen würde«, sagte Robert Stephens. »Alles, was sich für sie geändert hat, fängt gerade erst an, sich etwas zu setzen.«

»Sie ist 'ne prima Lady«, sagte Neil hitzig. »Ich würde diesen miesen Sack Douglas Hansen am liebsten erwürgen. Aber eins schwör ich euch, sofort am Montag früh werde ich jeden noch so kleinen Dreckkrümel ausgraben, den ich finden und ihm anhängen kann, und wenn es irgendeine Möglichkeit gibt, ihn bei der Aufsichtsbehörde zu verklagen, dann tu ich's auch, verlaßt euch drauf.«

»Gut!« rief Robert Stephens begeistert.

»Du klingst jeden Tag mehr wie dein Vater«, bemerkte Dolores Stephens trocken.

Als Neil sich später den Rest des Baseball-Spiels der Yankees gegen die Red Sox anschaute, wurde er auf einmal von dem dunklen Gefühl geplagt, irgend etwas an dem Portefeuille Laura Arlingtons übersehen zu haben. Über den Aktienkauf hinaus, zu dem sie sich hatte verleiten lassen, stimmte etwas nicht damit. Nur was? grübelte er.

52

Detective Jim Haggerty hatte Greta Shipley fast schon sein ganzes Leben lang gekannt und geschätzt. Von der Zeit an, als er ein kleiner Junge war und ihr die Zeitungen an die Tür brachte, konnte er sich an keine einzige Gelegenheit erinnern, bei der sie nicht entgegenkommend und freundlich zu ihm gewesen wäre. Sie zahlte auch immer pünktlich und gab ein großzügiges Trinkgeld, wenn er am Samstagmorgen kam, um das Geld einzusammeln.

Sie war nicht wie einige der Geizhälse in den anderen protzigen Häusern, dachte er, die einfach die Rechnungen auflaufen ließen und dann für sechs Wochen Zeitungen auf einmal bezahlten und zehn Cent Trinkgeld dazutaten. Er konnte sich noch gut an einen verschneiten Tag erinnern, als Mrs. Shipley darauf bestanden hatte, daß er hereinkam und sich aufwärmte, und sie ihm dann seine Handschuhe und Mütze zum Trocknen auf die Heizung legte, während er den Kakao trank, den sie für ihn zubereitet hatte.

Als er nun vor wenigen Stunden der Messe in der Trinity Church beiwohnte, war er sich sicher gewesen, daß viele in der Gemeinde dort den Gedanken mit ihm teilten, der ihn einfach nicht losließ: Greta Shipleys Tod war durch den Schock über die Ermordung ihrer engen Freundin Nuala Moore beschleunigt worden.

Wenn jemand einen Herzinfarkt erleidet, während ein Verbrechen stattfindet, dann kann man den Täter manchmal wegen Mordes vor Gericht bringen, dachte Haggerty – aber wie steht es damit, wenn eine Freundin wenige Tage später im Schlaf stirbt?

Bei dem Gedenkgottesdienst für Mrs. Shipley war er überrascht gewesen, Nuala Moores Stieftochter Maggie Holloway mit Liam Payne zusammensitzen zu sehen. Liam hatte schon immer einen Blick für hübsche Frauen, dachte Haggerty, und genug von ihnen hatten weiß Gott im Lauf der Jahre auch auf ihn ein Auge geworfen. Er war einer der ›heiratsfähigsten‹ Junggesellen von Newport.

Haggerty hatte auch Earl Bateman in der Kirche entdeckt. Also *das* ist wirklich ein Bursche, der gelehrt genug sein mag, Professor zu sein, der aber trotzdem nicht alle Tassen im Schrank hat, hatte Haggerty gedacht. Dieses Museum von ihm kommt einem wie etwas aus der *Addams Family* vor – es jagte Haggerty einen Schauder ein. Earl hätte lieber bei dem Geschäft bleiben sollen, das seine Familie betrieben hat. Jedes einzelne Hemd, das er trug, war von den Anverwandten irgendeiner armen Seele bezahlt worden.

Haggerty hatte sich vor der Abschlußprozession des Geistlichen davongestohlen, aber nicht bevor er zu dem Schluß gekommen war, daß Maggie Holloway Mrs. Shipley sehr nahegekommen sein mußte, um sich die Zeit dazu zu nehmen, zu ihrer Totenmesse zu erscheinen. Falls sie Mrs. Shipley im Latham Manor besucht hatte, fiel ihm nun ein, dann hatte sie doch vielleicht auch etwas von ihr erfahren, was zur Klärung der Frage beitragen konnte, weshalb Nuala Moore den Verkauf ihres Hauses an Malcolm Norton storniert hatte.

Norton war der Mensch, von dem Jim Haggerty überzeugt war, daß er etwas wußte, was er nicht preisgab. Und diese Überlegung war auch der Anlaß, der ihn um drei Uhr desselben Nachmittags ohne Voranmeldung zur Nummer eins der Garrison Avenue trieb.

Als es an der Haustür schellte, hielt sich Maggie in Nualas Schlafzimmer auf und war gerade damit beschäftigt, sorgfältig zusammengefaltete Kleidungsstücke in Stapel aufzuteilen: gute, brauchbare Kleidung für Wohltätigkeitszwecke; ältere, schon ziemlich abgetragene Textilien zur Wiederverwertung; eher teure, elegante Garderobe für den Gebrauchtwarenladen im Krankenhaus.

Für sich selbst hob sie das blaue Kostüm, das Nuala an dem Abend in den Four Seasons getragen hatte, und dazu einen ihrer Malkittel auf. Straße der Erinnerungen, dachte sie.

In den vollgestopften Wandschränken war sie auf mehrere Wolljacken und Tweedjacketts gestoßen – sicherlich Sachen von Tim Moore, die Nuala behalten hatte, weil sie so an ihnen hing.

Nuala und ich waren schon immer auf derselben Wellenlänge, ging ihr durch den Kopf, während sie an den Kasten in ihrer Einbaugarderobe in der Wohnung dachte. Er enthielt das Kleid, das sie an dem Abend ihrer Begegnung mit Paul getragen hatte, zusammen mit einer seiner Fliegeruniformen und ihren zueinander passenden Jogginganzügen.

Während sie am Aussortieren war, zerbrach sie sich pausenlos den Kopf, um eine Erklärung für die Glocken auf den Gräbern zu finden. Es *mußte* einfach Earl sein, der sie dort hingelegt hatte, überlegte sie. War es seine Vorstellung von einem heimlichen Streich, den er den Frauen aus dem Latham Manor spielte, weil sie diesen Aufruhr veranstaltet hatten, nachdem er während seines Vortrags die Glocken ausgeteilt hatte?

Es war eine Erklärung, die Sinn machte. Vermutlich kannte er all diese Frauen. Schließlich stammten die meisten der Bewohner des Latham Manor ursprünglich aus Newport oder hatten doch zumindest die Frühlings- und Sommermonate dort verbracht.

Maggie hielt einen Morgenrock hoch, entschied, daß seine Tage gezählt waren, und steckte ihn in den Altkleidersack. Aber Nuala hat doch nicht im Latham gewohnt, hielt sie sich vor Augen. Hat er eine Glocke als Zeichen der Freundschaft auf ihr Grab gelegt? Er schien sie ehrlich gern gehabt zu haben.

Aber eines der Gräber hatte gar keine Glocke. Warum eigentlich? überlegte sie. Ich habe die Namen all dieser Frauen, dachte Maggie. Morgen gehe ich wieder zurück zu den Friedhöfen und schreibe mir ihre Todesdaten von den Grabsteinen ab. Es muß für jede von ihnen einen Nachruf in den Zeitungen gegeben haben. Ich will herausfinden, was darin steht.

Das Klingeln an der Tür war eine unwillkommene Unterbrechung. Wer würde wohl einfach vorbeikommen? fragte sie sich, während sie ins Erdgeschoß hinunterging. Dann ertappte sie sich bei dem Wunsch, daß es sich nicht um einen erneuten unerwarteten Besuch von Earl Bateman handelte; sie wußte nicht, ob sie ihn an diesem Nachmittag ertragen konnte.

Es dauerte einen Moment, bis sie begriff, daß der Mann an der Tür einer der Newporter Polizeibeamten war, die als erste auf ihren Notruf an dem Abend von Nualas Ermordung reagiert hatten. Er stellte sich als Detective Jim Haggerty vor. Sobald er das Haus betreten hatte, machte er es sich in dem Klubsessel mit der Manier eines Mannes bequem, der nichts weiter zu tun hatte, als den Tag mit höflichem Geplauder zu verbringen.

Maggie setzte sich ihm gegenüber auf die Kante des Sofas. Wenn er nur ein wenig von Körpersprache verstand, würde er erkennen, daß sie hoffte, diese Befragung so schnell wie möglich zu beenden.

Er fing damit an, daß er eine Frage beantwortete, die sie gar nicht gestellt hatte. »Ich fürchte, wir tappen noch im dunkeln, was einen konkreten Tatverdächtigen angeht. Aber dieses Verbrechen wird nicht ungesühnt bleiben. Das kann ich Ihnen versprechen«, sagte er.

Maggie wartete ab.

Haggerty zupfte an seiner Brille herum, bis sie auf seiner Nasenspitze saß. Er schlug die Beine übereinander und massierte sich den Knöchel. »Alte Skiverletzung«, erklärte er. »Jetzt verrät sie mir immer, wenn der Wind dreht. Spätestens morgen abend wird's regnen.«

Sie sind doch nicht hergekommen, um sich über das Wetter zu unterhalten, dachte Maggie.

»Miss Holloway, Sie sind jetzt ein bißchen länger als eine Woche hier, und ich bin froh, daß die meisten unsrer Besucher nicht so einen Schock erleben müssen, wie er Sie erwartet hat. Und heute hab' ich Sie dann bei der Totenmesse für Mrs. Shipley in der Kirche gesehen. Wahrscheinlich haben Sie sich mit ihr angefreundet, seit Sie hergekommen sind.«

»Ja, das stimmt. Genaugenommen war es eine Bitte von Nuala, die sie in ihrem Testament festgehalten hat, aber es war etwas, was ich mit Vergnügen getan habe.«

»Wunderbare Frau, Mrs. Shipley. Hab' sie schon mein ganzes Leben lang gekannt. Wirklich schade, daß sie keine Familie hatte. Sie mochte Kinder gern. Glauben Sie, daß sie sich im Latham Manor wohl gefühlt hat?«

»Ja, bestimmt. Ich war an dem Tag, an dem sie gestorben ist, von ihr dort zum Abendessen eingeladen worden, und sie hat eindeutig die Gesellschaft ihrer Freunde genossen.«

»Hat sie Ihnen gesagt, wieso ihre beste Freundin, Ihre Stiefmutter, sich im letzten Moment dagegen entschieden hat, dorthin umzuziehen?«

»Ich glaube nicht, daß das irgend jemand weiß«, erwiderte Maggie. »Dr. Lane war voller Zuversicht, daß sie ihre Pläne erneut ändern und sich doch noch dazu entschließen würde, die Wohnung zu nehmen. Keiner kann mit Sicherheit sagen, was in ihr vorging.«

»Ich hab' vermutlich gehofft, daß Mrs. Moore vielleicht Mrs. Shipley ihren Grund für die Absage der Reservierung erklärt hat. Soweit ich informiert bin, war Mrs. Shipley wirklich froh darüber, daß ihre alte Freundin unter einem Dach mit ihr wohnen würde.«

Maggie dachte an die Karikatur der heimlich lauschenden Schwester Markey, die Nuala auf das Plakat gezeichnet hatte. Ob es wohl noch in Greta Shipleys Apartment war? fragte sie sich.

»Ich weiß nicht recht, ob das irgend etwas zu bedeuten hatte«, sagte sie vorsichtig, »aber ich glaube, daß sich Nuala und Mrs. Shipley beide sehr in acht genommen haben, was sie sagten, wenn eine bestimmte Pflegeschwester in der Nähe war. Sie hatte die Angewohnheit, ohne Vorwarnung einfach ins Zimmer zu platzen.«

Haggerty hörte auf, seinen Knöchel zu bearbeiten. »Welche Schwester?« fragte er ein wenig rascher.

»Schwester Markey.«

Haggerty machte Anstalten, aufzubrechen. »Haben Sie sich schon entschieden, was Sie mit dem Haus machen wollen, Miss Holloway?«

»Nun ja, erst muß natürlich noch das Testament rechtswirksam werden, aber vorläufig werde ich das Haus auf keinen Fall zum Verkauf anbieten. Es ist durchaus möglich, daß ich es überhaupt nicht verkaufe. Newport ist wundervoll, und es wäre ein schöner Ausgleich für Manhattan.«

»Weiß Malcolm Norton das?«

»Ja, seit heute vormittag weiß er's. Ich habe ihm nicht nur gesagt, daß ich es *nicht* verkaufen will, sondern auch, daß ich bereits ein wesentlich besseres Angebot für das Grundstück bekommen habe.«

Haggertys Augenbrauen gingen in die Höhe. »Also, das ist ein reizendes altes Haus, und daher verstehen Sie hoffentlich, daß ich es nicht etwa abfällig meine, wenn ich sage, daß hier wohl ein geheimer Schatz vergraben sein muß. Hoffentlich finden Sie ihn.«

»Falls es hier irgend etwas zu finden gibt, habe ich auch die Absicht, es auszugraben«, sagte Maggie. »Ich werde keinen Frieden finden, bis jemand dafür bezahlt, was einer Frau angetan worden ist, die ich sehr geliebt habe.«

Als sich Haggerty endgültig erhob, fragte Maggie spontan: »Wissen Sie vielleicht, ob es möglich ist, heute nachmittag im Zeitungsarchiv bestimmte Daten nachzuschlagen, oder ist es samstags geschlossen?«

»Sie müssen wohl, glaube ich, bis Montag warten. Das weiß ich zufällig, weil hier ständig Touristen auftauchen, die sich die alten Klatschspalten anschauen wollen. Die sind offenbar scharf darauf, Sachen über die rauschenden Feste von damals zu lesen.«

Maggie lächelte kommentarlos.

Als Haggerty davonfuhr, nahm er sich vor, am kommenden Montag ein paar Worte mit der für das Zeitungsarchiv zuständigen Angestellten zu wechseln und herauszufinden, nach welcher Information genau Miss Holloway eigentlich Ausschau hielt.

Maggie ging wieder in Nualas Zimmer zurück. Sie war entschlossen, mit dem Inhalt der Wandschränke und Kommoden fertig zu werden, bevor sie für heute Schluß machte. Das ist der Raum, den ich zum Aussortieren benutzen sollte, dachte sie, während sie lauter bis oben hin gefüllte Kartons in ein kleines drittes Schlafzimmer schleppte.

Nuala hatte immer Spaß daran gehabt, allerlei Dinge in ihrem Umkreis zu verteilen, die sie an besondere Augenblicke erinnerten. Nachdem Maggie verschiedene Muscheln von den Frisierkommoden, Plüschtiere von der Fensterbank, einen Stapel Speisekarten vom Nachttisch und lauter wohlfeile Souvenirs von allen nur möglichen Stellen entfernt hatte, kam die Schönheit der Zuckerahornmöbel erst richtig zur Geltung. Ich sollte das Bett an die Wand dort rücken. Das ist ein besserer Platz dafür, entschied sie, und dann sollte ich das alte Sofa da drüben lieber rausschmeißen ... Und all die Bilder von Nuala, die sie eingerahmt und aufgehängt hat, behalte ich am besten. Sie sind der Teil von ihr, den ich nie verlieren oder aufgeben werde.

Um sechs Uhr war sie soweit, das letzte Kleidungsstück in dem größeren Einbauschrank wegzustecken, einen blaßgoldenen Regenmantel, der zu Boden gefallen war. Ihr fiel wieder ein, daß der Regenmantel neulich, als sie Nualas blaues Cocktailkostüm ordentlich aufgehängt hatte, nur unsicher dahinter gehangen hatte.

Wie bei den übrigen Kleidungsstücken fuhr sie mit der Hand in die Taschen, um sicherzugehen, daß nichts darin steckte.

Die linke Tasche des Regenmantels war leer. Doch als Maggies Fingerspitzen die rechte Tasche durchsuchten, berührten sie etwas Sandiges.

Maggie schloß die Finger über der Substanz und zog die Hand heraus. Lange Schatten durchzogen den Raum, als sie zu dem Toilettentisch hinüberging und das Licht anknipste. Ein Brocken trockener Erde zerfiel unter ihren Fingern. Nuala hat sich bestimmt keine Erde in die Manteltasche gesteckt, dachte Maggie. Und sicher hat sie auch keine Gartenarbeit in diesem Mantel gemacht. Er ist so gut wie neu.

Wenn ich's mir genau überlege, sagte sich Maggie, hatten sie den gleichen Mantel in der Boutique, wo ich neulich einkaufen war.

Verunsichert legte sie den Mantel aufs Bett. Instinktiv beschloß sie, die übrige Erde jetzt nicht aus der Tasche zu bürsten.

Nur noch eine Aufgabe war übrig, bis das Zimmer hier vollständig ausgeräumt war. Die Schuhe und Stiefel und Hausschuhe, die den Boden des größeren Wandschranks einnahmen, mußten durchgesehen und sortiert werden. Die meisten würde sie zweifellos wegwerfen, aber einige waren es vielleicht wert, an Goodwill gegeben zu werden.

Für heute ist aber Schluß, fand sie. Das kommt morgen dran.

Es war Zeit für das warme Bad, das ihr zu dieser Tageszeit schon eine liebe Gewohnheit geworden war. Und dann würde sie sich für das gemeinsame Abendessen mit Neil feinmachen, einen Anlaß, an den sie den Tag über kaum gedacht hatte, auf den sie sich aber inzwischen freute, wie ihr jetzt klar wurde.

53

Janice und Malcolm Norton waren gemeinsam zu Greta Shipleys Totenmesse und Beisetzung gefahren. Sie hatten beide Mrs. Shipley schon ihr ganzes Leben lang gekannt, waren jedoch nie mehr als lose Bekannte von ihr gewesen. Als Janice sich während der Gedenkrede in der versammelten Gemeinde umgesehen hatte, war ihr von neuem und voller Bitterkeit die finanzielle Kluft bewußt geworden, die zwischen ihr und so vielen der Anwesenden bestand.

Sie sah die Mutter von Regina Carr am Ende einer der Sitzreihen. Regina war jetzt Regina Carr Wayne. Sie hatte mit Janice zusammen eine Studentenbude in der Dana Hall bewohnt, und sie hatten auch beide in Vassar studiert. Mittlerweile war Wes Wayne der Hauptaktionär und leitende Geschäftsführer des Unternehmens Cratus Pharmaceuticals, und man konnte mit Sicherheit davon ausgehen, daß Regina keine Buchhalterin in einem Altersheim war.

Arlene Randel Greenes Mutter weinte leise. Arlene gehörte ebenfalls zu den damaligen ›Dana-Hall-Mädchen‹ aus Newport. Bob Greene, ein unbekannter Drehbuchautor zu der Zeit, als Arlene ihn geheiratet hatte, war inzwischen ein einflußreicher Hollywood-Produzent. Wahrscheinlich vergnügte sie sich gerade in diesem Moment auf irgendeiner Kreuzfahrt, dachte Janice, während ihr der Neid ins Gesicht geschrieben stand.

Und da waren noch andere: lauter Mütter ihrer Freundinnen und Bekannten. Sie waren alle hergekommen, um ihrer lieben Freundin Greta Shipley das letzte Geleit zu geben. Als Janice sie später auf dem Rückweg von der Grabstätte begleitete, lauschte sie neiderfüllt, wie sie sich gegenseitig mit ihren Berichten über das rege gesellschaftliche Leben ›der Mädchen‹ und ihrer Enkelkinder zu übertrumpfen suchten.

Sie empfand ein Gefühl, das schon an Ekel grenzte, als sie beobachtete, wie Malcolm vorauseilte, um Maggie Holloway einzuholen. Mein gutaussehender Ehemann, dachte sie verbittert. Wenn ich doch bloß nicht all diese Jahre an den Versuch vergeudet hätte, ihn in etwas zu verwandeln, was er nie sein konnte.

Und er schien damals doch alles zu bieten: das gute Aussehen, die tadellose Herkunft, die erstklassigen Schulen – Roxbury Latin, Williams, Columbia Law –, sogar eine Mitgliedschaft im Klub Mensa, bei dem ein Intelligenzquotient der Genie-Klasse die Aufnahmebedingung war. Doch letzten Endes stellte sich das alles als belanglos heraus; trotz all seiner guten Zeugnisse – Malcolm Norton war ein Versager.

Und um all dem die Krone aufzusetzen, dachte sie, hatte er vor, mich wegen einer anderen Frau zu verlassen, und er hatte nicht die Absicht, irgend etwas von der Beute mit mir zu teilen, die er sich von dem Verkauf dieses Hauses versprach. Ihre wütenden Grübeleien wurden unterbrochen, als ihr bewußt wurde, daß Reginas Mutter gerade über den Tod von Nuala Moore sprach.

»Newport ist auch nicht mehr, was es früher mal war«, sagte sie. »Und man überlege sich nur, das Haus ist völlig *auf den Kopf* gestellt worden. Ich frage mich, wonach der Mörder bloß gesucht haben kann?«

Arlene Greenes Mutter erklärte: »Ich habe gehört, daß Nuala Moore am Tag vor ihrem Tod noch ihr Testament geändert hat. Vielleicht hat jemand, der aus dem alten Testament gestrichen worden ist, das neue gesucht.«

Janice Nortons Hand flog auf ihren Mund zu, um ein entsetztes Luftholen zu unterdrücken. Hatte jemand den Verdacht gehabt, Nuala wollte womöglich ein neues Testament verfassen, und sie dann getötet, um das zu verhindern? Falls Nuala gestorben wäre, bevor sie das neue Testament tatsächlich *niederschrieb*, dann wäre der Verkauf ihres Hauses an Malcolm besiegelt gewesen, dachte Janice. Es lag ein unterzeichnete Übereinkunft vor, und Malcolm als Nualas Bevollmächtigter und Testamentsvollstrecker hätte den Kauf durchziehen können. Im übrigen, überlegte Janice, hätte sich niemand, der nicht über die bevorstehende Änderung der Verordnung zum Schutz der Feuchtgebiete im Bilde war, für das Grundstück interessiert.

War Malcolm verzweifelt genug, Nuala umzubringen, nur um sich dieses Haus unter den Nagel zu reißen? dachte sie und fragte sich plötzlich, ob ihr Mann noch mehr Geheimnisse hatte, die er vor ihr zu verbergen suchte.

Am Ende des Pfads verabschiedete man sich und ging seiner Wege. Janice sah Malcolm ein Stück vor ihr langsam auf ihren gemeinsamen Wagen zugehen. Als sie ihn einholte, bemerkte sie seine niedergeschlagene Miene und wußte, daß Maggie Holloway ihm gesagt haben mußte, sie werde ihm das Haus nicht verkaufen.

Sie schwiegen, als sie ins Auto stiegen. Malcolm starrte eine Weile vor sich hin, bevor er sich ihr zuwandte. »Ich zahle die Hypothek auf unser Haus ab«, sagte er leise mit monotoner Stimme. »Holloway will jetzt nicht verkaufen, und sie behauptet, sie hätte ohnehin ein wesentlich höheres Angebot, was bedeutet: Selbst wenn sie noch ihre Meinung ändert, nützt es mir nichts.«

»Nützt es *uns* nichts«, verbesserte Janice ihn automatisch, biß sich dann aber auf die Lippe. Sie wollte ihn nicht gegen sich aufbringen, jetzt jedenfalls nicht.

Sollte er jemals herausfinden, daß sie bei dem Gegenangebot, das auf Nualas Haus gemacht worden war, ihre Hand im Spiel gehabt hatte, konnte er leicht so zornig werden, daß er *sie* umbrachte, dachte sie mit wachsendem Unbehagen. Ihr Neffe Doug hatte natürlich das Angebot abgegeben, aber falls Malcolm das herausfand, würde er bestimmt wissen, daß sie ihn dazu angestiftet hatte. Ob Maggie Holloway ihm wohl irgendwas erzählt hatte, was man mit ihr in Verbindung bringen konnte? fragte sie sich.

Als könne er ihre Gedanken lesen, drehte sich ihr Mann zu ihr um. »Du hast doch nicht etwa mit irgendwem geredet, oder, Janice?« fragte er sachlich.

»Nur ein bißchen Kopfweh«, hatte er, als sie zu Hause ankamen, kühl, aber höflich erklärt. Dann war er nach oben in sein Zimmer gegangen. Sie hatten schon vor Jahren ihr gemeinsames Schlafzimmer aufgegeben.

Er kam erst um kurz vor sieben wieder nach unten. Janice hatte sich die Abendnachrichten angeschaut und blickte hoch, als er an der Tür des Wohnzimmers stehenblieb. »Ich gehe noch weg«, sagte er. »Gute Nacht, Janice.«

Sie starrte auf den Bildschirm des Fernsehers, ohne etwas wahrzunehmen, während sie angestrengt auf das Geräusch horchte, wie die Haustür hinter ihm ins Schloß fiel. Er hat irgend etwas vor, dachte sie, doch was ist es? Sie gab ihm Zeit genug, das Haus zu verlassen, stellte dann den Fernseher ab und nahm ihre Handtasche und den Autoschlüssel an sich. Sie hatte Malcolm zuvor gesagt, daß sie zum Abendessen ausgehe. Sie hatten sich in letzter Zeit so auseinandergelebt, daß er sie genausowenig fragte, mit wem sie sich denn treffe, wie sie es der Mühe wert fand, sich nach seinen Plänen zu erkundigen.

Nicht, daß sie es ihm gesagt hätte, wenn er gefragt hätte, dachte Janice auf dem Weg nach Providence grimmig. Dort würde sie ihr Neffe in einem kleinen, abgelegenen Restaurant erwarten. Und dort würde er ihr zu Steaks und Scotch einen Umschlag mit Bargeld überreichen, ihren Anteil dafür, daß sie ihn mit einem detaillierten Bericht über Cora Gebharts Vermögenslage versorgt hatte. »Das war diesmal eine wahre Goldgrube, Tante Janice«, wie Doug ihr fröhlich erklärt hatte. »Nur weiter so!«

54

Als Maggie sich für ihr Rendezvous mit Neil Stephens zurechtmachte, fiel ihr auf, daß sich in der würzigen Meeresluft, die durch das Schlafzimmerfenster hereinströmmte, eine stärkere Feuchtigkeit als sonst bemerkbar machte. Lauter Kringel und Löckchen, dachte sie resigniert. Sie beschloß, die Haare nach dem Bürsten einfach mit den Fingern aufzulockern. An einem Abend wie diesem war es unvermeidlich, daß ihre Naturkrause durchschlagen würde.

Sie dachte über Neil nach, während sie letzte Hand anlegte. Im Lauf der vergangenen Monate hatte sie bemerkt, daß sie sich immer mehr auf seine Anrufe freute und enttäuscht war, wenn sie sich nicht einstellten.

Aber es war nicht zu übersehen, daß sie in Neils Augen nur eine gelegentliche Abwechslung bot und nichts darüber hinaus. Das hatte er deutlich gemacht. Trotzdem hatte sie wirklich mit seinem Anruf gerechnet, bevor sie nach Newport aufbrach, und jetzt war sie entschlossen, diesem Abend keine besondere Bedeutung beizumessen. Sie wußte, daß erwachsene Kinder – und ganz besonders alleinlebende Männer – häufig eine Entschuldigung suchten, von zu Hause wegzukommen, wenn sie bei ihren Eltern zu Besuch waren.

Und dann war da noch Liam, dachte Maggie flüchtig. Sie wußte nicht recht, was sie mit seinem plötzlichen demonstrativen Interesse anfangen sollte. »Ach, was soll's«, dachte sie mit einem Achselzucken.

Scharf siehst du aus, dachte sie spöttisch, nachdem sie Lidschatten, Wimperntusche und Rouge aufgelegt und anschließend die Lippen in einem zarten Korallenton nachgezogen hatte.

Als sie sich die begrenzte Auswahl an Garderobe ansah, die ihr zur Verfügung stand, entschied sie sich für das, was sie ursprünglich zu Nualas Dinnereinladung hatte tragen wollen, eine leuchtendblaue, gemusterte Seidenbluse und einen dazu passenden langen Rock. Eine schmale Goldkette und Ohrringe bildeten den einzigen Schmuck, abgesehen von dem ovalförmigen Saphirring, der ihrer Mutter gehört hatte.

Als sie dann auf dem Weg nach unten an Nualas Schlafzimmer vorbeikam, ging Maggie kurz hinein und schaltete die Lampe auf dem Nachttisch an. Während sie sich umschaute, beschloß sie, diesen Raum hier definitiv zu ihrem eigenen zu machen. Morgen würde sie dort einziehen, sobald sie von dem Brunch mit Mrs. Bainbridge und ihrer Tochter wieder zurück war. Ich kann die Möbel gut alleine an ihren Platz schieben, entschied sie, und das einzige, was ich dort noch nicht ausgeräumt habe, sind die Schuhe und was sonst noch auf dem Schrankboden ist, und es dauert nicht lange, damit fertig zu werden.

Während sie nun durchs Wohnzimmer ging, fiel ihr auf, daß die Rosen, die Liam mitgebracht hatte, frisches Wasser brauchten. Sie füllte die Vase am Spülbecken in der Küche auf, griff in die Schublade mit dem Krimskrams nach einer Schere, stutzte die Stiele und arrangierte die Rosen neu, bevor sie sie wieder ins Wohnzimmer zurückstellte. Dann ging sie im Zimmer umher und ›tüttelte‹ an verschiedenen Dingen herum, rückte den Polsterschemel vor dem Klubsessel zurecht, entfernte einige der zahllosen kleinen gerahmten Bilder vom Kaminsims und von den Tischen, so daß nur noch ein paar der schmeichelhaftesten Fotos von Nuala und ihrem Mann übrigblieben, und klopfte die Sofakissen auf.

In wenigen Minuten nahm der Raum eine friedlichere, weniger betriebsame Atmosphäre an. Maggie betrachtete alles und stellte im Geist die Möbel um, wobei ihr klar war, daß das schmale Sofa, hinter dem Nualas Leiche zusammengekrümmt gelegen hatte, verschwinden mußte. Schon sein bloßer Anblick ließ ihr keine Ruhe.

Ich baue mir ja ein richtiges Nest, sagte sie sich, mehr als ich es je wieder irgendwo seit diesem albernen kleinen Apartment von Paul und mir in Texas getan habe. Sie war angenehm überrascht von sich.

Um zehn vor sieben klingelte es an der Haustür. Neil war früh dran. Da sie sich der Ambivalenz ihrer Gefühle, was den bevorstehenden Abend betraf, wohl bewußt war, wartete sie lange ab, bis sie auf das Läuten reagierte. Als sie die Tür öffnete, war sie darauf bedacht, ihre Stimme und ihr Lächeln freundlich, aber unverbindlich zu halten.

»Neil, wie schön, dich zu sehen.«

Neil antwortete nicht, sondern stand nur da und blickte ohne ein Lächeln forschend auf ihr Gesicht hinunter.

Maggie machte die Tür weiter auf. »Wie mein Vater immer gesagt hat: ›Hat's dir die Sprache verschlagen?‹ Komm doch rein, du lieber Himmel.«

Er trat ins Haus und wartete, bis sie die Tür geschlossen hatte; dann folgte er ihr ins Wohnzimmer.

»Du siehst wunderhübsch aus, Maggie«, sagte er schließlich, als sie sich gegenüberstanden.

Sie zog die Augenbrauen hoch. »Bist du überrascht?«

»Nein, natürlich nicht. Aber das hat mich ganz krank gemacht, als ich erfuhr, was deiner Stiefmutter zugestoßen ist. Ich weiß, wie sehr du dich auf die Zeit mit ihr gefreut hattest.«

»Ja, das stimmt«, pflichtete Maggie ihm bei. »So, und wohin gehen wir jetzt zum Essen?«

Er geriet etwas ins Stammeln, als er sie nun fragte, ob es ihr etwas ausmachen würde, zur Feier des Geburtstags seiner Mutter zusammen mit seinen Eltern essen zu gehen.

»Warum verschieben wir das nicht einfach auf einen anderen Zeitpunkt?« fragte sie kurz angebunden. »Deine Familie kann bestimmt darauf verzichten, daß sich eine völlig Fremde einem Familienfest aufdrängt.«

»Sie freuen sich darauf, dich kennenzulernen, Maggie. Kneif jetzt nicht, bitte«, beschwor sie Neil. »Sie werden bloß denken, daß du ihretwegen nicht mitgekommen bist.«

Maggie seufzte. »Essen muß ich ja wohl.«

Sie überließ während der Fahrt zu dem Restaurant Neil das Reden und beantwortete lediglich seine Fragen so direkt und knapp wie möglich. Sie bemerkte allerdings mit einiger Erheiterung, daß er sich ausnehmend aufmerksam und charmant verhielt, und es bedurfte ihrer ganzen Entschlossenheit, ihre Unnahbarkeit aufrechtzuerhalten.

Sie hatte vorgehabt, Neil den ganzen Abend hindurch mit deutlicher Reserviertheit zu behandeln, aber die warmherzige Begrüßung durch seine Eltern und ihre offenbar aufrichtige Bestürzung über das, was mit Nuala geschehen war, machten es Maggie unmöglich, nicht ein wenig aufzutauen.

»Sie Arme, sie kannten ja keine Menschenseele hier in der Gegend«, sagte Dolores Stephens. »Wie grauenhaft für Sie, das alles alleine durchzustehen.«

»Also, eine Person kenne ich immerhin ganz gut – den Mann, der mich zu der Party im Four Seasons mitnahm, auf der ich dann Nuala wiederbegegnet bin.« Maggie blickte zu Neil hinüber. »Vielleicht kennst du ihn, Neil. Liam Payne. Er ist auch in der Finanzbranche tätig. Er hat sein eigenes Unternehmen in Boston, kommt aber regelmäßig nach New York.«

»Liam Payne«, sagte Neil nachdenklich. »Ja, den kenne ich tatsächlich flüchtig. Er ist ein guter Mann in unserer Branche. Zu gut für seine früheren Chefs bei Randolph und Marshall, wenn ich mich recht erinnere. Er hat einige ihrer besten Kunden mitgenommen, als er sich selbständig gemacht hat.«

Maggie konnte einem Gefühl der Genugtuung nicht widerstehen, als sie Neils Stirnrunzeln bemerkte. Soll er sich doch den Kopf darüber zerbrechen, ob Liam mir wichtig ist, dachte sie. Er hat es schon deutlich genug gezeigt, wie unwichtig ich ihm bin.

Nichtsdestotrotz machte sie die Entdeckung, daß sie sich bei einem entspannten Mahl inklusive Hummer und Chardonnay sehr gut mit Neils Eltern unterhielt, und es schmeichelte ihr zu hören, daß Dolores Stephens mit ihren Modeaufnahmen vertraut war.

»Als ich den Zeitungsartikel über den Tod Ihrer Stiefmutter las«, erklärte Mrs. Stephens, »und als Neil dann etwas von einer Maggie erzählte, brachte ich Sie noch nicht mit Ihren Arbeiten in Zusammenhang. Aber als ich dann heute nachmittag die *Vogue* gelesen hab', ist mir Ihr Name unter der Armani-Werbeseite aufgefallen. Vor tausend Jahren – als ich noch nicht verheiratet war – hab' ich mal in einer kleinen Werbeagentur gearbeitet, und wir hatten Givenchy als Kunden. Das war noch, bevor Givenchy berühmt wurde. Ich mußte damals immer zu den ganzen Shootings hingehen.«

»Dann wissen Sie ja Bescheid, was für ...«, begann Maggie und erzählte bald die wildesten Geschichten über unberechenbare Designer und schwierige Models und schloß mit dem letzten Auftrag, den sie vor ihrer Fahrt nach Newport durchgeführt hatte. Sie waren sich darin einig, daß es für einen Fotografen nichts Schlimmeres gab als einen nervösen und unentschlossenen Art-director.

Während sie nun mehr aus sich herausging, erzählte Maggie ihnen auch spontan von ihrer Neigung, das Haus zu behalten. »Es ist noch zu früh, als daß ich mir sicher sein könnte, daher ist es wohl am besten, eine Zeitlang gar nichts zu unternehmen. Aber diese eine Woche, die ich in dem Haus verbracht habe, hat mir irgendwie verständlich gemacht, wieso es Nuala so gegen den Strich ging, es aufzugeben.«

Auf Neils Frage hin berichtete sie ihnen, daß Nuala ihre Reservierung im Latham Manor abgesagt hatte. »Es war sogar die große Wohneinheit, die sie besonders gern haben wollte«, erklärte sie. »Und soviel ich weiß, gehen die ganz schnell weg.«

»Neil und ich waren heute dort«, berichtete Robert Stephens. »Er hat für einen seiner Kunden Erkundigungen eingezogen.«

»Es kommt mir so vor, als ob das Apartment, das deine Stiefmutter nicht genommen hat, dasselbe ist, das zur Zeit angeboten wird«, bemerkte Neil.

»Und es ist auch dasselbe, das Laura Arlington haben wollte«, ergänzte sein Vater. »Sieht so aus, als seien alle wie wild hinter diesen Dingern her.«

»Noch jemand anders wollte es haben?« fragte Maggy rasch. »Hat sie ihre Meinug wieder geändert?«

»Nein. Sie hat sich überreden lassen, den Großteil ihres Geldes in unsolide Aktien zu investieren, und hat leider alles verloren«, sagte Neil.

Die Unterhaltung berührte noch viele weitere Themen, und Neils Mutter entlockte Maggie nach und nach einiges über ihre Kindheit. Während Neil und sein Vater in eine Diskussion darüber gerieten, welchen Weg Neil am besten bei seiner Untersuchung der Fehlinvestition von Mrs. Arlington einschlagen sollte, erzählte Maggie Dolores Stephens, daß ihre leibliche Mutter bei einem Unfall ums Leben gekommen sei, als sie noch ein Säugling war, und wie glücklich sie in den fünf Jahren gewesen sei, als Nuala und sie zusammengelebt hatten.

Als sie schließlich merkte, daß sie den Tränen nahe war, sagte sie: »Jetzt keine Reminiszenzen und auch keinen Wein mehr. Ich werde allmählich rührselig.«

Als Neil Maggie nach Hause gebracht hatte, begleitete er sie noch zur Haustür und nahm ihr den Schlüssel ab. »Ich bleibe bloß eine Minute«, erklärte er, während er die Tür aufmachte. »Ich möchte nur etwas nachschauen. Wo geht's zur Küche?«

»Hinten, durchs Eßzimmer durch.« Verblüfft folgte Maggie ihm.

Er ging sofort zur Tür und untersuchte das Schloß. »Wie ich gelesen habe, denkt die Polizei, daß entweder der Eindringling diese Tür hier unverschlossen vorgefunden oder deine Stiefmutter sie für jemand aufgemacht hat, den sie kannte.«

»Das ist richtig.«

»Ich schlage eine dritte Möglichkeit vor: Das Schloß hier ist so locker, daß jeder es mit einer Kreditkarte aufkriegen könnte«, sagte er und lieferte sofort den Beweis.

»Ich hab' einem Schlosser eine Nachricht hinterlassen«, sagte Maggie. »Montag höre ich dann wahrscheinlich was von ihm.«

»Nicht gut genug. Mein Dad ist begnadet mit solchen Sachen im Haus, und ich bin als sein unfreiwilliger kleiner Helfer aufgewachsen. Morgen komm ich wieder, oder vielleicht kommen wir beide, um dir einen Riegel zu installieren und alle Fenster zu überprüfen.«

Kein »Wenn du willst« oder »Ist dir das recht?«, dachte Maggie mit einem plötzlichen Gefühl von Gereiztheit. Einfach nur »So ist es nun mal«.

»Ich geh aber zum Brunch weg«, informierte sie ihn.

»Ein Brunch ist normalerweise um zwei vorüber«, entgegnete Neil. »Laß uns diese Zeit festhalten, oder wenn's dir lieber ist, kannst du mir auch sagen, wo du einen Schlüssel versteckst.«

»Nein, ich werde dann hier sein.«

Neil griff nach einem der Küchenstühle und klemmte ihn unter den Türknauf. »So würde es wenigstens Lärm machen, falls jemand versuchen sollte reinzukommen«, sagte er. Dann blickte er sich in dem Raum um, bevor er sich an sie wandte. »Maggie, ich will dir keine Angst einjagen, aber soweit ich weiß, ist man allgemein der Ansicht, daß der Mörder deiner Stiefmutter auf der Suche nach etwas war, und niemand weiß, was es war oder ob er es gefunden hat.«

»Mal angenommen, es war ein ›Er‹«, sagte Maggie. »Aber du hast recht. Das ist genau das, was die Polizei glaubt.«

»Mir gefällt die Vorstellung nicht, daß du hier alleine bist«, sagte er, als sie zur Vordertür gingen.

»Ich bin ganz ehrlich nicht nervös, Neil. Ich passe schon lange selbst auf mich auf.«

»Und wenn du nervös wärst, dann würdest du's niemals mir gegenüber zugeben. Richtig?«

Sie blickte zu ihm hoch und betrachtete sein ernstes, forschendes Gesicht. »Das ist richtig«, erwiderte sie schlicht.

Er seufzte, während er sich umdrehte und die Tür aufmachte. »Ich habe den heutigen Abend wirklich genossen, Maggie. Bis morgen dann.«

Als Maggie sich später im Bett hin und her wälzte, sah sie ein, daß es ihr keine Befriedigung bereitete, Neil verletzt zu haben, und es war offensichtlich, daß sie das getan hatte. Wie du mir, so ich dir, versuchte sie sich zu rechtfertigen, aber das Bewußtsein, daß sie es ihm heimgezahlt hatte, half ihr nicht, sich wieder besser zu fühlen. Taktische Spielchen in Beziehungen gehörten nicht zu ihrem liebsten Zeitvertreib.

Ihre letzten Gedanken, als sie endlich einzudösen begann, waren unzusammenhängend und scheinbar ohne Tragweite, stiegen völlig aus ihrem Unterwußtsein auf.

Nuala hatte sich auf die Warteliste für eine Wohnung im Latham Manor setzen lassen und starb dann, kurz nachdem sie ihre Reservierung rückgängig gemacht hatte.

Die mit den Stephens' befreundete Laura Arlington hatte sich um dieselbe Wohnung beworben und verlor dann ihr ganzes Geld.

Brachte diese Wohnung irgendwie Unglück, und falls ja, *warum?*

Sonntag, 6. Oktober

55

Auf das Drängen seiner Frau hin hatte Dr. William Lane den Brauch eingeführt, daß er sich während des Sonntagsbrunchs im Latham Manor zu den Bewohnern und ihren Gästen gesellte.

Wie Odile argumentiert hatte, funktionierte das Latham wie eine Art großer Familie, und Besucher, die zur Teilnahme am Brunch geladen wurden, waren potentielle zukünftige Bewohner, die auf diese Weise vielleicht begannen, das Latham in einem sehr günstigen Licht zu sehen.

»Ich meine ja damit nicht, daß wir dort ganze *Stunden* verbringen müssen, Liebling«, zwitscherte sie, »aber du bist so ein fürsorglicher Mensch, und wenn die Leute wissen, daß ihre Mütter oder Tanten oder wer auch immer in so guten Händen sind, dann wollen sie vielleicht auch zu uns kommen, wenn es an der Zeit für sie ist, ihr Leben umzustellen.«

Lane hatte schon tausendmal gedacht, wenn Odile nicht so hohlköpfig wäre, hätte er Verdacht geschöpft, sie wolle sarkastisch sein. Die Wahrheit jedoch war, daß seit der Einführung des offiziellen Sonntagsbrunchs, der im übrigen ebenfalls auf Odiles Vorschlag zurückging, und seit sie dann selbst regelmäßig hingingen, die Anzahl der Personen, die sich als ›mögliche zukünftige Interessenten‹ eintrugen, deutlich zugenommen hatte.

Als er jedoch an diesem Sonntag morgen den großen Salon mit Odile betrat, war Dr. Lane alles andere als erfreut, Maggie Holloway zusammen mit Mrs. Bainbridges Tochter Sarah Cushing zu erblicken.

Odile hatte die beiden ebenfalls entdeckt. »Maggie Holloway scheint aber *wirklich* schnell Freundschaft zu schließen«, murmelte sie ihm zu.

Gemeinsam bahnten sie sich einen Weg durch den Saal, hielten hier an, um mit Bewohnern zu plaudern, dort, um Besucher zu begrüßen, die sie bereits kannten, oder auch, um neuen vorgestellt zu werden.

Maggie hatte sie nicht kommen sehen. Als die beiden sie ansprachen, lächelte sie um Verzeihung heischend. »Ich muß Ihnen ja vorkommen wie die Woollcott-Karikatur aus *The Man Who Came to Dinner*«, sagte sie. »Mrs. Cushing hat mich zum Brunch mit Mrs. Bainbridge eingeladen, aber heute früh fühlte sich Mrs. Bainbridge etwas müde, also hielt sie es für das beste, wenn wir nicht aus dem Haus gehen.«

»Sie sind immer willkommen«, sagte Dr. Lane galant und wandte sich dann an Sarah. »Soll ich mal nach Ihrer Mutter sehen?«

»Nein«, entgegnete Sarah entschieden. »Sie kommt gleich nach. Doktor Lane, stimmt es, daß Eleanor Chandler sich dazu entschlossen hat, hier einzuziehen?«

»Ja, das stimmt allerdings«, sagte er. »Als sie von Mrs. Shipleys Ableben erfuhr, rief sie an, um dieses Apartment anzufordern. Sie möchte, daß es ihre Innenarchitektin noch neu ausstattet, also wird sie vermutlich die nächsten Monate noch nicht einziehen.«

»Und ich finde, das ist auch besser so«, sagte Odile Lane ernst. »Auf diese Weise haben die Freunde von Mrs. Shipley eine Übergangsphase zur Anpassung, finden Sie nicht?«

Sarah Cushing überging die Frage. »Der einzige Grund, weshalb ich mich nach Mrs. Chandler erkundigt habe, ist der, daß ich absolut klarstellen möchte, daß sie keinesfalls an den Tisch meiner Mutter gesetzt werden darf. Sie ist eine *unmögliche* Frau. Ich schlage vor, daß Sie ihr einen Sitzplatz bei irgendwelchen schwerhörigen Gästen anweisen, die Sie hier vielleicht haben. Die würden zum Glück einige ihrer anmaßenden Ansichten überhören.«

Dr. Lane lächelte nervös. »Ich werde mir wegen der Platzarrangements einen besonderen Vermerk machen, Mrs. Cushing«, sagte er. »Gestern hat sich übrigens jemand im Auftrag der Van Hillearys aus Connecticut nach dem großen Apartment mit den zwei Schlafzimmern erkundigt. Der betreffende Herr wird den beiden empfehlen, daß sie herkommen und es sich anschauen. Wenn es damit klappt, würde Ihre Mutter vielleicht in Erwägung ziehen, die beiden an ihrem Tisch zu haben.«

Der betreffende Herr … Er redet über Neil, dachte Maggie.

Mrs. Cushing hob eine Augenbraue. »Selbstverständlich würde ich die beiden zuerst kennenlernen wollen, aber Mutter hat es tatsächlich gern, Männer um sich zu haben.«

»Das hat Mutter bestimmt gern«, bemerkte Mrs. Bainbridge trocken. Sie drehten sich alle um, als sie sich nun der Gruppe anschloß. »Entschuldigen Sie bitte die Verspätung, Maggie. Kommt mir ganz so vor, als dauerte es neuerdings immer länger, immer weniger zu tun. Verstehe ich das richtig, daß Greta Shipleys Wohnung bereits wieder verkauft ist?«

»Ja, ganz genau«, bestätigte Dr. Lane zuvorkommend. »Die Angehörigen von Mrs. Shipley kommen heute nachmittag her, um ihre persönlichen Besitztümer abzuholen und dafür zu sorgen, daß ihre Möbel abtransportiert werden. Wenn Sie uns nun bitte entschuldigen, Odile und ich sollten uns um einige der anderen Gäste kümmern.«

Als sie außer Hörweite waren, sagte Letitia Bainbridge: »Sarah, wenn *ich* für immer die Augen schließe, dann sorge unbedingt dafür, daß bis zum Anfang des nächsten Monats keiner in die Nähe meiner Wohnung kommt. Soviel zumindest sollte das monatliche Wohngeld schließlich sicherstellen. Ich hab' den Eindruck, daß man hier nicht einmal in Ruhe kalt werden darf, bevor sie einen schon ersetzt haben.«

Sanftes Läuten gab zu verstehen, daß nun der Brunch aufgetragen werde. Sobald sie Platz genommen hatten, bemerkte Maggie, daß sich alle an ihrer Tischrunde umgesetzt hatten, und fragte sich, ob das wohl nach einem Todesfall üblich war.

Sarah Cushing war die richtige Person für die heutige Gruppe, dachte sie. Wie ihre Mutter war sie eine gute Erzählerin. Während Maggie sich an ihren *Eggs Benedict* und an ihrem Kaffee gütlich tat, folgte sie mit Anerkennung Sarah Cushings geschickter Gesprächsführung, die bewirkte, daß alle an der Unterhaltung teilnahmen und guter Dinge waren.

Als jedoch zum zweitenmal Kaffee gereicht wurde, kam die Runde auf Greta Shipley zu sprechen. Rachel Crenshaw, die mit ihrem Mann gegenüber von Maggie saß, bemerkte: »Ich kann mich immer noch nicht daran gewöhnen. Wir wissen natürlich, daß wir alle sterben müssen, und wenn jemand in die Pflegeabteilung umzieht, dann weiß man, daß es nur noch eine Frage der Zeit ist. Aber Greta und Constance – es war einfach so plötzlich!«

»Und letztes Jahr sind Alice und Jeanette ganz genauso von uns gegangen«, sagte Mrs. Bainbridge und seufzte.

Alice und Jeanette, dachte Maggie. Diese Namen standen doch auf zwei der Gräber, die ich mit Mrs. Shipley aufgesucht habe. Bei beiden Gräbern waren neben den Grabsteinen Glocken eingebettet. Die Frau, deren Grab keine Glocke hatte, hieß Winifred Pierson. So beiläufig wie möglich sagte Maggie nun: »Mrs. Shipley hatte eine gute Freundin, Winifred Pierson. Hat sie auch hier gewohnt?«

»Nein, Winifred wohnte in ihrem eigenen Haus. Greta hat sie regelmäßig besucht«, antwortete Mrs. Crenshaw.

Maggie spürte, wie ihr Mund plötzlich trocken wurde. Sie wußte auf der Stelle, was sie tun mußte, und die klare Erkenntnis stellte sich mit solcher Wucht ein, daß Maggie fast vom Tisch aufgestanden wäre, so schockiert war sie. Sie mußte Greta Shipleys Grab aufsuchen und nachsehen, ob jemand dort eine Glocke deponiert hatte.

Nachdem man sich voneinander verabschiedet hatte, strömten die meisten der Latham-Bewohner allmählich der Bibliothek zu, wo zur sonntagnachmittäglichen Unterhaltung ein Geiger spielen sollte.

Sarah Cushing blieb noch da, um ihrer Mutter Gesellschaft zu leisten, und Maggie ging zum Vordereingang. Auf eine plötzliche Eingebung hin machte sie jedoch kehrt und ging die Treppe hinauf zur früheren Wohnung von Greta Shipley. Laß die Verwandten dasein, betete sie im stillen.

Die Tür zum Apartment stand offen, und Maggie erblickte die typischen Anzeichen des Packens und Aussortierens, womit die drei Angehörigen beschäftigt waren, die sie bei der Beerdigung gesehen hatte.

Da sie wußte, daß es keine einfache Methode gab, ihre Bitte vorzubringen, sprach sie kurz ihr Beileid aus und sagte dann einfach direkt, worum es ihr ging. »Als ich am Mittwoch bei Mrs. Shipley zu Besuch war, zeigte sie mir eine Skizze, die meine Stiefmutter und sie zusammen gemacht hatten. Sie ist gleich da drüben in der Schublade.« Maggie deutete auf den Tisch neben der Couch. »Es war eine der letzten Zeichnungen, die Nuala gemacht hat, und falls Sie vorhaben, das Blatt wegzuwerfen, würde es mir eine Menge bedeuten, wenn ich es haben könnte.«

»Aber selbstverständlich«, »Machen Sie nur zu«, »Nehmen Sie's doch«, riefen sie liebenswürdig im Chor.

»Wir sind bisher nur bis zum Schreibtisch gekommen«, fügte eine von ihnen noch hinzu.

Maggie zog erwartungsvoll die Schublade auf. Sie war leer. Die Skizze, zu der Nuala ihr eigenes Gesicht, das von Greta Shipley und das Bild der heimlich lauschenden Schwester Markey hinzugefügt hatte, war verschwunden. »Es ist nicht da«, erklärte sie.

»Dann hat es Greta entweder woandershin geräumt oder weggeschmissen«, stellte eine Kusine fest, die Mrs. Shipley auf verblüffende Weise ähnlich sah. »Dr. Lane hat uns gesagt, daß im Falle, daß irgend jemand dahinscheidet, die Wohnung sofort abgeschlossen wird, bis die Angehörigen herkommen und die persönlichen Habseligkeiten ausräumen. Aber sagen Sie uns doch, wie die Zeichnung aussieht, falls uns das Blatt noch in die Hände fällt.«

Maggie beschrieb es, gab ihnen ihre Telefonnummer, bedankte sich und ging wieder. Jemand hat die Skizze *weggenommen*, dachte sie, als sie aus dem Zimmer ging. Doch warum nur?

Als sie den Gang betrat, stieß sie beinahe mit Schwester Markey zusammen.

»Oh, Entschuldigung«, sagte die Pflegeschwester. »Ich möchte bloß nachsehen, ob ich nicht den Verwandten von Mrs. Shipley zur Hand gehen kann. Noch einen schönen Tag, Miss Holloway.«

56

Es war Mittag, als Earl Bateman am Friedhof St. Mary's eintraf. Er folgte langsam den Kurven des Serpentinenwegs, stets darauf bedacht, einen Blick auf die verschiedenen Leute zu werfen, die einen Teil ihres Sonntags damit verbrachten, einen Angehörigen zu besuchen.

Bisher sind's ja nicht besonders viele, bemerkte er: einige alte Herrschaften, ein Paar mittleren Alters, eine große Familie, die sich vermutlich zu einem Gedenktag einfand und danach in einem Restaurant an der Straße unten zu Mittag speisen würde. Die typischen Sonntagsbesucher.

Anschließend fuhr er weiter zu der alten Abteilung des Trinity-Friedhofs, parkte dort den Wagen und stieg aus. Nach einem schnellen Blick in die Gegend ringsum begann er die Grabsteine sorgfältig nach interessanten Inschriften abzusuchen. Es war schon mehrere Jahre her, seit er hier einen Abdruck genommen hatte, und es war ja gut möglich, daß er einige dabei übersehen hatte.

Er hielt sich etwas darauf zugute, daß sich sein Wahrnehmungsvermögen für subtile Details seit damals erheblich verfeinert hatte. Ja, dachte er, Grabmäler würden sich definitiv als Thema für die Fernsehserie eignen. Er würde mit einem Zitat aus *Vom Winde verweht* beginnen, das besagte, daß drei Jungen im Säuglingsalter, die sämtlich Gerald O'Hara, Jr. hießen, in der Familiengrabstätte auf dem Gut Tara begraben lägen. *Oh, die Hoffnungen und Träume, die wir in Stein gemeißelt sehen, die langsam verblassen, mißachtet, nicht mehr gelesen, und trotzdem eine Botschaft überdauernder Liebe hinterlassen. Denk dir nur – drei kleine Söhne!* Ja, genauso würde er diesen Vortrag beginnen.

Natürlich würde er dann unverzüglich vom Tragischen zum Heiteren übergehen, indem er von einem der Grabsteine erzählte, die er auf einem Friedhof auf Cape Cod entdeckt hatte und auf dem tatsächlich angezeigt wurde, daß das vormals von dem Verstorbenen geleitete Geschäftsunternehmen nunmehr von dessen Sohn weitergeführt werde. Sogar die neue Adresse war dort verzeichnet.

Earl runzelte die Stirn, während er sich umschaute. Obwohl es ein warmer und angenehmer Oktobertag war und obwohl er sein profitables Hobby gründlich genoß, so war er doch aufgebracht und wütend.

So wie sie es ausgemacht hatten, war Liam am Abend zuvor auf einen Drink zu ihm nach Hause gekommen, und dann waren sie gemeinsam zum Essen gegangen. Obwohl er seinen Dreitausend-Dollar-Scheck direkt neben der Wodka-Flasche auf der Bar hatte liegenlassen, wo man ihn unmöglich übersehen konnte, hatte Liam ihn bewußt ignoriert. Statt dessen hatte er wieder einmal betont, Earl solle doch lieber zum Golfspielen gehen, anstatt auf Friedhöfen herumzugeistern.

Herumzugeistern, also wirklich, dachte Earl, während sein Gesicht dunkler wurde. Ich könnte ihm zeigen, was es mit dem Herumgeistern auf sich hat, sagte er sich.

Und um nichts in der Welt würde er zulassen, daß Liam ihm noch einmal einschärfte, Maggie Holloway fernzubleiben. Das ging ihn schlicht und einfach nichts an. Liam hatte sich erkundigt, ob er sie getroffen habe, und als er Liam dann berichtete, er habe Maggie seit Montag abend nur auf dem Friedhof und natürlich bei Mrs. Shipleys Beerdigung gesehen, hatte Liam erklärt: »Earl, du und deine Friedhöfe. Ich mache mir allmählich Sorgen um dich. Das wird ja zu einer richtigen Zwangsvorstellung von dir.«

»Er hat mir nicht *geglaubt*, als ich versucht habe, meine Vorahnungen zu erklären«, murmelte Earl hörbar vor sich hin. »Er nimmt mich einfach nie ernst.« Er erstarrte plötzlich und schaute sich um. Da war niemand. Denk nicht mehr drüber nach, ermahnte er sich, zumindest nicht jetzt.

Er schritt die Pfade der ältesten Abteilung auf dem Friedhof entlang, wo einige der kaum mehr lesbaren Inschriften auf den kleinen Grabsteinen Jahreszahlen aus dem siebzehnten Jahrhundert zeigten. Er kauerte sich neben einen davon hin, der fast schon umgekippt war, und kniff die Augen zusammen, um die verblaßten Zeichen zu entziffern. Seine Augen leuchteten auf, als es ihm gelang, die Inschrift auszumachen: »Roger Samuels angelobt, aber zu Gott dem Herrn heimgerufen ...« und dann die Daten.

Earl machte seinen Werkkasten auf, um einen Abdruck von dem Grabstein herzustellen. Einen weiteren diskussionswürdigen Aspekt in einem seiner Vorträge über Grabmäler würde das zarte Alter darstellen, in dem so viele Menschen zu früheren Zeiten dahingerafft wurden. *Es gab kein Penicillin zur Behandlung der Lungenentzündung, welche entstand, wenn die Winterkälte sich heimtückisch ihren Weg in die Brustkörbe und Lungen suchte…*

Er kniete sich hin und genoß das Gefühl der weichen Erde, die ihre kühle Feuchtigkeit durch seine alten Hosen hindurch bis zu seiner Haut dringen ließ. Als er damit begann, die ergreifende Botschaft des Steins auf dünnes, fast durchsichtiges Pergament zu übertragen, mußte er an das junge Mädchen denken, das unter ihm lag, ihr Körper von dem unvergänglichen Erdboden beschützt.

Sie hatte gerade erst ihren sechzehnten Geburtstag erlebt, rechnete er aus.

War sie hübsch gewesen? Ja, sehr hübsch, entschied er. Sie hatte eine Fülle dunkler Locken gehabt, und saphirblaue Augen. Und sie war zartgliedrig gewesen.

Maggie Holloways Gesicht schwebte in Gedanken vor ihm.

Als er um halb zwei zum Friedhofseingang zurückfuhr, kam Earl an einem Fahrzeug mit New Yorker Nummernschild vobei, das am Rand des Fahrwegs geparkt war. Das kommt mir bekannt vor, dachte er und begriff dann, daß es Maggie Holloways Volvo-Kombi war. Was machte sie denn schon wieder hier? fragte er sich. Greta Shipleys Grab lag zwar in der Nähe, aber Maggie stand Greta sicher nicht so nahe, daß sie bereits einen Tag nach der Beerdigung das Bedürfnis empfinden würde, das Grab erneut aufzusuchen.

Während er langsamer wurde, blickte er sich um. Als er Maggie in der Ferne sah, wie sie gerade auf ihn zukam, gab er Gas. Er wollte nicht, daß sie ihn entdeckte. Eindeutig war da irgend etwas im Gange. Er mußte darüber nachdenken.

Eine Entscheidung allerdings traf er. Da er am nächsten Tag keine Vorlesungen hatte, würde er noch einen weiteren Tag in Newport bleiben. Und ob es Liam nun gefiel oder nicht, er würde Maggie Holloway morgen besuchen.

57

Die Hände tief in ihren Jackentaschen, entfernte sich Maggie rasch von Greta Shipleys Grab, ohne zu sehen, wo sie überhaupt hinging.

Bis in die letzte Faser ihres Wesens fühlte sie sich verfroren und aufgewühlt. Sie hatte das Ding gefunden, so tief vergraben, daß es ihr vielleicht entgangen wäre, hätte sie nicht ihre Hand über jeden Zentimeter des Erdreichs am Fuß des Grabsteins gleiten lassen.

Eine Glocke! *Genauso* wie die andere, die sie von Nualas Grab mitgenommen hatte. Wie die Glocken auf den Gräbern der übrigen Frauen. Wie die Glocken, die sich wohlsituierte Leute des Viktorianischen Zeitalters aufs Grab stellen ließen, falls man sie begrub, obwohl sie noch lebten.

Wer nur war seit der Beerdigung wieder hierhergekommen und hatte diesen Gegenstand auf Mrs. Shipleys Grab gelegt? fragte sie sich. Und *warum?*

Liam hatte ihr erzählt, sein Vetter Earl habe zwölf dieser Glocken gießen lassen, um seine Vorträge anschaulich zu machen. Er hatte ebenfalls angedeutet, Earl genieße offenbar die Erinnerung daran, daß er die Frauen im Latham Manor mit dem Austeilen der Glocken während seines Vortrags dort erschreckt hatte.

Entsprach dies etwa Earls Vorstellung von einem bizarren Scherz, überlegte Maggie, diese Glocken auf die Gräber ehemaliger Bewohnerinnen des Latham Manor zu plazieren?

Ist gut möglich, dachte sie, als sie bei ihrem Wagen ankam. Es könnte eine verschrobene Art sein, sich dafür zu rächen, daß Mrs. Bainbridges Tochter ihn in aller Öffentlichkeit kritisiert hatte. Liam zufolge hatte Sarah die Glocken eingesammelt und sie Earl vor die Füße geknallt und ihn danach praktisch aus dem Haus geworfen.

Rache war eine logische, wenn auch abstoßende Erklärung. Ich bin froh, daß ich die von Nualas Grab mitgenommen habe, dachte Maggie. Ich habe Lust, zurückzugehen und die übrigen ebenfalls einzusammeln – besonders die von Mrs. Shipleys Grabstätte.

Sie entschied sich jedoch dagegen, vorläufig zumindest. Sie wollte erst sicher sein, daß es sich dabei wirklich nur um einen kindischen und widerwärtigen Racheakt Earls handelte. Später gehe ich dann wieder hin, beschloß sie. Außerdem muß ich machen, daß ich nach Hause komme. Neil hat gesagt, er würde um zwei dasein.

Als sie sich ihrem Haus näherte, bemerkte sie, daß zwei Fahrzeuge davor geparkt waren. Beim Einbiegen in die Einfahrt sah sie Neil und seinen Vater auf den Verandastufen sitzen, mit einem Werkzeugkasten zwischen sich.

Mr. Stephens wischte ihre Entschuldigung beiseite. »Sie sind gar nicht spät dran. Es ist erst eine Minute vor zwei. Falls mein Sohn sich nicht vertut, was durchaus denkbar ist, dann hat er gesagt, daß wir um zwei hier wären.«

»Anscheinend vertue ich mich dauernd«, sagte Neil und sah dabei Maggie ins Gesicht.

Sie weigerte sich, auf den Köder einzugehen, und ignorierte die Bemerkung. »Es ist furchtbar nett von Ihnen beiden, herzukommen«, sagte sie aufrichtig. Dann schloß sie die Haustür auf und ließ die Männer herein.

Robert Stephens nahm die Tür in Augenschein, während er sie zumachte. »Muß besser isoliert werden«, stellte er fest. »Ziemlich bald wird diese Meeresluft mächtig kalt, mit einer steifen Brise dahinter. Jetzt würde ich mich aber gern an diese Hintertür machen, von der mir Neil erzählt hat, und dann überprüfen wir noch die ganzen Fensterschlösser und schauen nach, welche ersetzt werden müssen. Ich hab' ein paar Ersatzschlösser dabei, und ich komm noch mal her, falls Sie noch mehr brauchen.«

Neil stand neben Maggie. Da sie seine Nähe deutlich wahrnahm, trat sie zur Seite, während er sagte: »Tu ihm den Gefallen, Maggie. Mein Großvater hat nach dem Zweiten Weltkrieg einen Schutzbunker gegen Atombomben gebaut. In meiner Kindheit haben meine Freunde und ich ihn immer als Treffpunkt benutzt. Zu der Zeit fingen die Leute an zu begreifen, daß diese Schutzräume bei einem Atomangriff so nutzlos sind wie ein Sonnenschirm in einem Tornado. *Mein* Vater hat etwas von dieser Mentalität *seines* Vaters, sich immer auf das Schlimmste gefaßt zu machen. Er macht sich immer auf das Unvorstellbare gefaßt.«

»Vollkommen richtig«, stimmte ihm Robert Stephens zu. »Und in diesem Haus, würde ich sagen, hat das Unvorstellbare vor zehn Tagen stattgefunden.«

Maggie sah, wie Neil zusammenzuckte, und sagte rasch: »Ich bin wirklich dankbar, daß Sie da sind.«

»Falls Sie irgend etwas tun wollen, werden wir Sie nicht dabei stören«, sagte Robert Stephens, als sie in die Küche gingen und er seinen Werkzeugkasten aufmachte und auf dem Tisch ausbreitete.

»Ich finde, du solltest bei uns bleiben«, drängte Neil. »Vielleicht möchten wir dich später noch nach irgendwas fragen.« Dann fügte er hinzu: »Geh nicht weg, Maggie.«

Als sie ihn nun ansah, wie er in einem sandfarbenen Hemd, Khakihosen und Sportschuhen dastand, wünschte sich Maggie unwillkürlich, sie hätte ihre Kamera zur Hand. Sie erkannte, daß es eine Seite an Neil gab, die sie in der Großstadt nie wahrgenommen hatte. Heute hat er nicht diesen Anschein von ›Tritt mir ja nicht zu nahe‹ an sich, dachte sie. Er wirkt so, als ob er sich tatsächlich etwas aus den Gefühlen anderer Menschen machen würde. Sogar aus *meinen* Gefühlen.

Sein Gesicht trug einen Ausdruck besorgter Anteilnahme, und seine dunkelbraunen Augen hatten den gleichen fragenden Blick, den Maggie am Abend zuvor beobachtet hatte.

Dann, als sein Vater an dem alten Türschloß zu arbeiten begann, sagte Neil mit leiser Stimme: »Maggie, ich merke doch, daß dich was bedrückt. Ich wünschte bei Gott, du würdest mir verraten, worum's geht.«

»Neil, gib mir den großen Schraubenzieher«, verlangte sein Vater.

Maggie ließ sich auf einem alten Wiener Stuhl nieder. »Ich schau euch zu. Vielleicht kann ich was Nützliches lernen.«

Fast eine Stunde lang arbeiteten Vater und Sohn gemeinsam, gingen von Zimmer zu Zimmer, untersuchten die Fenster, befestigten einige der Schlösser besser, vermerkten sich andere zum Auswechseln. Im Atelier bat Robert Stephens, die Tonskulpturen auf dem großen Arbeitstisch betrachten zu dürfen. Als Maggie ihm die Büste zeigte, die sie gerade von Greta Shipley angefangen hatte, sagte er: »Wie ich höre, ging es ihr zum Schluß nicht gut. Als ich sie das letztemal sah, war sie ziemlich munter, ja regelrecht aufgekratzt.«

»Ist das hier Nuala?« fragte Neil und deutete auf die andere Büste.

»Da muß noch 'ne Menge dran gemacht werden, aber ja, so war Nuala. Ich nehme an, daß meine Finger etwas gesehen haben, war mir vorher gar nicht klar war. Sie hatte immer so einen fröhlichen Ausdruck an sich, aber der ist jetzt nicht für mich vorhanden.«

Als sie auf dem Weg ins Ergeschoß waren, zeigte Robert Stephens auf Nualas Zimmer. »Ich hoffe doch, Sie haben vor, dort einzuziehen«, sagte er. »Es ist doppelt so groß wie die Gästezimmer.«

»Genau das tu ich auch«, räumte Maggie ein.

Mr. Stephens stand an der Tür. »Das Bett hier sollte gegenüber von den Fenstern stehen, nicht, wo es jetzt ist.«

Maggie kam sich ganz hilflos vor. »Ich habe vor, es dorthin zu stellen.«

»Wer hilft Ihnen denn dabei?«

»Ich hab' mir gedacht, ich fang einfach an, dran zu zerren. Ich bin stärker, als ich aussehe.«

»Sie machen Witze! Sie wollen mir doch nicht erzählen, daß Sie diesen Ahornbrocken ganz allein rumschieben wollten? Komm mal, Neil, wir fangen mit dem Bett an. Wo wollen Sie die Kommode hingestellt haben, Maggie?«

Neil wartete gerade lange genug, um zu sagen: »Nimm's nicht persönlich. Er ist zu allen so.«

»Zu allen, an denen mir was *liegt*«, korrigierte ihn sein Vater.

In nicht einmal zehn Minuten standen die Möbel an ihrem neuen Platz. Während sie dabei zuschaute, malte sich Maggie aus, wie sie das Zimmer neu dekorieren würde. Die alte Tapete mußte ersetzt werden, entschied sie. Und dann mußte der Fußboden wieder in Ordnung gebracht werden, und anschließend würde sie sich Teppiche aus der Gegend hier besorgen und den verblichenen grünen Teppichboden loswerden.

Wieder mit Nestbau beschäftigt, dachte sie.

»Okay, erledigt«, verkündete Robert Stephens.

Maggie und Neil folgten ihm die Treppe hinab, während er sagte: »Ich bin dann weg. Ein paar Leute kommen später auf einen Drink vorbei. Neil, kommst du nächstes Wochenende wieder her?«

»Klar doch«, erwiderte Neil. »Ich nehm mir den Freitag wieder frei.«

»Maggie, ich komme mit den neuen Schlössern vorbei, aber ich ruf Sie vorher noch an«, sagte Robert Stephens auf dem Weg zur Tür hinaus. Er saß schon in seinem Wagen, bevor Maggie ihm überhaupt danken konnte.

»Er ist wunderbar«, sagte sie, während sie seinem Wagen nachschaute, bis er verschwand.

»Wenn's auch kaum glaubhaft scheint, aber ich bin derselben Meinung«, sagte Neil mit einem Lächeln. »Manche Leute finden ihn natürlich zu dominant.« Er schwieg einen Augenblick. »Warst du heute vormittag am Grab deiner Stiefmutter, Maggie?«

»Nein, war ich nicht. Wie kommst du auf die Idee?«

»Weil deine Hosen an den Knien schmutzig sind. Du hast doch sicher nicht in diesem Aufzug im Garten gearbeitet.«

Maggie begriff, daß sie während der Anwesenheit Neils und seines Vaters das tiefsitzende Unbehagen abgeschüttelt oder doch wenigstens verdrängt hatte, das durch den Fund der Glocke auf Greta Shipleys Grab ausgelöst worden war. Neils Frage brachte ihr die alte Sorge rasch wieder zu Bewußtsein.

Aber sie konnte jetzt nicht darüber sprechen, nicht mit Neil, im Grunde mit niemandem, entschied sie. Nicht, bevor sie irgendwie festgestellt hatte, ob Earl Bateman für die Plazierung der Glocken verantwortlich war.

Als er sah, wie sich ihr Gesichtsausdruck veränderte, ging Neil aufs Ganze. »Maggie, was zum Teufel ist eigentlich los?« fragte er leise und eindringlich. »Du bist sauer auf mich, und ich weiß nicht, warum, mal abgesehen davon, daß ich dich nicht mehr rechtzeitig vor deiner Abfahrt angerufen habe, um die Telefonnummer hier zu erfahren. Das werde ich mir ohnehin den Rest meines Lebens vorwerfen. Hätte ich gewußt, was passiert war, dann wäre ich für dich dagewesen.«

»Wirklich?« Maggie schüttelte den Kopf, ohne Neil anzusehen. »Neil, ich versuche gerade, mir über eine Menge Dinge Klarheit zu verschaffen, Dinge, die keinen Sinn ergeben und vielleicht nur das Produkt meiner übersteigerten Fantasie sind. Aber es sind Dinge, über die ich mir selbst Klarheit verschaffen muß. Können wir's vorläufig dabei belassen?«

»Vermutlich hab' ich keine andere Wahl«, erwiderte Neil. »Hör mal, ich muß mich jetzt auf die Socken machen. Ich muß mich noch für eine Vorstandssitzung morgen früh vorbereiten. Aber ich ruf dich morgen an, und Donnerstag nachmittag bin ich dann wieder hier. Du bleibst doch bis nächsten Sonntag?«

»Ja«, antwortete Maggie und fügte im stillen hinzu: Und vielleicht hab' ich bis dahin ein paar Antworten auf meine Fragen zu Earl Bateman und diesen Glocken und …

Ihr Gedankenfluß wurde unterbrochen, als ihr auf einmal die Latham Manor Residence einfiel. »Neil, gestern abend hast du doch gesagt, daß du mit deinem Vater im Latham Manor warst. Du hast dir eine Mehrzimmer-Einheit für deine Kunden angeschaut, stimmt's nicht?«

»Ja. Wieso?«

»Nuala hätte beinahe diese Wohnung übernommen. Und hast du nicht auch gesagt, daß eine andere Frau sie genommen hätte, dann aber nicht dazu in der Lage war, weil sie ihr Geld in einer Fehlinvestition verloren hat?«

»Genau richtig. Und der Typ hat noch eine andere Kundin von Dad reingelegt, die ebenfalls auf der Warteliste des Latham stand – Cora Gebhart. Und das ist auch etwas, worum ich mich diese Woche kümmern will. Ich werde Ermittlungen einziehen über diesen falschen Hund, der den beiden diese Geldanlagen aufgeschwätzt hat, und wenn ich auch nur das Geringste finde, was ich Doug Hansen anhängen kann, liefere ich ihn der Aufsichtsbehörde aus. Maggie, worauf willst du eigentlich hinaus?«

»Doug Hansen!« rief Maggie aus.

»Ja. Warum? Kennst du ihn?«

»Nicht richtig, aber laß mich doch wissen, was du über ihn rausfindest«, sagte sie, als sie daran dachte, daß sie Hansen versprochen hatte, Stillschweigen über sein Angebot zu wahren. »Ich hab' nur von ihm gehört.«

»Also, leg auf keinen Fall Geld über ihn an«, sagte Neil grimmig. »Okay, ich muß jetzt weg.« Er beugte sich herunter und küßte sie auf die Wange. »Schließ gut hinter mir ab.«

Sie hörte seine Schritte die Verandastufen hinunter erst, nachdem das deutliche Einklicken des Türriegels signalisiert hatte, daß das Haus abgesichert war.

Sie beobachtete, wie er wegfuhr. Die Vorderfenster gingen nach Osten, und Schatten des Spätnachmittags begannen bereits durch die belaubten Äste der Bäume zu dringen.

Das Haus fühlte sich mit einemmal still und leer an. Maggie blickte auf ihre cremefarbenen Hosen hinunter und sah sich die Flecken an, nach denen Neil gefragt hatte.

Ich zieh mich um und geh dann eine Weile ins Atelier, beschloß sie. Morgen vormittag räume ich dann den Schrank aus und bringe meine Sachen in Nualas Zimmer. Es gab so viele Dinge, die Maggie gerne mit Nuala besprochen hätte. Ihre Gesichtszüge aus dem Ton herauszuarbeiten würde eine Art der Kommunikation mit ihr darstellen. Und vielleicht gelingt es mir ja, mittels meiner Finger zu ergründen, worüber wir nicht mehr miteinander haben reden können, dachte sie.

Und sie konnte Fragen stellen, die einer Antwort bedurften, wie zum Beispiel: »Nuala, gab es irgendeinen Grund, weshalb du *Angst* davor hattest, im Latham Manor zu wohnen?«

Montag, 7. Oktober

58

Malcolm Norton betrat seine Kanzlei am Montag morgen um die übliche Zeit, um halb zehn. Er durchschritt den Empfangsbereich, wo Barbara Hoffmans Schreibtisch der Tür gegenüber stand. Der Schreibtisch war jetzt jedoch von allen persönlichen Dingen Barbaras leergeräumt. Die eingerahmten Bilder ihrer drei Kinder und deren Familien, die schmale Vase, in der sie immer Blumen der Saison oder einen grünen Zweig stehen hatte, der ordentliche Stapel aktuell anfallender Arbeit – all diese Dinge fehlten.

Norton durchlief ein leises Frösteln. Der Empfangsbereich war klinisch sauber und kalt wie zuvor. Janice' Vorstellung von Raumgestaltung, dachte er mißmutig. Kalt. Steril. Genau wie sie.

Und genau wie ich, fügte er verbittert hinzu, während er den Raum zu seinem Büro hin durchquerte. Keine Mandanten. Keine Termine – ein langer, ruhiger Tag stand ihm bevor. Ihm kam plötzlich der Gedanke, daß er zweihunderttausend

Dollar auf der Bank hatte. Warum nicht einfach das Geld abheben und verschwinden? fragte er sich.

Wenn Barbara mitkäme, würde er genau das tun – auf der Stelle. Sollte Janice das mit der Hypothek belastete Haus behalten. Bei guter Marktlage war es fast doppelt soviel wert. Gerechte Verteilung, dachte er bei der Erinnerung an den Bankauszug, den er in der Tasche seiner Frau gefunden hatte.

Aber Barbara war weg. Diese Tatsache begann ihm gerade erst bewußt zu werden. Schon in dem Moment, als Chief Brower am Freitag das Büro verließ, hatte er gewußt, daß sie weggehen würde. Ihrer beider Vernehmung durch Brower hatte sie zutiefst erschreckt. Sie hatte seine Feindseligkeit gespürt, und das hatte den Ausschlag gegeben – sie mußte gehen.

Wieviel wußte Brower wohl? fragte sich Norton. Er saß mit gefalteten Händen an seinem Schreibtisch. Alles war so gut geplant gewesen. Wäre der Kaufvertrag mit Nuala in Kraft getreten, dann hätte er ihr die zwanzigtausend gegeben, die er für die Bareinlösung seiner Rente erhalten hatte. Neunzig Tage hätte es gedauert, bis der Verkauf rechtskräftig geworden wäre, was ihm genug Zeit gelassen hätte, um mit Janice zu einer Einigung zu kommen und anschließend ein vorübergehendes Darlehen zur Absicherung des Kaufbetrags aufzunehmen.

Wenn doch bloß Maggie Holloway nicht auf der Bildfläche erschienen wäre, dachte er verbittert.

Wenn Nuala doch bloß kein neues Testament aufgesetzt hätte.

Wenn er doch bloß nicht Janice in diese Änderung der Verordnung zum Schutz von Feuchtgebieten hätte einweihen müssen.

Wenn doch bloß …

Malcolm war heute morgen an Barbaras Haus vorbeigefahren. Es machte den abweisenden Eindruck eines Hauses, das von den Sommerbewohnern für den Winter abgesperrt worden ist. An jedem Fenster waren die Jalousien heruntergelassen, ein Häufchen nicht weggefegter Blätter war auf die Veranda und den Fußweg geweht. Barbara war wohl am Samstag nach Colorado aufgebrochen. Sie hatte ihn nicht angerufen. Sie war einfach gefahren.

Malcolm Norton saß in seinem dunklen, stillen Büro und grübelte über den Schritt nach, den er als nächstes unternehmen würde. Er wußte schon, was er tun wollte, die Frage war nur, wann.

59

Am Montag morgen beauftragte Lara Horgan einen Mitarbeiter des gerichtsmedizinischen Amtes für forensische Pathologie mit der Überprüfung von Zelda Markey, der in der Latham Manor Residence von Newport tätigen Krankenschwester, die Mrs. Greta Shipley tot aufgefunden hatte.

Der erste Bericht traf am späten Vormittag ein. Er zeigte, daß sie einen guten beruflichen Leumund hatte. Keine Beschwerden in professioneller Hinsicht waren je gegen sie erhoben worden. Sie war seit ihrer Geburt Einwohnerin von Rhode Island. Während ihrer zwanzig Jahre Berufserfahrung hatte sie bisher in drei Krankenhäusern und vier Altersheimen gearbeitet, alle innerhalb der Staatsgrenzen. Im Latham Manor war sie seit der Eröffnung tätig.

Vom Latham abgesehen hatte sie ganz schön oft den Arbeitsplatz gewechselt, überlegte Dr. Horgan. »Haken Sie bei den Personalabteilungen all der Häuser nach, wo sie gearbeitet hat«, wies sie den Mitarbeiter an. »An dieser Dame kommt mir irgendwas spanisch vor.«

Anschließend rief sie bei der Polizei von Newport an und bat darum, zu Chief Brower durchgestellt zu werden. In der kurzen Zeit seit ihrer Ernennung zur staatlichen Gerichtsmedizinerin hatten sie sich gegenseitig schätzen und achten gelernt.

Sie erkundigte sich bei Brower nach den Ermittlungen im Mordfall Nuala Moore. Er sagte, sie hätten noch keine eindeutigen Hinweise auf den Täter, seien aber dabei, ein paar Dinge unter die Lupe zu nehmen, und versuchten, das Verbrechen aus allen logischen Blickwinkeln zu betrachten. Während des Telefongesprächs steckte Detective Jim Haggerty den Kopf in das Amtszimmer des Chefs.

»Einen Moment bitte, Lara«, sagte Brower. »Haggerty hat sich Nualas Stieftochter ein bißchen genauer angesehen. Er macht ein Gesicht, dem ich entnehme, er hat was entdeckt.«

»Vielleicht«, sagte Haggerty. »Vielleicht auch nicht.« Er holte sein Notizbuch hervor. »Um Viertel vor elf heute morgen ist Nuala Moores Stieftochter Maggie Holloway ins Archiv des *Newport Sentinel* gegangen und hat um Einblick in die Todesanzeigen und Nachrufe von fünf Frauen gebeten. Da alle fünf seit langem in Newport gewohnt haben, hatte man über jede von ihnen ausführliche Artikel geschrieben. Miss Holloway hat die Computer-Ausdrucke an sich genommen und ist wieder gegangen. Ich hab' die Kopien dabei.«

Brower gab Haggertys Bericht an Lara Horgan weiter und fügte noch hinzu: »Miss Holloway ist vor zehn Tagen zu ihrem ersten Besuch hier eingetroffen. Es ist ziemlich sicher, daß sie keine dieser Frauen außer Greta Shipley gekannt haben kann. Wir werden uns diese Texte genau anschauen, um zu sehen, was sie so interessant für sie gemacht haben könnte. Ich ruf Sie dann wieder zurück.«

»Chief, tun Sie mir einen Gefallen«, bat Dr. Horgan. »Faxen Sie mir doch heute auch Kopien davon rüber, okay?«

60

Janice Norton bemerkte nicht ohne Zynismus, daß das Leben im Latham Manor durchaus in der Lage war, die durch einen kürzlichen Todesfall hervorgerufene momentane Aufregung zu verkraften. Angespornt von dem überschwenglichen Lob ihres Neffen wegen ihrer Mithilfe bei dem Unterfangen, Cora Gebhart um ihre finanziellen Reserven zu erleichtern, war Janice scharf darauf, sich aufs neue in die Akte der Interessenten zu vertiefen, die Dr. Lane in seinem Schreibtisch aufbewahrte.

Sie mußte darauf achten, nie dabei erwischt zu werden, wie sie seinen Schreibtisch durchsuchte. Um der Entdeckung zu entgehen, nahm sie ihre verstohlenen Besuche nur dann vor, wenn sie sicher sein konnte, daß er außer Haus war.

Der späte Montagnachmittag war eine gute Zeit dafür. Die Lanes waren zu irgendeiner Ärzteveranstaltung nach Boston unterwegs, zu einer Cocktailparty mit anschließendem Abendessen. Janice wußte, daß die übrigen Bürokollegen seine Abwesenheit ausnutzen und sich um Punkt fünf Uhr aus dem Staub machen würden.

Das würde die ideale Gelegenheit sein, die gesamte Akte in ihr Büro mitzunehmen und sorgfältig zu studieren.

Lane ist ja wirklich bester Dinge, dachte sie, als er um halb vier den Kopf in ihr Büro hereinsteckte, um anzukündigen, er gehe nun. Bald verstand sie den Grund für seine gute Laune, als er ihr nämlich erzählte, am Wochenende sei jemand vorbeigekommen, um sich die große Wohnung für bestimmte Klienten anzuschauen, und er habe sie ihnen dann empfohlen. Die Van Hillearys hätten inzwischen angerufen und mitgeteilt, daß sie nächsten Sonntag vorbeikommen würden.

»Soweit ich informiert bin, sind das ausgesprochen vermögende Leute, die unser Haus als ihre Ausgangsbasis im Nordosten verwenden würden«, sagte Dr. Lane mit unverkennbarer Befriedigung. »Wir könnten uns mehr solcher Gäste wünschen.«

Womit er weniger Dienstleistungsaufwand für all das viele Geld meint, dachte Janice. Es hört sich nicht so an, als ob sie für Doug und mich von großem Nutzen sein werden. Wenn es ihnen hier gefällt, dann steht schon eine Wohnung für sie zur Verfügung. Doch selbst, wenn sie sich nur auf die Warteliste setzen ließen, dann ist es einfach zu riskant, ein Ehepaar mit beträchtlichen Vermögenswerten abzuzocken. Unweigerlich waren sie von Finanzberatern umgeben, die ihre Geldanlagen mit Adleraugen überwachten. Selbst ihr charmanter Neffe dürfte wohl seine Schwierigkeiten damit haben, sie weichzuklopfen.

»Nun, hoffentlich haben Sie und Odile einen erfreulichen Abend, Herr Doktor«, sagte Janice, während sie sich resolut wieder ihrem Computer zuwandte. Lane hätte Verdacht geschöpft, wenn sie sich ganz gegen ihr Naturell auf einen Small talk eingelassen hätte.

Der Rest des Nachmittags schien nur so dahinzukriechen. Sie wußte, es lag nicht nur an der Vorfreude, die Akten in die Finger zu bekommen, daß der Tag so langsam verging. Es war auch der kaum merkliche, aber nicht nachlassende Verdacht, daß jemand ihre Aktentasche durchsucht hatte.

Lächerlich, sagte sie sich. Wer hätte das schon tun können? Malcolm macht doch einen weiten Bogen um mein Zimmer, selbst wenn er sich vielleicht neuerdings zum Schnüffler mausert. Dann fiel ihr etwas ein, was ein Lächeln auf ihr Gesicht zauberte. Ich werde wohl allmählich paranoid, weil es genau das ist, was ich mit Dr. Lane mache, überlegte sie. Außerdem hat Malcolm nicht genug Grips, um hinter mir herzuspionieren.

Andererseits *hatte* sie nun mal diese Ahnung, daß er irgendwas ausheckte. Von nun an würde sie ihre privaten Bankauszüge und ihre Kopien aus den Akten nicht mehr dort hinlegen, wo er zufällig darauf stoßen konnte.

61

Die beiden frühen Termine, die Neil am Montag morgen hatte, hielten ihn bis elf Uhr von seinem Büro fern. Als er endlich dort eintraf, rief er sofort Maggie an, konnte sie aber nicht erreichen.

Dann rief er die Van Hillearys an, schilderte ihnen kurz seinen Eindruck vom Latham Manor und schloß mit der Empfehlung, sie möchten doch selbst dort hingehen und sich ein eigenes Urteil über die Wohnanlage bilden.

Sein nächster Anruf galt dem Privatdetektiv, der für Carson & Parker vertrauliche Fälle übernahm und von dem er nun ein Dossier über Douglas Hansen verlangte. »Bohren Sie gründlich«, wies er ihn an, »ich weiß, daß es da etwas geben muß. Dieser Kerl ist ein Betrüger, wie er im Buch steht.«

Nun rief er erneut bei Maggie an und war erleichtert, als sie den Hörer abnahm. Sie schien ganz atemlos, als sie sich meldete. »Ich bin gerade erst reingekommen«, sagte sie.

Neil war überzeugt, Erregung und Beunruhigung aus ihrer Stimme heraushören zu können. »Maggie, ist irgendwas nicht in Ordnung?« fragte er.

»Nein, keineswegs.«

Ihr Leugnen war fast nur ein Flüstern, so, als fürchte sie, jemand belausche sie.

»Ist jemand bei dir?« fragte er, nun noch stärker besorgt.

»Nein, ich bin allein. Ich bin eben erst zur Tür reingekommen.«

Es sah Maggie nicht ähnlich, sich zu wiederholen, doch Neil erkannte, daß sie ihn wieder einmal nicht in das, was ihr zusetzte, einweihen würde. Er wollte sie mit Fragen bombardieren, wie etwa: »Wo warst du?« und »Hast du schon irgendwas zu den Dingen herausgefunden, die dich so beschäftigt haben?« und »Kann ich dir nicht helfen?«, unterließ es aber. Er wußte schon, warum.

Statt dessen sagte er nur: »Maggie, ich bin da. Denk einfach dran, wenn du mit irgendwem reden willst.«

»Werd ich tun.«

Und du wirst nichts dergleichen tun, dachte er. »Okay, ich ruf dich morgen wieder an.«

Er legte den Hörer auf und saß minutenlang da, ehe er die Nummer seiner Eltern eintippte. Sein Vater meldete sich.

Neil kam direkt zur Sache. »Dad, hast du diese Schlösser für Maggies Fenster schon besorgt?«

»Hab' sie gerade abgeholt.«

»Gut. Tu mir einen Gefallen, und ruf sie an und sag ihr, daß du sie heute nachmittag einbauen willst. Ich glaube, daß irgendwas passiert ist, was sie nervös macht.«

»Ich kümmere mich drum.«

Es war nur ein halber Trost, dachte Neil resigniert, daß Maggie möglicherweise eher dazu bereit war, sich seinem Vater anzuvertrauen als ihm selbst. Aber wenigstens würde sein Vater Augen und Ohren offenhalten, falls es irgendwelche Probleme gab.

Trish kam im selben Moment, als er den Hörer aufgelegt hatte, in sein Büro. Sie hielt einen Stapel Nachrichten in der Hand. Während sie die Papiere auf den Schreibtisch legte, zeigte sie auf das oberste. »Wie ich sehe, hat Ihre neue Kundin Sie aufgefordert, Aktien zu verkaufen, die sie gar nicht besitzt«, erklärte sie mit strenger Miene.

»Wovon reden Sie eigentlich?« fragte Neil.

»Ach, nichts weiter. Bloß, daß uns die Abrechnungszentrale mitgeteilt hat, sie hätten keine Belege dafür, daß Cora Gebhart die fünfzigtausend Aktienanteile besitzt, die Sie am Freitag für sie verkauft haben.«

62

Nachdem sie sich von Neil verabschiedet hatte, legte Maggie auf und ging zum Herd. Ganz automatisch füllte sie den Wasserkessel. Sie sehnte sich nach einer Tasse heißen Tees. Sie brauchte etwas, das ihr half, die beklemmende Realität der Zeitungsnachrufe von den beunruhigenden, ja verrückten Gedanken zu trennen, die ihr durch den Kopf schossen.

Sie nahm rasch eine Inventur dessen vor, was sie bisher in Erfahrung gebracht hatte.

Als sie in der letzten Woche Greta Shipley zum Friedhof gebracht hatte, hatten sie auf Nualas Grab und den Gräbern fünf weiterer Frauen Blumen hinterlassen.

Jemand hatte auf drei dieser Gräber ebenso wie auf das von Nuala eine Glocke gelegt. Sie hatte sie selbst dort gefunden.

Es hatte den Anschein, als sei auch neben dem Grabstein Mrs. Rhinelanders eine Glocke versenkt worden, aber aus irgendeinem Grund fehlte *diese* Glocke.

Greta Shipley war zwei Tage später im Schlaf gestorben, und kaum vierundzwanzig Stunden nach ihrer Beerdigung hatte jemand auch auf ihrem Grab eine Glocke deponiert.

Maggie legte die Computerausdrucke der Nachrufe auf den Tisch und überflog sie schnell noch einmal. Die Texte bestätigten, was ihr am Tag zuvor aufgefallen war: Winifred Pierson, die einzige Frau aus der Gruppe, bei deren Grab nichts auf eine Glocke hinwies, hatte eine große Familie gehabt. Sie war in Anwesenheit ihres Hausarztes gestorben.

Mit Ausnahme von Nuala, die in ihrem eigenen Haus ermordet worden war, waren die übrigen Frauen im Schlaf gestorben.

Was bedeutete, dachte Maggie, daß zum Zeitpunkt ihres Todes niemand anwesend war.

Sie waren alle laufend von Dr. William Lane, dem Direktor des Latham Manor, medizinisch betreut worden.

Dr. Lane. Maggie mußte daran denken, wie eilig Sarah Cushing dafür gesorgt hatte, ihre Mutter zu einem anderen Arzt zu bringen. Lag das daran, daß sie wußte oder doch den Verdacht hegte, daß Dr. Lane als praktischer Arzt nicht kompetent war?

Oder vielleicht ein bißchen *zu* kompetent? fragte eine hartnäckige innere Stimme. Vergiß nicht, Nuala ist ermordet worden.

Hör auf, so zu denken, ermahnte sie sich. Doch wie auch immer man die Sache betrachtete, dachte sie, das Latham Manor hatte jedenfalls einer Menge von Leuten Unglück gebracht. Zwei Klientinnen von Mr. Stephens hatten ihr Geld verloren, während sie darauf warteten, daß eine Wohnung dort für sie frei wurde, und fünf Frauen, alle Bewohnerinnen des Latham – die weder so besonders alt noch krank waren –, waren im Schlaf gestorben.

Was hat Nuala dazu bewogen, ihre Pläne hinsichtlich Hausverkauf und Umzug ins Latham zu ändern? fragte sie sich wieder einmal. Und was hat Douglas Hansen, der den Frauen, die ihr Geld verloren haben, Aktien verkauft hatte, dazu bewogen, hier aufzutauchen und ein Angebot für dieses Haus abzugeben? Maggie schüttelte den Kopf. Da muß es doch einen Zusammenhang geben, sagte sie sich, doch was für einen?

Der Kessel begann zu pfeifen. Als Maggie aufstand, um Tee zu machen, läutete das Telefon. Es war Neils Vater. Er sagte: »Maggie, ich hab' die Schlösser jetzt da. Ich komme gleich rüber. Falls Sie aus dem Haus müssen, sagen Sie mir, wo ich einen Schlüssel finden kann.«

»Nein, ich bin da.«

Zwanzig Minuten später stand er vor der Tür. Nach einem »Schön, Sie wiederzusehen, Maggie« erklärte er: »Ich fange im ersten Stock an.«

Während er die Schlösser auswechselte, arbeitete sie in der Küche, räumte die Schubladen auf und warf dabei allen möglichen Kram weg, den sie in den meisten fand. Das Geräusch seiner Schritte über ihr hatte etwas Beruhigendes; sie nutzte die Zeit, während sie Ordnung schaffte, dazu aus, von neuem alles, was sie wußte, in Gedanken durchzugehen. Während sie alle Einzelstücke des Puzzles, die sie bisher hatte, zusammenzufügen suchte, kam sie zu einer Entscheidung: Vorläufig hatte sie absolut kein Recht, irgendeinen Verdacht gegen Dr. Lane zu äußern, aber es gab keinen Grund, nicht über Douglas Hansen zu reden, fand sie.

Robert Stephens kam in die Küche zurück. »Okay, ich bin soweit fertig. Gratis natürlich, aber hätten Sie eine Tasse Kaffee für mich? Nescafé tut's auch. Ich bin leicht zufriedenzustellen.«

Er ließ sich auf einen Stuhl nieder, und Maggie war sich bewußt, daß er sie aufmerksam betrachtete. Neil hat ihn geschickt, dachte sie. Er hat gemerkt, daß mich was aufregt.

»Mr. Stephens«, begann sie, »Sie wissen nicht allzuviel über Douglas Hansen, oder?«

»Genug, um zu wissen, daß er ein paar wirklich netten Frauen das Leben ruiniert hat, Maggie. Aber ob ich ihm je begegnet bin? Nein. Warum fragen Sie?«

»Weil beide der Damen, die Sie kennen und die durch ihn ihr Geld verloren haben, ursprünglich vorhatten, ins Latham Manor zu ziehen, was bedeutet, daß sie es sich leisten konnten, eine beträchtliche Menge Geld auszugeben. Meine Stiefmutter hatte ebenfalls vor, sich dort einzurichten, hat es sich aber im letzten Moment doch anders überlegt. Letzte Woche ist Hansen hier aufgetaucht und hat mir für dieses Haus fünfzigtausend Dollar mehr geboten als der Interessent, an den Nuala es fast verkauft hätte, und nach allem, was ich weiß, ist das wesentlich mehr als das, was es wert ist.«

»Ich will damit sagen«, fuhr sie fort, »daß ich mich frage, wieso er gerade die Frauen angesprochen hat, die Sie kennen und die ihr Geld über ihn angelegt haben, und ich frage mich auch, was ihn dazu gebracht hat, hier an meiner Tür aufzutauchen. Da kann nicht nur der Zufall seine Hände im Spiel haben.«

63

Earl Bateman fuhr zweimal an Maggies Haus vorbei. Beim drittenmal sah er, daß der Wagen mit dem Nummernschild von Rhode Island verschwunden war; Maggies Kombi stand jedoch noch in der Einfahrt. Er hielt an und griff nach dem gerahmten Bild, das er mitgebracht hatte.

Er war sich ziemlich sicher, daß Maggie ihm einen Korb gegeben hätte, wenn er vorher angerufen und gesagt hätte, er würde sie gern besuchen. So aber blieb ihr keine Wahl. Sie *mußte* ihn nun einfach hereinbitten.

Er klingelte zweimal an der Haustür, bevor sie ihm aufmachte. Es war offensichtlich, daß sie überrascht war, ihn zu sehen. Überrascht und nervös, dachte er.

Er hielt schnell das Päckchen hoch. »Ein Geschenk für Sie«, erklärte er begeistert. »Ein wunderschönes Bild von Nuala, das auf dem Fest im Four Seasons aufgenommen wurde. Ich hab's für Sie gerahmt.«

»Wie nett von Ihnen«, erwiderte Maggie und versuchte zu lächeln, obwohl sie ein wenig unsicher wirkte. Dann streckte sie die Hand aus.

Earl zog das Päckchen zurück, gab es nicht frei. »Darf ich denn nicht reinkommen?« fragte er in einem leichten und scherzenden Tonfall.

»Aber natürlich.«

Sie trat zur Seite und ließ ihn vorbei, schob aber zu seiner Verärgerung die Tür weit auf und beließ es dabei.

»Ich würde sie lieber zumachen, wenn ich Sie wäre«, sagte er. »Ich weiß nicht, ob Sie heute schon draußen waren, aber es geht ein scharfer Wind.« Wiederum fiel ihm ihre Unsicherheit auf, und er lächelte grimmig. »Und ganz egal, was mein lieber Cousin Ihnen weisgemacht hat – ich beiße nicht«, sagte er und gab ihr endlich das Päckchen.

Er ging ihr voraus ins Wohnzimmer und setzte sich in den großen Klubsessel. »Ich kann Tim direkt vor mir sehen, wie er es sich hier mit seinen Büchern und Zeitungen gemütlich gemacht und wie Nuala ihn umsorgt hat. Was waren die beiden doch für Turteltauben! Sie haben mich von Zeit zu Zeit zum Abendessen eingeladen, und ich bin immer gern hergekommen. Nuala hat keinen großen Wert auf Ordnung gelegt, aber sie konnte hervorragend kochen. Und Tim hat mir erzählt, wenn sie spät am Abend alleine waren und zusammen ferngesehen haben, dann hat sie sich zusammen mit ihm in diesen Sessel hier gekuschelt. Sie war so eine zierliche, kleine Lady.«

Er blickte sich um. »Ich kann sehen, daß Sie dem Haus hier schon Ihren Stempel aufdrücken«, stellte er fest. »Ich finde das gut. Die Atmosphäre ist viel ruhiger so. Ist Ihnen dieses schmale Sofa nicht unheimlich?«

»Ich ändere noch einiges an der Einrichtung«, erwiderte Maggie, noch immer einen Vorbehalt in der Stimme.

Bateman beobachtete sie beim Öffnen des Päckchens und gratulierte sich selbst, daß ihm das mit dem Foto eingefallen war. Allein schon der Anblick, wie ihr Gesicht zu strahlen begann, bestätigte, wie klug es von ihm gewesen war, daran zu denken.

»Oh, das ist ja ein *wundervolles* Bild von Nuala!« rief Maggie begeistert. »Sie sah an dem Abend so hübsch aus. Danke. Ich bin wirklich froh, daß ich das habe.« Ihr Lächeln war jetzt ungetrübt.

»Es tut mir leid, daß Liam und ich auch mit drauf sind«, erklärte Bateman. »Vielleicht können Sie uns rausretuschieren lassen.«

»Das würde ich nie tun«, antwortete Maggie sofort. »Und vielen Dank, daß Sie sich die Zeit genommen haben, es selbst vorbeizubringen.«

»Aber bitte, keine Ursache«, entgegnete er, während er sich tiefer in den Sessel zurücklehnte.

Er hat nicht die Absicht zu gehen, dachte sie mit Widerwillen. Seine Art, sie zu mustern, brachte sie in Verlegenheit. Sie kam sich so vor, als sei ein Scheinwerfer auf sie gerichtet. Batemans Augen, die hinter seiner runden Rahmenbrille zu groß wirkten, waren hartnäckig auf sie geheftet. Trotz seiner deutlichen Bemühung, sich leger zu geben, schien er fast wie auf ein Kommando hin am ganzen Körper erstarrt. Ich könnte ihn mir nicht vorstellen, wie er sich irgendwo ankuschelt oder auch nur in seiner eigenen Haut je wohl fühlt, überlegte sie.

Er ist wie ein bis zum Reißen gespannter Draht, dachte sie.

Nuala war so eine zierliche, kleine Lady…

Hat keinen großen Wert auf Ordnung gelegt… konnte hervorragend kochen…

Wie häufig war Earl Bateman wohl hier gewesen? fragte sich Maggie. Wie gut kannte er dieses Haus? Vielleicht kannte er ja auch den Grund, weshalb Nuala sich dagegen entschieden hatte, Bewohnerin des Latham Manor zu werden, schloß sie und wollte schon danach fragen, als ihr plötzlich ein anderer Gedanke kam.

Oder vielleicht hat er den Grund geahnt – und sie umgebracht!

Sie zuckte unwillkürlich zusammen, als das Telefon läutete. Sie entschuldigte sich und ging in die Küche, um den Hörer abzunehmen. Polizeichef Brower war am Apparat. »Miss Holloway, ich wollte fragen, ob ich heute am späten Nachmittag bei Ihnen vorbeischauen und mit Ihnen reden kann«, sagte er.

»Aber sicher. Gibt es was Neues? Ich meine hinsichtlich Nualas?«

»Ach, nichts Besonderes. Ich wollte einfach nur mit Ihnen reden. Und ich bring vielleicht noch jemand mit. Ist das in Ordnung? Ich ruf noch an, bevor ich komme.«

»Aber sicher«, erwiderte sie. Dann, als ihr der Verdacht kam, Earl Bateman könnte vielleicht versuchen mitzubekommen, was sie sagte, sprach sie etwas lauter. »Chief, ich habe gerade Earl Bateman zu Besuch. Er hat mir ein wirklich wundervolles Bild von Nuala vorbeigebracht. Ich seh Sie dann also später.«

Als sie ins Wohnzimmer zurückkehrte, fiel ihr auf, daß der Fußschemel vor Earls Sessel beiseite geschoben worden war, was darauf schließen ließ, daß er sich erhoben hatte. Er *hat* also gelauscht, dachte sie. Gut. Mit einem Lächeln erklärte sie nun: »Das war Chief Brower.« Das wissen Sie ja bereits, ergänzte sie im stillen. »Er kommt heute nachmittag vorbei. Ich hab' ihm erzählt, daß Sie gerade zu Besuch hier sind.«

Bateman nickte ernst. »Ein guter Polizeichef. Respektiert die Leute. Nicht so wie die Sicherheitspolizei in anderen Kulturen. Wissen Sie, was passiert, wenn ein König stirbt? Während der Trauerperiode übernimmt die Polizei die Regierungsgeschäfte. Manchmal ermorden sie sogar die Familie des Königs. Bei manchen Völkern ist es tatsächlich regelmäßig dazu gekommen. Ich könnte Ihnen viele Beispiele nennen. Sie wissen doch, daß ich Vorträge über Bestattungsbräuche halte?«

Maggie, die der Mann auf merkwürdige Weise faszinierte, setzte sich hin. Sie spürte, daß sich etwas an Earl Bateman verändert hatte; sein Gesicht hatte fast den Ausdruck religiöser Versenkung angenommen. Von einem Musterexemplar des ungeschickten, zerstreuten Professors hatte er sich in ein völlig anderes, ein messianisches Wesen mit Engelszungen verwandelt. Sogar die Art, wie er dasaß, hatte sich verändert. Die steife Schuljungenpose war der gelassenen Haltung eines Mannes gewichen, der selbstsicher und entspannt war. Er beugte sich etwas zu ihr vor, den linken Ellenbogen auf der Armlehne des Sessels und den Kopf etwas geneigt. Er starrte nun nicht mehr *sie* an; sein Blick war statt dessen auf irgendwas links neben ihr gerichtet.

Maggie spürte, wie ihre Kehle plötzlich trocken wurde. Unabsichtlich hatte sie sich auf das schmale Zweiersofa gesetzt, und nun wurde ihr bewußt, daß er ein Stück über sie hinweg genau auf die Stelle schaute, wo Nualas Körper zusammengekrümmt gelegen hatte.

»Wußten Sie, daß ich Vorträge über Bestattungsbräuche halte?« fragte er erneut, und sie begriff plötzlich, daß sie seine Frage nicht beantwortet hatte.

»Oh, ja«, sagte sie schnell. »Wissen Sie noch? Das haben Sie mir an dem Abend erzählt, als wir uns zum erstenmal begegnet sind.«

»Ich würde wirklich gern mit Ihnen darüber reden«, sagte Bateman ernst. »Wissen Sie, eine Kabelfernsehfirma hat großes Interesse daran, daß ich eine Serie für sie mache, vorausgesetzt, daß ich ein Themenspektrum für mindestens dreizehn halbstündige Sendungen offerieren kann. Ich hab' mehr als genug Material für das Programm, aber ich würde gern noch Bilder dazu aussuchen.«

Maggie wartete ab.

Earl verschränkte seine Hände. Jetzt nahm seine Stimme einen beschwörenden Klang an. »Die Antwort auf solch eine Art von Angebot sollte man nicht lange aufschieben. Ich muß bald darauf reagieren. Sie sind eine sehr erfolgreiche Fotografin. Von Bildmaterial verstehen Sie etwas. Sie würden mir einen riesigen Gefallen tun, wenn Sie mir erlauben, daß ich Ihnen heute mein Museum zeige. Es ist im Zentrum, gleich neben dem Bestattungsunternehmen, das früher meiner Familie gehört hat. Sie wissen natürlich, wo das ist. Würden Sie bloß eine Stunde mit mir verbringen? Ich zeige Ihnen dann die Exponate und erläutere sie, und vielleicht können Sie mir helfen zu entscheiden, welche davon ich den Produzenten vorschlagen sollte.«

Er hielt einen Moment inne. »Bitte, Maggie.«

Er muß vorhin wirklich mitgehört haben, dachte Maggie. Er weiß, daß Chief Brower nachher vorbeikommt, und er weiß auch, daß ich ihm gesagt habe, wer bei mir zu Besuch ist. Liam hatte ihr von Earls Abgüssen der viktorianischen Glocke erzählt. Angeblich hat er zwölf Stück davon. Mal angenommen, sie sind dort ausgestellt, überlegte sie. Und angenommen, daß jetzt nur noch sechs da sind. Falls ja, dann wäre der Schluß zulässig, daß er die übrigen auf die Gräber getan hat.

»Ich würde gerne mitkommen«, sagte sie, »aber Chief Brower kommt heute nachmittag her, um mit mir zu reden. Für den Fall, daß er zu früh dran ist, hinterlasse ich ihm einfach eine kurze Nachricht an der Tür, daß ich mit Ihnen in dem Museum bin und dann gegen vier wieder zurück sein werde.«

Earl lächelte. »Das ist sehr umsichtig, Maggie. Das sollte uns reichlich Zeit lassen.«

64

Um zwei Uhr bestellte Chief Chet Brower Detective Jim Haggerty zu sich ins Büro, erfuhr jedoch, daß Haggerty gerade ein paar Minuten zuvor mit den Worten, er sei bald zurück, weggegangen sei. Als er hereinkam, hatte er die gleichen Papiere dabei wie die, über die sich Brower an seinem Schreibtisch gebeugt hatte – Kopien der Nachrufe, die sich Maggie Holloway beim *Newport Sentinel* angesehen hatte. Haggerty wußte, daß ein weiterer Satz an Lara Horgan im Amt für forensische Pathologie von Providence gefaxt worden war.

»Was ist Ihnen aufgefallen, Jim?« wollte Brower wissen.

Haggerty ließ sich auf einen Stuhl fallen. »Wahrscheinlich dasselbe wie Ihnen, Chef. Fünf der sechs verstorbenen Frauen haben in diesem Luxus-Altersheim gewohnt.«

»Richtig.«

»Keine der fünf hatte nahe Verwandte.«

Brower schaute ihn wohlwollend an. »Sehr gut.«

»Sie sind alle im Schlaf gestorben.«

»Mm-hmmm.«

»Und in jedem Fall war Dr. William Lane, der Direktor des Latham Manor, der zuständige Arzt. Was heißt: Er hat die Totenscheine ausgestellt.«

Brower lächelte anerkennend. »Sie begreifen wirklich schnell, worauf es ankommt.«

»Und eine andere Sache«, fuhr Haggerty fort, »steht nicht in diesen Zeitungsartikeln: Wenn man nämlich im Latham Manor stirbt, dann fällt die Ein- oder Mehr-Zimmerwohnung, die man gekauft hat, um drin zu wohnen, an die Geschäftsführung zurück, was heißt, daß sie *pronto* wieder verkauft werden kann.«

Brower runzelte die Stirn. »Aus diesem Blickwinkel hab' ich mir die Sache noch gar nicht angesehen«, gab er zu. »Ich hab' eben mit der Gerichtsmedizinerin gesprochen. Lara sind auch all diese Dinge aufgefallen. Sie läßt jetzt Dr. William

Lane überprüfen. Sie hat bereits Ermittlungen über eine Krankenschwester dort, Zelda Markey, angestellt. Sie will mich heute nachmittag zu einem Gespräch mit Maggie Holloway begleiten.«

Haggerty sah nachdenklich aus. »Ich hab' Mrs. Shipley, die Frau, die letzte Woche im Latham gestorben ist, gekannt. Ich hatte sie sehr gern. Mir ist eingefallen, daß ihre Angehörigen zur Zeit noch hier sind. Ich hab' mich umgehört, und sie haben im Harborside Inn Quartier bezogen, also hab' ich einfach mal vorbeigeschaut.«

Brower wartete. Haggerty hatte seine unverfänglichste Miene aufgesetzt, was in Browers Augen nur heißen konnte, daß er auf etwas Besonderes gestoßen war.

»Ich hab' mein Beileid ausgesprochen und ein bißchen mit ihnen geredet. Und da stellt sich heraus, daß gestern ausgerechnet Maggie Holloway im Latham Manor war.«

»Warum war sie dort?« fragte Brower knapp.

»Sie war von der alten Mrs. Bainbridge und ihrer Tochter zum Brunch eingeladen worden. Danach ging sie aber noch nach oben und wechselte ein paar Worte mit den Verwandten von Mrs. Shipley, die dabei waren, ihren Nachlaß zusammenzupacken.« Er seufzte. »Miss Holloway hatte eine eigenartige Bitte. Sie hat nämlich erklärt, ihre Stiefmutter Nuala Moore, die im Latham einen Kunstkurs gegeben hatte, hätte Mrs. Shipley bei einer Zeichnung geholfen, und sie hat sich erkundigt, ob sie was dagegen hätten, wenn sie die Skizze mitnimmt. Komischerweise war die aber nicht zu finden.«

»Vielleicht hat sie Mrs. Shipley ja zerrissen.«

»Wohl kaum. Wie auch immer, jedenfalls haben später ein paar der Bewohner dort hereingeschaut, um sich mit Mrs. Shipleys Angehörigen zu unterhalten, während sie mit Packen beschäftigt waren, und da haben sie die nach der Skizze gefragt. Eins der alten Mädchen sagte, sie hätte sie gesehen. Es soll ein Plakat wie im Zweiten Weltkrieg gewesen sein und einen Spion dargestellt haben, der zwei Arbeiter aus der Rüstungsindustrie belauscht.«

»Wieso wollte Miss Holloway das haben?«

»Weil Nuala Moore ihr eigenes Gesicht und das von Greta Shipley über die Gesichter der Rüstungsarbeiter gezeichnet hatte, und wen, meinen Sie wohl, hat sie an Stelle des Spions hingezeichnet?«

Brower blickte Haggerty mit zusammengekniffenen Augen an.

»Schwester Markey«, sagte der Detective mit Befriedigung. »Und noch eins, Chief. Im Latham Manor gilt die Regel, daß bei einem Todesfall sofort, nachdem die Leiche entfernt worden ist, das Zimmer oder die Wohnung abgesperrt wird, bis die Angehörigen Gelegenheit hatten, herzukommen und alle Wertgegenstände in Besitz zu nehmen. Mit anderen Worten: Niemand hatte dort was zu suchen oder sich die Skizze zu nehmen.« Er schwieg kurz. »Bringt einen schon auf komische Gedanken, finden Sie nicht?«

65

Neil sagte eine Verabredung zum Mittagessen ab und nahm statt dessen ein Sandwich mit Kaffee an seinem Schreibtisch zu sich. Er hatte Trish angewiesen, mit Ausnahme wirklich dringender Fälle alle Anrufe abzuwimmeln, während er fieberhaft daran arbeitete, sein Pensum für die nächsten paar Tage zu erledigen.

Um drei Uhr, als Trish gerade mit einem neuen Stapel Unterlagen hereinkam, rief er seinen Vater an. »Dad, ich komme heute abend rüber«, sagte er. »Ich hab' dauernd versucht, diesen Hansen ans Telefon zu kriegen, aber die erzählen mir bloß, er sei außer Haus. Also werde ich rauffahren und ihn selbst ausfindig machen. Dieser Kerl hat wesentlich mehr Dreck am Stecken, als daß er bloß alte Damen miserabel berät.«

»Genau dasselbe hat Maggie gesagt, und ich bin mir sicher, daß sie hinter irgendwas her ist.«

»Maggie!«

»Sie glaubt anscheinend, daß es irgendeine Verbindung zwischen Hansen und den Frauen gibt, die einen Antrag fürs Latham Manor ausgefüllt haben. Ich hab' mit Laura Arlington und Cora Gebhart inzwischen gesprochen. Und da stellt sich heraus, daß Hansen sie aus heiterem Himmel angerufen hat.«

»Warum haben sie denn nicht einfach wieder aufgelegt? Die meisten Leute lassen sich doch nicht am Telefon mit Aktienhausierern ein, die sie gar nicht kennen.«

»Offenbar hat ihm die Angabe von Alberta Downings Namen Glaubwürdigkeit verschafft. Er hat die beiden dazu gedrängt, sie wegen einer Referenz anzurufen. Aber dann – und hier wird die Sache erst interessant – hat er davon geredet, daß manche Leute Papiere hätten, die infolge der Inflation an Kaufkraft verlören, und *ganz zufällig* nannte er dann als Beispiel genau die Aktien und Obligationen, die Cora Gebhart und Laura Arlington besaßen.«

»Ja«, erwiderte Neil. »Ich erinnere mich daran, daß Mrs. Gebhart etwas von der Art erwähnt hat. Ich muß unbedingt mit dieser Mrs. Downing reden. Irgendwas stimmt da definitiv nicht. Und im übrigen hatte ich eigentlich erwartet, daß du mich sofort anrufst, nachdem du bei Maggie warst«, fügte er hinzu, wobei er sich bewußt war, daß er verärgert klang. »Ich hab' mir Sorgen um sie gemacht. War alles mit ihr in Ordnung?«

»Ich hatte vor, dich anzurufen, sobald ich ihre Information über Hansen überprüft hatte«, antwortete Robert Stephens. »Ich fand, daß *das* vielleicht wichtiger wäre, als dir Bericht zu erstatten«, fügte er bissig hinzu.

Neil rollte mit den Augen. »Entschuldige«, erklärte er. »Und danke, daß du zu ihr rübergegangen bist.«

»Du solltest wissen, daß ich sofort hingegangen bin. Zufälligerweise mag ich diese junge Dame sehr gern. Nur noch eins: Hansen ist letzte Woche bei Maggie aufgetaucht und hat ihr ein Angebot für das Haus gemacht. Ich hab' mit ein paar

Immobilienmaklern geredet, um sie zu fragen, was es wert ist. Maggie war der Ansicht, daß Hansens Angebot gemessen am Zustand des Hauses zu hoch war, und sie hat recht. Wenn du also schon dabei bist, versuch auch gleich rauszukriegen, was für ein Spiel er da mit ihr treibt.«

Neil fiel Maggies erstaunte Reaktion ein, als er Hansens Namen erwähnte, und wie sie ihm ausgewichen war, als er sie fragte, ob sie ihn kenne.

Aber in einem Punkt hatte ich recht: Sie hat sich Dad wirklich anvertraut, dachte er. Sobald ich wieder nach Newport komme, fahre ich sofort zu ihrem Haus und gehe nicht wieder weg, bis sie mir erzählt, was ich eigentlich falsch gemacht habe.

Als er den Anruf beendet hatte, blickte er zu Trish und den Papieren in ihrer Hand hinüber. »Darum müssen Sie sich selbst kümmern. Ich bin jetzt weg.«

»Oje, oje«, sagte Trish in spöttischem, aber zugleich liebevollem Ton. »Maggie heißt sie also, und Sie machen sich ganz verrückt vor Sorge um sie. Was für eine wichtige neue Erfahrung für *Sie*.« Dann runzelte sie die Stirn. »Warten Sie mal, Neil. Sie machen sich *wirklich* Sorgen, oder?«

»Da können Sie drauf wetten.«

»Worauf warten Sie dann noch? Raus mit Ihnen.«

66

»Ich bin sehr stolz auf mein Museum«, erklärte Earl, als er Maggie die Tür aufhielt, damit sie aus ihrem Wagen aussteigen konnte. Sie hatte es abgelehnt, mit ihm zu fahren, und war sich bewußt, daß ihn ihre Zurückweisung gekränkt hatte.

Als sie seinem grauen Oldsmobile in die Innenstadt und vorbei am Bateman Funeral Home gefolgt war, war ihr klargeworden, weshalb sie das Museum zuvor nicht bemerkt hatte. Es lag mit dem Eingang an einer Seitenstraße im hinteren Teil des großen Grundstücks und hatte einen eigenen Parkplatz nach hinten hinaus. Der Platz war jetzt leer bis auf ein einziges weiteres Fahrzeug, das in der Ecke stand – ein auf Hochglanz polierter schwarzer Leichenwagen.

Earl zeigte darauf, während sie auf das Museum zugingen. »Der ist dreißig Jahre alt«, erklärte er stolz. »Mein Vater war, als ich gerade mit dem College anfing, drauf und dran, ihn gegen einen neuen wegzugeben, aber ich hab' ihn dazu überredet, ihn mir zu überlassen. Ich bewahre ihn in der Garage hier auf und hole ihn nur im Sommer heraus. Das ist die Zeit, wenn ich Besucher ins Museum einlade, allerdings nur für ein paar Stunden am Wochenende. Der Wagen gibt dem Ganzen hier irgendwie den richtigen Akzent, finden Sie nicht auch?«

»Vermutlich«, erwiderte Maggie ausweichend. In den letzten zehn Tagen hab' ich für den Rest meines Lebens genug Leichenwagen gesehen, dachte sie. Sie wandte sich dem dreistöckigen Haus im viktorianischen Stil zu, um es mit seiner ausladenden Vorhalle und all dem Zuckerbäckerzierat genauer zu betrachten. Wie das Bateman Funeral Home war es leuchtendweiß gestrichen, mit schwarzen Fensterläden. Um die Eingangstür drapierte schwarze Kreppwimpel flatterten im Wind.

»Das Haus ist im Jahr achtzehnhundertfünfzig von meinem Ururgroßvater erbaut worden«, erläuterte Earl. »Es war unser erstes Bestattungsunternehmen, und damals wohnte die Familie noch im obersten Stock. Mein Großvater hat das jetzige Gebäude errichtet, und mein Vater hat es erweitert. Das Haus hier wurde eine Zeitlang von einem Verwalter benutzt. Als wir dann vor zehn Jahren die Firma verkauften, trennten wir das Haus und knapp einen halben Hektar von dem Grundstück ab, und ich hab's für mich alleine übernommen. Das Museum hab' ich wenig später eröffnet, obwohl ich die Exponate schon Jahre vorher zusammengetragen hatte.«

Earl legte eine Hand auf Maggies Ellenbogen. »Jetzt erwartet Sie ein wahrer Augenschmaus. Aber denken Sie daran: Ich möchte, daß Sie sich alles im Hinblick darauf ansehen, was ich als Anschauungsmaterial vorschlagen sollte. Ich meine, nicht bloß für die einzelnen Sendungen, sondern vielleicht auch etwas, das als Motiv für den Anfang und Abspann der Serie fungieren könnte.«

Sie waren nun auf der überdachten Veranda. Auf dem breiten Geländer waren mehrere Pflanzkästen mit Veilchen und Alpenrosen angebracht, die dazu beitrugen, der allgemeinen Begräbnisstimmung ein wenig entgegenzuwirken. Bateman hob den am nächsten plazierten Kasten am Rand etwas hoch und zog einen Schlüssel hervor. »Sehen Sie, wie ich Ihnen vertraue, Maggie? Ich zeige Ihnen mein geheimes Versteck. Das hier ist ein altmodisches Schloß, und der Schlüssel ist viel zu schwer, als daß man ihn ständig mit sich herumtragen könnte.«

An der Tür blieb er stehen und zeigte auf den Krepp. »In unserem Kulturkreis war es früher Brauch, die Tür auf diese Weise zu dekorieren zum Zeichen dafür, daß dies ein Haus der Trauer war.«

Mein Gott, wie er das genießt! dachte Maggie, und ein leiser Schauer durchfuhr sie. Ihr wurde bewußt, daß ihre Hände feucht waren, und sie schob sie in die Taschen ihrer Jeans. Der irrationale Gedanke ging ihr durch den Sinn, sie habe nicht das Recht, in einer karierten Hemdbluse und Jeans ein Haus der Trauer zu betreten.

Der Schlüssel drehte sich mit einem schabenden Geräusch, und Earl Bateman schubste die Tür auf und trat zur Seite. »Nun, was halten Sie davon?« fragte er voller Stolz, als Maggie langsam an ihm vorbeiging.

Eine lebensgroße Figur eines Mannes in schwarzer Livree stand im Foyer stramm, als warte er tatsächlich darauf, Gäste zu empfangen.

»In Emily Posts erstem Buch über Etikette, das im Jahr neunzehnhundertzweiundzwanzig herauskam, schrieb sie, im Falle eines Todes solle der Butler in seiner Tagesuniform an der Tür stehen, bis ihn ein Lakai in schwarzer Livree ablösen könne.«

Earl schnippte vom Ärmel der Kostümpuppe etwas weg, was Maggie gar nicht sehen konnte.

»Wissen Sie«, sagte er ernst, »die Räume im Erdgeschoß zeigen unsre Trauerkultur aus dem *jetzigen* Jahrhundert; ich hab' mir gedacht, daß die Gestalt in Livree interessant für die Leute sein würde, wenn sie hereinkommen. Wie viele Leute heutzutage, sogar reiche Leute, würden denn einen Lakai in schwarzer Livree an der Tür aufstellen, wenn jemand in der Familie stirbt?«

Maggies Gedanken sprangen ganz unvermittelt zu dem schmerzlichen Tag damals zurück, als sie zehn Jahre alt war und Nuala ihr erzählte, sie werde weggehen. »Weißt du, Maggie«, hatte sie erklärt, »noch lange nach dem Tod von meinem ersten Mann hab' ich immer eine dunkle Brille dabeigehabt. Ich mußte so leicht weinen, daß ich mich geniert habe. Wenn ich merkte, daß es wieder soweit war, hab' ich einfach in meine Tasche gegriffen und die Brille rausgeholt und mir dabei gedacht: ›Zeit, wieder mein Trauerutensil aufzusetzen.‹ Ich hatte die Hoffnung, daß dein Vater und ich uns auch so lieben könnten. Ich hab' mir wirklich Mühe gegeben, aber es soll wohl einfach nicht sein. Und für den Rest meines Lebens werde ich jedesmal, wenn ich an all die Jahre denke, die ich nun mit dir verpasse, nach meinem Trauerutensil greifen müssen.«

Die Erinnerung an jenen Tag trieb Maggie stets die Tränen in die Augen. Ich wünschte, ich hätte jetzt auch irgendein Trauerutensil, dachte sie, während sie sich die Feuchtigkeit von der Wange wischte.

»O Maggie, Sie sind ja ganz bewegt«, sagte Earl voller Ehrfurcht. »Wie verständnisvoll von Ihnen. Also hier in diesem Geschoß befinden sich, wie ich schon sagte, die Räume, welche die Todesrituale des zwanzigsten Jahrhunderts zur Schau stellen.«

Er schob einen schweren Vorhang zur Seite. »In diesem Zimmer hier habe ich Emily Posts Version einer ganz kleinen Bestattung nachgestellt. Sehen Sie?«

Maggie schaute hinein. Die Figur einer jungen, in ein blaßgrünes Seidengewand gekleideten Frau lag auf einem Brokatsofa. Lange kastanienbraune Kringellocken fielen über ein schmales Satinkissen. Ihre Hände waren über künstliche Maiglöckchen aus Seide gefaltet.

»Ist das nicht bezaubernd? Sieht sie nicht so aus, als würde sie bloß schlafen?« flüsterte Earl. »Und sehen Sie mal«, er deutete auf ein unauffälliges Lesepult aus Silber in der Nähe des Eingangs, »heute würden sich dort die Besucher ins Gästebuch eintragen. Statt dessen habe ich eine Seite aus der Erstausgabe von Emily Posts Buch über die Versorgung der Hinterbliebenen kopiert. Lassen Sie mich es Ihnen vorlesen. Es ist wirklich ziemlich faszinierend.«

Seine Stimme hallte durch den zu stillen Raum:

»›Die Trauernden sollte man dazu anhalten, sich möglichst in ein sonniges Zimmer und dorthin, wo ein Kaminfeuer brennt, zu setzen. Wenn sie sich nicht der Aufgabe gewachsen fühlen, zu Tisch zu gehen, sollte man ihnen eine ganz geringe Menge Essen auf einem Tablett bringen. Eine Tasse Tee oder Kaffee oder Bouillon, ein wenig dünnen Toast, ein pochiertes Ei, Milch, wenn sie warme mögen, oder Milchtoast. Kalte Milch ist schlecht für jemanden, der bereits unterkühlt ist. Der Koch könnte etwas vorschlagen, was üblicherweise appetitanregend auf die Betreffenden wirkt ...‹«

Er verstummte. »Ist das nicht bemerkenswert? Wie viele Leute, egal wieviel Geld sie haben, haben heutzutage einen Koch, der sich den Kopf darüber zerbricht, was ihren Appetit anregt? Stimmt's? Aber ich finde, das würde ein wunderbares Einzelbild zur Erläuterung abgeben, finden Sie nicht? Die Motive für den Anfang und Abspann müssen aber eine größere Bandbreite haben.«

Er nahm sie am Arm. »Ich weiß, daß Sie nicht viel Zeit haben, aber kommen Sie doch bitte mit mir in den ersten Stock. Ich habe da einige großartige Nachstellungen von archaischen Trennungsriten aus uralter Zeit. Festtafeln zum Beispiel. Es hat ganz den Anschein, daß verschiedene Völker von der Überzeugung ausgingen, zum Tod gehöre unbedingt ein Festbankett am Ende der Zeremonie, weil lang anhaltende Trauer das Individuum und die Gemeinschaft schwächt. Ich habe typische Beispiele dafür aufgestellt.«

»Dann ist da meine Beerdigungsabteilung«, fuhr er begeistert fort, während sie die Treppe hinaufstiegen. »Hab' ich schon den Brauch eines Stammes aus dem Sudan erwähnt, die ihren Häuptling erstickten, wenn er alt oder schwach wurde? Wissen Sie, das Prinzip war, daß der Herrscher die Vitalität der Nation verkörperte und nie sterben durfte, oder die Nation wäre mit ihm gestorben. Wenn also der Herrscher deutlich anfing, seine Kraft zu verlieren, wurde er insgeheim getötet und anschließend in eine Lehmhütte eingemauert. Dann konnte man davon ausgehen, er wäre gar nicht gestorben, sondern habe sich vielmehr in Nichts aufgelöst.« Er lachte.

Sie waren im ersten Stock angelangt. »Hier in dem ersten Zimmer habe ich die Nachbildung einer Lehmhütte geschaffen. Jetzt aber nur unter uns – ich habe schon mit einem Museum im Freien angefangen, wo der Bestattungsbereich sogar noch wirklichkeitsgetreuer sein kann. Es liegt ungefähr zehn Meilen von hier entfernt. Bis jetzt hab' ich schon einige Ausgrabungen machen lassen, im wesentlichen einfach ein bißchen Arbeit mit dem Bulldozer. Ich entwerfe das gesamte Projekt selbst. Aber wenn es fertig ist, wird es wirklich ziemlich fantastisch. An einer Stelle werde ich eine Miniaturnachbildung einer Pyramide haben, mit einem Abschnitt, der durchsichtig ist, damit die Leute sehen können, wie die alten Ägypter ihre Pharaonen zu Grabe gebettet haben, zusammen mit ihrem Gold und ihren unschätzbaren Juwelen, die sie ins Jenseits begleitet haben ...«

Der plappert ja nur so, dachte Maggie, während sie ein bleiernes Gefühl des Unbehagens überkam. Er ist *verrückt!* Ihre Gedanken überstürzten sich, während er sie von einem Zimmer zum nächsten vorantrieb, von einer einem kunstvoll aufgebauten Bühnenbild gleichenden Szene zur nächsten. Earl hielt sie jetzt an der Hand fest und zog sie mit sich, während er durch die Zimmer fegte, um nur ja alles zu zeigen, alles zu erklären.

Sie waren fast am Ende des langen Korridors angekommen, und Maggie wurde bewußt, daß sie noch immer nichts gesehen hatte, was den Glocken glich, die sie auf den Gräbern entdeckt hatte.

»Was haben Sie denn im zweiten Stock?« fragte sie.

»Der ist noch nicht zum Ausstellen hergerichtet«, sagte er geistesabwesend. »Ich benutze ihn als Lagerraum.«

Dann blieb er abrupt stehen und sah sie eindringlich an. Sie standen am Ende des Korridors direkt vor einer schweren Tür. »O Maggie, das ist eines meiner besten Ausstellungsstücke!«

Earl drehte den Griff und warf mit einer dramatischen Geste die Tür weit auf. »Ich habe zwei Zimmer kombiniert, um die Wirkung zu erzielen, die ich hier haben wollte. Das hier stellt die Bestattung eines Adeligen im klassischen Rom dar.« Er zog sie hinein. »Lassen Sie mich's erklären. Zuerst haben sie eine Totenbahre angefertigt, dann ein Sofa darauf gesetzt. Obenauf wurden zwei Matratzen plaziert. Vielleicht würde das ja ein gutes Auftaktbild für die Serie abgeben. Natürlich haben die Fackeln jetzt im Moment bloß rote Glühbirnen, aber wir *könnten* sie richtig brennen lassen. Der alte Mann, der diese Bahre für mich angefertigt hat, war ein echter Künstler. Er hat sie ganz genau nach dem Bild gebaut, das ich ihm gegeben habe. Schaun Sie mal die Früchte und Blumen an, die er ins Holz geschnitzt hat. Fühlen Sie mal.«

Er packte ihre Hand und führte sie an der Bahre entlang. »Und diese Modellpuppe hier ist ein wahrer Fund. Die Figur ist ganz genauso angezogen, wie ein toter Patrizier angezogen wäre. Ich hab' das fantastische Gewand in einem Kostümladen entdeckt. Was für eine Darbietung diese Leichenbegängnisse doch gewesen sein müssen! Stellen Sie sich's mal vor. Herolde, Musikanten, lodernde Fackeln ...«

Unvermittelt schwieg er und machte ein betroffenes Gesicht. »Ich lasse mich wirklich mitreißen von diesem Thema, Maggie. Verzeihen Sie mir.«

»Nein, ich bin ganz fasziniert«, erwiderte sie mit möglichst gefaßter Stimme und hoffte, daß er nicht merkte, wie feucht die Hand war, die er nun endlich wieder freigab.

»Na prima. Also, jetzt ist nur noch ein Raum übrig. Gleich hier. Mein Sargzimmer.« Er öffnete die letzte Tür. »Auch eine ganz schöne Ansammlung hier, finden Sie nicht?«

Maggie wich zurück. Sie wollte nicht in dieses Zimmer gehen. Erst vor zehn Tagen hatte sie einen Sarg für Nuala aussuchen müssen. »Eigentlich sollte ich mich jetzt wieder auf den Heimweg machen, Earl«, sagte sie.

»Ach so. Ich hätte Ihnen das hier gern erläutert. Vielleicht kommen Sie ja noch mal her. Am Ende der Woche habe ich den neuesten da. Er ist wie ein Laib Brot geformt. Er wurde für die Leiche eines Bäckers entworfen. In einigen afrikanischen Kulturen ist es üblich, den Verstorbenen in einem Sarg zu beerdigen, der die Art und Weise symbolisiert, wie die betreffende Person ihr Leben verbracht hat. Diese Geschichte habe ich übrigens in einem der Vorträge angeführt, den ich hier in Newport bei einem Frauenklub gehalten habe.«

Maggie erkannte, daß er ihr damit möglicherweise den Anknüpfungspunkt bot, den sie gesucht hatte. »Halten Sie häufig Vorträge hier in Newport?«

»Neuerdings nicht mehr.« Earl schloß langsam die Tür des Sargzimmers, als trenne er sich nur widerwillig von ihm. »Sie haben doch sicher schon die Redensart gehört, daß ein Prophet in seinem eigenen Land nichts gilt? Erst erwarten sie, daß man kein Honorar verlangt, und dann wird man auch noch beleidigt.«

Sprach er etwa von der Reaktion auf seinen Vortrag im Latham Manor? fragte sich Maggie. Die geschlossenen Türen der verschiedenen Räume sperrten fast das ganze Licht aus, und der Flur war von Schatten erfüllt, doch sie konnte trotzdem sehen, daß sein Gesicht rot wurde. »Aber es hat Sie doch wohl niemand beleidigt?« fragte sie mit verhaltener, teilnahmsvoller Stimme.

»Doch, einmal«, erwiderte er finster. »Ich hab' mich schrecklich aufgeregt.«

Sie wagte nicht, ihm zu sagen, daß es Liam gewesen war, der ihr von dem Vorfall mit den Glocken erzählt hatte. »Ach, warten Sie mal«, sagte sie langsam. »Als ich Mrs. Shipley im Latham Manor besucht habe, hab' ich da nicht was davon gehört, daß Ihnen irgend etwas Unangenehmes zugestoßen war, als Sie so liebenswürdig waren, dort einen Vortrag zu halten? Irgend etwas, was mit Mrs. Bainbridges Tochter zu tun hatte?«

»Das ist genau das, was ich meine«, entgegnete Earl scharf. »Ich habe mich so über sie geärgert, daß ich einen meiner wirkungsvollsten Vorträge abgebrochen habe.«

Als sie die Treppe hinunter ins Erdgeschoß zurückkehrten, vorbei an der Figur des Lakaien in Livree und auf die Veranda hinaus, wo Maggie feststellte, daß sich das Tageslicht nach dem schummerigen Inneren des Museums als unerwartet kräftig erwies, da erzählte Bateman von jenem Abend im Latham Manor und beschrieb, wie er die Kopien der viktorianischen Glocken ausgeteilt hatte.

»Ich hab' sie extra *gießen* lassen«, erklärte er mit vor Zorn bebender Stimme. »Zwölf Stück. Vielleicht *war* es ja nicht klug, daß ich sie diesen Leuten in die Hand gegeben habe, aber das war noch lange kein Grund, mich so zu behandeln, wie es diese Frau getan hat.«

Maggie wählte ihre Worte sorgsam. »Ich bin überzeugt, daß andere Leute nicht auf diese Weise reagieren.«

»Es war für uns alle ganz entsetzlich. Zelda war außer sich.«

»Zelda?« hakte Maggie nach.

»Schwester Markey. Sie kennt meine Forschungsarbeit und hatte mich schon bei mehreren Gelegenheiten reden hören. Ich war ihr zuliebe dort. Sie hatte der Vorsitzenden des Veranstaltungskomitees im Latham gesagt, wie interessant meine Vorträge sind.«

Schwester Markey, dachte Maggie.

Seine Augen wurden schmal, wirkten jetzt mißtrauisch. Ihr war bewußt, daß er sie forschend ansah. »Ich rede nicht gern über das alles. Es regt mich auf.«

Maggie ließ nicht locker. »Aber ich könnte mir vorstellen, daß das ein faszinierender Vortrag wäre. Und vielleicht wären diese Glocken ein gutes Motiv für Anfang oder Schluß Ihrer Serie.«

»Nein. Vergessen Sie's. Die sind alle in einem Karton oben im Lagerraum, und dort bleiben sie auch.«

Er steckte den Schlüssel unter den Blumenkasten zurück. »So, jetzt verraten Sie bitte keinem, daß er hier ist, Maggie.«

»Nein, bestimmt nicht.«

»Aber wenn Sie Lust haben, noch mal allein herzukommen und vielleicht ein paar Aufnahmen von den Exponaten zu machen, die Sie für geeignet halten, daß ich sie den Leuten vom Kabelsender zeige, dann wäre das schön. Sie wissen ja, wo der Schlüssel zu finden ist.«

Er brachte sie zu ihrem Wagen. »Ich muß jetzt wieder nach Providence zurück«, sagte er. »Denken Sie auch an das Bildmaterial, und überlegen Sie sich, ob Sie mir ein paar Vorschläge machen können? Kann ich Sie in einem Tag etwa anrufen?«

»Aber sicher«, antwortete sie, als sie sich voller Erleichterung hinter das Steuer setzte. »Und vielen Dank noch«, fügte sie hinzu. Sie hatte definitiv nicht die Absicht, den Schlüssel zu benutzen oder je wieder hierher zurückzukehren, wenn es sich vermeiden ließ.

»Hoffentlich sehen wir uns bald wieder. Grüßen Sie Chief Brower von mir.«

Sie drehte den Zündschlüssel herum. »Tschüs, Earl. Es war sehr interessant.«

»Meine Friedhofsausstellung wird auch interessant werden. Ach, da fällt mir was ein. Ich fahr den Leichenwagen lieber wieder in die Garage. Friedhof. Leichenwagen. Komisch, wie das Gehirn funktioniert, nicht?« sagte er noch im Weggehen.

Als Maggie auf die Straße einbog, konnte sie im Rückspiegel erkennen, daß Earl in dem Leichenwagen saß und ein

Telefon in der Hand hielt. Sein Kopf war in ihre Richtung gewandt.

Sie konnte seine Augen spüren, seine großen, glänzenden Augen, wie sie ihr unverwandt folgten, bis sie endlich nicht mehr in seinem Blickfeld war.

67

Kurz vor fünf traf Dr. William Lane im Hotel Ritz-Carlton in Boston ein, wo man einen Chirurgen mit Cocktailempfang und Abendessen feierlich in den Ruhestand verabschiedete. Lanes Frau Odile war schon früher hingefahren, um Einkäufe zu machen und einen Termin bei ihrem Lieblingsfriseur wahrzunehmen. Sie hatte – wie sie es in der Vergangenheit bei ähnlichen Gelegenheiten gehalten hatten – für den Nachmittag ein Zimmer im Hotel gebucht.

Als er durch Providence fuhr, hatte Lanes ursprünglich gute Laune allmählich nachgelassen. Die Befriedigung, die er nach dem Anruf der Van Hillearys empfunden hatte, war geschwunden, und statt dessen plagte ihn nun eine warnende innere Stimme, nicht ungleich dem Piepsen, das bei einem Rauchmelder von einer defekten Batterie verursacht wird. Irgend etwas stimmte nicht, aber er war sich bis jetzt noch nicht klar darüber, was es genau war.

Der innere Alarm hatte genau zu dem Zeitpunkt eingesetzt, als er das Latham Manor verlassen wollte und Sarah Bainbridge Cushing anrief, um ihm zu sagen, sie sei auf dem Weg, ihre Mutter wieder zu besuchen. Sie hatte ihm mitgeteilt, Letitia Bainbridge habe kurz nach dem Lunch angerufen, sie fühle sich nicht gut und sei schrecklich nervös, weil Schwester Markey ständig bei ihr reinschneie, ohne anzuklopfen.

Genau deswegen hatte er Markey bereits verwarnt, nachdem Greta Shipley sich vorige Woche beschwert hatte. Dr.

Lane kochte. Was spielte sie eigentlich für ein Spiel? Er würde sie jedenfalls nicht noch einmal verwarnen; nein, er würde bei Prestige anrufen und denen erklären, sie sollten sie rausschmeißen.

Als er schließlich vor dem Ritz vorfuhr, war Lane äußerst gereizt. Und seine Stimmung wurde keinen Deut besser, als er sah, daß Odile gerade erst mit ihrem Make-up anfing. Sie kann doch nicht die ganze Zeit Besorgungen gemacht haben, dachte er mit wachsendem Ärger.

»Hallo, Liebling«, sagte sie mit einem Lächeln und schaute dabei mädchenhaft zu ihm hoch, als er die Tür schloß und durch den Raum auf sie zuging. »Wie gefallen dir meine Haare? Ich hab' Magda mal ein bißchen was anderes ausprobieren lassen. Nicht zu viele Locken, die rausstehen, hoffe ich?« Sie schüttelte spielerisch ihre Mähne.

Zugegeben, Odile hatte wunderschöne gesträhnte blonde Haare, aber Lane war es leid, ständig den Bewunderer spielen zu müssen. »Sieht ganz ordentlich aus«, sagte er, und seine Verärgerung war nicht zu überhören.

»Bloß ganz ordentlich?« fragte sie und riß die Augen auf, daß die Wimpern flatterten.

»Hör mal, Odile, ich habe Kopfschmerzen. Ich muß dich ja wohl nicht erst daran erinnern, daß ich ein paar harte Wochen hinter mir habe.«

»Das weiß ich doch, Liebling. Hör mal, warum legst du dich nicht für ein Weilchen hin, während ich die Lilie fertig male?«

Das war ein weiterer affektierter Trick von Odile, der ihn schier zum Wahnsinn trieb, daß sie ›die Lilie malen‹ sagte, während man statt dessen meistens ›die Lilie vergolden‹ hörte. Sie liebte es geradezu, wenn jemand versuchte, sie zu verbessern. Kam es einmal dazu, dann wies sie nur zu gern darauf hin, daß diese Zeile häufig falsch zitiert werde, daß Shakespeare tatsächlich geschrieben habe: ›Vergülden feines Gold, die Lilie malen‹.

Die Möchtegern-Intellektuelle, dachte Lane und knirschte mit den Zähnen. Er warf einen Blick auf seine Uhr. »Hör zu,

Odile, dieser Empfang fängt in zehn Minuten an. Findest du nicht, du solltest dich langsam beeilen?«

»O William, *niemand* geht auf die Minute pünktlich zu einer Cocktailparty«, sagte sie und verfiel wieder in ihre Kleinmädchenstimme. »Warum bist du bloß so grantig zu mir? Ich weiß, daß du dir wegen irgendwas schreckliche Sorgen machst, aber laß mich doch bitte dran teilhaben. Ich will dir doch helfen. Ich hab' dir auch früher geholfen, oder etwa nicht?«

Sie wirkte so, als würde sie gleich in Tränen ausbrechen.

»Natürlich hast du das getan«, sagte Dr. Lane, der sich nun erweichen ließ, mit sanfterer Stimme. Dann machte er ihr das Kompliment, von dem er wußte, daß es sie beruhigen würde. »Du bist eine wunderschöne Frau, Odile.« Er bemühte sich, einen liebevollen Tonfall anzuschlagen. »Selbst bevor du die Lilie malst, bist du schön. Du könntest jetzt sofort auf diesem Empfang auftauchen und jede Frau dort ausstechen.«

Dann, als sie zu lächeln begann, fügte er hinzu: »Aber du hast recht. Ich *mache* mir Sorgen. Mrs. Bainbridge ging es heute nachmittag nicht gut, und ich würde mich erheblich wohler fühlen, wenn ich in der Nähe wäre, falls es zu einem Notfall kommen sollte. Und deshalb ...«

»Ach so.« Sie seufzte, da sie wußte, was nun folgen würde. »Was für eine Enttäuschung! Ich hatte mich so darauf gefreut, all die Leute heute abend zu treffen und mit ihnen zu plaudern. Ich liebe ja unsre Gäste, aber wir scheinen ihnen tatsächlich unser ganzes Leben zu widmen.«

Es war die Reaktion, die er sich gewünscht hatte. »Ich lasse nicht zu, daß du so enttäuscht wirst«, erklärte er mit Entschiedenheit. »Du bleibst hier und machst dir einen netten Abend. Behalte doch einfach das Zimmer über Nacht, und komm morgen zurück. Ich möchte nicht, daß du nachts heimfährst, wenn ich nicht hinter dir herfahre.«

»Bist du dir auch ganz sicher?«

»Ich bin mir sicher. Ich laß mich jetzt einfach kurz auf dem Empfang blicken und fahre dann zurück. Du kannst ja die

Leute, die nach mir fragen, von mir grüßen.« Das Warnsignal in seinem Kopf war zu einer heulenden Sirene geworden. Er wollte nichts wie weg, nahm sich jedoch noch die Zeit, ihr einen Abschiedskuß zu geben.

Sie nahm sein Gesicht zwischen ihre Hände. »O mein Liebling, hoffentlich stößt Mrs. Bainbridge nichts zu, wenigstens noch lange nicht. Sie ist natürlich schon sehr alt, und es ist nicht anzunehmen, daß sie ewig lebt, aber sie ist so ein Schatz. Falls du den Verdacht hast, daß etwas ernsthaft nicht stimmt, dann laß bitte sofort ihren eigenen Arzt kommen. Ich möchte nicht, daß du so kurz nach dem letzten Mal schon wieder einen Totenschein für eine unsrer Damen abzeichnen mußt. Denk doch nur an all den Ärger in dem Heim, wo wir vorher waren.«

Er schob ihre Hände von seinem Gesicht weg und hielt sie fest. Er hätte Odile am liebsten erwürgt.

68

Als Maggie wieder am Haus angelangt war, blieb sie minutenlang auf der Veranda stehen, atmete tief ein und inhalierte den frischen, sauberen Salzgeruch des Ozeans. Es kam ihr so vor, als ob sie nach dem Museumsbesuch den Geruch des Todes in der Nase hatte.

Earl Bateman *hatte Freude* am Tod, dachte sie, und ein Schauer des Ekels lief ihr über den Rücken. Er hatte Freude daran, über den Tod zu reden, ihn sichtbar zu machen.

Liam hatte ihr erzählt, Earl hätte es regelrecht genossen, das Entsetzen der Gäste des Latham Manor zu schildern, als er sie dazu gebracht hatte, die Glocken zu halten. Sie konnte den Schrecken der alten Damen wahrhaftig verstehen, obwohl nach Earls Version des Vorfalls *er* sich so entsetzlich aufgeregt hatte, daß er die Glocken in das Lager im zweiten Stock weggepackt hatte.

Vielleicht war es ein bißchen von beidem, dachte sie. Er mochte Freude daran gehabt haben, die Leute zu erschrekken, war aber mit Sicherheit wütend geworden, als man ihn hinauswarf, dachte sie.

Es schien ihm so wichtig gewesen zu sein, ihr alles in diesem merkwürdigen Museum vorzuführen. Weshalb also hatte er nicht auch angeboten, ihr die Glocken zu zeigen? fragte sie sich. Das konnte doch bestimmt nicht nur an der schmerzlichen Erinnerung liegen, die mit dieser unangenehmen Szene im Latham Manor verbunden war.

Lag es also daran, daß er sie auf den Gräbern von Frauen aus dem Latham versteckt hatte – Frauen, die möglicherweise an dem Abend jenes Vortrags zum Publikum gehörten? Da fiel ihr plötzlich etwas anderes ein. War Nuala zu diesem Vortrag gegangen?

Maggie merkte, daß sie die Arme eng um den Körper geschlungen hielt und praktisch am ganzen Leib zitterte. Als sie sich umdrehte, um ins Haus zu gehen, nahm sie noch die Notiz, die sie für Chief Brower hinterlassen hatte, von der Tür ab. Kaum war sie eingetreten, sah sie als erstes das gerahmte Bild, das ihr Earl mitgebracht hatte.

Sie hob es hoch.

»Oh, Nuala«, sagte sie laut, »Finn-u-ala.« Sie betrachtete das Foto eine Weile aufmerksam. Man konnte es durchaus beschneiden, so daß es nur noch Nuala zeigte, und dann konnte sie es vergrößern lassen.

Als sie mit der Büste von Nuala angefangen hatte, hatte sie sich die Bilder jüngsten Datums, die sie im ganzen Haus von ihr finden konnte, zusammengesucht. Aber keines davon war so neu wie dieses hier; es würde ihr eine wundervolle Hilfe während der letzten Arbeitsphasen an der Büste sein, fand sie.

Polizeichef Brower hatte gesagt, er werde noch am selben Nachmittag vorbeischauen, aber es war bereits kurz nach fünf. Sie beschloß, gleich an der Skulptur ein wenig weiterzuarbeiten. Doch auf dem Weg zum Atelier hinauf fiel Maggie wieder ein, daß Chief Brower auch gesagt hatte, er werde vor seinem Besuch noch anrufen. Im Atelier würde sie das Telefon nicht hören.

Ich weiß, dachte Maggie, als sie am Schlafzimmer vorbeikam, jetzt wäre ein guter Zeitpunkt, die übrigen Sachen von Nuala vom Schrankboden zu räumen. Ich bringe einfach das Bild ins Atelier und komme wieder zurück.

Im Atelier nahm sie das Foto aus dem Rahmen heraus und steckte es vorsichtig an das Schwarze Brett neben dem Arbeitstisch. Dann knipste sie die Lampe an und studierte das Bild genauer.

Der Fotograf muß die drei wohl angewiesen haben, zu lächeln, dachte sie. Lächeln ist Nuala nie schwergefallen. Ich habe an dem Foto allenfalls auszusetzen, daß es keine Nahaufnahme ist, die zeigen würde, was ich an dem Abend beim Esssen in Nualas Augen gesehen habe.

Earl Bateman, der neben Nuala stand, sah unbehaglich aus, irgendwie verklemmt, und sein Lächeln wirkte gekünstelt. Aber dennoch, dachte sie, hatte er nichts an sich, was die beängstigende Besessenheit hätte vermuten lassen, die sie kurz zuvor an ihm bemerkt hatte.

Sie mußte daran denken, daß Liam einmal behauptet hatte, in der Familie gebe es eine Veranlagung zum Wahnsinn. Damals hatte sie diese Bemerkung als Witz aufgefaßt, doch mittlerweile war sie sich da nicht mehr so sicher.

Es gab wahrscheinlich gar kein schlechtes Foto von Liam, dachte sie, während sie die Aufnahme weiter studierte. Es existiert eine starke Familienähnlichkeit zwischen den beiden Vettern, vor allem was die Gesichtsform angeht. Doch was an Earl sonderbar aussieht, steht Liam gut.

Ich hatte so ein Glück, daß Liam mich mit auf dieses Familienfest genommen hat, so ein Glück, daß ich Nuala entdeckt habe, ging ihr durch den Sinn, als sie sich abwandte, um wieder nach unten zu gehen. Sie erinnerte sich, wie es beinahe nicht dazu gekommen wäre, wie sie sich schon entschlossen hatte, nach Hause zu gehen, weil Liam so damit beschäftigt war, von einer Verwandtengruppe zur nächsten zu flitzen. An jenem Abend war sie sich eindeutig vernachlässigt vorgekommen.

Aber seit ich hier angekommen bin, schlägt er ja definitiv andere Töne an, dachte sie.

Wieviel soll ich eigentlich Chief Brower erzählen, wenn er nachher kommt? fragte sie sich. Selbst wenn Earl Bateman diese Glocken auf die Gräber gelegt hat, war das ja nicht von vornherein illegal. Aber wieso tischt er mir dann diese Lüge auf, daß die Glocken im Lagerraum sind?

Sie ging ins Schlafzimmer und öffnete die Schranktür. Die einzigen Sachen, die dort noch hingen, waren der blaue Cocktailanzug, den Nuala an jenem Abend im Four Seasons getragen hatte, und der blaßgoldene Regenmantel, den sie selbst zu dem Zeitpunkt, als Neil und sein Vater das Bett verschoben, wieder in den Schrank gehängt hatte.

Jeder Zentimeter des Schrankbodens war jedoch mit einem wilden Durcheinander von Schuhen, Hausschuhen und Stiefeln bedeckt.

Maggie setzte sich auf den Boden und machte sich daran, alles auszusortieren. Einige der Schuhe waren schon ziemlich abgetragen, und die warf sie hinter sich, um sie später zu entsorgen. Andere wiederum, wie etwa das Paar, das Nuala ihrer Erinnerung nach auf der Party getragen hatte, waren sowohl neu wie relativ teuer.

Es stimmte schon, daß Nuala keine Ordnungsfanatikerin war, aber mit Sicherheit hätte sie niemals neue Schuhe so achtlos durcheinandergeworfen, stellte Maggie fest. Dann hielt sie die Luft an. Sie wußte, daß der Eindringling, der Nuala getötet hatte, die Schreibtischschubladen durchwühlt hatte, aber hatte er sich sogar die Zeit genommen, ihre *Schuhe* zu durchstöbern?

Das Telefon klingelte, und sie zuckte zusammen. Chief Brower, dachte sie, und ihr wurde bewußt, daß sie absolut nichts gegen sein Erscheinen einzuwenden hatte.

Statt Brower war jedoch Detective Jim Haggerty am Apparat, um ihr mitzuteilen, daß der Chef das Treffen gerne auf den nächsten Vormittag verschieben würde. »Lara Horgan, die staatliche Gerichtsmedizinerin, würde gern mitkommen, und im Moment sind beide in Notfällen unterwegs.«

»Ist schon gut«, sagte Maggie. »Ich bin morgen vormittag hier.« Dann fiel ihr ein, wie sympathisch Detective Haggerty ihr gewesen war, als er bei ihr reingeschaut hatte, und sie beschloß, ihn nach Earl Bateman zu fragen.

»Detective Haggerty«, sagte sie, »heute nachmittag hat Earl Bateman mich dazu eingeladen, mir sein Museum anzuschauen.« Sie wählte ihre Worte mit Bedacht. »Es ist ein so *ungewöhnliches* Hobby.«

»Ich war dort«, sagte Haggerty. »Schon ein komischer Schuppen. Aber ich meine, für Earl ist es wirklich kein besonders ungewöhnliches Hobby, wenn Sie bedenken, daß er aus einer Familie stammt, die seit vier Generationen mit Beerdigungen zu tun hat. Sein Vater war mächtig enttäuscht, daß er nicht ins Geschäft eingestiegen ist. Aber man könnte sagen, daß er es auf seine Weise doch getan hat.« Er lachte leise.

»Vermutlich.« Wiederum sprach Maggie langsam und nach sorgfältiger Überlegung. »Ich weiß, daß seine Vorträge sehr gut ankommen, aber ich habe gehört, daß es im Latham Manor zu einem unglücklichen Vorfall gekommen ist. Wissen Sie etwas davon?«

»Kann ich nicht gerade behaupten, aber wenn ich so alt wie diese Leute wäre, würde ich bestimmt nichts über Beerdigungen hören wollen! Sie vielleicht?«

»Nein, bestimmt nicht.«

»Ich bin nie selbst zu einem seiner Vorträge gegangen«, fuhr Haggerty fort und senkte seine Stimme. »Ich tratsche ja normalerweise nicht herum, aber die Leute hier in der Gegend fanden die Idee mit dem Museum verrückt. Aber Himmel noch mal, die Batemans stecken die meisten Moores finanziell in die Tasche. Earl sieht ja vielleicht nicht danach aus und gibt sich nicht so, aber er hat selbst richtig viel Geld. Ist ihm von seinem Vater vererbt worden.«

»Ich verstehe.«

»Der Moore-Clan nennt ihn Vetter Spinner, aber meiner Meinung nach kommt das hauptsächlich daher, weil sie neidisch sind.«

Maggie dachte an Earl, wie sie ihn heute gesehen hatte: den Blick starr an ihr vorbei auf die Stelle gerichtet, wo Nualas toter Körper gelegen hatte; völlig überdreht, als er sie von Ausstellungsstück zu Ausstellungsstück schleppte; auf dem Fahrersitz des Leichenwagens, während seine Augen ihr unverwandt folgten.

»Oder vielleicht liegt's daran, daß sie ihn zu gut kennen«, sagte sie. »Vielen Dank für Ihren Anruf, Detective Haggerty.«

Sie legte den Hörer auf und war froh, daß sie beschlossen hatte, nichts von den Glocken zu erwähnen. Sie war überzeugt, Haggerty hätte ihr gespenstisches Auftauchen auf den Gräbern nur lachend einer weiteren Macke eines reichen Mannes zugeschrieben.

Maggie wandte sich wieder der Aufgabe zu, die Schuhe auszusortieren. Sie hielt es für das einfachste, die meisten davon in Müllsäcke zu stopfen. Abgetragene Schuhe in einer kleinen, schmalen Größe würden wohl kaum einem Menschen von Nutzen sein.

Die pelzgefütterten Stiefel allerdings waren es wert, aufgehoben zu werden. Der linke lag auf der Seite, der rechte stand senkrecht. Sie hob den linken Stiefel auf, stellte ihn neben sich und griff nach dem anderen.

Als Maggie ihn hochhob, hörte sie ein einmaliges gedämpftes Klingeln aus dem Inneren des Stiefels.

»O Gott, nein!«

Schon bevor sie sich dazu zwang, ihre Hand in das Pelzfutter zu tauchen, wußte sie, was sie finden würde. Ihre Finger schlossen sich über kühlem Metall, und schon während sie den Gegenstand hervorzog, war sie überzeugt, das gefunden zu haben, wonach Nualas Mörder gesucht hatte – die fehlende Glocke.

Nuala hat die hier von Mrs. Rhinelanders Grab genommen, dachte sie, und ihr Hirn operierte, unabhängig von ihren zitternden Händen, völlig präzise. Sie starrte sie an; sie glich der Glocke, die sie von Nualas Grab mitgenommen hatte, haargenau – wie ein Zwilling dem anderen.

Erdbrocken hafteten noch am Rand. Weitere winzige Krümel weicher Erde zerfielen in Maggies Hand.

Ihr fiel ein, daß auch in der Tasche des goldfarbenen Regenmantels Erde gewesen war und daß sie neulich, als sie den Cocktailanzug ordentlich aufhängte, den Eindruck gehabt hatte, etwas fallen zu hören.

Nuala trug also ihren Regenmantel, als sie diese Glocke von Mrs. Rhinelanders Grab wegnahm, sagte sich Maggie. Es muß ihr angst gemacht haben. Sie hat sie aus einem bestimmten Grund in der Manteltasche gelassen. Ob sie die Glocke wohl an dem Tag fand, an dem sie dann ihr Testament änderte, fragte sich Maggie, am Tag, bevor sie starb?

Hat der Fund irgendwie einen Verdacht erhärtet, den Nuala im Zusammenhang mit dem Latham Manor gefaßt hatte?

Earl behauptete, die Glocken, die er hatte gießen lassen, seien im Lagerraum des Museums. Falls die zwölf, die er besaß, noch dort waren, dann hatte vielleicht jemand anders andere Glocken auf die Gräber gelegt, schloß sie.

Maggie wußte, daß Earl nach Providence zurückgefahren war. Und daß der Schlüssel für das Museum unter dem Blumenkasten auf der Veranda steckte. Selbst wenn sie die Polizei von den Glocken in Kenntnis setzte, so hätten die Beamten keine rechtliche Handhabe, das Museum zu betreten und nach den zwölf Glocken, die laut Earl dort waren, zu suchen – vorausgesetzt, man nahm sie bei der Polizei überhaupt ernst, was man vermutlich nicht tun würde.

Aber er *hat* mich doch dazu aufgefordert, ruhig selbst das Museum jederzeit aufzusuchen, um möglichst geeignetes Bildmaterial für seine Fernsehserie zu beschaffen, dachte Maggie. Ich nehme meine Kamera mit. Das verschafft mir einen Vorwand für den Besuch, falls mich zufällig jemand sieht.

Aber ich will nicht, daß mich jemand sieht, sagte sie sich. Ich warte lieber, bis es dunkel ist, und fahre dann hin. Es gibt nur einen einzigen Weg, das mit Sicherheit festzustellen. Ich werde in dem Lagerraum nach dem Karton mit den Glocken suchen. Ich bin mir sicher, daß ich nicht mehr als sechs davon finde.

Und wenn das alles ist, was ich finde, dann weiß ich, daß er ein Lügner ist. Ich werde Fotos davon machen, damit ich sie mit den Glocken auf den Gräbern und den beiden, die ich habe, vergleichen kann. Und morgen, wenn Chief Brower kommt, gebe ich ihm die Filmrolle, beschloß sie, und ich erkläre ihm, daß Earl Bateman meiner Ansicht nach eine Methode gefunden hat, wie er sich an den Bewohnern des Latham Manor rächen kann. Und er tut es mit der Unterstützung von Schwester Zelda Markey.

Sich rächen? Maggie erstarrte bei der Erkenntnis dessen, was sie da in Betracht zog. Ja, Glocken auf die Gräber von Frauen zu legen, die seine Erniedrigung mit angesehen hatten, würde eine Form von Rache darstellen. Aber hätte das Earl schon ausgereicht? Oder konnte er womöglich, irgendwie, auch mit dem Tod der Frauen selbst etwas zu tun gehabt haben? Und diese Krankenschwester, Zelda Markey – sie stand doch eindeutig mit Earl auf irgendeine Weise in Verbindung. Konnte sie seine Komplizin sein?

69

Obwohl seine übliche Abendbrotzeit schon weit überschritten war, hielt sich Polizeichef Brower noch immer im Revier auf. Es war ein hektischer und sinnlos tragischer Nachmittag gewesen, an dem sich zwei schreckliche Vorfälle ereignet hatten. Ein Wagen voller Teenager war in ein älteres Ehepaar gerast, und die beiden waren jetzt in einem kritischen Zustand. Dann hatte ein wütender Ehemann unter Mißachtung einer gerichtlichen Verfügung seine von ihm getrennt lebende Frau aufgesucht und sie angeschossen.

»Wenigstens wissen wir, daß die Frau durchkommen wird«, sagte Brower zu Haggerty. »Gott sei Dank; sie hat drei Kinder.«

Haggerty nickte.

»Wo sind Sie überhaupt gewesen?« fragte Brower vorwurfsvoll. »Lara Horgan wartet auf eine Nachricht von uns, wann Maggie Holloway morgen früh mit uns sprechen kann.«

»Sie hat mir gesagt, daß sie den ganzen Vormittag über zu Hause ist«, sagte Haggerty. »Aber warten Sie noch eben, bevor Sie Dr. Horgan anrufen. Ich möchte Ihnen zuerst von einem kleinen Besuch erzählen, den ich bei Sarah Cushing gemacht habe. Ihre Mutter, Mrs. Bainbridge, wohnt im Latham Manor. Als ich noch ein Junge war, war ich mit Sarah Cushings Sohn zusammen in einer Pfadfindergruppe. Hab' sie wirklich gut kennengelernt. Nette Dame. Sehr beeindrukkend. Sehr gescheit.«

Brower wußte, daß es keinen Sinn hatte, Haggerty zur Eile anzutreiben, wenn er mit einem dieser Berichte begann. Außerdem sah er besonders zufrieden mit sich aus. Um die Dinge etwas zu beschleunigen, stellte der Chief die erwartete Frage: »Also was war der Grund für Ihren Besuch?«

»Etwas, was Maggie Holloway gesagt hat, als ich sie in Ihrem Auftrag anrief. Sie hat Earl Bateman erwähnt. Ich muß Ihnen sagen, Chief, diese junge Dame hat wirklich einen guten Riecher, wenn irgendwo was faul ist. Jedenfalls haben wir ein bißchen geplaudert.«

So wie du's gerade jetzt tust, mein Lieber, dachte Brower.

»Und ich habe deutlich den Eindruck gewonnen, daß Miss Holloway sehr beunruhigt wegen Bateman ist, vielleicht sogar Angst vor ihm hat.«

»Vor Bateman? Der ist *harmlos*«, sagte Brower mit einer leichten Schärfe.

»Nun, das ist genau dasselbe, was ich gedacht hätte, aber vielleicht hat Maggie Holloway ja einen scharfen Blick dafür, wenn es darum geht, herauszufinden, was die Menschen wirklich bewegt. Sie ist immerhin Fotografin, wissen Sie. Also, sie hat jedenfalls ein kleines Problem erwähnt, das Bateman im Latham Manor hatte, einen kleinen ›Vorfall‹, der vor gar nicht allzu langer Zeit stattgefunden hat, und ich hab' einen meiner Freunde angerufen, der eine Kusine hat, die dort als Hausangestellte arbeitet, und so hat eins das andere ergeben, und schließlich hat sie mir von einem Vortrag erzählt, den Bateman dort eines Nachmittags gehalten hat und der sogar dazu führte, daß eins der alten Mädchen in Ohnmacht fiel, und sie hat mir auch erzählt, daß Sarah Cushing zufälligerweise gerade da war und daß sie Bateman die Hölle heiß gemacht hat.«

Haggerty sah, wie die Lippen seines Chefs schmal wurden, ein sicheres Zeichen, daß es an der Zeit war, zum Ende zu kommen. »Deshalb bin ich also zu Mrs. Cushing gefahren, und sie hat mir gesagt, der Grund, weshalb sie Bateman auf die Straße gesetzt hätte, sei der gewesen, daß er die Heimbewohner mit seinem Vortrag über Leute, die Angst hätten, lebendig begraben zu werden, in helle Aufregung versetzt und dann exakte Kopien der Glocken ausgeteilt hat, die man im Viktorianischen Zeitalter auf Gräber zu setzen pflegte. Es war anscheinend üblich, eine Schnur oder einen Draht an der Glocke zu befestigen, und das andere Ende hat man dann an den Finger der verstorbenen Person gebunden. Die Schnur lief durch ein Lüftungsrohr vom Sarg aus zur Oberfläche des Grabhügels. Wenn man also im Sarg wieder zu Bewußtsein kam, konnte man auf diese Weise mit dem Finger wackeln, die Glocke fing oben auf dem Grab zu läuten an, und der Mann, den man dafür bezahlte, danach zu lauschen, machte sich dann ans Graben.«

»Bateman«, fuhr Haggerty fort, »hat die Damen dazu aufgefordert, ihren Ringfinger in die Schlaufe am Ende der Schnur zu stecken, so zu tun, als wären sie lebendig begraben, und dann anzufangen, die Glocken zum Läuten zu bringen.«

»Sie machen Witze!«

»Nein, Chief. Und dann ist offenbar ein Riesentumult entstanden. Eine Achtzigjährige, die an Klaustrophobie leidet, fing zu kreischen an und verlor das Bewußtsein. Mrs.

Cushing hat erzählt, sie hätte einfach die Glocken gepackt, den Vortrag unterbrochen und Bateman praktisch rausgeworfen. Und dann hat sie sich vorgenommen herauszufinden, wer vorgeschlagen hatte, daß er dort einen Vortrag hält.«

Haggerty hielt einen Moment inne, der Wirkung wegen. »Diese Person war Schwester Zelda Markey, diese Dame, die offenbar die Gewohnheit hat, sich ständig in die Zimmer reinzuschleichen. Sarah Cushing hat läuten hören, daß Markey vor Jahren in einem Pflegeheim Batemans Tante versorgt und dabei die Bekanntschaft der Familie gemacht hat. Sie hat auch gehört, daß die Batemans sich äußerst großzügig gezeigt haben, um Markey für ihre aufopfernde Pflege der guten alten Tante zu belohnen.«

Er schüttelte den Kopf. »Frauen haben wirklich so ihre Methoden, Dinge rauszukriegen, finden Sie nicht, Chief? Sie wissen, daß man sich jetzt fragt, ob es nicht doch ein bißchen problematisch ist, daß alle diese Damen drüben im Heim einfach im Schlaf gestorben sind? Mrs. Cushing erinnert sich, daß zumindest einige von ihnen bei diesem Vortrag dabei waren, und sie ist nicht sicher, glaubt aber, daß alle die, die vor kurzem gestorben sind, anwesend waren.«

Noch bevor Haggerty den Satz beendet hatte, hatte Brower bereits die Verbindung zu Lara Horgan hergestellt. Als er den Hörer wieder auflegte, wandte er sich an Haggerty: »Lara veranlaßt alles Nötige, um die Leichen sowohl von Mrs. Shipley als auch von Mrs. Rhinelander, den beiden Damen, die zuletzt im Latham Manor gestorben sind, exhumieren zu lassen. Und das ist nur der Anfang.«

70

Neil blickte um acht auf seine Uhr. Er kam gerade auf der Route 95 an der Ausfahrt zum Mystic Seaport vorbei. In einer Stunde wäre er in Newport, dachte er. Er hatte daran gedacht,

Maggie erneut anzurufen, sich dann aber dagegen entschieden, damit sie keine Chance hatte, ihm zu sagen, daß sie ihn heute abend nicht sehen wolle. Falls sie nicht da ist, parke ich einfach vor ihrem Haus, bis sie wieder zurückkommt, sagte er sich.

Er war wütend, weil er es nicht früher geschafft hatte, wegzukommen. Und als wäre es nicht schon schlimm genug, unterwegs in den ganzen Berufsverkehr zu geraten, war er dann auch noch von diesem verdammten Sattelschlepper, der sich quergestellt und den gesamten Verkehr auf der 95 Nord über eine Stunde lang lahmgelegt hatte, aufgehalten worden.

Es war jedoch keine reine Zeitverschwendung gewesen. Er hatte endlich gründlich darüber nachdenken können, was seit seinem Gespräch mit Mrs. Arlington an ihm nagte, der Kundin seines Vaters, die fast ihr ganzes Geld bei dem Aktienkauf über Hansen verloren hatte. Die Kaufbestätigung: Irgend etwas daran schien einfach nicht in Ordnung zu sein.

Schließlich war ihm ein Licht aufgegangen, als ihm einfiel, daß Laura Arlington gesagt hatte, sie habe die Bestätigung ihres Aktienkaufs *gerade erst* erhalten. Diese Unterlagen werden doch immer sofort nach der Transaktion rausgeschickt, also hätte sie die Papiere schon Tage früher erhalten müssen, sagte sich Neil.

Und dann hatte er heute vormittag erfahren, daß es gar keinen Beleg darüber gab, daß Mrs. Gebhart Inhaberin der Aktien gewesen war, die Hansen angeblich zum Kurswert von neun Dollar das Stück für sie erworben hatte. Zur Zeit war diese Aktie nur noch zwei Dollar wert. Bestand Hansens Trick also darin, die Leute in dem Glauben zu wiegen, sie hätten Aktien zu einem bestimmten Preis erworben – Aktien, von denen er wußte, daß sie in den Keller fallen würden –, und dann mit der tatsächlichen Transaktion zu warten, bis sie dort angekommen waren? Auf diese Weise konnte Hansen die Differenz einsacken.

Um das zu bewerkstelligen, war es nötig, eine Bestätigung der Kauforder von der Abrechnungsstelle zu fälschen. Das war nicht einfach, aber auch nicht unmöglich, überlegte Neil.

Also bin ich jetzt vielleicht dahintergekommen, was Hansen treibt, dachte er, als er endlich an dem Schild WILLKOMMEN IN RHODE ISLAND vorbeikam. Doch was zum Teufel hat diesen Halunken nur dazu bewogen, ein Angebot auf Maggies Haus abzugeben? Wie verhält sich das zu seiner Angewohnheit, leichtgläubigen alten Damen Geld aus der Tasche zu ziehen? Hier muß noch etwas anderes mit im Spiel sein.

Bitte sei zu Hause, wenn ich dort ankomme, Maggie, beschwor Neil sie im stillen. Du bringst zu viele Dinge ins Rollen, und ich lasse dich das nicht länger alleine machen.

71

Um halb neun fuhr Maggie zu Earl Batemans Bestattungsmuseum. Vor ihrem Aufbruch hatte sie die Glocke, die sie in Nualas Kleiderschrank gefunden hatte, geholt und mit der anderen, die sie von Nualas Grab mitgenommen hatte, verglichen. Beide waren jetzt auf dem langen Arbeitstisch im Atelier plaziert, angestrahlt von einer Deckenleuchte.

Im letzten Moment hatte sie noch daran gedacht, die Polaroid-Kamera hervorzuholen, die sie immer benutzte, wenn sie ein Fotoprojekt vorbereitete, und die beiden Glocken geknipst, wie sie einträchtig nebeneinanderlagen. Sie hatte jedoch das fertig entwickelte Bild nicht mehr abgewartet, sondern die Aufnahme aus der Kamera gezogen und auf den Tisch geworfen, um sie sich später nach ihrer Rückkehr genauer anzusehen.

Dann hatte sie sich ihre mit zwei Kameras und all den Filmen und Objektiven schwer bepackte Ausrüstungstasche geschnappt und war losgezogen. Die Vorstellung, wieder in dieses Museum zu gehen, war ihr absolut zuwider, aber es schien keine andere Möglichkeit zu geben, die Antworten zu erhalten, die sie brauchte.

Bring's einfach hinter dich, sagte sie sich, als sie die Haustür doppelt abschloß und in ihren Kombiwagen stieg.

Fünfzehn Minuten später fuhr sie am Bateman Funeral Home vorbei. Offensichtlich hatte das Bestattungsunternehmen einen langen Arbeitstag gehabt. Eine Autokolonne fuhr soeben aus der Einfahrt heraus.

Schon wieder eine Beerdigung morgen ... Nun, wenigstens ist es niemand, der was mit dem Latham Manor zu tun hat, dachte Maggie mit Ingrimm. Nach dem Stand des Vortags zumindest waren alle Gäste der Wohnanlage anwesend, ihr Verbleib gesichert.

Sie bog nach rechts in die ruhige Straße ab, wo das Bestattungsmuseum lag. Sie fuhr auf den Parkplatz, sah mit Erleichterung, daß der Leichenwagen verschwunden war, und erinnerte sich daran, daß Earl gesagt hatte, er werde ihn in die Garage stellen.

Als sie sich dem alten Haus näherte, stellte sie voller Verblüffung fest, daß durch den Vorhang eines Fensters im Erdgeschoß ein schwacher Lichtschein nach draußen drang. Wahrscheinlich wird das Licht automatisch angestellt und geht dann später wieder aus, dachte sie, aber wenigstens wird es mir helfen, mich zurechtzufinden. Sie hatte sich jedenfalls eine Taschenlampe mitgenommen, um sie im Inneren des Gebäudes zu benutzen; auch wenn Earl Bateman vorgeschlagen hatte, sie solle später allein wiederkommen, wollte sie ihre Anwesenheit nicht dadurch zu erkennen geben, daß sie noch mehr Lichter anmachte.

Der Schlüssel lag unter dem Blumenkasten, wo Earl ihn hingelegt hatte. Wie zuvor gab er ein lautes Knirschen von sich, als sie ihn in dem altmodischen Schloß herumdrehte. Und wie bei dem vorherigen Besuch war das erste, worauf ihre Augen fielen, die lebensgroße Puppe des livrierten Lakaien, nur schien sein Blick jetzt weniger wachsam als vielmehr feindselig zu sein.

Ich will wirklich nicht hier sein, dachte Maggie, während sie rasch auf die Treppe zuging, wild entschlossen, jeden auch noch so flüchtigen Blick in das Zimmer zu vermeiden, in dem die Figur einer jungen Frau auf dem Sofa lag.

Und ebenso bemühte sie sich, an die Exponate im ersten Stock nicht einmal zu *denken*, während sie am oberen Absatz der ersten Treppe die Taschenlampe anknipste. Mit dem Lichtstrahl nach unten gerichtet, kletterte sie die nächste Treppenflucht empor. Die Erinnerung an das, was sie Stunden zuvor gesehen hatte, verfolgte sie noch immer – jene beiden großen Räume am Ende des Gangs, der eine die Darbietung einer Aristokratenbestattung aus dem alten Rom, der andere das Sargzimmer. Beide waren grauenhaft, am schauerlichsten aber fand sie den Anblick all dieser Särge in einem einzigen Raum.

Sie hatte gehofft, der zweite Stock hier werde genauso wie Nualas oberstes Geschoß sein – eine Art Studio, mit großen Materialschränken und Regalen rings an den Wänden. Was sie jedoch leider statt dessen vorfand, war eindeutig eine weitere Etage voller Einzelzimmer. Mit Entsetzen fiel Maggie wieder ein, wie Earl erklärt hatte, das Haus sei ursprünglich das Wohnquartier seiner Ururgroßeltern gewesen.

Mit aller Macht bemüht, nicht die Nerven zu verlieren, öffnete Maggie die erste Tür. In dem vorsichtig nach unten gerichteten Strahl der Taschenlampe konnte sie erkennen, daß hier eine Ausstellungsszene in Vorbereitung war; eine hölzerne hüttenähnliche, auf zwei Pfählen montierte Struktur stand seitlich im Hintergrund. Gott allein weiß, was das zu bedeuten hat, dachte sie erschauernd, oder wozu es dienen soll, aber wenigstens war der Raum leer genug, um erkennen zu lassen, daß es da nichts weiter gab, was sie sich anschauen mußte.

Die nächsten beiden Zimmer waren ähnlich; beide schienen halbfertige Szenerien von Todesriten zu enthalten.

Die letzte Tür entpuppte sich als die, nach der sie gesucht hatte. Sie führte in einen weiträumigen Lagerraum, dessen Wände von Regalen eingenommen wurden, die von oben bis unten mit Kisten vollgestopft waren. Zwei Garderobengestelle voller Gewänder, die von kostbaren Roben bis zu buchstäblichen Lumpen reichten, verstellten die Fenster. Schwere Holzkisten, offenbar sämtlich versiegelt, standen ohne erkennbare Ordnung aufeinandergestapelt da.

Wo kann ich bloß anfangen? dachte Maggie, die sich von einem Gefühl der Hilflosigkeit überwältigt fühlte. Sie würde *Stunden* dazu brauchen, alles durchzugehen, und obwohl sie doch erst seit wenigen Minuten da war, drängte es sie, hier rauszukommen.

Mit einem tiefen Seufzer kämpfte sie gegen den Impuls an, auf der Stelle wegzurennen, ließ die Kameratasche von ihrer Schulter herabgleiten und setzte sie auf dem Boden ab. Widerstrebend schloß sie die Tür des Lagerraums, weil sie hoffte, auf diese Weise jeden Lichtschein zum Flur hinaus und damit auch durch das vorhanglose Fenster am Ende des Durchgangs zu vermeiden.

All diese Kleidungsstücke hier dürften wohl hinreichend sicherstellen, daß nichts durch die Fenster des Raums nach draußen dringt, sagte sie sich. Und dennoch merkte sie, wie sie zitterte, als sie zögernd in den großen Raum vordrang. Ihre Kehle war trocken. Jeder Nerv in ihrem Körper schien zu erbeben und sie zu beschwören, sofort diesem Ort den Rücken zuzukehren.

Da stand eine Stehleiter links von ihr. Offenbar diente sie dem Zweck, die obersten Fächer zu erreichen. Die Leiter sah alt und schwer aus, und wenn sie das Ding alle paar Fuß weiterschleppen mußte, dauerte alles nur noch länger. Sie beschloß, mit ihrer Suche bei den Fächern direkt hinter der Leiter zu beginnen und sich von dort aus weiter voranzuarbeiten. Als sie hochkletterte und hinunterschaute, entdeckte sie, daß auf die Oberseiten aller Kartons saubere Etiketten geklebt waren. Wenigstens hatte Earl alles gekennzeichnet, begriff sie, und zum erstenmal empfand sie einen Hoffnungsschimmer, daß diese ganze Prozedur sich doch nicht als so schwierig erweisen würde, wie sie befürchtet hatte.

Aber davon abgesehen schienen die Kästen nicht nach einer bestimmten Methode geordnet zu sein. Einige, die mit der Aufschrift TOTENMASKEN markiert waren, füllten eine ganze Abteilung an Regalfächern; andere trugen die Kennzeichnung TRAUERKLEIDUNG, HAUSHALTS-LIVREEN, TROMMELN, MESSING-SCHLAGINSTRUMENTE, ZEREMONIELLE FARBEN und so weiter – aber keine Glocken.

Es ist hoffnungslos, dachte Maggie. Die finde ich doch nie. Sie hatte die Leiter erst zweimal weitergeschoben, und ihre Uhr verriet ihr, daß sie bereits länger als eine halbe Stunde hier war.

Sie verschob die Leiter erneut, so verhaßt ihr das schabende Quietschen auch war, das dabei am Boden entstand. Wieder einmal kletterte sie hoch, doch als sie den Fuß auf die dritte Sprosse setzte, fiel ihr Blick auf eine hohe Pappschachtel, die zwischen zwei weiteren Kartons eingeklemmt und fast vollkommen dahinter verborgen war.

Sie trug das Etikett GLOCKEN/LEBENDIG BEGRABEN!

Maggie griff nach dem Karton und zerrte daran, bis sie ihn endlich zu lockern vermochte. Beinahe hätte sie das Gleichgewicht verloren, als er freikam, aber sie stieg wieder hinunter und stellte die Schachtel auf den Boden. In hektischer Eile hockte sie sich daneben und riß den Deckel auf.

Sie wischte das lose Füllmaterial aus Schaumstoffkugeln beiseite und legte die erste der Metallglocken frei, die in Plastik verschweißt war, eine Hülle, die der Glocke einen trügerischen Glanz verlieh. Fieberhaft wühlten Maggies Finger in dem Füllmaterial, bis sie sicher war, daß sie alles, was in dem Karton steckte, gefunden hatte.

Alles hieß sechs Glocken, die genauso aussahen wie die anderen, die sie gefunden hatte.

Der Packzettel lag noch in dem Karton. ›12 viktorianische Glocken, gegossen im Auftrag von Mr. Earl Bateman‹ stand darauf.

Zwölf – und jetzt nur noch sechs.

Ich mache Fotos von den Glocken und dem Packzettel, und dann kann ich hier raus, dachte Maggie. Plötzlich sehnte sie sich fast verzweifelt danach, wieder in Sicherheit zu sein, wieder draußen mit ihrem Beweis, daß Earl Bateman definitiv ein Lügner war, womöglich sogar ein Mörder.

Sie wußte nicht genau, was sie zuerst darauf aufmerksam machte, daß sie nicht mehr allein war.

Hatte sie tatsächlich das kaum merkliche Geräusch gehört, wie die Tür aufging, oder war es der schmale Lichtstrahl einer fremden Taschenlampe, was sie aufmerksam gemacht hatte?

Sie fuhr herum, als er die Taschenlampe hob, und hörte ihn sprechen, als sie auf ihren Kopf niederkrachte.

Und dann gab es nichts mehr als den Eindruck von Stimmen und Bewegung und schließlich den Fall in traumloses Vergessen, bis sie in der entsetzlich stillen Dunkelheit des Grabes erwachte.

72

Neil traf einige Zeit nach neun Uhr bei Maggies Haus ein, viel später, als er es sich gewünscht hatte. Aufs äußerste enttäuscht, stellte er fest, daß ihr Kombiwagen nicht in der Einfahrt stand, schöpfte aber kurz wieder Hoffnung, als er bemerkte, das eines der hellen Atelierlichter brannte.

Vielleicht hatte sie ja ihr Auto zur Inspektion gegeben, sagte er sich. Doch als sich auf sein hartnäckiges Klingeln an der Haustür hin nichts regte, ging er zu seinem Wagen zurück, um zu warten. Um Mitternacht gab er endlich auf und fuhr zum Haus seiner Eltern in Portsmouth.

Neil fand seine Mutter in der Küche vor, wie sie gerade dabei war, heißen Kakao zu machen. »Aus irgendeinem Grund konnte ich nicht schlafen«, sagte sie.

Neil wußte, daß sie schon Stunden früher mit seinem Erscheinen gerechnet hatte, und gab sich die Schuld dafür, daß sie sich Sorgen gemacht hatte. »Ich hätte anrufen sollen«, sagte er. »Aber warum hast du denn nicht versucht, mich übers Autotelefon zu erreichen?«

Dolores Stephens lächelte. »Weil es kein Mann von siebenunddreißig Jahren schätzt, wenn seine Mutter hinter ihm hertelefoniert, bloß weil er spät dran ist. Ich hab' mir gedacht, daß du wahrscheinlich bei Maggie vorbeigeschaut hast, also war ich gar nicht so sehr beunruhigt.«

Neil schüttelte bedrückt den Kopf. »Ich hab' wirklich noch bei Maggie vorbeigeschaut. Sie war nicht zu Hause. Ich hab' bis jetzt dort im Auto gesessen und gewartet.«

Dolores Stephens schaute ihren Sohn prüfend an. »Hast du überhaupt was zu Abend gegessen?« fragte sie sanft.

»Nein, aber laß mal.«

Ohne seinen Einwand zu beachten, erhob sie sich und machte den Kühlschrank auf. »Sie könnte sich doch verabredet haben«, sagte sie nachdenklich.

»Sie war mit *ihrem* Auto weg. Es ist *Montag* abend«, sagte Neil und schwieg. »Mom, ich mach mir Sorgen um sie. Ich werde jetzt alle halbe Stunde anrufen, bis ich weiß, daß sie wieder zu Hause ist.«

Trotz seiner Proteste, daß er eigentlich gar nicht hungrig sei, aß er das dicke Klubsandwich auf, das seine Mutter ihm gemacht hatte. Um ein Uhr versuchte er Maggie zu erreichen.

Seine Mutter leistete ihm Gesellschaft, während er es erneut um halb zwei versuchte, dann um zwei, um halb drei und nochmals um drei.

Um halb vier gesellte sich sein Vater zu ihnen. »Was ist denn los?« fragte er mit verquollenen Augen. Nachdem sie es ihm gesagt hatten, brauste er auf: »Um Himmels willen, ruf bei der Polizei an, und erkundige dich, ob irgendwelche Unfälle gemeldet worden sind.«

Der Beamte, der sich meldete, versicherte Neil, bisher sei es eine ruhige Nacht gewesen. »Keine Verkehrsunfälle, Sir.«

»Gib ihm Maggies Beschreibung. Sag ihm, was für einen Wagen sie fährt. Hinterlaß deinen Namen und die Telefonnummer hier«, sagte Robert Stephens. »Dolores, du bist jetzt schon die ganze Zeit auf. Du schläfst jetzt erst mal, ich bleibe bei Neil.«

»Also –«, begann sie.

»Es gibt vielleicht eine ganz einfache Erklärung dafür«, sagte ihr Mann freundlich. Als seine Frau außer Hörweite war, erklärte er: »Deine Mutter hat Maggie wirklich ins Herz geschlossen.« Er schaute seinen Sohn an. »Ich weiß, daß du dich noch gar nicht so besonders lange mit Maggie triffst, aber warum wirkt sie eigentlich so desinteressiert dir gegenüber, manchmal sogar ausgesprochen kühl? Woher kommt das?«

»Ich weiß nicht«, bekannte Neil. »Sie war schon immer zurückhaltend, und ich war's wahrscheinlich auch, aber ich bin mir sicher, daß da was Besonderes zwischen uns läuft.« Er schüttelte den Kopf. »Ich hab' mir wieder und wieder den Kopf drüber zerbrochen. Es liegt bestimmt nicht daran, daß ich sie nicht mehr rechtzeitig angerufen hab', um ihre Nummer rauszukriegen, bevor sie hierher gefahren ist. Maggie ist nicht so *banal*. Aber auf der Fahrt hierher hab' ich eine ganze Menge drüber nachgedacht, und schließlich bin ich auf eine Sache gekommen, auf die ich es vielleicht zurückführen kann.«

Er erzählte seinem Vater von der Situation damals, als er Maggie während eines Films im Kino weinen sah. »Ich fand es nicht richtig, mich aufzudrängen«, erklärte er. »Damals hatte ich das Gefühl, ich sollte ihr einfach genügend Abstand lassen. Jetzt aber frage ich mich, ob sie möglicherweise mitgekriegt hat, daß ich da war, und vielleicht verstimmt darüber war, daß ich nicht wenigstens was zu ihr gesagt habe. Was hättest du denn gemacht?«

»Ich will dir sagen, was ich gemacht hätte«, erwiderte sein Vater ohne Umschweife. »Wenn ich deine Mutter in so einer Situation gesehen hätte, wäre ich sofort zu ihr gegangen und hätte sie in den Arm genommen. Vielleicht hätte ich ja nichts *gesagt*, aber ich hätte sie wissen lassen, daß ich da bin.«

Er sah Neil streng an. »*Das* hätte ich auf jeden Fall gemacht, ganz egal, ob ich in sie verliebt gewesen wäre oder nicht. Wenn ich allerdings vor mir selbst verleugnen wollte, daß ich sie liebe, oder wenn ich Angst davor hätte, mich zu sehr einzulassen, dann wäre ich vielleicht davongelaufen. Da gibt's eine berühmte Geschichte in der Bibel, wie einer sich die Hände wäscht.«

»Also komm, Dad«, murmelte Neil.

»Und wenn ich Maggie wäre und gespürt hätte, daß du da warst, und mir vielleicht sogar gewünscht hätte, ich könnte mich an dich wenden, dann hätte ich dich sicher abgeschrieben, wenn du mich einfach stehengelassen hättest«, schloß Robert Stephens.

Das Telefon klingelte. Neil gelang es, noch vor seinem Vater den Hörer zu packen.

Ein Polizeibeamter war am Apparat. »Sir, wir haben das Fahrzeug, das Sie beschrieben haben, an der Marley Road geparkt gefunden. Es ist eine abgelegene Gegend, und es gibt keine Häuser in der Nähe, deshalb haben wir auch keine Zeugen dafür, wann es dort abgestellt worden ist oder von wem, ob es nun Miss Holloway war oder eine andere Person.«

Dienstag, 8. Oktober

73

Um acht Uhr am Dienstag morgen ging Malcolm von seinem Schlafzimmer aus nach unten und warf einen Blick in die Küche. Janice war schon da; sie saß am Tisch, las Zeitung und trank Kaffee.

Sie machte das völlig ungewohnte Angebot, ihm eine Tasse einzuschenken, und fragte: »Toast?«

Er zögerte, bevor er sagte: »Warum nicht?« und setzte sich gegenüber von ihr hin.

»Du gehst aber schon ziemlich früh weg, oder?« fragte sie.

Er konnte sehen, daß sie nervös war. Zweifellos wußte sie, daß er irgendwas vorhatte.

»Du bist wohl gestern noch spät zum Essen aus gewesen«, fuhr sie fort, als sie ihm die dampfende Tasse hinstellte.

»Mmmmmmm«, antwortete er und weidete sich an ihrer Verunsicherung. Er hatte mitbekommen, daß sie noch wach war, als er um Mitternacht nach Hause kam.

Er nippte ein paarmal an seinem Kaffee, schob dann seinen Stuhl zurück. »Ich hab's mir anders überlegt und verzichte auf den Toast. Leb wohl, Janice.«

Als er in der Kanzlei ankam, setzte sich Malcolm einige Minuten lang an Barbaras Schreibtisch. Er wünschte sich, er hätte ihr ein paar Zeilen schreiben können, etwas, um sie daran zu erinnern, wieviel sie ihm bedeutet hatte, aber das wäre unfair gewesen. Er wollte ihren Namen nicht in diese Sache hineinziehen.

Er ging in sein eigenes Büro und schaute sich erneut die Kopien an, die er von den Unterlagen gemacht hatte, auf die er in der Tasche von Janice gestoßen war, und die Kopie ihres Bankauszugs.

Er konnte sich so ziemlich zusammenreimen, was sie offenbar ausgeheckt hatte. Er hatte sich an jenem Abend sein Teil gedacht, als er beobachtete, wie ihr verschlagener Neffe Janice in dem Restaurant, zu dem er ihr gefolgt war, einen Umschlag überreichte. Was er ihren Unterlagen entnahm, bestätigte nur noch seinen Verdacht.

Sie gab also vertrauliche Finanzauskünfte über Anwärter für das Latham Manor an Doug Hansen weiter, damit er reiche alte Frauen übervorteilen konnte. Eine Anklage wegen versuchten Betrugs würde man vielleicht vor Gericht nicht gegen sie durchsetzen können, doch bestimmt wäre sie ihrer gesellschaftlichen Stellung in dieser Stadt nicht förderlich. Und natürlich würde sie ihren Job verlieren.

Gut, dachte er.

Hansen war es auch bestimmt, der Maggie Holloway ein höheres Angebot gemacht hatte. Davon war er überzeugt. Und Janice hatte ihn in die bevorstehende Gesetzesänderung eingeweiht. Sie hatten vermutlich vor, das Angebot so lange zu erhöhen, bis Holloway mit dem Verkauf einverstanden war.

Wenn doch nur Maggie Holloway nicht auf der Bildfläche erschienen wäre und alles verpfuscht hätte, dachte er voller Erbitterung. Solange er sicher sein konnte, mit dem Haus einen mordsmäßigen Erfolg zu landen, hätte er auch einen Weg gefunden, Barbara zu halten.

Mordsmäßig. Er lächelte grimmig. Das war stark!

Aber natürlich spielte das alles keine Rolle mehr. Er würde niemals das Haus kaufen. Barbara würde niemals einen Platz in seinem Leben haben. Er *hatte* im Grunde gar kein Leben mehr. Jetzt war es vorbei. Aber wenigstens hatte er es ihnen gezeigt. Sie würden schon sehen, daß er nicht der hohlköpfige Kleiderständer war, über den sich Janice seit Jahren lustig gemacht hatte.

Er schob das große braune Kuvert, das an Polizeichef Brower adressiert war, auf die hintere Ecke des Schreibtischs. Er wollte nicht, daß es Flecken abbekam.

Er griff nach der Pistole, die er in der untersten Schublade aufbewahrte. Er holte sie heraus und hielt sie eine Weile in der Hand, betrachtete sie nachdenklich. Dann tippte er die Nummer des Polizeireviers ein und fragte nach Chief Brower.

»Hier ist Malcolm Norton«, sagte er mit liebenswürdiger Stimme, während er mit der rechten Hand die Waffe hochhob und gegen seinen Kopf richtete. »Ich glaube, Sie sollten lieber mal herkommen. Ich bringe mich jetzt um.«

Als er abdrückte, hörte er noch das eine letzte Wort: *»Nicht!«*

74

Maggie konnte das Blut fühlen, das die Haare an einer Seite ihres Kopfs verkrustete, die empfindlich auf Berührung reagierte und noch weh tat. »Sei ganz ruhig«, flüsterte sie sich immer wieder zu. »Ich muß unbedingt ruhig bleiben.«

Wo bin ich nur begraben? grübelte sie. Vermutlich an irgendeinem abgelegenen Ort im Wald, wo mich unmöglich jemand finden kann. Als sie die Schnur an ihrem Ringfinger herunterzog, konnte sie einen starken Druck am anderen Ende spüren.

Er muß die Schnur an einer der viktorianischen Glocken befestigt haben, überlegte sie. Sie fuhr mit ihrem Zeigefinger das Rohr hoch, durch das die Schnur gefädelt war. Es fühlte sich wie stabiles Metall an und hatte wohl einen Durchmesser von etwa zwei, drei Zentimetern. Sie sollte eigentlich auf diesem Weg genug Luft zum Atmen bekommen, schloß sie, wenn das Rohr nicht verstopfte.

Doch warum nur hatte er sich all diese Mühe gemacht? wunderte sie sich. Sie war überzeugt davon, daß es keinen Klöppel in der Glocke gab, denn sie hätte doch zumindest ein schwaches Läuten hören müssen, wenn es einen gegeben hätte. Das bedeutete, daß niemand sie hören konnte.

War sie auf einem richtigen Friedhof? Falls ja, gab es dann die Chance, daß Leute ein Grab besuchten oder zu einer Beerdigung herkamen? Würde sie ganz leise das Geräusch von Autos wahrnehmen können?

Mach dir einen Plan! sagte Maggie sich. Du mußt dir unbedingt einen Plan machen. Sie würde nicht aufhören, an der Schnur zu ziehen, bis ihr Finger wund war, bis sie nicht mehr konnte. Falls sie an einer Stelle begraben lag, wo jemand vorbeikommen konnte, dann bestand noch immer die Hoffnung, daß die tanzende Glocke Aufmerksamkeit erregte.

Sie würde auch versuchen, um Hilfe zu rufen, und zwar in Zehn-Minuten-Abständen, soweit sie das abschätzen konnte.

Es gab natürlich keine Möglichkeit, festzustellen, ob ihre Stimme überhaupt durch das Rohr bis nach oben drang, aber sie mußte es versuchen. Sie durfte ihre Stimme allerdings nicht zu schnell abnutzen, so daß sie sich nicht bemerkbar machen konnte, wenn sie tatsächlich hören sollte, daß sich jemand in der Nähe aufhielt.

Aber würde er wiederkommen? fragte sie sich. Er war wahnsinnig, dessen war sie sich sicher. Falls er sie rufen hörte, deckte er vielleicht das Ventilationsrohr ab und ließ sie ersticken. Sie mußte sich in acht nehmen.

Natürlich konnte ohnehin alles vergeblich sein, wurde ihr bewußt. Die Wahrscheinlichkeit war groß, daß sie an einer vollkommen abgelegenen Stelle begraben war und daß er sich nun ausmalte, wie sie gegen den Sargdeckel ankämpfte und an der Schnur zog, so wie es angeblich einige Menschen im vorigen Jahrhundert getan hatten, wenn sie merkten, daß sie lebendig begraben waren. Nur hatten diese Leute jemanden bereitstehen, der auf ihr Signal horchte. Wo auch immer sie war – sie war sicher, daß sie mutterseelenallein war.

75

Um zehn Uhr saßen Neil und sein Vater angespannt im Amtszimmer von Polizeichef Brower und hörten zu, während er ernst den Inhalt des Abschiedsbriefs von Malcolm Norton wiedergab. »Norton war ein verbitterter und enttäuschter Mann«, erklärte er. »Nach dem, was er geschrieben hat, wird das Grundstück von Miss Holloway wegen einer Änderung von Naturschutzverordnungen eine Menge wert sein. Als er Nuala Moore anbot, ihr das Haus abzukaufen, hatte er offenbar vor, sie zu betrügen, indem er ihr den wahren Wert vorenthielt, also ist er möglicherweise irgendwie dahintergekommen, daß sie im Begriff war, ihre Meinung über den Verkauf an ihn zu ändern, und hat sie umgebracht.

Es ist durchaus möglich, daß er das Haus durchstöbert hat, weil er ihr revidiertes Testament finden wollte.«

Er schwieg, um einen Absatz des recht langen Schreibens erneut zu lesen. »Offensichtlich hat er Maggie Holloway die Schuld daran gegeben, daß alles schiefgelaufen ist, und obwohl er das nicht ausdrücklich sagt, hat er sich vielleicht an ihr gerächt. Er hat es jedenfalls geschafft, seine Frau in ernsthafte Schwierigkeiten zu bringen.«

Das alles kann doch einfach nicht wahr sein, dachte Neil. Er spürte die Hand seines Vaters auf seiner Schulter und wollte sie schon abschütteln. Er hatte die Befürchtung, Mitgefühl könne seine Entschlossenheit unterminieren, und das würde er nicht zulassen. Er gab keinesfalls auf. *Maggie war nicht tot.* Da war er sich sicher. Sie *konnte* nicht tot sein.

»Ich habe mit Mrs. Norton geredet«, fuhr Brower fort. »Ihr Mann kam gestern zur üblichen Zeit nach Hause, ging dann wieder und blieb bis Mitternacht weg. Als sie heute morgen herausfinden wollte, wo er gewesen war, hat er ihr keine Antwort gegeben.«

»Wie gut kannte Maggie diesen Norton?« fragte Robert Stephens. »Was könnte sie dazu gebracht haben, sich mit ihm zu treffen? Glauben Sie, daß er sie gezwungen hat, in ihr eigenes Auto zu steigen, und dann mit ihr dorthin gefahren ist, wo Sie's gefunden haben? Doch was hat er dann mit Maggie gemacht, und da er ja ihren Wagen dort gelassen hat, wie ist er nach Hause gekommen?«

Brower schüttelte den Kopf, während Stephens sprach. »Es ist sehr unwahrscheinlich, das gebe ich ja zu, aber es ist eine Möglichkeit, die wir in Betracht ziehen müssen. Wir setzen Hunde ein, damit sie versuchen Miss Holloways Spur aufzunehmen, also falls sie dort in der Nähe ist, finden wir sie auch. Aber es liegt sehr weit von Nortons Haus weg. Er hätte sich mit einer zweiten Person abstimmen müssen, oder er hätte für den Heimweg irgendein Auto anhalten müssen, und, ehrlich gesagt, erscheinen mir beide Möglichkeiten ziemlich weit hergeholt. Diese Frau, nach der er so verrückt war, Barbara Hoffman, ist bei ihrer Tochter in Colorado zu Besuch. Wir haben das schon nachgeprüft. Sie ist seit dem Wochenende dort.«

Die Sprechanlage summte, und Brower griff nach seinem Telefon. »Stellen Sie ihn durch«, sagte er nach einem Augenblick.

Neil vergrub das Gesicht in seinen Händen. Laß sie nicht Maggies Leiche gefunden haben, betete er im stillen.

Browers Gespräch dauerte nur eine Minute. Als er den Hörer auflegte, sagte er: »In gewisser Hinsicht haben wir, glaube ich, gute Nachrichten. Malcolm Norton ist gestern abend im Log Cabin essen gewesen, einem kleinen Restaurant in der Gegend, wo Barbara Hoffman gewohnt hatte. Offenbar haben sie und Norton dort häufig zusammen gegessen. Der Besitzer sagt, daß Norton noch bis weit nach elf da war, also muß er dann direkt nach Hause gefahren sein.«

Das bedeutet, dachte Neil, daß er mit an Sicherheit grenzender Wahrscheinlichkeit mit Maggies Verschwinden nichts zu tun hatte.

»Was unternehmen Sie jetzt als nächstes?« fragte Robert Stephens.

»Die Leute verhören, auf die uns Miss Holloway hingewiesen hat«, erwiderte Brower. »Earl Bateman und Schwester Zelda Markey.«

Seine Sprechanlage meldete sich aufs neue. Nachdem er kommentarlos zugehört hatte, legte Brower den Hörer zurück und stand auf. »Ich weiß nicht, was für ein Spiel Bateman treibt, aber er hat gerade angerufen, um zu melden, daß letzte Nacht ein Sarg aus seinem Bestattungsmuseum gestohlen worden ist.«

76

Dr. William Lane begriff, daß es sehr wenig gab, was er an diesem Dienstag morgen zu seiner Frau hätte sagen können. Ihr eisiges Schweigen ließ ihn wissen, daß sogar *sie* sich nicht alles gefallen ließ.

Wenn sie doch bloß nicht letzte Nacht nach Hause gekommen wäre und ihn in diesem Zustand vorgefunden hätte, dachte er. Er hatte schon seit Ewigkeiten keinen Alkohol mehr getrunken, schien es ihm, jedenfalls nicht seit dem Vorfall in dem letzten Heim, wo er gearbeitet hatte. Lane wußte, daß er seine Stelle Odile verdankte. Sie hatte auf einem Cocktailempfang die Besitzer der Prestige Residence Corporation kennengelernt und hatte ihn für den Direktorenposten des Latham Manor angepriesen, das damals gerade renoviert wurde.

Das Latham Manor sollte zu einem jener Wohnheime von Prestige werden, die auf Franchise-Basis operierten, also dem Konzern nicht voll gehörten und direkt unterstanden; aber die Leute von Prestige hatten sich zu einem Treffen mit Lane bereit erklärt und dann später seine Bewerbungsunterlagen an den Lizenznehmer weitergeleitet. Erstaunlicherweise bekam er die Stelle.

Alles dank Odile, wie sie ihm nun ständig in Erinnerung rief, dachte er verdrossen.

Er wußte, daß der Rückfall am Vorabend ein Anzeichen dafür war, daß der Druck ihm allmählich unter die Haut ging. Die Anweisungen, die Apartments stets belegt zu halten; ja keinen Monat verstreichen zu lassen, bevor sie erneut verkauft wurden. Stets die versteckte Drohung, man werde ihn gehen lassen, wenn er seinen Verpflichtungen nicht nachkomme. *Gehen lassen*, dachte er. Wohin denn?

Nach jenem letzten Vorfall hatte Odile ihm gedroht, wenn sie ihn nur ein einziges Mal betrunken sähe, würde sie ihn verlassen.

So verlockend diese Aussicht war, konnte er doch nicht zulassen, daß es soweit kam. Die Wahrheit war, daß er sie brauchte.

Warum war sie nur gestern nacht nicht in Boston geblieben? dachte er.

Weil sie den Verdacht hatte, er sei kurz davor, durchzudrehen.

Sie hatte natürlich recht. Seit er erfahren hatte, daß Maggie Holloway auf der Suche nach einer Zeichnung war, die von Nuala Moore stammte und Schwester Markey darstellte, wie sie heimlich lauschte, war er in einem Zustand ständiger Angst.

Er hätte schon lange einen Weg finden sollen, wie er diese Frau loswerden konnte, aber Prestige hatte sie geschickt, und sie war in fast jeder Hinsicht eine gute Krankenschwester. Auf jeden Fall schätzten viele der Gäste sie. Manchmal überlegte er sogar, ob sie nicht eine *zu* gute Schwester war. Sie schien von manchen Dingen mehr zu verstehen als er selbst.

Nun, was auch immer sich zwischen ihm und Odile abspielte, Dr. Lane war sich jedenfalls bewußt, daß er in das Latham Manor hinübergehen und seine Morgenvisite machen mußte.

In der Küche stieß er auf seine Frau, die gerade Kaffee trank. Erstaunlicherweise hatte sie sich an diesem Morgen nicht einmal die Mühe gemacht, ein Minimum an Make-up aufzulegen. Sie sah mitgenommen und müde aus.

»Zelda Markey hat gerade angerufen«, berichtete sie ihm mit einem zornigen Funkeln in den Augen. »Die Polizei hat sie aufgefordert, sich für eine Vernehmung bereitzuhalten. Sie weiß nicht, wieso.«

»Für eine *Vernehmung*?« Lane spürte, wie die Anspannung seinen ganzen Körper ergriff, jeden einzelnen Muskel. Es ist alles verloren, dachte er.

»Sie hat mir auch gesagt, daß Sarah Cushing strikte Anweisung gegeben hat, daß weder ihr noch dir zu gestatten sei, das Zimmer ihrer Mutter zu betreten. Anscheinend geht es Mrs. Bainbridge nicht gut, und Mrs. Cushing veranlaßt gerade alles, daß sie umgehend ins Krankenhaus überführt wird.«

Odile schaute ihn vorwurfsvoll an. »Du bist doch gestern angeblich deswegen so eilig zurückgefahren, weil du nach Mrs. Bainbridge schauen wolltest. Man hätte dich zwar nicht in ihre Nähe gelassen, aber ich habe gehört, daß du erst um kurz vor elf Uhr drüben im Heim aufgetaucht bist. Was hast du denn so lange *gemacht*?«

77

Neil und Robert Stephens fuhren zu der abgelegenen Straße, an der Maggies Kombiwagen noch immer geparkt war. Inzwischen war er mit einem Polizeiband markiert, und als sie aus ihrem Auto ausstiegen, konnten sie das Kläffen von Suchhunden im nahegelegenen Wäldchen hören.

Keiner der beiden Männer hatte etwas gesagt, seit sie die Polizeiwache verlassen hatten. Neil nutzte die Zeit dazu aus, alles zu durchdenken, was er bis jetzt wußte. Das war sehr wenig, erkannte er, und je länger er im dunkeln tappte, um so frustrierter wurde er.

Er begriff, wie wichtig die verständnisvolle Anwesenheit seines Vaters für ihn war. Etwas, was ich bei Maggie versäumt habe, ging er bitter mit sich ins Gericht.

Durch den dichten Wald und das volle Laub hindurch konnte er die Gestalten von mindestens einem Dutzend Menschen ausmachen. Polizisten oder freiwillige Helfer? fragte er sich. Er wußte, daß sie bisher noch nichts gefunden hatten, weshalb die Suche auf ein größeres Gebiet ausgedehnt worden war. Voller Verzweiflung machte er sich klar, daß sie damit rechneten, Maggies Leiche zu finden.

Er schob die Hände in seine Hosentaschen und senkte den Kopf. Endlich brach er das Schweigen. »Sie kann nicht tot sein«, sagte er. »Das wüßte ich, wenn sie tot wäre.«

»Neil, laß uns gehen«, sagte sein Vater ruhig. »Ich weiß nicht mal, warum wir überhaupt hergekommen sind. Hier herumzustehen hilft Maggie bestimmt nicht.«

»Was soll ich denn deiner Meinung nach tun?« fragte Neil in einem Ton, der seinen Zorn und seine Frustration verriet.

»Chief Brower zufolge hat die Polizei noch nicht mit diesem Hansen geredet, aber sie haben herausgefunden, daß er gegen Mittag in seinem Büro in Providence erwartet wird. Im Moment sehen sie ihn nur als unbedeutende Randfigur an. Sie werden die Information über seine Betrügereien, die Norton seinem Brief beigefügt hat, an den Bezirksstaatsanwalt weiterleiten. Aber es würde nicht schaden, wenn wir in Hansens Büro sind, sobald er reinkommt.«

»Dad, du kannst doch nicht erwarten, daß ich mich jetzt um Aktiengeschäfte kümmere«, entgegnete Neil verärgert.

»Nein, und jetzt im Moment kümmern die mich auch nicht weiter. Aber du hast nun mal die Order zum Verkauf von fünfzigtausend Aktien rausgegeben, die Cora Gebhart gar nicht besaß. Du hast wahrhaftig das Recht, in Hansens Büro zu gehen und ihn dir vorzuknöpfen«, sagte Robert Stephens eindringlich.

Er schaute seinem Sohn in die Augen. »Siehst du denn nicht, worauf ich hinauswill? Irgendwas an Hansen hat Maggie ein äußerst ungutes Gefühl vermittelt. Ich glaube nicht, daß es reiner Zufall ist, daß gerade er der Bursche ist, der ihr ein Angebot auf ihr Haus gemacht hat. Du kannst ihm mit der Aktiengeschichte auf den Leib rücken. Aber ich will vor allem deshalb sofort zu ihm, damit wir eine Chance haben herauszufinden, ob er auch nur das geringste über Maggies Verschwinden weiß.«

Als Neil auch weiterhin den Kopf schüttelte, zeigte Robert Stephens auf den Wald. »Wenn du wirklich glaubst, daß Maggies Leiche irgendwo da draußen liegt, dann geh und schließ dich dem Suchtrupp an. Zufälligerweise hoffe ich – glaube ich –, daß sie noch am Leben ist, und wenn das stimmt, dann wette ich, daß ihr Entführer sie nicht in der Nähe ihres Wagens zurückgelassen hat.« Er machte kehrt, um loszufahren. »Besorg dir bei jemand anders eine Mitfahrgelegenheit. Ich fahre jetzt nach Providence, um Hansen zu treffen.«

Er stieg in den Wagen und knallte die Tür zu. Als er den Zündschlüssel herumdrehte, sprang Neil auf der Beifahrerseite hinein.

»Du hast recht«, gab er zu. »Ich weiß nicht, wo wir sie finden, aber hier bestimmt nicht.«

78

Um 10 Uhr 30 wartete Earl Bateman auf der Veranda seines Bestattungsmuseums auf Chief Brower und Detective Haggerty.

»Der Sarg war gestern nachmittag noch hier«, sagte Bateman erregt. »Ich weiß das, weil ich eine Führung gemacht habe und mich erinnern kann, daß ich noch extra darauf hinwies. Ich kann nicht fassen, wie jemand die Unverschämtheit aufbringen könnte, einfach zum Spaß eine so wichtige Sammlung wie diese hier zu entweihen. Jedes einzelne Stück in meinem Museum habe ich erst nach peinlich genauen Recherchen erworben.«

»Halloween steht ja vor der Tür«, fuhr er fort, während er mit der rechten Hand, Daumen voran, auf seine linke Handfläche einschlug. »Garantiert hat sich eine Bande Jugendlicher diese Frechheit geleistet. Und ich kann Ihnen gleich jetzt verraten, daß ich sie *definitiv* verklage, falls es das ist, was passiert ist. Keine mildernden Umstände, weil es sich um einen ›Bubenstreich‹ handelt, verstehen Sie?«

»Professor Bateman, warum gehen wir nicht rein und unterhalten uns darüber?« sagte Brower.

»Selbstverständlich. Vielleicht hab' ich ja auch eine Abbildung des Sargs in meinem Büro. Es ist ein Gegenstand von besonderem Interesse, und ich habe sogar vor, ihn zum Glanzstück einer neuen Ausstellungsszenerie zu machen, wenn ich das Museum erweitere. Folgen Sie mir.«

Die beiden Polizeibeamten gingen durch die Eingangshalle hinter ihm her, vorbei an der lebensgroßen, schwarz gekleideten Figur in den Raum, der früher einmal die Küche gewesen sein mußte. Ein Spülbecken, Kühlschrank und Herd standen noch an der hinteren Wand nebeneinander. Aktenordner im Großformat waren unter den Fenstern verstaut, die nach hinten rausgingen. In der Mitte des Raumes stand ein riesiger altmodischer Schreibtisch, die Platte bedeckt von Blaupausen und Zeichnungen.

»Ich bin gerade dabei, ein Freiluftmuseum zu entwerfen«, erklärte Bateman ihnen. »Ich besitze in der Nähe einiges an Land, das als Lage wunderbar dafür geeignet ist. Bitte, nehmen Sie doch Platz. Ich sehe eben nach, ob ich diese Aufnahme finden kann.«

Der ist ja schrecklich aufgebracht, dachte Jim Haggerty. Ich frage mich, ob er auch so außer sich war, als sie ihn damals aus dem Latham Manor rausgeworfen haben? Vielleicht ist er ja doch nicht der harmlose Exzentriker, für den ich ihn immer gehalten habe.

»Warum fragen wir Sie nicht ein paar Dinge, bevor Sie nach dem Bild suchen«, schlug Brower vor.

»Oh, nun gut.« Bateman zerrte den Schreibtischstuhl heraus und setzte sich hin.

Haggerty holte sein Notizbuch hervor.

»Ist sonst noch etwas entwendet worden, Professor Bateman?« fragte Brower.

»Nein. Sonst scheint nichts berührt worden zu sein. Gott sei Dank haben die hier nicht wie die Vandalen gewütet. Übrigens sollten Sie wissen, daß das auch eine Einzelperson hätte bewerkstelligen können, weil der Katafalk nämlich ebenfalls fehlt, und es wäre kein Problem gewesen, den Sarg hinauszufahren.«

»Wo genau befand sich der Sarg?«

»Im ersten Stock, aber ich habe einen Lastenaufzug für den Transport schwerer Gegenstände nach unten oder oben.« Das Telefon läutete. »Oh, entschuldigen Sie. Das wird vermutlich mein Vetter Liam sein. Er war gerade in einer Besprechung, als ich ihn anrufen wollte, um ihm zu erzählen, was passiert ist. Ich dachte mir, das interessiert ihn vielleicht.«

Bateman nahm den Hörer in die Hand. »Hallo«, sagte er, hörte dann zu und nickte zum Zeichen dafür, daß es der Anruf war, den er erwartet hatte.

Brower und Haggerty lauschten der einseitigen Unterhaltung, während Bateman seinen Cousin über den Diebstahl informierte.

»Ein sehr wertvolles antikes Stück«, erklärte er aufgeregt. »Ein viktorianischer Sarg. Ich hab' zehntausend Dollar dafür bezahlt, und das war noch günstig. Der hier hat noch das Originallüftungsrohr dran und war –«

Er verstummte plötzlich, als sei er unterbrochen worden. Dann rief er entsetzt: »Was meinst du damit, Maggie Holloway ist verschwunden? Das ist doch unmöglich!«

Als er auflegte, schien er ganz benommen zu sein. »Das ist ja *furchtbar!* Wie konnte nur Maggie etwas zustoßen? Oh, ich hab's doch *gewußt*, ich *wußte*, daß sie in Gefahr ist. Ich hatte eine Vorahnung. Liam ist *sehr* verstört. Die beiden stehen sich sehr nahe, wissen Sie. Er hat von seinem Autotelefon aus angerufen. Er sagte, er hätte das mit Maggie soeben in den Nachrichten gehört, und daß er gerade von Boston aus hierher unterwegs ist.« Dann runzelte Bateman die Stirn. »Sie haben schon gewußt, daß Maggie vermißt wird?« fragte er Brower vorwurfsvoll.

»Ja«, erwiderte Brower knapp. »Und wir wissen auch, daß sie gestern nachmittag mit Ihnen hier war.«

»Nun ja. Ich hatte ihr ein Foto von Nuala Moore gebracht, das jemand kürzlich auf einem Familientreffen gemacht hat, und sie war sehr dankbar dafür. Weil sie eine so erfolgreiche Fotografin ist, habe ich sie gebeten, mir bei der Suche nach geeignetem Bildmaterial für eine Fernsehserie behilflich zu sein, die ich über Bestattungsbräuche machen werde. Deshalb kam sie auch, um sich meine Exponate anzuschauen«, erklärte er voller Ernst.

»Sie hat sich so ziemlich alles angesehen«, fuhr er fort. »Ich war enttäuscht, daß sie nicht ihre Kamera mitgebracht hatte, deswegen hab' ich ihr, als sie ging, vorgeschlagen, sie könne doch jederzeit allein wiederkommen. Ich hab' ihr gezeigt, wo ich den Schlüssel versteckt halte.«

»Das war gestern nachmittag«, stellte Brower fest. »Ist sie gestern abend wieder hergekommen?«

»Das glaub ich nicht. Wieso sollte sie abends hierherkommen? Die meisten Frauen würden das nicht tun.« Er sah beunruhigt aus. »Ich hoffe, Maggie ist nichts Schlimmes zugestoßen. Sie ist eine nette Frau und sehr attraktiv. Ehrlich gesagt, fühle ich mich ziemlich zu ihr hingezogen.«

Er schüttelte den Kopf, bevor er hinzufügte: »Nein, ich würde jede Wette eingehen, daß *sie* den Sarg nicht gestohlen hat. Als ich ihr nämlich gestern alles hier gezeigt habe, wollte sie nicht mal einen Fuß in das Sargzimmer setzen.«

Soll das ein Witz sein? fragte sich Haggerty. Der Bursche hatte diese Erklärung quasi schon parat, stellte er fest. Zehn zu eins, daß er schon von Maggie Holloways Verschwinden gehört hatte.

Bateman stand auf. »Ich sehe jetzt mal nach dem Bild.«

»Noch nicht«, sagte Brower. »Zuerst möchte ich noch über ein kleines Problem mit Ihnen reden, das Sie hatten, als Sie im Latham Manor einen Vortrag hielten. Mir ist da was von viktorianischen Friedhofsglocken zu Ohren gekommen und daß man Sie aufgefordert hat, das Haus zu verlassen.«

Bateman hämmerte wütend mit der Faust auf den Schreibtisch. *»Ich will nicht darüber reden!* Was ist eigentlich mit euch allen los? Erst gestern mußte ich Maggie Holloway genau dasselbe erzählen. Diese Glocken sind in meinen Lagerraum weggeschlossen, und dort werden sie auch bleiben. *Ich werde nicht darüber reden.* Kapiert?« Sein Gesicht war weiß vor Zorn.

79

Das Wetter schlug um, und es wurde wesentlich kühler. Die Morgensonne war Wolken gewichen, und bis elf war der ganze Himmel trüb und grau.

Neil und sein Vater saßen auf zwei steifen Holzstühlen, die zusammen mit einem Schreibtisch plus Bürostuhl für die Sekretärin alle Einrichtungsgegenstände im Empfangsraum von Hansens Büro darstellten.

Die einzige Angestellte war eine wortkarge junge Frau von etwa zwanzig, die ihnen gelangweilt mitteilte, Mr. Hansen sei seit Donnerstag nachmittag nicht mehr im Büro erschienen, und das einzige, was sie wisse, sei, daß er gesagt habe, er werde heute gegen zehn kommen.

Die Tür, die zu dem inneren Büro führte, war offen, und sie konnten sehen, daß dieser Raum genauso spärlich eingerichtet war wie das Empfangszimmer. Ein Schreibtisch, ein Stuhl, ein Aktenschrank und ein kleiner Computer waren alles, was sie dort entdecken konnten.

»Sieht nicht grade nach einer florierenden Maklerfirma aus«, sagte Robert Stephens. »Also, ich würde sogar sagen, es sieht eher nach einer Bude aus, wo verbotene Glücksspiele stattfinden – so angelegt, daß man schleunigst verschwinden kann, sobald einem jemand auf die Schliche kommt.«

Neil fand es qualvoll, einfach hier sitzen zu müssen, ohne etwas zu unternehmen. *Wo ist Maggie?* fragte er sich immer wieder.

Sie ist am Leben, sie ist am Leben, wiederholte er voller Entschlossenheit. Und ich finde sie. Er versuchte sich nun auf das, was sein Vater sagte, zu konzentrieren, und antwortete dann: »Ich bezweifle, daß er seinen potentiellen Kunden diesen Laden vorführt.«

»Tut er auch nicht«, erwiderte Robert Stephens. »Er lädt sie zu aufwendigen Mittag- und Abendessen ein. Nach dem, was mir Cora Gebhart und Laura Arlington erzählt haben, kann er der vollendete Charmeur sein, allerdings haben auch beide gesagt, daß er eine Menge Kenntnisse über Kapitalanlagen zu haben schien.«

»Dann hat er irgendwo einen Intensivkurs gemacht. Unser Fahndungsspezialist, der ihn überprüft hat, erzählte mir, daß Hansen schlicht und einfach wegen Unfähigkeit von zwei Maklerfirmen gefeuert worden ist.«

Beide Männer drehten ruckartig den Kopf herum, als die Eingangstür aufging, gerade rechtzeitig, um den perplexen Gesichtsausdruck Hansens mitzubekommen, als er sie dort sitzen sah.

Er denkt, daß wir Cops sind, erkannte Neil. Er muß schon von dem Selbstmord seines Onkels gehört haben.

Sie erhoben sich. Robert Stephens ergriff als erster das Wort. »Ich vertrete Mrs. Cora Gebhart und Mrs. Laura Arlington«, sagte er in förmlichem Ton. »Als ihr Steuerberater bin ich hier, um die Aktienkäufe zu erörtern, die Sie *vorgeblich* vor kurzem für die beiden Damen abgeschlossen haben.«

»Und ich bin hier, um Maggie Holloway zu vertreten«, verkündete Neil voller Zorn. »Wo waren Sie letzte Nacht, und was wissen Sie über ihr Verschwinden?«

80

Maggie fing unkontrollierbar an zu zittern. Wie lange war sie schon hier? fragte sie sich. War sie zwischendurch eingeschlafen, oder hatte sie das Bewußtsein verloren? Ihr Kopf tat so weh. Ihr Mund fühlte sich ausgedörrt an.

Wie lange war es her, seit sie zum letztenmal um Hilfe gerufen hatte? *Wußte* denn überhaupt jemand, daß sie *verschwunden* war?

Neil. Er hatte gesagt, daß er heute abend anrufen würde. Nein, gestern abend, dachte sie und versuchte, ein Gefühl für die Zeit zu bekommen. Ich war um neun Uhr im Museum, rief sie sich ins Gedächtnis. Ich weiß, daß ich schon seit Stunden hier bin. Ist es jetzt schon Vormittag oder sogar noch später?

Neil würde bei ihr anrufen.

Oder nicht?

Sie hatte seine besorgten Worte zurückgewiesen. Vielleicht rief er gar nicht an. Sie war wirklich frostig zu ihm gewesen. Vielleicht wollte er nichts mehr mit ihr zu tun haben.

Nein, bitte nicht, dachte sie. Das würde Neil nicht tun. Neil würde nach ihr suchen. »*Finde* mich, Neil, *bitte* finde mich«, flüsterte sie und blinzelte Tränen zurück.

Sein Gesicht tauchte in ihrer Vorstellung auf. Beunruhigt. Bekümmert. Voller Sorge um sie. Hätte sie ihm doch bloß von den Glocken auf den Gräbern erzählt. Hätte sie ihn doch nur gebeten, sie in das Museum zu begleiten.

Das Museum, dachte sie plötzlich. Die Stimme hinter ihr.

In ihrer Fantasie ließ sie nochmals vor sich abrollen, was bei dem Überfall vor sich gegangen war. Sie drehte sich um und sah den Ausdruck auf seinem Gesicht, bevor er ihr die Taschenlampe auf den Kopf schlug. Böse. Grausam.

Wie er ausgesehen haben mußte, als er Nuala ermordete.

Räder. Sie war nicht vollständig bewußtlos gewesen, als sie spürte, wie sie auf Rädern fortbewegt wurde.

Eine Frauenstimme. Sie hatte eine Frauenstimme mit ihm reden hören, die sie kannte. Maggie stöhnte auf, als ihr einfiel, wessen Stimme es war.

Ich muß *unbedingt* hier raus, dachte sie. Ich darf nicht sterben; jetzt, wo ich das weiß, *darf* ich einfach nicht sterben. Sie wird es wieder für ihn tun. Das weiß ich.

»Hilfe«, schrie sie. »Helft mir.«

Wieder und wieder rief sie, bis sie sich endlich zwingen konnte, damit aufzuhören. Dreh nicht durch, beschwor sie sich. Dreh jetzt bloß nicht durch.

Ich zähle jetzt ganz langsam bis fünfhundert und rufe dann dreimal, beschloß sie. Ich mache das immer weiter so.

Sie hörte ein gleichmäßiges, gedämpftes Geräusch von oben und spürte ein kaltes Rinnsal auf ihrer Hand. Es regnete, wurde ihr klar, und der Regen tropfte durch das Ventilationsrohr herunter.

81

Um halb zwölf betraten Chief Brower und Detective Haggerty das Latham Manor. Es war nicht zu übersehen, daß die Bewohner mitbekommen hatten, daß irgend etwas nicht in Ordnung war. Sie standen in kleinen Gruppen im Foyer und in der Bibliothek beieinander.

Die Beamten waren sich der neugierigen Blicke bewußt, die ihnen folgten, als die Hausangestellte sie zum Büroflügel führte.

Dr. Lane begrüßte sie höflich. »Bitte kommen Sie herein. Ich stehe Ihnen zur Verfügung.« Er bat sie, Platz zu nehmen.

Er sieht ja völlig fertig aus, dachte Haggerty, als er die blutunterlaufenen Augen betrachtete, die grauen Falten um den Mund des Arztes und die Schweißperlen auf seiner Stirn.

»Dr. Lane, im Moment haben wir nur ein paar Fragen, das ist alles«, begann Brower.

»Das ist alles?« fragte Lane und versuchte zu lächeln.

»Herr Doktor, bevor Sie diese Stelle angetreten haben, waren Sie einige Jahre arbeitslos. Woran lag das?«

Lane schwieg eine Weile und sagte dann leise: »Ich nehme an, die Antwort darauf wissen Sie bereits.«

»Uns wäre es lieber, Ihre Version zu hören«, sagte Haggerty.

»Meine Version, wie Sie es ausdrücken, ist die, daß wir im Colony Nursing Home, für das ich damals zuständig war, eine Grippeepidemie hatten. Vier der Frauen mußten ins Krankenhaus eingeliefert werden. Als noch weitere Frauen mit grippeähnlichen Symptomen erkrankt sind, nahm ich deshalb natürlich an, daß sie sich am selben Virus angesteckt hatten.«

»Aber das traf nicht zu«, sagte Brower ruhig. »In Wirklichkeit war in ihrem Gebäudeteil des Pflegeheims eine Heizung defekt. Sie hatten eine Kohlenmonoxydvergiftung. Drei von ihnen sind gestorben. Stimmt das nicht?«

Lane hatte seinen Blick abgewandt und antwortete nicht.

»Und stimmt es nicht auch, daß der Sohn einer dieser Frauen Ihnen gesagt hatte, die Orientierungsschwierigkeiten seiner Mutter schienen doch nicht mit Grippesymptomen übereinzustimmen, und daß er Sie sogar darum *gebeten* hat, überprüfen zu lassen, ob Kohlenmonoxyd ausgetreten war?«

Wiederum antwortete Lane nicht.

»Man hat Ihnen wegen grober Fahrlässigkeit die Lizenz entzogen, und trotzdem ist es Ihnen gelungen, sich diese Position hier zu verschaffen. Wie ist es dazu gekommen?« fragte Brower.

Lanes Mund wurde schmal wie ein Strich. »Weil die Leute von der Prestige Residence Corporation so fair waren, anzuerkennen, daß ich Direktor einer überfüllten, finanziell schlecht ausgestatteten Einrichtung gewesen war, daß ich damals fünfzehn Stunden am Tag gearbeitet habe, daß eine ganze Reihe der dortigen Gäste an Grippe erkrankt und die Fehldiagnose daher verständlich war, und daß der Mann, der sich beschwerte, sowieso ständig an allem etwas auszusetzen hatte, von der Heißwassertemperatur über quietschende Türen bis zu zugigen Fenstern.«

Er stand auf. »Ich finde diese Fragen beleidigend. Ich schlage vor, daß Sie sofort dieses Haus verlassen. Wie es aussieht, haben Sie unsere Gäste ohnehin schon zutiefst beunruhigt. Irgend jemand hielt es anscheinend für nötig, jeden hier davon zu unterrichten, daß Sie kommen.«

»Das dürfte Schwester Markey sein«, erklärte Brower. »Bitte sagen Sie mir, wo ich sie finden kann.«

Zelda Markey machte keinen Hehl aus ihrer Ablehnung, als sie in dem kleinen Raum im ersten Stock, der ihr als Büro diente, Brower und Haggerty gegenübersaß. Ihr scharf geschnittenes Gesicht war rot vor Zorn, in ihren Augen lag kalte Wut.

»Meine Patienten brauchen mich«, sagte sie trotzig. »Sie wissen, daß Janice Nortons Mann Selbstmord begangen hat, und sie haben von einem Gerücht gehört, daß Janice hier irgend etwas Illegales gemacht hat. Sie sind sogar noch mehr beunruhigt, seit sie erfahren haben, daß Maggie Holloway vermißt wird. Alle, die sie kennengelernt haben, hatten sie sehr gern.«

»Hatten Sie sie ebenfalls gern, Miss Markey?« fragte Brower.

»Ich kannte sie nicht gut genug, um mich mit ihr anzufreunden. Bei den wenigen Gelegenheiten, als ich mit ihr gesprochen habe, fand ich sie sehr nett.«

»Miss Markey, Sie sind doch mit Earl Bateman befreundet, richtig?« fragte Brower.

»Für mich setzt Freundschaft echte Vertrautheit voraus. Ich kenne und bewundere Professor Bateman. Er war, wie die ganze Familie, sehr besorgt um seine Tante, Alicia Bateman, die im Seaside Nursing Home zur Pflege war, wo ich früher gearbeitet habe.«

»Die Batemans waren ja auch sehr großzügig zu Ihnen, nicht wahr?«

»Sie hatten das Gefühl, daß ich mich hervorragend um Alicia gekümmert habe, und haben freundlicherweise darauf bestanden, das zu honorieren.«

»Ich verstehe. Ich würde gerne wissen, weshalb Sie der Ansicht waren, ein Vortrag über den Tod könnte für die Bewohner des Latham Manor von Interesse sein. Finden Sie nicht, daß sie damit schon bald genug konfrontiert werden?«

»Chief Brower, ich bin mir bewußt, daß diese Gesellschaft einen Horror vor dem Begriff ›Tod‹ hat. Aber die ältere Generation sieht das viel realistischer. Mindestens die Hälfte unsrer Gäste hat präzise Anweisungen für ihre eigene Bestattung festgelegt, und tatsächlich machen sie sogar häufig Scherze darüber.«

Sie zögerte. »Allerdings möchte ich sagen, daß ich den Eindruck hatte, Professor Bateman wolle einen Vortrag über Königsbegräbnisse im Lauf der Zeiten halten, was natürlich ein recht interessantes Thema ist. Wenn er dabei geblieben wäre ...« Sie schwieg einen Moment, um dann fortzufahren: »Und ich bin auch bereit zuzugeben, daß der Einsatz der Glocken ein paar Leute aufgeregt hat, aber die Art, wie Mrs. Sarah Cushing Professor Bateman behandelt hat, war unverzeihlich. Er wollte niemandem etwas zuleide tun, und trotzdem hat sie ihn unmöglich behandelt.«

»Glauben Sie, daß *er* sehr zornig war?« fragte Brower mit milder Stimme.

»Ich glaube, daß er gedemütigt wurde und *dann* vielleicht zornig war, ja. Wenn er nicht gerade einen Vortrag hält, ist er im Grunde genommen sehr schüchtern.«

Haggerty blickte von seinen Notizen auf. Eine unmißverständlich weiche Note war in Tonfall und Ausdruck der Pflegeschwester aufgetaucht. Interessant. Er war sicher, daß Brower es ebenfalls bemerkt hatte. *Freundschaft setzt Vertrautheit voraus.* Mich dünkt, die Lady protestiert wahrlich zu sehr, dachte er.

»Schwester Markey, was wissen Sie über eine Skizze, die Mrs. Nuala Moore zusammen mit der kürzlich verstorbenen Mrs. Greta Shipley gezeichnet hat?«

»Absolut gar nichts«, erwiderte sie kurz.

»Sie war in Mrs. Shipleys Apartment. Sie scheint nach ihrem Tod verschwunden zu sein.«

»Das ist absolut unmöglich. Das Zimmer oder Apartment wird unverzüglich abgeschlossen. Alle wissen das.«

»Ah-hmmm.« Browers Ton wurde vertraulich. »Schwester Markey, nur unter uns, was halten Sie eigentlich von Dr. Lane?«

Sie musterte ihn scharf und machte eine Pause, bevor sie antwortete. »Selbst wenn das bedeutet, einem Menschen weh zu tun, den ich wirklich schätze, bin ich inzwischen bereit, wieder eine Stelle zu verlieren, um meine Meinung zu sagen. Ich würde Dr. Lane nicht mal meine Katze behandeln lassen. Er ist vermutlich der dümmste Arzt, mit dem ich es jemals zu tun hatte, und Sie können mir glauben, ich hatte mit einer Menge zu tun.«

Sie erhob sich. »Ich hatte auch die Ehre, mit hervorragenden Ärzten zu arbeiten. Und deshalb kann ich nicht verstehen, wieso die Leute von Prestige darauf verfallen sind, Dr. Lane die Leitung dieser Einrichtung zu übertragen. Und bevor Sie fragen: *Das* ist der Grund, weshalb ich so häufig nach Patienten sehe, um die ich mir Sorgen mache. Ich glaube nicht, daß er in der Lage ist, ihnen die Versorgung zu geben, die sie benötigen. Ich bin mir bewußt, daß ihnen das manchmal zuwider sein mag, aber ich tue es nur zu ihrem Besten.«

82

Neil und Robert Stephens fuhren direkt zum Polizeirevier von Newport. »Das ist verdammt gut, daß du gestern diese Verfügung gegen ihn erwirkt hast«, sagte Neils Vater. »Der Kerl war drauf und dran, abzuhauen. Wenigstens haben wir jetzt, wo sein Bankkonto gesperrt ist, die Chance, Coras Geld wiederzukriegen, oder zumindest einen Teil davon.«

»Aber er weiß nicht, was mit Maggie passiert ist«, sagte Neil verbittert.

»Nein, offenbar nicht. Du kannst wohl schlecht um fünf Uhr in New York den Brautführer bei einer Hochzeit spielen, Dutzende Namen von Leuten vorweisen, die allesamt bereit sind zu bezeugen, daß du während des ganzen Empfangs dort warst, und gleichzeitig hier oben sein.«

»Er hatte eine ganze Menge mehr über sein Alibi zu sagen als über seine Aktiengeschäfte«, sagte Neil. »Dad, dieser Kerl hat nichts in diesem Büro, was darauf hinweisen würde, daß er mit Wertpapieren handelt. Hast du etwa irgendwelche Finanzbelege, einen einzigen Prospekt oder sonst irgendwas von der Art gesehen, wie du es in meinem Büro findest?«

»Nein, hab' ich nicht.«

»Verlaß dich drauf, der arbeitet in Wirklichkeit gar nicht von diesem Loch aus. Diese Aktiengeschäfte laufen über irgendeine andere Adresse. Und zwar eine, wo vermutlich der gleiche Schwindel betrieben wird.« Neil schwieg und blickte mit grimmigem Gesicht zum Wagenfenster hinaus. »Mein Gott, dieses Wetter ist lausig.«

Es wird immer kälter, und es gießt. Wo ist Maggie? dachte er. Ist sie irgendwo da draußen? Fürchtet sie sich?

Ist sie *tot*?

Wieder einmal verwarf Neil diesen Gedanken. Sie *konnte* einfach nicht tot sein. Es kam ihm so vor, als könne er sie hören, wie sie nach ihm rief, damit er ihr zu Hilfe kam.

Als sie im Polizeirevier eintrafen, erfuhren sie, Chief Brower sei gerade außer Haus, aber Detective Haggerty nahm sie in Empfang. »Es gibt nichts zu berichten, was uns weiterhilft«, sagte er freimütig, als die beiden Männer ihn mit Fragen nach Maggie bedrängten. »Niemand kann sich daran erinnern, gestern abend diesen Volvo-Kombiwagen in der Stadt gesehen zu haben. Wir haben mit Miss Holloways Nachbarn hier Kontakt aufgenommen. Als sie auf dem Weg zum Abendessen um sieben an ihrem Haus vorbeikamen, stand Miss Holloways Auto in der Einfahrt. Es war weg, als sie um halb zehn zurückkamen, also müssen wir davon ausgehen, daß sie irgendwann während dieser zweieinhalb Stunden weggefahren ist.«

»Und das ist alles, was Sie uns berichten können?« fragte Neil mit ungläubiger Stimme. »Mein Gott, es muß doch noch mehr als bloß *das* geben.«

»Ich wünschte, es wäre so. Wir wissen, daß sie am Montag nachmittag zu diesem Bestattungsmuseum rübergefahren ist. Wir haben mit ihr gesprochen, bevor sie weg ist und nachdem sie wieder zurückkam.«

»Bestattungsmuseum?« hakte Neil nach. »Das klingt nicht nach Maggie. Was hat sie dort gemacht?«

»Professor Bateman zufolge wollte sie ihm dabei helfen, Bildmaterial für irgendeine Fernsehserie rauszusuchen, die er vorhat«, antwortete Haggerty.

»Sie haben eben gesagt: ›Professor Bateman zufolge‹«, sagte Robert Stephens scharf.

»Hab' ich das? Also, ich meine, wir haben keinen Grund, die Aussage des Professors anzuzweifeln. Er mag ein bißchen exzentrisch sein, aber er ist hier aufgewachsen, die Leute kennen ihn, und er ist nie mit irgendwelchen Schwierigkeiten aktenkundig geworden.« Er zögerte. »Ich will jetzt mal völlig offen zu Ihnen sein. Miss Holloway schien anzudeuten, daß er irgendwas an sich hätte, was ihr zu schaffen machte. Und als wir nachforschten, stellte sich heraus, daß es zwar nichts in seiner Vergangenheit gibt, was ihn in Konflikt mit der Polizei gebracht hätte, daß er aber eines Nachmittags unter einigen Bewohnern des Seniorenheims Latham Manor einen Aufruhr verursacht hat. Sieht ganz so aus, als ob sie ihn zum Schluß rausgeworfen hätten.«

Schon wieder das Latham Manor! dachte Neil.

»Bateman informierte uns auch, daß Maggie wußte, wo der Schlüssel zum Museum versteckt war, und daß er sie eingeladen hatte, jederzeit mit ihrer Kamera wiederzukommen.«

»Glauben Sie denn, daß sie wirklich gestern abend dort hin ist? *Allein?*« fragte Neil fassungslos.

»Ich glaube kaum. Nein, Tatsache ist, daß letzte Nacht offenbar jemand ins Museum eingebrochen ist – ob Sie's glauben oder nicht, ein Sarg ist verschwunden. Wir sind jetzt gerade dabei, ein paar Teenager aus der Umgebung zu vernehmen, die uns schon früher Ärger gemacht haben. Wir glauben, daß sie dafür verantwortlich sind. Wir glauben, daß sie uns vielleicht auch irgendeine Auskunft über Miss Holloway geben können. Falls sie ins Museum gegangen ist und die Bengels ihren Wagen dort gesehen haben, dann muß ich annehmen, daß sie abgewartet haben, bis sie weg war, bevor sie selbst reingegangen sind.«

Neil stand auf. Er *mußte* einfach hier raus; er *mußte* irgendwas unternehmen. Außerdem wußte er, daß es nichts mehr gab, was er hier in Erfahrung bringen konnte. Aber er *konnte* immerhin zum Latham Manor zurückfahren und vielleicht dort etwas herauskriegen. Als Vorwand würde ihm dienen, daß er mit dem Direktor über die mögliche Anwärterschaft der Van Hillearys auf eine Wohnung dort reden wolle.

»Ich setze mich später wieder mit Ihnen in Verbindung«, sagte er zu Haggerty. »Ich geh jetzt zum Latham Manor rüber und versuche mit ein paar Leuten dort zu reden. Man kann nie wissen, wer vielleicht über eine Information verfügt, die uns weiterhelfen könnte. Und ich habe einen guten Vorwand für einen Besuch. Ich hab' am Freitag dort vorbeigeschaut, um mich im Auftrag eines Ehepaars, das zu meinen Klienten zählt, über die gesamte Anlage zu informieren, und mir sind gerade noch ein paar Fragen eingefallen.«

Haggerty zog die Augenbrauen hoch. »Sie werden vermutlich herausfinden, daß wir eben erst dort waren.«

»Weshalb?« fragte Robert Stephens rasch.

»Wir haben mit dem Direktor und mit einer der Schwestern dort gesprochen, einer gewissen Zelda Markey, die, wie es scheint, mit Professor Bateman gut befreundet ist. Mehr kann ich Ihnen nicht verraten.«

»Dad, wie lautet die Nummer von deinem Autotelefon?« fragte Neil.

Robert Stephens holte eine Visitenkarte hervor und kritzelte die Nummer auf die Rückseite. »Hier.«

Neil reichte Haggerty die Karte. »Falls sich irgendwas Neues ergibt, versuchen Sie uns doch unter dieser Nummer zu erreichen. Und wir melden uns etwa jede Stunde bei Ihnen.«

»In Ordnung. Miss Holloway ist wohl eine enge Freundin der Familie?«

»Sie ist mehr als das«, erwiderte Robert Stephens schroff. »Betrachten Sie uns als ihre Angehörigen.«

»Wie Sie wünschen«, sagte Haggerty schlicht. »Ich verstehe Sie gut.« Er schaute Neil an. »Falls meine Frau vermißt wäre, würde ich durch dieselbe Hölle gehen. Ich hab' Miss Holloway kennengelernt. Sie ist wirklich klug und, wie ich glaube, auch sehr einfallsreich. Wenn sie eine Chance hat, sich selbst zu helfen, dann können Sie sich drauf verlassen, daß sie's auch tut.«

Der Ausdruck aufrichtigen Mitgefühls in Haggertys Miene machte Neil schmerzlich bewußt, daß er möglicherweise kurz davor war, einen Menschen zu verlieren, ohne den er sich sein Leben jetzt überraschenderweise nicht mehr vorstellen konnte. Er schluckte schwer, weil plötzlich ein Kloß in seiner Kehle steckte. Da er fürchtete, kein vernünftiges Wort herausbringen zu können, nickte er nur und ging.

Im Wagen sagte er: »Dad, warum hab' ich nur das Gefühl, daß das Latham Manor im Mittelpunkt dieser ganzen Sache steht?«

83

»Maggie, du rufst doch nicht etwa um Hilfe, oder? Das ist nicht klug von dir.«

O Gott, *nein! Er war wieder da!* Seine hohl klingende Stimme war durch den Regen, der über ihr auf die Erde trommelte, kaum vernehmbar.

»Du wirst doch sicher naß da unten«, rief er. »Das freut mich. Ich will, daß du frierst und naß wirst und Angst hast. Bestimmt hast du auch Hunger. Oder vielleicht bloß Durst?«

Antworte nicht, sagte sie sich. Fleh ihn ja nicht an. Das ist es, was er will.

»Du hast mir alles ruiniert, Maggie, du und Nuala. Sie hatte angefangen, Verdacht zu schöpfen, also mußte sie sterben.

Und dabei ist doch alles so gut gelaufen. Das Latham Manor – es gehört mir, weißt du. Bloß diese Typen, die es führen, haben keine Ahnung, wer ich bin. Ich hab' eine Holdinggesellschaft. Und du hast recht gehabt mit den Glocken. Diese Frauen sind aber nicht lebendig begraben worden, bloß vielleicht ein bißchen früher, als es der liebe Gott beabsichtigt hatte. Sie hätten noch ein bißchen mehr Zeit bekommen sollen. Deshalb hab' ich auch die Glocken auf die Gräber getan. Ist mein kleiner Scherz. *Du* bist die einzige, die wirklich lebendig begraben ist.

Und wenn sie diese Frauen wieder ausgraben, dann geben sie Dr. Lane die Schuld an ihrem Tod. Die machen ihn dafür verantwortlich, daß die Medikamente verwechselt worden sind. Er ist sowieso ein miserabler Arzt mit einem schrecklichen Leumund. Und einem Alkoholproblem. Deshalb hab' ich ja dafür gesorgt, daß sie ihm den Posten geben. Aber dank deiner blöden Einmischung kann ich meinen kleinen Todesengel nicht mehr dafür sorgen lassen, daß die kleinen Damen vorzeitig ins Grab sinken. Und das ist wirklich zu dumm; ich will das Geld haben. Weißt du eigentlich, wieviel Profit das bringt, diese Zimmer neu zu besetzen? Jede Menge. *Jede Menge.*«

Maggie schloß die Augen und bemühte sich, sein Gesicht aus ihrem Bewußtsein zu verbannen. Es war fast, als könne sie ihn tatsächlich sehen. Er war wahnsinnig.

»Du bist wahrscheinlich schon dahintergekommen, daß die Glocke auf deinem Grab keinen Klöppel hat, stimmt's? Jetzt versuch mal das zu erraten: Wie lange lebst du noch, wenn das Lüftungsrohr blockiert wird?«

Sie spürte, wie ihr Erde auf die Hand fiel. Fieberhaft bemühte sie sich, die Röhre mit dem Finger freizubohren. Noch mehr Erde fiel herab.

»Ach, noch eins, Maggie«, sagte er, und seine Stimme klang auf einmal noch gedämpfter. »Ich hab' die Glocken von den andern Gräbern entfernt. Ich hielt das für eine gute Idee. Ich lege sie dann wieder hin, wenn sie die Leichen neu begraben. Träum süß.«

Sie hörte das dumpfe Geräusch von etwas, das auf das Lüftungsrohr prallte; dann hörte sie nichts mehr. Er war weg. Davon war sie überzeugt. Das Rohr war verstopft. Sie tat das einzige, was ihr in dieser Situation einfiel. Sie schloß und öffnete ihre linke Hand, damit die Schnur an ihrem Ringfinger verhinderte, daß die feuchte Erde hart wurde. Bitte, lieber Gott, betete sie, laß irgend jemand sehen, daß die Glocke sich bewegt.

Wie lange würde es dauern, bis sie den ganzen Sauerstoff verbraucht hatte? fragte sie sich. Stunden? Einen Tag?

»Neil, hilf mir, hilf mir«, flüsterte sie. »Ich brauche dich. Ich liebe dich. *Ich will nicht sterben.*«

84

Letitia Bainbridge hatte sich vehement geweigert, ins Krankenhaus zu gehen. »Du kannst diesen Krankenwagen abbestellen oder selbst drin fahren«, informierte sie ihre Tochter brüsk, »aber ich geh überhaupt nirgendwohin.«

»Aber Mutter, dir geht es nicht gut«, protestierte Sarah Cushing, obwohl sie genau wußte, daß es sinnlos war, mit ihr zu streiten. Wenn ihre Mutter diesen störrischen Gesichtsausdruck bekam, war jede weitere Diskussion überflüssig.

»Wem geht's schon mit vierundneunzig gut?« fragte Mrs. Bainbridge. »Sarah, ich weiß deine Sorge zu schätzen, aber hier ist zur Zeit eine Menge los, und ich habe nicht die Absicht, das zu verpassen.«

»Läßt du dir wenigstens dein Essen auf einem Tablett bringen?«

»Nicht das Abendessen. Dir ist doch klar, daß mich Dr. Evans erst vor ein paar Tagen untersucht hat. Mir fehlt nichts, was sich nicht dadurch kurieren ließe, daß ich wieder fünfzig wäre.«

Sarah Cushing gab widerwillig nach. »Also schön, aber eins mußt du mir unbedingt versprechen. Wenn du dich nicht wohl fühlst, darf ich dich wieder zu Dr. Evans bringen. Ich will nicht, daß Dr. Lane dich behandelt.«

»Das will ich genausowenig. Obwohl sie eine penetrante Schnüfflerin ist, hat Schwester Markey letzte Woche immerhin eine Veränderung an Greta Shipley bemerkt, und sie hat versucht Dr. Lane dazu zu bringen, daß er sich drum kümmert. Er hat natürlich nichts gefunden; er hatte unrecht, und sie hatte recht. Weiß denn irgend jemand, warum die von der Polizei mit ihr geredet haben?«

»Ich bin mir nicht sicher.«

»Dann find's raus!« sagte sie barsch. Dann fügte sie, nun wieder freundlicher, hinzu: »Ich mache mir solche Sorgen um dieses wunderbare Mädchen, Maggie Holloway. So viele junge Leute heutzutage sind so gleichgültig oder ungeduldig zu alten Fossilien wie mir. Sie nicht. Wir beten alle darum, daß sie gefunden wird.«

»Ich weiß, und ich tu's auch«, stimmte ihr Sarah Cushing zu.

»Nun gut, geh nach unten und finde das Neueste heraus. Fang mit Angela an. Ihr entgeht gar nichts.«

Neil hatte vom Wagen aus angerufen, um Dr. Lane zu sagen, er würde gern vorbeischauen und das Interesse der Van Hillearys an einer Wohnung im Latham Manor erörtern. Er fand Lanes Stimme merkwürdig desinteressiert, als er einem Treffen zustimmte.

Sie wurden beim Latham Manor von derselben attraktiven jungen Hausangestellten in Empfang genommen, die sie schon zuvor gesehen hatten. Neil wußte noch, daß sie Angela hieß. Als sie eintrafen, unterhielt sie sich gerade mit einer gutaussehenden Frau, die wohl Mitte Sechzig war.

»Ich sage Dr. Lane Bescheid, daß Sie hier sind«, sagte Angela sanft. Als sie die Eingangshalle zur Sprechanlage hin durchquerte, kam die ältere Frau zu ihnen hinüber.

»Ich möchte ja nicht aufdringlich erscheinen, aber sind Sie von der Polizei?« fragte sie.

»Nein, sind wir nicht«, sagte Robert Stephens schnell. »Warum fragen Sie? Gibt es Probleme?«

»Nein. Oder ich hoffe es zumindest nicht. Lassen Sie mich's eben erklären. Ich bin Sarah Cushing. Meine Mutter, Letitia Bainbridge, wohnt hier. Sie hat eine junge Frau namens Maggie Holloway sehr liebgewonnen, die anscheinend verschwunden ist, und nun möchte sie schrecklich gern wissen, ob es irgendwelche Nachrichten von ihr gibt.«

»Wir haben Maggie ebenfalls sehr liebgewonnen«, sagte Neil, der wieder spürte, wie sich seine Kehle zuzog, was seine Fassung ins Wanken zu bringen drohte. »Ich frage mich, ob es nicht möglich wäre, mit Ihrer Mutter zu sprechen, nachdem wir bei Dr. Lane waren?«

Als er einen Ausdruck der Unsicherheit in Sarah Cushings Augen bemerkte, hielt er es für besser, deutlicher zu werden. »Wir greifen nach jedem Strohhalm, um zu sehen, ob Maggie vielleicht irgendwas zu irgendwem gesagt hat, auch nur beiläufig, was uns helfen könnte, sie zu finden.«

Er biß sich auf die Lippen, unfähig fortzufahren.

Sarah Cushing musterte ihn und spürte, wie verzweifelt er war. Ihre kühlen blauen Augen wurden weicher. »Aber sicher. Sie können Mutter besuchen«, sagte sie energisch. »Ich warte in der Bibliothek auf Sie und bringe Sie rauf, sobald Sie soweit sind.«

Das Hausmädchen kehrte zurück. »Dr. Lane ist bereit, Sie zu empfangen«, sagte sie.

Zum zweitenmal folgten ihr Neil und Robert Stephens zum Büro von Dr. Lane. Neil hielt sich vor Augen, daß er, was den Arzt betraf, nur hier war, um sich über die Van Hillearys zu unterhalten. Er versuchte krampfhaft, sich an die Fragen zu erinnern, die er sich im Interesse seiner Kunden zurechtgelegt hatte. Unterstand die Wohnanlage direkt Prestige und war Eigentum des Konzerns, oder hatte man sie verpachtet? Er brauchte Belege über eine ausreichende Rücklage.

Gab es eine Vergütung für die Van Hillearys, falls sie es vorzogen, die Räume selbst zu renovieren und einzurichten?

Beide Männer waren schockiert, als sie Dr. Lanes Büro erreichten. Der Mann, der am Schreibtisch saß, war so radikal verändert, daß es ihnen vorkam, als hätten sie einen anderen Menschen vor sich. Den gewandten, lächelnden, zuvorkommenden Direktor, den sie letzte Woche angetroffen hatten, gab es nicht mehr.

Lane sah krank und niedergeschlagen aus. Seine Haut wirkte grau, seine Augen waren eingesunken. Teilnahmslos bat er sie, Platz zu nehmen, bevor er feststellte: »Wie ich höre, haben Sie noch einige Fragen. Ich bin gern bereit, sie zu beantworten. Es wird allerdings ein neuer Direktor Ihre Klienten begrüßen, wenn sie am Wochenende herkommen.«

Er ist gefeuert worden, dachte Neil. Aber warum? fragte er sich. Er beschloß, den Stier bei den Hörnern zu packen. »Sehen Sie, ich weiß natürlich nicht, was hier vorgefallen ist, und ich bitte Sie auch nicht darum, die Gründe für Ihren Abschied darzulegen.« Er hielt inne. »Aber ich habe gehört, daß Ihre Buchhalterin vertrauliche Informationen weitergeleitet hat. Das war einer der Punkte, die ich ansprechen wollte.«

»Ja, das ist etwas, wovon man uns gerade erst in Kenntnis gesetzt hat. Ich bin mir sicher, daß das hier in diesem Haus nicht mehr vorkommen wird«, erwiderte Lane.

»Ich kann mich gut in Ihre Lage versetzen«, fuhr Neil fort. »In der Finanzbranche scheinen wir uns leider ständig mit dem Problem von Insidergeschäften auseinandersetzen zu müssen.« Er wußte, daß ihn sein Vater fragend anschaute, aber er mußte versuchen zu erfahren, ob das der Grund für Lanes Entlassung war. Insgeheim bezweifelte er es und hatte den Verdacht, daß es eher mit dem plötzlichen Tod von mehreren der Heimbewohner zusammenhing.

»Ich bin mit diesem Problem vertraut«, erklärte Lane. »Meine Frau hat früher in einer Börsenmaklerfirma gearbeitet – Randolph und Marshall –, bevor ich diese Position übernommen habe. Man hat wirklich den Eindruck, daß unehrliche Leute überall wie die Pilze aus dem Boden schießen. Ach, lassen Sie mich lieber versuchen zu beantworten, was Sie wissen wollen. Das Latham Manor ist eine wundervolle Einrichtung, und ich kann Ihnen versichern, daß unsre Gäste hier sehr zufrieden sind.«

Als sie fünfzehn Minuten später wieder gingen, sagte Robert Stephens: »Neil, dieser Mensch hat eine Todesangst.«

»Ich weiß. Und das liegt nicht nur an seinem Job.« Ich vergeude bloß Zeit, dachte er. Er hatte Maggies Namen erwähnt, und Lanes einzige Reaktion war der Ausdruck seiner höflichen Anteilnahme an ihrem Geschick gewesen.

»Dad, vielleicht sollten wir darauf verzichten, hier noch mit irgendwelchen Leuten zu reden«, sagte er, als sie im Foyer ankamen. »Ich werde in Maggies Haus einbrechen, um es zu durchsuchen. Vielleicht ist dort irgendwas zu finden, was uns auf eine Idee bringt, wohin sie gestern abend gegangen sein könnte.«

Sarah Cushing wartete jedoch auf sie. »Ich hab' Mutter oben angerufen. Sie möchte Sie sehr gern kennenlernen.«

Neil wollte schon protestieren, aber er bemerkte den warnenden Blick seines Vaters. Robert Stephens sagte: »Neil, warum gehst du sie nicht für einige Minuten besuchen? Ich mache inzwischen ein paar Anrufe vom Auto aus. Ich wollte dir sowieso gerade sagen, daß ich zufällig noch einen Ersatzschlüssel für das neue Schloß an Maggies Tür behalten habe, falls sie ihren je vergessen sollte. Ich hab' sie davon informiert. Ich ruf jetzt deine Mutter an und sag ihr, sie soll sich dort mit uns treffen und ihn mitbringen. Und ich werde auch Detective Haggerty anrufen.«

Seine Mutter würde eine halbe Stunde brauchen, um zu Maggies Haus zu kommen, rechnete sich Neil aus. Er nickte. »Ich würde gerne Ihre Mutter sehen, Mrs. Cushing.«

Auf dem Weg nach oben zu Letitia Bainbridges Zimmer beschloß er, sie nach dem Vortrag zu fragen, den Earl Bateman im Latham Manor gehalten hatte, der dazu führte, daß man ihn des Hauses verwies. *Bateman war die letzte Person, die zugab, Maggie gestern gesehen zu haben,* überlegte er. *Sie hatte später noch mit Detective Haggerty gesprochen, aber niemand hatte erklärt, sie gesehen zu haben.*

Hatte jemand daran gedacht? fragte sich Neil. Hatte irgendwer Earl Batemans Geschichte überprüft, er sei direkt, nachdem er das Museum gestern nachmittag verlassen hatte, nach Providence gefahren?

»Das hier ist Mutters Apartment«, sagte Sarah Cushing. Sie klopfte an, wartete, bis ihre Mutter sie hereinrief, und öffnete die Tür.

Mrs. Letitia Bainbridge, die nun vollständig angezogen war, saß in einem Ohrensessel bereit. Sie winkte Neil herein und deutete auf den Sessel neben ihr. »Wenn ich Sarah recht verstehe, sind Sie offenbar Maggies junger Mann. Sie müssen sich ja furchtbare Sorgen machen. Das tun wir alle. Wie können wir Ihnen helfen?«

Da er zu dem Schluß gekommen war, daß Sarah Cushing auf die Siebzig zugehen mußte, machte Neil sich nun klar, daß diese Frau mit ihren klaren Augen und der energischen Stimme um die neunzig Jahre oder älter sein mußte. Sie machte den Eindruck, als entginge ihr nichts. Laß sie irgendwas für mich haben, das uns weiterhilft, betete er inständig.

»Mrs. Bainbridge, ich hoffe, ich rege Sie nicht auf, wenn ich absolut offen zu Ihnen bin. Aus Gründen, die ich vorläufig noch nicht verstehe, hatte Maggie angefangen, wegen einiger der jüngsten Todesfälle hier in diesem Haus ernsthaften Verdacht zu schöpfen. Wir wissen, daß sie erst gestern vormittag die Nachrufe auf sechs verschiedene Frauen überprüft hat, von denen fünf hier gewohnt hatten und vor kurzem gestorben sind. Diese fünf Frauen starben im Schlaf, ohne Beisein irgendeiner Person, und keine von ihnen hatte nahe Verwandte.«

»Allmächtiger!« Sarah Cushing klang schockiert.

Letitia Bainbridge zuckte mit keiner Wimper. »Sprechen Sie über Fahrlässigkeit oder Mord?« fragte sie.

»Ich weiß es nicht«, erwiderte Neil. »Ich weiß nur soviel, daß Maggie selbst mit Nachforschungen begann, was inzwischen bereits zu einer Verfügung über die Exhumierung von mindestens zwei der Toten geführt hat, und jetzt ist sie verschwunden. Und soeben habe ich erfahren, daß Dr. Lane gefeuert worden ist.«

»Das hab' ich auch gerade herausgefunden, Mutter«, sagte Sarah Cushing. »Aber alle glauben, daß die Sache mit der Buchhalterin der Grund dafür ist.«

»Was ist mit Schwester Markey?« fragte Mrs. Bainbridge ihre Tochter. »Ist das der Grund, warum die Polizisten sie vernommen haben? Ich meine, wegen der Todesfälle?«

»Niemand weiß es genau, aber sie ist mächtig aufgeregt. Und Mrs. Lane natürlich auch. Ich habe gehört, daß die beiden sich in Markeys Büro eingeschlossen haben.«

»Ach, die beiden tuscheln ständig miteinander«, sagte Letitia Bainbridge wegwerfend. »Ich kann mir nicht vorstellen, was die sich eigentlich zu sagen haben. Die Markey kann ja furchtbar lästig sein, aber wenigstens hat sie was auf dem Kasten. Die andere ist so leer im Kopf, wie man sich's nur denken kann.«

Das hier bringt mich nicht weiter, dachte Neil. »Mrs. Bainbridge«, sagte er, »ich kann nur noch eine Minute bleiben. Da ist noch eine Sache, nach der ich Sie gerne fragen würde. Waren Sie bei diesem Vortrag dabei, den Professor Bateman hier gehalten hat? Den, der offenbar so einen Tumult hervorgerufen hat?«

»Nein.« Mrs. Bainbridge warf ihrer Tochter einen Blick zu. »Das war wieder mal ein Tag, an dem meine Tochter darauf bestanden hat, daß ich mich hinlegen soll, und deshalb habe ich die ganze Aufregung verpaßt. Aber Sarah war dabei.«

»Ich kann dir versichern, Mutter, daß du keinen Spaß daran gehabt hättest, eine von diesen Glocken ausgehändigt zu bekommen und dann gesagt zu kriegen, du sollst jetzt so tun, als wärst du bei lebendigem Leib begraben«, sagte Sarah Cushing munter. »Lassen Sie mich genau erklären, was passiert ist, Mr. Stephens.«

Bateman muß verrückt sein, dachte Neil, während er ihrer Version der Ereignisse lauschte.

»Ich hab' mich dermaßen aufgeregt, daß ich diesen Mann wirklich böse zusammengestaucht hab' und die Schachtel mit diesen schrecklichen Glocken beinah hinter ihm hergeworfen hätte«, fuhr Sarah Cushing fort. »Zuerst schien er ja verlegen und zerknirscht zu sein, aber dann bekam er so einen Ausdruck im Gesicht, daß ich beinahe Angst bekam. Ich glaube, er muß furchtbar jähzornig sein. Und natürlich hatte Schwester Markey auch noch die Frechheit, ihn zu *verteidigen!* Ich habe später mit ihr darüber geredet, und sie war ziemlich unverschämt. Sie erzählte mir, Professor Bateman sei so verärgert gewesen, daß er gesagt hätte, er befürchte, jetzt den Anblick der Glocken nicht mehr ertragen zu können, die ihn anscheinend eine ganze Stange Geld gekostet haben.«

»Ich finde es trotzdem schade, daß ich nicht dabei war«, sagte Mrs. Bainbridge. »Und was Schwester Markey angeht«, fuhr sie nachdenklich fort, »um absolut fair zu sein, halten sie viele der Bewohner hier für eine ganz ausgezeichnete Krankenschwester. In meinen Augen aber ist sie einfach neugierig und penetrant und aufdringlich, und ich will, daß sie nach Möglichkeit von mir ferngehalten wird.« Sie schwieg kurz und sagte dann: »Mr. Stephens, das mag ja lächerlich klingen, aber ich glaube, daß Dr. Lane, was auch immer seine Fehler und Schwächen sein mögen, ein wirklich gutherziger Mensch ist, und ich kann Charaktere ziemlich gut beurteilen.«

Eine halbe Stunde später fuhren Neil und sein Vater zu Maggies Haus. Dolores Stephens war bereits da. Sie schaute ihren Sohn an und nahm sein Gesicht in ihre Hände. »Wir finden sie bestimmt«, sagte sie mit fester Stimme.

Da er kein Wort herausbrachte, nickte Neil nur.

»Wo ist der Schlüssel, Dolores?« wollte Robert Stephens wissen.

»Hier, bitte.«

Der Schlüssel paßte in das neue Schloß an der Hintertür, und als sie die Küche betraten, mußte Neil daran denken, daß hier alles angefangen hatte, als Maggies Stiefmutter ermordet wurde.

Die Küche sah aufgeräumt aus. Es stand kein Geschirr im Spülbecken. Er machte die Geschirrspülmaschine auf; ein paar Tassen und Unterteller waren darin verstaut, neben drei oder vier kleinen Tellern. »Ich frage mich, ob sie gestern abend auswärts gegessen hat«, sagte er.

»Oder sie hat sich ein Sandwich gemacht«, schlug seine Mutter vor. Sie hatte den Kühlschrank geöffnet und einiges an Aufschnitt entdeckt. Sie deutete auf mehrere Messer in dem Besteckkörbchen im Geschirrspüler.

»Da liegt gar kein Notizblock neben dem Telefon«, sagte Robert Stephens. »Wir wußten doch, daß sie irgend etwas beunruhigt hat«, schimpfte er. »Ich bin so was von sauer auf mich. Ich wünschte bei Gott, ich hätte sie gestern, als ich wieder herkam, dazu genötigt, zu uns zu ziehen.«

Das Eßzimmer und das Wohnzimmer sahen ordentlich aus. Neil musterte die Vase mit den Rosen auf dem Couchtisch und fragte sich, von wem sie wohl stammten. Von Liam Payne vermutlich, dachte er. Sie hatte ihn ja bei ihrem gemeinsamen Abendessen erwähnt. Neil war Payne nur ein paarmal begegnet, aber er war möglicherweise der Bursche gewesen, den er flüchtig dabei beobachtet hatte, wie er sich am Freitag abend von Maggie verabschiedete.

Im ersten Stock war dem kleinsten Schlafzimmer deutlich anzusehen, daß Maggie die persönlichen Habseligkeiten ihrer Stiefmutter zusammengepackt hatte: Fein säuberlich etikettierte Plastiktüten mit Kleidern, Taschen, Unterwäsche und Schuhen standen dort gestapelt. Das Schlafzimmer, das sie anfangs benutzt hatte, sah noch genauso aus wie zu dem Zeitpunkt, als sie die Fensterschlösser repariert hatten.

Sie betraten das große Schlafzimmer. »Sieht für mich ganz so aus, als ob Maggie vorhatte, letzte Nacht hier zu bleiben«, bemerkte Robert Stephens und zeigte auf das frisch bezogene Bett.

Ohne zu antworten, machte sich Neil auf den Weg zum Atelier im obersten Stockwerk. Das Licht, das er am Abend zuvor gesehen hatte, als er vor dem Haus im Wagen saß und auf Maggies Heimkehr wartete, war noch an, und es war auf ein Bild gerichtet, das an das Schwarze Brett geheftet war. Neil konnte sich daran erinnern, daß diese Aufnahme am Sonntag nachmittag noch nicht dagewesen war.

Er wollte schon den Raum durchqueren, als er plötzlich stehenblieb. Ein kalter Schauer durchlief ihn.

Auf dem langen Arbeitstisch sah er im gleißenden Strahl der Leuchte zwei Metallglocken.

So sicher, wie er wußte, daß dem Tag die Nacht folgt, wußte er auch, daß dies zwei der Glocken waren, die Earl Bateman bei seinem berüchtigten Vortrag im Latham Manor benutzt hatte – der Glocken, die hastig weggeschafft worden waren, um nie mehr aufzutauchen.

85

Ihre Hand schmerzte und war mit Erde bedeckt. Sie hatte die Schnur auch weiterhin regelmäßig hin und her bewegt, da sie hoffte, die Röhre dadurch offenzuhalten, doch jetzt schien keine Erde mehr durch das Lüftungsrohr zu fallen. Auch das Wasser hatte aufgehört herabzutröpfeln.

Und auch das Trommeln des Regens konnte sie nicht mehr hören. Wurde es kälter, oder fühlte sich nur die Feuchtigkeit in dem Sarg so durchdringend kalt an? fragte sie sich.

Doch in Wirklichkeit fing es an, ihr warm zu werden, *zu* warm sogar.

Ich kriege Fieber, dachte Maggie schläfrig.

Sie fühlte sich so benommen im Kopf. Das Rohr ist verschlossen, dachte sie. Es kann nicht mehr viel Sauerstoff übrig sein.

»Eins... zwei... drei.... vier...«

Inzwischen flüsterte sie die Zahlen hörbar, weil sie sich zwingen wollte, wach zu bleiben, um wieder mit ihren Hilferufen zu beginnen, sobald sie bei fünfhundert angelangt war.

Was machte es schon für einen Unterschied aus, wenn er zurückkam und sie hörte? Was konnte er ihr noch mehr antun, was er nicht bereits getan hatte?

Ihre Hand ballte und streckte sich noch immer.

»Mach eine Faust«, sagt sie laut. »Gut, jetzt wieder entspannen.« Das war es, was die Krankenschwestern damals, als sie noch klein war, zu ihr gesagt hatten, wenn sie eine Blutprobe abnahmen. »Das ist, damit's dir gleich viel besser geht, Maggie«, hatten sie gesagt.

Nachdem Nuala zu ihnen gezogen war, hatte sie aufgehört, Angst vor Kanülen zu haben. Nuala hatte ein Spiel daraus gemacht. »Wir bringen das erst hinter uns, und dann gehn wir ins Kino«, pflegte sie zu sagen.

Maggie dachte an ihre Ausrüstungstasche. Was hatte er damit gemacht? Ihre Kameras. Sie waren ihre Freunde. Es gab so viele Aufnahmen, die sie damit noch hatte machen wollen. Sie hatte so viele Ideen, die sie ausprobieren wollte, so viele Dinge, die sie fotografieren wollte.

»Einhundertfünfzig... einhunderteinundfünfzig...«

Damals im Kino hatte sie gewußt, daß Neil hinter ihr saß. Er hatte ein paarmal gehustet, ein eigenartiges kleines trockenes Husten, das sie erkannt hatte. Sie wußte, daß er sie gesehen haben *mußte*, gemerkt haben *mußte*, wie unglücklich sie war.

Ich hab' einen Test draus gemacht, dachte sie. *Wenn du mich liebst, dann verstehst du auch, daß ich dich brauche* – das war der Gedanke, von dem sie gewollt hatte, daß er ihn hörte und danach handelte.

Doch als der Film zu Ende war und die Lichter angingen, war er verschwunden.

»Ich geb dir noch eine zweite Chance, Neil«, sagte sie jetzt laut. »Wenn du mich liebst, dann weißt du, daß ich dich brauche, und dann findest du mich auch.«

»Vierhundertneunundneunzig, fünfhundert!«

Sie begann wieder laut um Hilfe zu rufen. Diesmal schrie sie, bis ihre Kehle wund war. Es hatte keinen Sinn, ihre Stimme zu schonen, entschied sie. Die Zeit lief ab.

Trotzdem fing sie von neuem resolut zu zählen an: *»Eins... zwei... drei...«*

Ihre Hand bewegte sich im Rhythmus der Zahlenfolge: *ballen... strecken...*

Mit jeder Faser ihres Wesens kämpfte sie gegen das Bedürfnis zu schlafen an. Sie wußte, wenn sie einschliefe, würde sie nie mehr aufwachen.

86

Während sein Vater die Treppe hinunterging, um beim Polizeirevier anzurufen, zögerte Neil noch kurz und schaute sich eingehend das Bild an, das er an das Schwarze Brett geheftet vorgefunden hatte.

Die Beschriftung auf der Rückseite lautete: *Gedächtnisfeier zu Squire Moores Geburtstag. 20. September. Earl Moore Bateman – Nuala Moore – Liam Payne Moore.*

Neil betrachtete Batemans Gesicht. Das Gesicht eines Lügners, dachte er mit Bitterkeit. Der letzte Mensch, der Maggie gesehen hatte, als sie noch am Leben war.

Entsetzt über das, was ihm sein Unbewußtes, wie er fürchtete, zu sagen schien, warf er die Aufnahme neben die Glocken und lief hinter seinem Vater her.

»Ich hab' Chief Brower am Apparat«, sagte Robert Stephens. »Er will mit dir reden. Ich hab' ihm schon von den Glocken erzählt.«

Brower kam unverzüglich zur Sache. »Wenn das zwei von denselben Glocken sind, von denen Bateman behauptet, daß sie im Lagerraum seines Museums weggeschlossen sind, können wir ihn zu einem Verhör herholen. Problematisch ist dabei, daß er sicher schlau genug ist, sich zu weigern, irgendwelche Fragen zu beantworten, und daß er bestimmt einen Anwalt anruft und alles sich dann verzögert. Unsre beste Chance ist, ihn mit den Glocken zu konfrontieren und darauf zu hoffen, daß er irgendwas sagt, womit er sich verrät. Als wir heute vormittag mit ihm über diese Dinger geredet haben, ist er ausgeflippt.«

»Ich möchte dabeisein, wenn Sie ihn zur Rede stellen«, sagte Neil.

»Ich hab' einen Streifenwagen abgestellt, der das Museum ständig vom Parkplatz des Bestattungsunternehmens aus überwacht. Falls Bateman von dort weggeht, bleibt jemand an ihm dran.«

»Wir machen uns sofort auf den Weg«, sagte Neil und fügte dann hinzu: »Einen Moment noch, Chief, ich weiß, daß Sie ein paar Teenager befragt haben. Haben Sie aus denen irgendwas rausgekriegt?«

Er hörte das Zögern in Chief Browers Stimme, bevor er antwortete. »Etwas schon; ich bin mir aber nicht sicher, ob ich es glaube. Wir reden dann darüber, wenn ich Sie sehe.«

»Ich will es jetzt hören«, sagte Neil barsch.

»Dann bedenken Sie bitte, daß wir dieser Geschichte nicht unbedingt Glauben schenken. Aber einer der Jungs hat zugegeben, daß sie gestern abend in der Nähe des Museums waren, oder genauer gesagt, daß sie auf der anderen Straßenseite davon waren. Um etwa zehn Uhr, behauptet dieser Junge, hätte er zwei Fahrzeuge gesehen – einen Leichenwagen, gefolgt von einem Kombi –, wie sie vom Parkplatz des Museums runtergefahren sind.«

»Was für ein Kombiwagen?« drängte Neil.

»Der Junge weiß nicht genau, welche Automarke, aber er schwört, daß er schwarz war.«

87

»Beruhige dich doch, Earl«, sagte Liam Moore Payne zum zehntenmal innerhalb einer Stunde.

»Nein, ich beruhige mich nicht! Ich weiß doch, wie sehr sich diese Familie über die Batemans lustig gemacht hat, und besonders über mich.«

»Niemand hat sich über dich lustig gemacht, Earl«, redete Liam ihm gut zu.

Sie saßen im Büro des Museums. Es war fast fünf Uhr, und der altmodische, kugelförmige Kronleuchter verbreitete ein trübes Licht im Zimmer.

»Schau mal«, sagte Liam, »du brauchst einen Drink.«

»Du meinst, *du* brauchst einen Drink.«

Ohne zu antworten, stand Liam auf, ging hinüber zu dem Küchenschrank über dem Spülbecken, holte die Flasche Scotch und Gläser heraus, dann noch den Eiswürfelbehälter und eine Zitrone aus dem Kühlschrank.

»Doppelter Scotch auf Eis mit einem Stück Zitronenschale, bereits unterwegs für uns beide«, erklärte er.

Besänftigt wartete Earl, bis ihm der Drink hingestellt wurde, und sagte dann: »Ich bin froh, daß du vorbeigekommen bist, Liam.«

»Als du vorhin angerufen hast, hab' ich gemerkt, wie aufgeregt du warst. Und natürlich bin ich *mehr* als aufgeregt über Maggies Verschwinden.« Er schwieg. »Earl, ich bin seit ungefähr einem Jahr immer mal wieder mit ihr ausgegangen. Weißt du, ich hab' einfach angerufen, und dann sind wir irgendwohin essen gegangen, wenn ich grade in New York war. Aber an dem Abend neulich im Four Seasons, als ich gemerkt habe, daß sie einfach weg ist, ohne mir ein Wort zu sagen, da ist was passiert.«

»Passiert ist, daß du sie links liegengelassen hast, weil du dich bei jedem auf der Party lieb Kind machen mußtest.«

»Nein, passiert ist, daß ich kapiert habe, wie mies ich mich benommen hatte, und wenn sie jetzt gesagt hätte, ich solle mich zum Teufel scheren, dann wär ich auf Händen und Knien hingerutscht, um sie irgendwie wieder umzustimmen. Aber mal abgesehen, daß ich seither begriffen habe, wie wichtig mir Maggie geworden ist, macht mir dieser Abend damals auch Hoffnung, daß es ihr vielleicht doch gutgeht.«

»Was soll das denn heißen?«

»Die Tatsache, daß sie ohne ein Wort zu sagen einfach gegangen ist, als sie sauer war. Sie hatte ja weiß Gott Grund genug dazu, seit sie in Newport angekommen ist. Vielleicht mußte sie einfach Abstand gewinnen.«

»Du scheinst vergessen zu haben, daß man ihr Auto verlassen aufgefunden hat.«

»Kann doch gut sein, daß sie mit dem Flugzeug oder Zug los ist und ihr Auto irgendwo geparkt hat und es dann jemand gestohlen hat. Vielleicht sogar Jungs, die eine kleine –«

»Komm mir bloß nicht mit Jungs, die eine Spritztour machen wollten«, erwiderte Earl. »Meine Theorie ist, daß genau solche jugendlichen Kriminellen letzte Nacht den Einbruch hier begangen haben.«

Das schrille Läuten der Klingel an der Haustür ließ beide Männer aufschrecken. Earl Bateman beantwortete die Frage, die sein Vetter noch gar nicht ausgesprochen hatte: »Ich erwarte niemand«, sagte er, doch dann lächelte er strahlend. »Aber vielleicht ist es ja die Polizei, die mir sagen will, daß sie den Sarg gefunden haben.«

Neil und sein Vater schlossen sich auf dem Parkplatz des Museums Chief Brower an, und der Polizeichef ermahnte Neil, seine Zunge im Zaum zu halten und die Befragung der Polizei zu überlassen. Die Glocken aus Maggies Haus hatten sie in einen Schuhkarton gesteckt, den Detective Haggerty nun unauffällig unter dem Arm trug.

Als Earl sie ins Büro des Museums führte, sah Neil zu seiner Verblüffung Liam Payne dort sitzen. Da er sich durch die Anwesenheit seines Rivalen auf einmal nicht wohl in seiner

Haut fühlte, begrüßte er ihn mit einem Minimum an Höflichkeit, obwohl er sich mit dem Wissen tröstete, daß weder Earl noch Liam etwas von seiner Beziehung zu Maggie wußten. Er und sein Vater wurden einfach als zwei ihrer besorgten Freunde aus New York vorgestellt.

Bateman und Payne gingen für die Männer Stühle holen, die sie aus der Trauerszenerie im Vorderzimmer besorgten. Als sie zurückkehrten, war Batemans Gesicht deutlich abzulesen, daß er verärgert war. Er fuhr seinen Cousin an: »Liam, deine Schuhe sind schmutzig, und das ist ein sehr kostbarer Teppich. Jetzt muß ich den ganzen Ausstellungsraum staubsaugen, bevor ich gehe.«

Völlig abrupt wandte er sich dann an die Kriminalbeamten. »Haben Sie schon irgend etwas über den Sarg herausgefunden?« fragte er.

»Nein, leider nicht, Professor Bateman«, sagte Brower, »aber wir haben etwas über ein paar andere Wertgegenstände erfahren, die unserer Ansicht nach Ihnen gehören.«

»Das ist doch lächerlich. Außer dem Katafalk fehlt sonst nichts«, sagte er. »Ich habe nachgesehen. Der Sarg ist es, der mich interessiert. Sie haben ja keine Ahnung, was ich damit alles vorhatte. Das Freiluftmuseum, von dem ich Ihnen erzählt habe. Dieser Sarg sollte zu der wichtigsten Ausstellungsszene gehören. Ich habe sogar lebensgroße Figuren von Pferden mit schwarzen Federbüschen in Auftrag gegeben, und ich lasse eine exakte Nachbildung von der Art Trauerkutsche bauen, wie sie die Leute im Viktorianischen Zeitalter benutzt haben. Das wird eine sensationelle Darbietung.«

»Earl, beruhige dich doch«, sagte Liam Payne beschwichtigend. Er wandte sich an Brower. »Chief, gibt es irgend etwas Neues von Maggie Holloway?«

»Nein, leider nicht«, sagte Brower zu ihm.

»Haben Sie schon in Erwägung gezogen, daß Maggie einfach dem schrecklichen Streß der letzten anderthalb Wochen entfliehen wollte?«

Neil schaute Liam verachtungsvoll an. »Sie kennen Maggie überhaupt nicht«, sagte er. »Sie versucht nicht, Problemen aus dem Weg zu gehen. Sie räumt sie beiseite.«

Brower ignorierte beide Männer und wandte sich an Bateman. »Herr Professor, im Moment wollen wir nur ein paar Dingen auf den Grund gehen. Sie sind nicht gezwungen, unsere Fragen zu beantworten. Verstehen Sie das?«

»Weshalb sollte ich Ihre Fragen nicht beantworten? Ich habe nichts zu verbergen.«

»Sehr schön. Soweit wir informiert sind, sind die Glocken alle weggepackt, die Sie extra anfertigen ließen für Ihren Vortrag über die Leute zur Viktorianischen Zeit, die Angst hatten, lebendig begraben zu werden. Ist das richtig?«

Der Zorn in Earl Batemans Gesicht war unübersehbar. »Ich bin einfach nicht bereit, nochmals über diesen Vorfall im Latham Manor zu reden«, sagte er scharf. »Das habe ich Ihnen bereits gesagt.«

»Ich verstehe. Aber beantworten Sie bitte die Frage?«

»Ja. Ich habe die Glocken weggepackt. Ja.«

Brower nickte Haggerty zu, der daraufhin den Schuhkarton aufmachte. »Professor Bateman, Mr. Stephens hat diese Glocken in Maggie Holloways Haus gefunden. Sind die so ähnlich wie die, die Sie besitzen?«

Bateman erblaßte. Er hob eine der Glocken hoch und untersuchte sie minuziös. »Diese Frau ist eine Diebin!« brach es aus ihm heraus. »Sie muß gestern abend hierher zurückgekommen sein und sie gestohlen haben.«

Er sprang auf, lief den Gang hinunter und die Treppe hinauf, gefolgt von den anderen. Im zweiten Stock riß er die Tür zum Lagerraum auf und stürzte auf das Regal zu, das rechts an der Wand stand. Er langte nach oben, zerrte an einer Schachtel, die zwischen zwei weiteren Kartons eingeklemmt war, und zog sie heraus.

»Die ist zu leicht. Das merke ich schon jetzt«, murmelte er, »ein paar davon fehlen.« Er wühlte in dem Füllmaterial herum, bis er sich vergewissert hatte, was alles in dem Karton steckte.

Er drehte sich zu den fünf Männern um, die hinter ihm standen, und erklärte mit puterrotem Gesicht und vor Zorn blitzenden Augen: »Es sind nur noch *fünf* davon da. Sieben Stück fehlen! Diese Frau muß sie gestohlen haben. Kein *Wunder*, daß sie gestern ständig davon angefangen hat.«

Neil schüttelte unmutig den Kopf. Dieser Kerl ist verrückt, sagte er sich. Der glaubt wirklich, was er da sagt.

»Professor Bateman, ich muß Sie bitten, mir aufs Präsidium zu folgen«, forderte Brower ihn förmlich auf. »Ich muß Ihnen mitteilen, daß Sie jetzt im Verdacht stehen, am Verschwinden Maggie Holloways beteiligt zu sein. Sie haben das Recht, zu schweigen –«

»Sie können sich Ihre verdammte Belehrung an den Hut stecken«, schrie Earl. »Maggie Holloway ist wieder hier reingeschlichen, hat meine Glocken gestohlen – und vielleicht sogar meinen Sarg –, und Sie beschuldigen *mich? Lächerlich!* Ich finde, Sie sollten nach der Person fahnden, die ihr geholfen hat. Das hat sie niemals allein getan.«

Neil griff nach dem Revers von Batemans Mantel. »Halten Sie den Mund«, brüllte er. »Sie wissen verdammt genau, daß Maggie nie diesen Kram geklaut hat. Ganz egal, wo sie diese beiden Glocken entdeckt hat, sie haben jedenfalls eine ziemlich große Bedeutung für sie gehabt. Und eins beantworten Sie mir jetzt mal. Ein Junge hat hier gestern abend so gegen zehn Uhr einen Leichenwagen und Maggies Kombi wegfahren sehen. Mit welchem davon sind Sie gefahren?«

»Sie halten den Mund, Neil«, befahl Brower.

Neil sah den Zorn im Gesicht des Polizeichefs, während Robert Stephens ihn von Earl Bateman wegriß.

Ist mir völlig egal, dachte er. Das ist nicht der Zeitpunkt, diesen Lügner mit Samthandschuhen anzufassen.

»Reden Sie von *meinem* Leichenwagen?« fragte Bateman. »Das ist unmöglich. Der ist in der Garage.«

Noch schneller, als er die Stufen hinaufgeeilt war, rannte Bateman jetzt wieder nach unten, zur Tür hinaus und auf die

Garage zu. Die anderen Männer blieben ihm dicht auf den Fersen, als er nun die Tür aufriß und hineinstürmte.

»Jemand hat ihn wirklich benutzt«, rief er aus, während er durch die Fenster des Fahrzeugs spähte. »Sehen Sie sich das an. Da ist Dreck auf dem Teppich!«

Neil hätte den Mann am liebsten gewürgt, um die Wahrheit aus ihm herauszupressen. Wie hatte er Maggie nur dazu gebracht, ihm in diesem Leichenwagen zu folgen? Oder hatte jemand anders am Steuer ihres Wagens gesessen?

Liam Payne nahm seinen Vetter am Arm. »Earl, das wird schon alles wieder. Ich begleite dich aufs Revier. Ich besorge dir auch einen Anwalt.«

Neil und sein Vater weigerten sich, nach Hause zu fahren. Sie saßen jetzt in einem Warteraum des Polizeireviers. Von Zeit zu Zeit gesellte sich Detective Haggerty zu ihnen. »Der Mensch lehnt einen Anwalt ab; er beantwortet alle Fragen. Er besteht darauf, daß er letzte Nacht in Providence war, und kann es mit Telefonanrufen beweisen, die er abends von seiner Wohnung aus gemacht hat. Beim Stand der Dinge können wir ihn einfach nicht dabehalten.«

»Aber wir wissen, daß er irgendwas mit Maggie angestellt hat«, protestierte Neil. »Er muß uns helfen, sie zu finden!«

Haggerty schüttelte den Kopf. »Der macht sich mehr Sorgen um seinen Sarg und den Schmutz in diesem alten Leichenwagen als um Miss Holloway. Seine Version sieht so aus, daß sie jemand mitgebracht hat, um den Sarg und die Glocken zu stehlen, jemand, der dann den Sarg in dem Leichenwagen weggefahren hat. Der Zündschlüssel hing deutlich sichtbar an einem Haken im Büro. In ein paar Minuten fährt ihn sein Vetter wieder zum Museum zurück, damit er seinen Wagen abholen kann.«

»Sie *können* ihn nicht gehen lassen«, protestierte Neil.

»Wir können ihn nicht daran *hindern*«, entgegnete Haggerty.

Der Detective zögerte, bevor er hinzufügte: »Das kommt sowieso heraus und ist bestimmt etwas, was Sie gerne wissen würden. Sie wissen ja, daß wir auch Beschwerden über Unregelmäßigkeiten im Latham Manor nachgehen, auf Grund des Schreibens, das dieser Anwalt, der sich umgebracht hat, hinterlassen hat. Während wir unterwegs waren, hat der Chief eine Nachricht bekommen. Es hatte für ihn oberste Priorität, herauszufinden, wem das Latham Manor wirklich gehört. Raten Sie mal, wem? Niemand anders als Batemans Vetter, Mr. Liam Moore Payne.«

Haggerty schaute sich vorsichtig um, als fürchte er, hinter seinem Rücken könne Payne auftauchen. »Er ist vermutlich noch da drin. Er wollte während des Verhörs unbedingt bei seinem Vetter bleiben. Wir haben ihn gefragt, ob er der Besitzer des Latham Manor sei. Hat er bereitwillig zugegeben. Sagt, es sei eine vernünftige Investition. Aber anscheinend will er nicht, daß es bekannt wird, daß ihm der Laden gehört. Wüßten es die Leute nämlich, so behauptet er, dann würden ihn die Bewohner mit Beschwerden und Bitten um Vergünstigungen belästigen. Das klingt irgendwie glaubwürdig, finden Sie nicht?«

Es war fast acht Uhr, als Robert Stephens sich an seinen Sohn wandte. »Komm schon, Neil, wir fahren jetzt lieber nach Hause«, drängte er.

Der Wagen war gegenüber vom Polizeirevier geparkt. Als Stephens den Motor anließ, klingelte das Telefon. Neil griff danach.

Es war Dolores Stephens. Sie war nach Hause gefahren, als die beiden Männer sich auf den Weg zum Museum gemacht hatten. »Irgendwas von Maggie?« fragte sie besorgt.

»Nein, Mom. Wir sind bald zu Hause, denke ich.«

»Neil, ich hab' gerade einen Anruf von einer gewissen Mrs. Sarah Cushing gekriegt. Sie hat gesagt, daß ihre Mutter, Mrs. Bainbridge, im Latham Manor wohnt und daß du heute mit ihr geredet hast.«

»Das stimmt.« Neil spürte, wie sein Interesse wach wurde.

»Mrs. Cushings Mutter ist wieder etwas eingefallen, von dem sie glaubt, daß es wichtig sein könnte, und sie hat ihre Tochter angerufen, die dann unsre Nummer nachgeschaut hat, um dich irgendwie zu erreichen. Mrs. Bainbridge hat erzählt, Maggie hätte was von einer Glocke erwähnt, die sie auf dem Grab ihrer Stiefmutter gefunden hat. Sie hätte gefragt, ob das vielleicht ein besonderer Brauch sei, eine Glocke auf ein Grab zu legen. Mrs. Bainbridge hat gesagt, sie sei gerade auf die Idee gekommen, daß Maggie damit eine dieser viktorianischen Glocken von Professor Bateman gemeint haben könnte. Ich weiß nicht, was das alles bedeuten soll, aber ich wollte, daß ihr sofort Bescheid wißt«, sagte sie. »Also bis nachher dann.«

Neil weihte seinen Vater in die Einzelheiten der Botschaft ein, die seine Mutter durchgegeben hatte. »Was schließt du daraus?« fragte Robert Stephens seinen Sohn, während er den Schalthebel auf *Drive* stellte.

»Warte einen Moment, Dad. Fahr noch nicht los«, sagte Neil dringlich. »Was ich daraus schließe? Eine Menge. Die Glocken, die wir in Maggies Atelier gefunden haben, müssen vom Grab ihrer Stiefmutter und von dem einer anderen Person stammen, wahrscheinlich einer der Frauen aus dem Wohnheim. Warum hätte sie sonst diese Frage stellen sollen? Falls sie *tatsächlich* gestern abend in das Museum zurückgegangen ist, was mir immer noch schwerfällt zu glauben, dann deshalb, weil sie nachschauen wollte, ob von den Glocken, die laut Bateman angeblich in dieser Schachtel waren, welche gefehlt haben.«

»Da kommen sie«, murmelte Robert Stephens, als Bateman und Payne aus dem Polizeirevier herauskamen. Sie beobachteten die Männer, wie sie in Paynes Jaguar stiegen und dann ein paar Minuten lang im Wagen sitzen blieben und sich angeregt unterhielten.

Der Regen hatte aufgehört, und ein voller Mond ließ den bereits gut ausgeleuchteten Platz vor dem Reviergebäude noch heller erstrahlen.

»Payne muß auf Feldwegen gefahren sein, als er heute von Boston gekommen ist«, bemerkte Robert Stephens. »Schau dir mal diese Felgen und Reifen an. Seine Schuhe waren auch ganz schön versaut. Du hast doch gehört, wie ihn Bateman deswegen angeschrien hat. Ich finde es auch überraschend, daß er dieses Seniorenheim besitzt. Dieser Kerl hat irgendwas an sich, was ich nicht mag. Hat Maggie denn ernsthaft was mit ihm zu tun gehabt?«

»Glaub ich nicht«, sagte Neil gedämpft. »Ich kann ihn auch nicht ausstehen, aber offensichtlich ist er beruflich sehr erfolgreich. Diese Wohnanlage hat ein Vermögen gekostet. Und ich hab' sein Geschäftsgebaren unter die Lupe genommen. Er hat jetzt sein eigenes Unternehmen, und er war auf jeden Fall clever genug, einige der besten Kunden von Randolph und Marshall mitzunehmen.«

»Randolph und Marshall«, hakte sein Vater nach. »Sagte Dr. Lane nicht, daß bei denen seine Frau mal gearbeitet hat?«

»Was hast du gerade gesagt?« wollte Neil wissen.

»Du hast mich doch gehört. Ich sagte, Lanes Frau hat früher bei Randolph und Marshall gearbeitet.«

»Das ist es, was mir schon die ganze Zeit zu schaffen macht!« rief Neil aus. »Verstehst du nicht? Liam Payne hängt mit allem zusammen. Ihm gehört das Seniorenheim. Er muß das entscheidende Wort bei der Anstellung von Dr. Lane gehabt haben. Doug Hansen hat ebenfalls für Randolph und Marshall gearbeitet, wenn auch nur kurze Zeit. Er hat jetzt ein Arrangement, wonach seine Transaktionen über die Abrechnungsstelle dieser Firma laufen. Ich hab' doch heute gesagt, daß Hansen von irgendeinem anderen Büro aus agieren muß, und ich hab' auch gesagt, daß er eindeutig zu dumm ist, um den Plan, wie man diese Frauen ausplündern kann, selbst auszuarbeiten. Er war bloß der Strohmann. Jemand mußte ihn programmiert haben. Also, vielleicht war dieser Jemand Liam Moore Payne.«

»Aber das paßt doch alles nicht ganz zusammen«, wandte Robert Stephens ein. »Wenn Payne das Wohnheim gehört, hätte er doch an die notwendigen Angaben kommen können, ohne Hansen oder Hansens Tante, Janice Norton, einzuschalten.«

»Aber es ist viel sicherer, einen Schritt im Hintergrund zu bleiben«, hob Neil hervor. »Auf diese Weise ist Hansen der Sündenbock, falls irgendwas schiefläuft. Verstehst du nicht, Dad? Laura Arlington und Cora Gebhart hatten sich nur in die *Warteliste* eingetragen. Er hat nicht nur die Apartments von Bewohnern weiterverkauft. Er hat auch Bewerber betrogen, wenn keine Wohnungen frei waren.«

»Es ist offensichtlich, daß Bateman gewohnt ist, Payne sein Herz auszuschütten«, fuhr Neil fort. »Wenn Bateman also aufgebracht war, weil Maggie sich nach diesem Vorfall im Latham Manor erkundigt hat, würde er dann nicht höchstwahrscheinlich Payne davon erzählen?«

»Mag sein. Aber was willst du damit sagen?«

»Ich sage damit, daß dieser Payne der Schlüssel zu dem Ganzen ist. *Er* besitzt insgeheim das Latham Manor. Frauen sterben dort unter *höchst* ungewöhnlichen Umständen, doch wenn du bedenkst, *wie viele* in jüngster Zeit gestorben sind, und dazu die Ähnlichkeit der Fälle mit einbeziehst – alle so ziemlich allein, keine nahen Angehörigen, die sich um sie gekümmert hätten –, dann fängt alles an, einen verdächtigen Eindruck zu machen. Und wer profitiert von ihrem Tod? Das Latham Manor, durch den Weiterverkauf der nunmehr leeren Apartments an den nächsten Namen auf der Liste.«

»Willst du damit sagen, daß Liam Payne all diese Frauen umgebracht hat?« fragte Robert Stephens fassungslos.

»Das weiß ich noch nicht«, antwortete sein Sohn. »Die Polizei hat den Verdacht, daß Dr. Lane und/oder Schwester Markey ihre Hand bei den Todesfällen im Spiel gehabt haben, aber als ich mich mit Mrs. Bainbridge unterhielt, betonte sie, daß Dr. Lane ihrer Meinung nach ›gutherzig‹ ist und daß Markey eine tüchtige Krankenschwester ist. Mein Eindruck ist, daß sie weiß, wovon sie redet. Sie ist gewitzt. Nein, ich weiß nicht, wer diese Frauen getötet hat, aber ich glaube, daß

Maggie zu demselben Schluß gekommen war, was den Tod der Frauen angeht, und sie muß damit dem eigentlichen Mörder für sein Gefühl zu nahe gekommen sein.«

»Aber wo passen da die Glocken rein? Und Bateman? Das kapiere ich nicht«, protestierte Robert Stephens.

»Die Glocken? Wer weiß? Vielleicht ist das die Methode des Mörders, seine Strichliste zu führen. Könnte doch sein, daß Maggie, als sie diese Glocken auf den Gräbern fand und sich die Nachrufe auf diese Frauen angesehen hat, allmählich dahinterkam, was wirklich passiert ist. Die Glocken könnten doch das Zeichen dafür sein, daß diese Frauen ermordet worden sind.« Neil schwieg kurz. »Und was Bateman angeht, so kommt er mir fast zu verdreht vor, als daß er fähig wäre, bei irgend etwas derart Raffiniertem mitzumachen. Nein, ich glaube, Mr. Liam Moore Payne ist unser Mann im Hintergrund. Du hast doch gehört, wie er diese bescheuerte Vermutung über Maggies Verschwinden geäußert hat.« Neil schnaubte geringschätzig. »Ich wette, der weiß, was mit Maggie passiert ist, und versucht einfach dafür zu sorgen, daß der Fahndungsdruck nachläßt.«

Da er bemerkte, daß Payne seinen Wagen angelassen hatte, wandte sich Robert Stephens an seinen Sohn. »Also, dann fahren wir jetzt wohl hinter ihm her«, sagte er.

»Ganz genau. Ich will sehen, wohin Payne fährt«, sagte Neil und fügte im stillen sein eigenes Stoßgebet hinzu: *Bitte, bitte, mach, daß er mich zu Maggie führt.*

88

Dr. William Lane speiste im Latham Manor mit einigen der Stammbewohner zu Abend. Er erklärte Odiles Abwesenheit damit, daß sie untröstlich sei, ihre lieben Freunde zurücklassen zu müssen. Was ihn selbst betreffe, so bedaure er es zwar, etwas aufgeben zu müssen, was eine so erfreuliche Erfahrung gewesen sei, aber er sei doch der festen Überzeugung, daß man in einer Position wie der seinen für Fehler seiner Untergebenen geradestehen müsse.

»Ich möchte Ihnen versichern, daß solch eine skandalöse Indiskretion nie mehr geschehen wird«, versprach er und bezog sich dabei auf Janice Nortons Vergehen gegen das Datenschutzgesetz.

Letitia Bainbridge hatte die Einladung, am Tisch des Arztes zu essen, angenommen. »Verstehe ich das richtig, daß Schwester Markey Sie aus ethischen Gründen anzeigen will und behauptet, daß Sie praktisch danebenstehen und Leute einfach sterben lassen?« fragte sie.

»Offenbar. Aber das stimmt natürlich nicht.«

»Wie denkt denn Ihre Frau darüber?« fragte Mrs. Bainbridge beharrlich.

»Auch darüber ist sie ehrlich bestürzt. Sie hat Schwester Markey als eine enge Freundin angesehen.« Und um so dümmer stehst du nun da, Odile, fügte er im stillen hinzu.

Sein Abschiedsworte waren würdevoll und ohne Umschweife. »Manchmal ist es angebracht, andere Hände die Zügel ergreifen zu lassen. Ich habe mich stets bemüht, mein Bestes zu geben. Falls ich in irgendeiner Hinsicht schuldig bin, dann weil ich einer Diebin vertraut habe, nicht aber wegen grober Fahrlässigkeit.«

Auf dem kurzen Weg von dem Wohnheim zu der früheren Remise dachte Dr. Lane: Ich weiß nicht, wie es jetzt weitergeht, aber ich weiß bestimmt, daß ich mir allein einen Job suche.

Was auch immer geschehen mochte – er hatte entschieden, daß er keinesfalls noch einen einzigen Tag mit Odile verbringen würde.

Als er die Treppe hinauf in den ersten Stock ging, stand die Schlafzimmertür offen, und Odile war am Telefon und schrie anscheinend auf einen Anrufbeantworter ein. »Das kannst du mir nicht antun! Du kannst mich doch nicht einfach so *fallenlassen! Ruf gefälligst an!* Du mußt dich um mich kümmern. Das hast du versprochen!« Sie knallte den Hörer auf.

»Und mit wem hast du gerade geredet, meine Liebe?« fragte Lane von der Türschwelle aus. »Vielleicht mit dem geheimnisvollen Wohltäter, der mich aller Wahrscheinlichkeit zum Trotz für diese Position eingestellt hat? Belästige ihn oder sie oder wen auch immer nicht länger mir zuliebe. Egal, was ich jetzt mache, *deine* Hilfe brauche ich nicht mehr.«

Odile richtete tränenverquollene Augen zu ihm auf. »William, das kannst du doch nicht ernst meinen.«

»Oh, aber ich *meine* es ernst.« Er schaute ihr prüfend ins Gesicht. »Du hast offenbar *wirklich* Angst, stimmt's? Ich frage mich, warum. Ich hatte schon immer den Verdacht, daß hinter all dem hirnlosen Gehabe was anderes abläuft.«

»Nicht, daß mich das interessiert«, fuhr er fort, während er seinen Schrank aufmachte und einen Anzug herausholte. »Bin nur ein bißchen neugierig. Nach meinem kleinen Rückfall gestern nacht war ich etwas benebelt. Aber als ich wieder einen klaren Kopf hatte, hab' ich mir so meine Gedanken gemacht und selbst ein paar Leute angerufen.«

Er drehte sich um und blickte seine Frau an. »Du bist gestern abend gar nicht bei dem Dinner in Boston geblieben, Odile. Und wo immer du hingegangen bist, jedenfalls sind deine Schuhe schrecklich dreckig geworden, nicht wahr?«

89

Sie kriegte die Zahlen nicht mehr auf die Reihe. Es war zwecklos.

Gib nicht auf, schärfte sich Maggie ein und versuchte sich mit aller Kraft dazu zu zwingen, wach zu bleiben, bei Verstand zu bleiben. Es wäre so einfach, sich treiben zu lassen, so einfach, bloß die Augen zu schließen und sich dem zu entziehen, was mit ihr geschah.

Das Bild, das Earl ihr geschenkt hatte – da war etwas an Liams Gesichtsausdruck gewesen: das oberflächliche Lächeln, die berechnende Aufrichtigkeit, die eingeübte Herzenswärme.

Sie hätte darauf kommen müssen, daß an seiner plötzlichen Aufmerksamkeit ihr gegenüber etwas Unehrliches war. Es hatte eher seinem Wesen entsprochen, als er sie bei der Cocktailparty im Stich ließ.

Sie dachte an gestern abend zurück, an die Stimme. Odile Lane war mit Liam in Streit geraten. Sie hatte die beiden gehört.

Odile hatte Angst gehabt. »Ich kann das nicht mehr machen«, hatte sie gejammert. »Du bist geisteskrank! Du hast doch versprochen, daß du den Laden verkaufst und wir zusammen weggehen. Ich hab' dich gewarnt, daß Maggie Holloway zu viele Fragen stellt.«

So deutlich. Jetzt in diesem Moment so deutlich.

Sie konnte ihre Finger kaum mehr krümmen. Es war an der Zeit, wieder um Hilfe zu schreien.

Doch jetzt war ihre Stimme nur ein Flüstern. Niemand würde sie hören.

Beugen… strecken… nur ganz leicht einatmen, rief sie sich ins Gedächtnis.

Doch ihr Bewußtsein kam immer wieder auf etwas ganz Bestimmtes zurück, das erste Kindergebet, das sie gelernt hatte: »Abends, wenn ich schlafen geh…«

90

»Du hättest mir wenigstens sagen können, daß das Latham Manor dir gehört«, sagte Earl Bateman anklagend zu seinem Cousin. »Ich sage dir auch alles. Wieso bist du so verschwiegen?«

»Das ist doch bloß eine Kapitalanlage, Earl«, sagte Liam beschwichtigend. »Nichts weiter. Ich hab' mit dem Tagesgeschäft in dem Haus rein gar nichts zu tun.«

Er fuhr auf den Parkplatz des Bestattungsmuseums und hielt neben Earls Wagen an. »Geh jetzt heim, und schlaf dich ordentlich aus. Du hast es nötig.«

»Wo gehst du denn hin?«

»Nach Boston zurück. Wieso?«

»Bist du heute bloß deswegen angerauscht, um mich zu sehen?« fragte Earl noch immer verärgert.

»Ich bin gekommen, weil du durcheinander warst, und ich bin gekommen, weil ich mir Sorgen um Maggie Holloway gemacht habe. Aber wie ich vorhin erklärt habe, bin ich jetzt nicht mehr so beunruhigt. Ich vermute, daß sie bald wieder auftaucht.«

Earl wollte schon aussteigen, als er nochmals innehielt. »Liam, du hast doch gewußt, wo ich den Schlüssel fürs Museum *und* den Zündschlüssel für den Leichenwagen hingetan hatte, oder?« fragte er.

»Worauf willst du hinaus?«

»Nichts, ich frage bloß, ob du irgendwem verraten hast, wo ich sie immer liegen habe?«

»Nein, hab' ich nicht. Nun aber los, Earl. Du bist müde. Fahr jetzt nach Hause, damit ich mich auf den Weg machen kann.«

Earl stieg aus und schlug die Wagentür zu.

Liam Moore Payne fuhr direkt vom Parkplatz runter bis ans Ende der Nebenstraße. Er merkte nicht, daß ein anderer Wagen vom Bordstein losfuhr und in einem unauffälligen Abstand seine Spur aufnahm, als er nach rechts abbog.

Alles war im Begriff auseinanderzubrechen, dachte er mißmutig. Sie wußten nun, daß das Latham Manor ihm gehörte. Earl hatte bereits den Verdacht geschöpft, daß er gestern abend im Museum war. Die Leichen würde man exhumieren und dann dahinterkommen, daß die Frauen die falsche Medizin bekommen hatten. Falls er Glück hatte, gab man Dr. Lane die Schuld, aber Odile war drauf und dran, die Nerven zu verlieren. Sie würden ihr im Nu ein Geständnis entlocken. Und Hansen? Der würde absolut *alles* tun, um seine eigene Haut zu retten.

Dann bin *ich* dran, dachte Liam. All diese Arbeit für nichts und wieder nichts! Der Traum, der zweite Squire Moore, mächtig und reich, zu sein, war zerronnen. Nach all den Risiken, die er eingegangen war – Anleihen auf die Wertpapiere seiner Kunden zu machen; das Seniorenheim mit einem Minimum an Eigenkapital zu kaufen, und dann all das viele Geld reinzustecken; Squire-ähnliche Methoden auszuknobeln, wie man an das Geld anderer Leute kommen könnte –, nach all dem war er letzten Endes bloß ein weiterer Versager aus dem Moore-Clan. Alles war im Begriff, ihm durch die Finger zu schlüpfen.

Und Earl, dieser besessene Narr, war reich, wirklich reich.

Aber obwohl er ein Narr war, war Earl nicht dumm. Bald würde er beginnen, zwei und zwei zusammenzuzählen, und dann würde er wissen, wo er nach seinem Sarg suchen mußte.

Na ja, selbst wenn er alles herausbekam, dachte Liam, fand er Maggie Holloway bestimmt nicht mehr lebend vor.

Ihre Zeit war abgelaufen, da war er sich vollkommen sicher.

91

Chief Brower und Detective Haggerty wollten gerade nach Hause gehen, als der Anruf von Earl Bateman hereinkam.

»Sie hassen mich alle«, begann er. »Sie haben Spaß daran, sich über das Familienunternehmen der Batemans lustig zu machen, sich über meine Vorträge lustig zu machen – aber im Grunde geht's nur darum, daß sie alle eifersüchtig sind, weil wir reich sind. Wir sind schon seit Generationen reich, lange bevor Squire Moore seinen ersten ergaunerten Dollar zu Gesicht bekam!«

»Könnten Sie bitte zur Sache kommen, Professor Bateman?« fragte Brower. »Was wollen Sie?«

»Ich will, daß Sie sich mit mir auf dem Baugelände meines geplanten Freiluftmuseums treffen. Ich habe das Gefühl, daß sich mein Vetter Liam und Maggie Holloway gemeinsam ihre Version eines Streichs auf meine Kosten geleistet haben. Ich verwette mein letztes Hemd, daß sie meinen Sarg zu einem der offenen Gräber auf dem Ausstellungsgelände befördert und dort abgeladen haben. Ich will, daß Sie dabei sind, wenn ich ihn finde. Ich fahre jetzt los.«

Der Polizeichef griff nach einem Stift. »Wo genau *ist* Ihr Ausstellungsgelände, Professor Bateman?«

Als er einhängte, sagte Brower zu Haggerty: »Ich glaube, er dreht allmählich durch, aber ich glaube auch, daß wir kurz davor sind, Maggie Holloways Leiche zu finden.«

92

»Neil, sieh dir das an!«

Sie fuhren gerade bei ihrer Verfolgung des Jaguars einen schmalen ungepflasterten Weg entlang. Als sie die Hauptstraße verlassen hatten, hatte Neil die Scheinwerfer abgestellt, weil er hoffte, Liam Payne werde dann nicht bemerken, daß sie hinter ihm waren. Nun bog der Jaguar nach links ab und beleuchtete dabei kurz ein Schild, das Robert Stephens mühsam entzifferte.

»Zukünftige Stätte des Bateman-Freiluft-Bestattungsmuseums«, las er vor. »Das muß das sein, wovon Bateman geredet hat, als er sagte, der gestohlene Sarg sollte Teil einer bedeutenden Ausstellung werden. Glaubst du, daß es hier ist?«

Neil antwortete nicht. Eine Furcht von so schrecklichem Ausmaß, daß sein Bewußtsein sie nicht ertragen konnte, explodierte in seinem Inneren. *Sarg. Leichenwagen. Friedhof.*

Wenn Liam Payne die Ermordung von Bewohnerinnen des Latham Manor angeordnet und dann symbolische Glokken auf ihre Gräber gelegt hatte, was würde er dann wohl einem Menschen antun, der ihm gefährlich werden konnte?

Angenommen, er war gestern abend im Museum gewesen und hatte Maggie dort entdeckt?

Er und noch jemand anders, dachte Neil. Es müssen zwei gewesen sein, um Maggies Auto und den Leichenwagen zu fahren.

Hatten sie Maggie getötet und in diesem Sarg abtransportiert?

O Gott, nein, nein, bitte!

»Neil, er hat uns vielleicht gesehen. Er wendet gerade und kommt uns entgegen.«

Neil traf sofort eine Entscheidung. »Dad, du folgst ihm. Ruf die Polizei an. Ich bleibe hier.«

Bevor sein Vater protestieren konnte, war Neil aus dem Wagen gesprungen.

Der Jaguar raste an ihnen vorbei. »Fahr los«, brüllte Neil. »Los!«

Robert Stephens riß auf gewagte Weise den Wagen herum und gab Vollgas.

Neil fing zu rennen an. Ein Gefühl von so elementarer Dringlichkeit, daß es jeden Nerv seines Körpers durchfuhr, trieb ihn in wilder Hast auf das Baugelände.

Das Mondlicht beleuchtete das matschige, von Bulldozern aufgewühlte Areal. Er konnte erkennen, daß man Bäume gefällt, Unterholz gerodet und Pfade abgesteckt hatte. Und Gräber ausgehoben. Überall verstreut klafften ringsum die tiefen Löcher im Boden, neben einigen davon, offenbar willkürlich verteilt, hohe Lehmhaufen.

Das gerodete Gelände wirkte riesig und zog sich fast so weit hin, wie er sehen konnte. War Maggie hier irgendwo? War Payne so geisteskrank, daß er es fertigbrachte, den Sarg mit ihr darin in eines dieser offenen Gräber zu versenken und dann mit Erde zu bedecken?

Ja, er *war* eindeutig so geisteskrank.

Neil begann, kreuz und quer über den Bauplatz zu laufen und dabei laut nach Maggie zu rufen. Bei einem offenen Grab rutschte er aus, stürzte hinein und vergeudete kostbare Minuten mit der Anstrengung, irgendwie Fuß zu fassen, um wieder herauszuklettern. Doch selbst dabei brüllte er weiter ohne Unterlaß: »Maggie ... Maggie ... Maggie ...«

Träumte sie? Maggie zwang sich, die Augen aufzuschlagen. Sie war so müde. Es war eine zu große Anstrengung. Sie wollte nur noch schlafen.

Sie konnte ihre Hand nicht mehr bewegen; sie war so steif und geschwollen. Sie konnte nicht mehr schreien, aber das war egal. Da war niemand, der sie hören konnte.

Maggie ... Maggie ... Maggie ...

Sie glaubte, ihren Namen zu hören. Es klang wie Neils Stimme. Aber er kam zu spät.

Sie versuchte zu rufen, aber kein Ton kam aus ihrer Kehle. Es gab nur noch eins, was sie versuchen konnte. Mit qualvoller Mühe ergriff sie mit den Fingern der rechten Hand ihre linke und zwang sie, sich auf und ab zu bewegen, auf und ab ...

Undeutlich spürte sie an dem Ziehen der Schnur, daß die Glocke sich bewegen mußte.

Maggie ... Maggie ... Maggie ...

Wiederum glaubte sie zu hören, wie jemand ihren Namen rief, nur schien es jetzt schwächer zu sein und so furchtbar weit weg ...

Neil schluchzte inzwischen. *Sie war hier.* Maggie war hier! Er war sich absolut *sicher!* Er konnte ihre Anwesenheit spüren. Aber *wo?* Wo war sie? War es zu spät? Er hatte fast das gesamte aufgebaggerte Gelände abgesucht. Sie konnte unter irgendeinem dieser Erdhügel begraben sein. Maschinen wären dazu nötig, sie aufzugraben und beiseite zu räumen. Es gab so viele davon.

Seine Zeit lief ab. Und ihre genauso. Das spürte er einfach.

»Maggie ... Maggie ...«

Er blieb stehen und blickte sich verzweifelt um. Plötzlich fiel ihm etwas auf.

Die Nacht war still. Es regte sich nicht mal ein Lüftchen, um ein einziges Blatt in Bewegung zu versetzen. Doch dort drüben ganz hinten an der Ecke der Baustelle, fast versteckt hinter einem der riesigen Erdhaufen, schimmerte etwas im Mondlicht. Und es bewegte sich.

Eine Glocke. *Sie bewegte sich hin und her.* Jemand versuchte vom Grab aus ein Zeichen zu geben. *Maggie!*

Neil rannte drauflos, stolperte um offene Gruben herum, erreichte die Glocke und sah, daß sie an einem Rohr befestigt war, dessen Öffnung fast vollkommen mit feuchter Erde verstopft war.

Mit den Händen fing er an, den Dreck ringsum abzukratzen, er kratzte und grub und schluchzte.

Vor seinen Augen kam die Glocke zum Stillstand.

Chief Brower und Detective Haggerty saßen im Streifenwagen, als ihnen der Anruf von Robert Stephens übermittelt wurde. »Zwei von unsern Leuten haben die Verfolgung des Jaguars aufgenommen«, erklärte die Beamtin an der Zentrale. »Aber Stephens glaubt, daß die Vermißte möglicherweise auf dem Gelände von diesem Freiluftmuseum vergraben worden ist.«

»Wir sind fast da«, sagte Brower. »Schicken Sie sofort einen Rettungswagen und das nötige Gerät für einen Noteinsatz dorthin. Mit ein bißchen Glück brauchen wir beides.« Er beugte sich vor. »Sirene anstellen«, befahl er.

Als sie eintrafen, stießen sie auf Neil, wie er seine Hände wie Schaufeln benutzte und in dem feuchten Lehmboden grub und kratzte. Einen Moment später waren Brower und Haggerty an seiner Seite, und ihre kräftigen Hände schlossen sich der Anstrengung an, und sie gruben und gruben und gruben.

Unterhalb der Oberfläche wurde die Erde etwas lockerer, war weniger dicht zusammengedrückt. Endlich drangen sie zu dem glänzenden Seidenholz vor. Neil sprang in die Grube hinein, schabte den Dreck von der Sargoberfläche ab und schleuderte ihn beiseite. Endlich riß er das verstopfte Lüftungsrohr heraus und wischte die Öffnungsstelle frei.

Während er sich an die Seite des breiten Grabs schob, schaffte er es, seine Finger unter den Sargdeckel zu zwängen, und mit übermenschlicher Anstrengung wuchtete er ihn teilweise hoch. Mit seiner linken Schulter hielt er ihn in dieser Position, während er hineingriff, Maggies leblosen Körper packte und ihn zu den eifrigen Händen hochhob, die sich ihm von oben entgegenstreckten.

Als ihr Gesicht das seine streifte, sah er, daß sich ihre Lippen bewegten, und dann hörte er ein schwaches Flüstern: »Neil … Neil …«

»Ich bin ja da, Liebling«, sagte er, »und ich lasse dich nie wieder los.«

Sonntag, 13. Oktober

93

Fünf Tage später fuhren Maggie und Neil zum Latham Manor, um sich von Mrs. Bainbridge zu verabschieden.

»Wir sind zum Thanksgiving-Wochenende wieder hier bei Neils Eltern«, sagte Maggie, »aber ich konnte nicht wegfahren, ohne Sie jetzt zu besuchen.«

Letitia Bainbridges Augen funkelten. »Ach, Maggie, Sie wissen ja nicht, wie wir darum gebetet haben, daß Sie wieder heil aus der Sache rauskommen.«

»Ich glaube doch«, versicherte Maggie ihr. »Und daß Sie es für wichtig genug gehalten haben, Neil von der Glocke zu berichten, die ich auf Nualas Grab gefunden hatte, hat mir vielleicht das Leben gerettet.«

»Das war der entscheidende Hinweis«, pflichtete ihr Neil bei. »Er hat mich davon überzeugt, daß Liam Payne damit zu tun hatte. Wenn ich ihm nicht nachgefahren wäre, wär's zu spät gewesen.«

Er und Maggie saßen nebeneinander in Mrs. Bainbridges Apartment. Er legte seine Hand auf die von Maggie, noch immer nicht bereit, sie aus seiner Reichweite zu lassen, noch immer von dem Alptraum verfolgt, er müsse sie suchen.

»Hat sich hier alles wieder einigermaßen beruhigt?« fragte Maggie.

»Oh, ich glaube schon. Wir sind widerstandsfähiger, als man denkt. Soweit ich informiert bin, haben die Leute von Prestige alles veranlaßt, das Haus hier zu kaufen.«

»Liam Payne wird einen Großteil des Geldes, für das er gemordet hat, brauchen, um seine Anwälte zu bezahlen, und ich hoffe, sie helfen ihm kein bißchen aus der Klemme«, sagte Neil nachdrücklich. »Seine Freundin genauso, obwohl die mit einem Pflichtverteidiger vorlieb nehmen muß. Realistisch gesehen, glaube ich, hat keiner von beiden die Chance, einer Verurteilung wegen mehrfachen Mordes zu entgehen. Wie ich höre, hat Odile gestanden, daß sie auf Anweisung von Liam absichtlich die Medikamente ausgetauscht hat.«

Maggie dachte an Nuala und Greta Shipley und an die Frauen, die sie nicht gekannt hatte, die alle von Liam und Odile um den Rest ihres Lebens betrogen worden waren. Wenigstens habe ich dazu beigetragen, sie an weiteren Morden zu hindern, tröstete sie sich.

»Und sie sollten auch nicht einfach davonkommen«, sagte Mrs. Bainbridge streng. »Waren Janice Norton und ihr Neffe Douglas auch in diese Todesfälle verwickelt?«

»Nein«, erwiderte Neil. »Chief Brower hat uns gesagt, er glaubt, daß Hansen und Mrs. Norton nur in Liams Plan verwickelt waren, den Anwärterinnen auf eine Wohnung im Latham das Geld aus der Tasche zu ziehen. Sogar Odile wußte nicht, was sie vorhatten. Und Janice Norton hatte keine Ahnung, daß ihr Neffe über Liam Paynes Büro gearbeitet hat. Sie müssen sich wegen Betrugs verantworten, nicht wegen Mord.«

»Laut Chief Brower kann Odile gar nicht schnell genug reden, um irgendeinen Strafnachlaß zu bekommen«, sagte Maggie ernst. »Sie und Liam fingen miteinander eine Affäre an, als sie in seiner früheren Börsenmaklerfirma tätig war, gerade zu der Zeit, als er dieses Haus hier erworben hat. Sie hatte Liam erzählt, was Lane in diesem letzten Pflegeheim widerfahren war, und als Liam ihr sein Komplott eröffnete, sprang sie begeistert darauf an. Dr. Lane ist einfach kein guter Arzt, daher war er die ideale Person dafür, die Leitung zu übernehmen. Zelda Markey ist ein ziemlich einsamer Mensch. Odile hat sich mit ihr angefreundet und es geschafft, daß sie selbst nie mit diesen Todesfällen in Verbindung gebracht wurde.«

»Sie hat ja ständig mit Schwester Markey die Köpfe zusammengesteckt«, sagte Letitia Bainbridge mit einem Kopfnicken.

»Und sie ausgehorcht. Odile hat die Schwesternausbildung nicht fertiggemacht, aber nicht etwa, weil sie durchgefallen wäre. Sie wußte ganz genau, welche Medikamente sie kombinieren mußte, um Herzversagen herbeizuführen. Offenbar sind mehrere Frauen, die Liam im Visier hatte, nur deshalb davongekommen, weil Schwester Markey so wachsam war. Odile behauptet, sie hätte Liam angefleht, sie nicht dazu zu zwingen, an Mrs. Rhinelanders Medikation herumzumanipulieren, aber er war zu gierig. Damals hatte Nuala gerade beschlossen, ins Latham Manor zu ziehen, vorausgesetzt, sie bekam eins der Mehrzimmer-Apartments.«

»War es Connie Rhinelanders Tod, der Nuala mißtrauisch gemacht hat?« fragte Mrs. Bainbridge traurig.

»Ja, und als sie dann diese Glocke auf Mrs. Rhinelanders Grab entdeckte, war sie offenbar zunehmend überzeugt davon, daß hier im Haus etwas Schreckliches vor sich ging. Sie muß Schwester Markey ein paar äußerst gezielte Fragen gestellt haben, die Markey arglos an Odile weitergab. Und Odile hat Liam gewarnt.« O Finnuala, dachte Maggie.

Bainbridges Lippen wurden schmal. »Squire Moores Gott war das Geld. Ich weiß noch, wie mein Vater sagte, Moore hätte tatsächlich damit geprahlt, es sei viel interessanter, Leute darum zu betrügen, als es ehrlich zu verdienen. Offensichtlich ist Liam Payne aus demselben üblen Holz geschnitzt.«

»Das würde ich auch sagen«, stimmte Neil zu. »Liam war ein hervorragender Börsenmakler für die Kunden, die er nicht hintergangen hat. Glücklicherweise dürften sowohl Mrs. Gebhart wie Mrs. Arlington in der Lage sein, ihr Geld, das sie ihm anvertraut hatten, aus Paynes persönlichem Besitz zurückzufordern.«

»Eine letzte Sache noch«, sagte Maggie. »Odile hat diese Zeichnung an sich genommen, die Nuala und Mrs. Shipley gemacht hatten. Eines der Zimmermädchen hatte das Blatt gesehen und sich darüber amüsiert. Odile wußte, daß es die Leute auf komische Gedanken bringen konnte.«

»Ich bin nur froh, daß Dr. Lane mit alldem nichts zu tun hatte«, sagte Letitia Bainbridge mit einem Seufzer. »Ach, das muß ich Ihnen noch erzählen. Unser neuer Direktor ist gestern eingetroffen. Er scheint sehr nett zu sein und kommt mit den besten Empfehlungen. Er hat zwar nicht den Charme von Dr. Lane, aber alles kann man nun mal nicht haben, nicht wahr? Seine Frau ist eine erfrischende Abwechslung nach Odile, allerdings hat sie eine ziemlich unangenehme Art zu lachen.«

Es war Zeit aufzubrechen. Sie hatten vor, hintereinander her nach New York zurückzufahren.

»Wir besuchen Sie, wenn wir im November wieder hier oben sind«, versprach Maggie, als sie sich herabbeugte, um Letitia Bainbridge auf die Wange zu küssen.

»Ich freue mich schon jetzt darauf«, sagte Mrs. Bainbridge lebhaft und seufzte dann. »Sie sind so hübsch, Maggie, und so nett und so klug. Sie sind all das, was sich eine Großmutter für ihren Enkel nur wünschen könnte.« Sie schaute Neil an. »Passen Sie gut auf sie auf.«

»Er hat mir immerhin das Leben gerettet«, sagte Maggie lächelnd. »Das muß man ihm schon zugute halten.«

Fünfzehn Minuten später waren sie soweit, nach New York aufzubrechen. Maggies Kombiwagen stand schon mit dem Gepäck in der Einfahrt bereit. Das Haus war abgeschlossen. Eine Weile lang stand Maggie noch da und betrachtete es in der Erinnerung an den Abend nur zwei Wochen zuvor, als sie angekommen war.

»Es wird bestimmt schön, im Urlaub und am Wochenende wieder herzukommen, findest du nicht?« sagte sie.

Neil legte den Arm um sie. »Du bist dir sicher, daß es nicht mit zu vielen schlimmen Erinnerungen verbunden ist?«

»Nein.« Sie holte tief Luft. »Nicht, solange du in der Nähe bist und mich wieder ausgräbst, wenn ich Hilfe brauche.«

Dann lachte sie. »Schau doch nicht so schockiert drein. Mein Galgenhumor hat mir schon über einige ziemlich üble Zeiten hinweggeholfen.«

»Von jetzt an ist das mein Job«, sagte Neil, als er ihr die Tür des Kombiwagens aufhielt. »Und jetzt denk daran und fahr nicht zu schnell«, ermahnte er sie. »Ich bin direkt hinter dir.«

»Du klingst schon wie dein Vater«, sagte Maggie. Dann fügte sie noch hinzu: »Und das ist mir gerade recht.«

Danksagung

Auf welche Weise kann ich Euch allen nur danken? ... Laßt es mich aufzählen.

Es gibt nicht genug Worte, um meinem langjährigen Lektor Michael Korda und seinem Kollegen, Cheflektor Chuck Adams, meine Dankbarkeit zu bezeugen. Gleich einem Kind gedeiht eine Geschichte dann am besten, wenn sie Ermutigung, Hilfe und wegweisendes Geleit in einer Atmosphäre von Weisheit und Anteilnahme findet. Wiederum und stets ... sine qua non ...; ich schätze Euch beide sehr.

Gypsy da Silva, die viele meiner Manuskripte im Detail betreut hat, bleibt mit ihren Adleraugen und ihrer heiteren Geduld eine Kandidatin zur Heiligsprechung. Gottes Segen, Gypsy.

Lobpreis für meine Freundin, die Autorin Judith Kelman, die sich wiederholt ins Internet begeben hat, dessen Geheimnis ich selbst noch nicht ergründet habe, um mich mit Informationen zu versorgen.

Tausend Dank an Catherine L. Forment, Vizepräsidentin von Merrill Lynch, für ihre bereitwillige und kompetente Beantwortung meiner vielen Fragen zu Verfahrensweisen bei Kapitalanlagen.

Einen Salut der Dankbarkeit an R. Patrick Thompson, Aufsichtsratsvorsitzender der New York Mercantile Exchange, der eine Sitzung unterbrach, um mir Auskünfte über einstweilige Verfügungen zu erteilen.

Als ich zu dem Schluß kam, daß es interessant sein würde, Bestattungsbräuche in diese Geschichte zu integrieren, las ich faszinierende Bücher zu dem Thema. Insbesondere waren das die Titel *Consolatory Rhetoric* von Donovan J. Octs,

Down to Earth von Marian Barnes und *Celebrations of Death* von Metcalf Huntington.

Das Newport Police Department hat auf alle meine Telefonanrufe mit bemerkenswerter Verbindlichkeit reagiert. Ich bin den hilfsbereiten Beamten dort zu Dank verpflichtet und hoffe, daß die innerhalb dieser Seiten aufgeführten Polizeimaßnahmen dem prüfenden Auge standhalten.

Und schließlich liebevollen Dank an meine Tochter Carol Higgins Clark für ihre untrügliche Fähigkeit, meine unbewußten Eigenheiten aufzuspüren. *Weißt Du eigentlich, wie oft Du das Wort* anständig *benützt hast?… Keine Zweiunddreißigjährige würde das so sagen… Du hast denselben Namen schon mal für eine andere Figur vor zehn Büchern verwendet…*

Und nun kann ich zufrieden zitieren, was jemand auf eine Klostermauer im Mittelalter schrieb: »Das Buch ist fertig. Laßt die Verfasserin ihr Muße genießen.«